忘らるる物語

高殿円
Madoka Takadono

角川書店

忘らるる物語

装丁　大久保伸子
装画　木原未沙紀

目次

第1章　皇后の星

男が女を犯せぬ国があるという。

犯すどころか、暴力さえも振るうことができない。女が男より膂力《りょりょく》も能力にも勝る。そんなクニがある。環璃《ワリ》は長い間、それを土楼の井戸端か湯屋で紡がれるだけの他愛のないおとぎ話のたぐいだと思っていた。

――いいかい、ぜんぶ本当のことなんだ。女を暴力で犯そうとした男は、一瞬でパッと灰燼《はい》になっちまうのさ。まるではじめからいなかったかのようにね。だから女は、自分を襲った憎い相手を二度と見ないで済む。この世にはそんなクニがある。この黒々としたヨーム湿地帯のさらに向こうの万年雪をかぶったキルカナンの山々を越えたところ。いつも赤紫色に色づいた煙のような雲が流れているそのさらにむこう。果ての果ての果ての、そのまた果ての、塩と砂と金とが混じった死の海《バトゥーサ》を越えたさらに先。人の足ではたどり着けるかどうかもわからない険しい山の裂け目にその民は住んでいる。ウソだと思うだろうが本当なんだ。そこの女たちはこの環の大陸《せかい》中でだれよりも強い。たとえ帝《みかど》の親衛隊《チョーリー》であっても、そいつらには指一本触れられやしないのさ……

燦《サン》という名の大国がある。燦燦《さんさん》たる金出《い》づる国とも呼ばれている。環璃はその燦の国に隷属する北の小国、北原《ほくげん》の月端《げったん》という国の生まれである。

その名のとおり、月端は大陸の中心部から遥《はる》か遠く隔たった国だ。環璃がその故郷を旅だってはや一年になる。輿《こし》に乗せられ、朝貢の使いが運ぶ珍しい白い亀のようにうやうやしく、都へ運ばれた。環璃にとってはただひたすらに、別の誰かの一生のように長く感じられた年月であった。

環璃は今年、十八になった。かつての夫も月端の王族の出で母方の従兄弟《いとこ》だった。六つの祝いを迎えたころに婚約し、十三の歳《とし》に夫が山をふたつ越えて婿入りしてきた。環璃の国では婿を取ることは珍しくない。ただ子供を産むことだけは女の仕事だから、環璃は十六で身ごもって無事子を産み落とすまでは、夫と父に政《まつりごと》のすべてをまかせてきた。

クニとはいえ、月の端っこと呼ばれる泥炭ばかりに覆われた貧しい土地であった。本来ならば見捨てられたただの荒野だったろうが、そこには人が住み着く前から神々の恵みである珍しいいきものが多くいた。銀色の毛に覆われたこの地方独特の背の高い羊や、宝石のようだと言われる八角の角を持つ山羊《やぎ》、馬よりも大きなクジャク、どんな鋼《はがね》よりも硬いくちばしをもつ鷹《たか》。それら草原の恵みが月端の人々の生活を支えていた。

草の芽吹く春に向かって集落を移動させ、真冬は都市の郊外に間借りして、春になれば緑を追って山に帰る。まるで近づいては遠ざかる月のように、環璃たちの氏族《マギス》はするりするりと権力から逃れて暮らしていた。そうやって幾年、千年。祖父の祖父のそのまた祖父のもっと前代《まえ》から生きてきた。伝わる歌にも詩にも、この土地で一番醜いのは人間だとうたわれながら。

「わたしは、瑪瑙《めのう》のかんむり鹿の一族の女王《フーヴ》。右角に月を、左角に星をからめとって神になった。神は美しく、ひとは醜い。神は尊く、ひとはいやしい……」

環璃の氏族はとくに、鹿を敬って生きてきた。数ある北原の獣の中で神である鹿は決して殺さず、大事に大事にして尊び寄り添って暮らしてきた。民のほとんどが羊や山羊や馬を飼い、街から来た隊商に銀毛や青いたてがみの馬を売る。何百年も変わらない素朴で信仰の厚い北原の暮らし……

（いいや、いまでもそうやって暮らしているだろう。ただ、わたしの親は、夫はもうこの世のどこにもいないだけだ。子はわたしを忘れたろう。違う女に乳をもらって、その女を母と呼んでいるだろう）

祖国から引きずり出されるまで、環璃は外のことを知ろうとはしてこなかった。ごくたまに、この世界には千に近いクニがあって、それらをまとめて一帯八旗十六星幾万と呼び、その頂点には燦という帝国の帝が君臨しているのだと。そのクニは多くの金脈をもち、四方の海へと流れゆく太いウミのような川が金と人を運ぶと聞いたことはあった。けれど、子を産んだばかりの環璃にとっては、日々耳を通り過ぎていく風のうねりと同じくらいどうでもよいことで、通り過ぎる隊商が置き土産に耳に入れていく噂《うわさ》を微塵《みじん》も気に留めなかった。

たしかに不穏な足音は聞こえていたのだ。次期女王ならば聞くべきだった。たとえ子に乳をやりながらでも、金の価値があるという旅人がもたらす話に耳を傾け、去ったあとはよくよく話し合うべきであった。環璃の氏族はそのあとすぐに、都からやってきた燦の軍によって根絶やしにされた。

はらわたを引きずり出されるようにクニを追われ、たった一人真珠の輿に乗せられて運ばれた。その途中どこの者とも知れぬ荒々しい男たちに襲われて、輿を守っていた警備の兵も戦車も谷底へ落ちた。

山賊たちは、生き残った環璃のお供の侍女たちを襲った。抱えられ、まるで小麦の袋のようにして持ち帰られていく女たちを見た。環璃は逃げた。最初に運良く茂みに逃げられたのですぐに担ぎ上げられずにすんだが、たかが女の足ではすぐに追いつかれる。やがて一人の賊の男が環璃の髪をつかみ、地面に引きずり落とした。

そこは冷たく乾いた土の上で、男は環璃がなにか叫ぶたび、面倒くさげに環璃の頭を土に押しつけた。口の中に土が入って息苦しく、恐怖でなにも考えられないのに、なぜか男が下袴《したばかま》の紐《ひも》を解いた音だけは聞こえた。いまからなにをされるのか、環璃にはすべてわかっていた。そうしてやさしく歌が上手だった同い年の夫と、はやく子供が欲しいと夜ごと抱きあった日々を思い出した。夫は、環璃の顔が好きだと彼女を月にたとえてたくさんの詩歌を作った。我が夫《つま》、曇りなききみ、欠けても満ちても美しく、瞳《ひとみ》の煌《きら》めきは研いだばかりの刃《やいば》を思わせる。よき旅人の友であり、わたしの一生の恋人――

この下卑た山賊は環璃の顔など見ていない。わめいてうるさいから土の上に押しつける。窒息してもよいのだ。押し込む穴さえあればよい。だから一度も環璃の顔を見ようとも、乳を揉《も》もうともしない。環璃は怒りで頭が真っ白になり、ああカミよ、月の神、マニよ。満月の母の神、三日月の娘の神、新月よ我が一族の鹿の王よ。わたしはここで死んでもよいから、このような行為をするすべての男の皮膚がただれて腐り落ちますように。願わくは力ずくで女を犯すすべての男に不幸な死を——！

ふいに、環璃の顔を地面に押しつけていた力が緩んだ。そのすきに、環璃は首をひねって大きく息をした。土が肺の管に入りそうになって激しく咳《せ》き込んだ。しかし、男は環璃の上から身を起こし、離れたようだった。

呻《うめ》く男の声がする。男がだれかから攻撃を受けたことは、男の腰に深々と突き刺さった矢を見てすぐわかった。鏃《やじり》が石か鉄かは知らないが無防備な男の腰にめり込んで帷子《かたびら》に血がにじんでいる。あの位置からして腰骨が損傷しているのがわかる。

（誰）

つぶて混じりの雪が、白い息をさらに濃く染めては視界をチラチラと横切っていく。その冷たい紗幕《シオ》のむこうに兵士が立っていた。鎧《よろい》も帷子《かたびら》もつけず、毛皮を首に巻き、髪をひとつに束ねた頭と顔を斑《まだら》に染めた布で包んでいるだけの軽装備の兵である。環璃の一行を警備していた都の兵ではない。むろん環璃を襲った山賊の仲間でもなさそうだ。

「安心しろ。もうその男は二度と立てない」

環璃の上から転がり落ちた男は、土の上に伏していた。立ち上がろうともがいているがその言葉はまともな言語にならず、ああーとか、うぅーとか、ただ意味不明な呻《うめ》きが山間に響くだけである。おそらく助けてくれ、と言いたいのだろう。環璃は破れて男にまくし上げられた裳衣《タン》をかき集めるようにして肌を隠し、ゆっくり立ち上がった。

「もう動かないの？　死ぬ？」

「死ぬ。まだ少しかかると思うけれど、凍死するか、失血死するかどちらか」

「そう」

環璃はほっと息をつき、何度も瞬《まばた》きをして男の腰の傷を見た。それが致命傷になりうる傷であることの確証を得たかったのである。男はいっこうに起きる気配を見せない。ただ呻き声だけが冬枯れ生命の色を失った岩地にこだまする。

「そう」

裳衣の裾《すそ》をたくし上げて、環璃はかかとを男の首に振り下ろした。男はゲッと声をあげ、車輪に轢《ひ》かれた蝦蟇《がま》のようにピクピクと四肢を動かした。

「ひあーあああー」

あまりにもうるさいので、環璃は男の頭の上に両足で乗り上げた。顔は土の中にめり込んで、いくらもしないうちに静かになった。

環璃を助けた兵士は、環璃の足が汚いものから離れるのをじっと見ていた。覆面の奥の目は、太い木からしみ出す樹液が作る宝石のような色をしている。

「もう日が暮れる。火を焚《た》かないと凍える」

「そうね」

「この先の岩場に風をしのげるくぼみがある。ついてくるか?」

少年のような声だった。環璃は黙ってうなずいた。

案内された洞穴には、兵士のものらしい筵《むしろ》につつまれた荷が無造作に置かれていた。積み上がった大小の岩と岩の間から植物の根が張りだしていて、その隙間からわずかに水がしたたり落ちている。環璃は夢中で両の手のひらで水を受け止め、すすった。喉《のど》が渇いていたことにも、水を見るまで気づかなかった。張っていた気がゆるんだのか、水を飲んでしばらくすると急に寒さが身にしみてきた。

　環璃がぼんやりと座っている間にも、あの兵士は洞穴の中にどんどんとものを運んできた。環璃の乗っていた輿は谷底に落ちてしまったが、警備の兵らが持っていた武器や明らかにお供の女たちが着ていただろう裳衣だけを持って戻ってきたときは驚いた。

「ほかは、もう死んでいた」

「わかってる」

　それをどうするの、などという愚かな問いを口に出しそうになって環璃は息をのみこんだ。女たちの服はすべて絹だ。売ればまとまった金になる。この若者が追いはぎをやっていようと山賊の去ったあとの残り物を拾う山の民であったとしても、それをここで問うことになんの意味もない。

　バラバラになった荷台の破片をかき集めて運んだあとは、岩地に生えていた松を鉈《なた》で器用に切り倒し、入り口にどんどん積み上げて風よけを作った。

「火打ち《トンギ》はある？」

「熾《お》こせるのか？」

「それくらいはできる」

　身なりから環璃のことを裕福な貴族《リニ》の娘だと思ったのかもしれない。しかし環璃は北原の月端の生まれだ。たとえ火打ち石がなかったとしても火を熾こすあらゆる方法を知っている。

少し風があったので時間がかかるかと思ったが、空気が乾燥しているので早く燃えた。それに洞穴の中に風の流れがないと長時間滞在するのは危険である。環璃が手際よく炉を作っているのを見て、兵士は驚いたようだった。

「わたしはお嬢《ロンニャ》さんじゃない。こんな恰好《かっこう》をしているけれど」

「燦の言葉を話している。北の草原の訛《なま》りがある。青いたてがみの馬の氏族か？」

「草原のことをよく知っているのね。それは親戚《しんせき》。瑪瑙のかんむり鹿の氏族と、呼ばれていた。わたしは瑪瑙のかんむり鹿の女王」

「王なのか」

「そうよ。もう一族はほとんど滅んだから、いまは、わたしが女王」

兵士は腰から水袋をはずし、覆面をとった。その顔が思った以上に幼く女性的であったので環璃は少なからず驚いた。ずっと少年だと思いこんでいたが、女性なのかもしれない。

「そこの水は飲めると思う。溜《た》めておいたほうがいい」

「そうだな」

ほどいた荷の中には、使い込まれた鉄の鍋《なべ》があった。大きさからして一人で旅をしているのだろう。地元の人間なら鍋など持ち歩く必要はない。

「ねえ、あなた商人なの？」

「しっ」

環璃の言葉を遮り、兵士は唇に指を当て、黙るように促した。

「ここから出るな」

「どうしたの」

「さっきの奴《やつ》らが戻ってきた」

　さっきの奴ら、というのは間違いなく環璃を襲った山賊だろう。もしかしたら逃げた馬を捕まえに戻ったのか、それとも環璃が殺した男がいないことに気づいたのか。

「出るなよ」

　言い置いて、兵士は洞穴を出ていこうとする。いったいどうするつもりなのか。あいつらがもし人を捜しているのなら、隠れていてもいずれこの洞穴は見つかるだろう。ならば荒らされる前に自分から行って片づけるということなのだろうか。

　環璃はとっさに投げるのにちょうどいい石を探した。それからあの兵士が死んだ女たちの頭から抜いてきたかんざしの中からもっとも切っ先がとがったものを二本握りしめた。加勢にいくのではない、あの兵士がやられたら環璃とてすぐにおなじ目にあうのはわかっている。

《このやろう、お前が殺《や》ったのか！》

《てめえ！》

　複数の男の声が聞こえる。環璃を襲った男の死体を見てあの兵士がやったと決めつけ暴力をふるおうとしているのだ。

　飛び出していく勇気はなかった。かんざしを握りしめた手がぶるぶると震える。どうすればいいのか判断がつかない。こうしていてもいずれ発見され殺される。その前に嬲《なぶ》られるだろう。さっきのこととの繰り返しだ。だれにも守られていない無防備な女など、男にとってはすべて欲望を満たすためだけの道具でしかない。

ああ、あの人、殺されてしまう。助けてくれたのに。助けようとしてくれていたのに。どうしよう。わたしも殺されてしまう。あの小さな子をこの世に残して。あの子が生きている以上、どんな境遇に陥っても自ら命を絶つことはせず、生きるために尽くそうと決めたのに。

環璃は息を吸い、いばら松で塞《ふさ》がれた洞穴の入り口へ向かった。死を覚悟した。一度は回避できた、辱めを受けて迎える死がすぐ目の前に見える。

洞穴を出て環璃がその場にたどり着いたとき、いち早くあの兵士が気づいた。いや、女だ。いまはっきりとそれがわかるのは、男が胸元を手で摑《つか》んでいたからだった。乳房がある。

不思議なことにその女兵士は怯《ひる》みもせず、男から逃げようともせず、武器にも手をかけずにまっすぐ立っている。背後にもう一人男がいて、彼女を羽交い締めにしているから動けないのだ。いままさに、男二人によって環璃がさっきされかけたようなことを強制されようとしていた。女は環璃を見るなり声を荒らげた。

「ばか、なんで来た！」

「いいから、逃げて！」

環璃は男たちに向かって石を投げた。その隙に女に逃げて欲しかったからである。しかしその勇気もむなしく、石は男たちにかすりもせずにずいぶんと手前で落ちた。男たちの視線が環璃のほうへ向いた。

「ハハ、こりゃ都合がいい。もう一人いるぜ」

たぶんそのようなことを男は言った。そして、目の前に差し出された食事にするように環璃に向かって軽々と手を伸ばした。環璃はかんざしを握る手にぐっと力を込めた。首だ。首にさえ刺せば致命傷を負わせられる。場所はよくわかっている。草原の獣もそうやって血抜きするのだ。

「わたしは瑪瑙のかんむり鹿の女王よ。これから都へ行って帝の妻になる。手を出せばどうなるか。お前は名を残せず、屍《しかばね》は弔われず、氏族は一人として血を繋《つな》げず死ぬ！」

環璃の名乗りに、男たちが一瞬怯《ひる》んだ。いまだ。首をねらえ。

そのとき、なにかがベキベキと音をたてて砕ける音を耳にした。

ぶわっ
音にするならそんな感じの悲鳴、そうそれは悲鳴だった。悲鳴のような破裂音だった。

ぶわっ
あれ、と環璃は思った。目の前から男が一人消えている。女兵士の乳房を摑《つか》んでいる男の手、その手だけが見える。手だけなのだ。奇妙なことに腕だけが女の乳房を摑んでいるのだ。

（腕……、腕がもげている）

女兵士の足元に男が転がっていた。自分の腕がないことをまだ信じられないという顔をしていた。その表情が、まるで羊の腸に息を吹き入れたときのようにふくらみあっという間に人の顔ではなくなるのを、環璃はなかば陶然と眺めていた。

（花が）

美しかった。

男の皮膚に花が咲いている。なんの花なのかはわからない。花であるかもわからない。ほんの二度、三度瞬きをする間にも美しい青い文様が浮かんでは広がり、ざわざわと音をたてて変化してゆく。花弁が盛り上がり、なにかを咀嚼《そしゃく》するように内側に寄っては外に開く。なんてきれいな青だろう、光っている。こんな染めは一度も見たことがない。神々の贈り物とされた草原の青いたてがみの白馬ですら、このような色のものは見たことがない。

花が大きく咲くたびに仰向《あおむ》けに倒れた男の肉体は、身を包んでいた布を残して、まるで海綿が乾いていくように縮んでいった。それはその男だけではなく、女兵士を羽交い締めにしていた男も同様に、顔に七色の筋が走ったかと思うと、あっという間に手も頭も首も肌の色ではない色に染まり、花の文様が浮かび上がり、やがてはその花が盛り上がって肉の花弁を咲かせ、どんどんと小さくなっていく。

ごとんと大きな音を立てて首が落ち、頭が転がった。もう足がない。手もない。頭だけがかろうじてわかる形で残っていて、ただし表面の皮膚はすべて色とりどりの入れ墨のような文様に覆われ、そこからでこぼこと花のなりそこないのようなものがしきりに蠢《うごめ》いているので、もはやそれが頭だと識別できるのはくぼんだ眼窩《がんか》があるからにすぎなかった。

目は多くを語る。男の目は真っ黒に染まるまで、最後まで何故《なぜ》だと問うていた。なんで俺がこんな目に遭うんだと繰り返し繰り返し環璃に訴えながら、引きずり込まれれば二度とは帰ってはこられない、底なしの黒い沼にとらわれ、死んだ。

なぜ、こんなことが起こっているのか、そんなこと環璃にもわかるはずがない。わかっているのは、たしかふたつ息を吸う前までは男が二人いて女兵士を羽交い締めにして襲おうとしていたが、乳房に手をかけたとたんに二人とも悪い病気にかかったかのように急速に縮んで、いまそのなれの果てが地面に丸太のように転がっているということだけだ。

「なんで……、なにが起こったの」

女兵士は、何の感慨もないような顔で胸元を整え、肩や膝《ひざ》を手で払った。そのたびに青や赤や黄色の粉が散って、環璃は色粉をかけ合う遠い昔の故郷の祭りを思い出した。

――いいかい、ぜんぶ本当のことなんだ。女を暴力で犯そうとした男は、一瞬でパッと灰燼《はい》になっちまうのさ。まるではじめからいなかったかのようにね。

一年に一度の、馬のたてがみを切るための神聖な祭り。その準備のために刃物に火をいれ、念入りに研いでいるとき、女だけが集まった幕屋で夜通し年老いた巫女《みこ》が聞かせてくれた異国の話を思い出していた。

たしかあの女は、こうも言っていたのではないか。にわかには信じられずに笑い合う娘たちに向かって、真摯《しんし》な顔つきで、まるでその窪《くぼ》んだ目で観《み》たことがあるかのように、――ウソだと思うだろうが本当なんだ。そこの女たちは世界中でだれよりも強い。たとえ帝の親衛隊であっても、そいつらには指一本触れられやしないのさ……。

そう、指一本、あの男だって片手で乳房を掴んだだけだった。背後にいた男はもっと早くから女の体に触れていたけれど、女の肌には直接触れずに脇に腕を入れて羽交い締めにしていた。もう一人の男は女の服の合わせに手をつっこんでじかに乳房をまさぐろうとしたのだ。そしてその直後に手が膨らんで指の骨が破裂した。

「来ないでいいと言ったのに」

女はもはや環璃の顔も見ず、洞穴のほうへ戻ろうとしている。環璃は男たちであった、いまはもうよくわからない肉の縮んだ塊のほうへふたたび目をくれた。不思議なことに、あれほど光を放ち美しかった花ははや枯れて、木の葉のように土の上に散っていた。あれではもうほかの木の枝や葉の屑《くず》とも区別がつかないだろう。

「あの、青い花はなんなの」

環璃は女に言った。

「なんであいつらは、千々になって消えたの」

女は座って火を熾こし始めた。泥炭燃料を使ったからか、環璃よりずっと早く炎が点《つ》いた。

「ねえどうして」

「座っていろ。お前はまだ傷ついている」

「傷なんて」

ない、と言い切ろうとして思いとどまった。女の言うとおりだ。まだ、自分を襲った男の手の感触を覚えている。思い出すたびにざわりと鳥肌がたつ。

「……あなただって、されてた」

「そうするように仕向けた。乾いた山でやたら血を流せば冬ごもりに失敗した獣たちが集まってくる。ああすれば危険なものは来ない」

「どうして来ないの」

「この山では獣より、私のほうが恐ろしいからだ」

座れ、と言われて火の近くに座った。いつの間にか日が暮れて洞窟《どうくつ》の外はまぶたの裏側のように真っ暗だった。

じっと火を見つめていると、小さな鉄鍋の中でふつふつと湯が沸いた。女はその中に乾燥した肉と山藻、それにいくつか見たこともない乾物と米、塩の塊を入れて木蓋《ふた》を落とした。炊飯のにおいが岩窟に立ちこめる。まだ、生きていることを思い出す。

（生きている。炊飯のにおいを嗅《か》ぐなんてどれくらいぶりだろう）

女は使い込まれた木の椀《わん》にふうっと息を吹きかけ、鉄鍋の蓋をとった。中であぶくを生みながら米が膨らんでいる。半分よりずっと多い量を椀に注ぎ入れ、環璃へすすめた。

「ありがとう。でもこれはあなたの食事だわ」

「私は腹がすかない。痛みも感じない。寒さも暑さも、まったく感じないわけではないが人よりずっと鈍い。カミが来てから三日食わずに戦えるようになった」

「カミ」

思いもかけない返事だった。

（〝ようになった〟ということは、変わったということなのかしら。人ではないものになったということ……？）

彼女の使う言葉をうまく理解できないまま、環璃は受け取った木の椀を両手で持ち続けた。温かい。お椀がではなく、目の前でよそわれる食事が。たったそれだけのことが、環璃のさび付いて朽ちかけた心をもう一度動かそうとする。

「どうした、禁忌にふれるものでも入っているのか」

「いいえ、わたしが食べられないのは鹿肉だけ。知らずに口にしたぶんはお見逃しくださる掟《おきて》だから、いまは食事への感謝だけお祈りする。土地神よ、わたしは環璃、瑪瑙のかんむり鹿の一族の王です。《刈り取られた麦に、縊《くび》られた獣に、昨日と明日《あした》に》」

一呼吸おいて汁をすする。こんなにおいしい食事は久し振りだった。

「ワリ、というのが名なのか。聞いたこともない名だ」

「血族の女はそのとき必要なものの名を付けられる習わしなの。ワリは泉。その年はクニの水場がいくつか涸《か》れたからと聞いたわ。あなたの名前は？」

「私はチユギ」

それも珍しい響きだった。少なくとも環璃の知っている人間で同名の者はいない。

「どんな字を書くの？」

「ただの呼び名だ。みだりに字にすることは禁じられている」

「もしかして、あなたは死の海のむこうの、人の足ではたどり着けるかどうかわからない険しい山の裂け目から来たの？」

「なぜそう思う」

「巫女《キケ》の婆《ばば》が、女だけのつどいのときによく言っていたから。果《ト》ての果ての果てには不思議な一族が住んでいて、その神のよりしろになった女に触れた男はみな灰になるんだって」

「間違ってはいない。よりしろという言い方が合っているかはわからない」

チユギは指の先を水で洗い、二本の指を使って器用に粥《かゆ》を食べた。彼女は腹を満たす為《ため》に何度も咀嚼《そしやく》する。

「颱汗《タイハン》藩国に行く途中だったの」

「そうか」

「突都《とつと》で、藩王《ジヨグル》と閨《ねや》をともにするために」

「結婚するのか」

「そうじゃない。大弓張星見卜《おおゆみはりのほしうら》を知らない？」

興味なさそうにチユギは頭を振った。

「じゃあ、燦帝《さんのみかど》が十年ごとに交代することは？」

「それは知っている」

「いまの帝の治世六年の二年前、そこの卜部《うらべ》が占いで皇后星を選んだ。北の氏族の中で子を産んだ経験のある十代の女が選定されて、わたしに決まった。わたしは次の帝になる資格をもつ四人の藩王の国を、占いで決められた順に巡る」

「なんのために？」

「王と寝るため」

チユギが棘《とげ》でも刺さったような顔をして目を細めた。

「なぜそんなことをする」

「王と寝て二月ほど共に過ごす。その間に子ができれば、その藩王が次の帝になる。わたしは皇后になる」

「子ができなければ？」

「次の国に行き、次の国の王とまた二月寝る」

「そしてまた、子ができなければ次の国へ、か。それでも子ができなければどうなる？」

「簡単なことよ。わたしは殺され、次の皇后星が立つだけ。また占いで哀れな鹿や馬が生きたまま焼かれて、その死に様を見て卜部たちがあれこれ決めるのだと思う。わたしにとってはどうでもいいことだけれど。だから皇后星には子を産んだことがある健康で若い女が選ばれる。そういうことになっている、らしいわ……。昔から。いつからか、なぜなのかはよく知らない」

　残っていた粥を喉《のど》に流し込んだ。肉からは知らない獣の味がした。ありとあらゆる獣の塩漬け肉を食べてきた環璃が知らない味といえば、思い当たるのはひとつしかない。鹿の肉だ。

「帝はお前を次の皇后星にするために、お前の一族を根絶やしにしたのか」

「そうよ」

「お前は産んだ子のために生き続けているのか」

「そうよ」

　それ以外に生きる意味を見いだし得なかった。たとえ氏族の掟が自殺を禁じていても、環璃にとってもう滅びた民の掟などなんの意味もない。反対に、あの子のためなら、環璃は禁忌であった鹿の肉でもこの手で屠《ほふ》り食らうだろう。

「わたしが皇后になれば、いまは別の氏族に預けられている我が子は次の帝の子の兄になる。もう一度氏族の名を復活させるにはそれしか方法がないの」

「子がすでに死んでいるとは思わないのか」

　クッと環璃は笑った。そんなこと、もうひゃくまんべんだって考えた。自分は騙《だま》されているだけじゃないのか。知らないのはわたしだけで、もうあの子はとっくにこの世にはいず、黄昏《たそがれ》の門の向こうで優しかった夫の腕に抱かれているのではないのかと……

「そのあたりは、帝心中（帝の側近たち）もちゃんとわかっているのよね。わたしはあの子と引き裂かれる前にあの子の手のひらの朱印をもらったの。人の手のひらには皺紋《しゅうもん》があるでしょう。一人ひとり違う。あの朱印が三月《みつき》に一度送られてくるわ。見て、少しずつ大きくなっているの」

環璃は胸帯の中に挟み込んでいる紙を取り出して、手のひらで皺《しわ》を伸ばした。赤子の手だが、人の手では偽造できない手のひらの皺の紋様がくっきりと押されてある。

「赤子は人質か」

「人質よ。でもこれだけがわたしを正気でいさせてくれる。辛《つら》いときは何度も撫《な》でて、匂いを嗅いで顔を覆って月の夜を思い出すの。わたしには生きてすることがそれしかない。見て、かわいいでしょう。もう二歳になったころよ。去年の今頃は、一族であの子に……、よちよち歩きをしはじめたばかりのあの子にありったけの金刺繍《ししゅう》の上着を着せてお祝いした。あの子、重くて歩けなくなってよろよろして。そんな様子をみんなで見て笑ったわ。なんてかわいいのって。月が満ちるのも欠けるのも喜びだった。一日一日大きくなっていくあの子がいずれ馬に乗って、父親と狩りに出るのが見られる日がくると信じていた。なにも……疑わずに……」

紙には涙のあとがある。朱印がにじんではいけないといつも鼻が痛くなるほど涙を堪《こら》えて天を仰ぐ。月をつかもうとした赤子の手首に、青い馬のたてがみを編んだ腕輪を結んだ日を思い出す。いったいなんだったのだろう。環璃たちが神の使いだと一心に大事にしてきた美しい美しい尊い北原のいきものたちとは。

カミではなかった。一族を守ってくれなかった。

（見過ごさず屠ればよかった。ぜんぶ食ってやるのだった）

「どうしてあの男らは、あんなふうに死んだの？」

鍋から粥をさらったあとは、さらに水をいれ酒かすと香草を入れて飲み物をつくる。鍋にこびりついた米まで無駄にしないのと同時に、傷んだ食べ物で食あたりしないように酒と薬を体に入れるのだ。白湯《さゆ》をのみ、粥を食べ、最後に香草酒を飲む。旅の食事である。

「私は確たる神……、確神《ゲゲル》とともに生きている」

「確神……」

「われらの神はわれらの中に住まう。女の体の子が生まれる袋の中に神がおわす」

「子宮《オワザ》に？」

「男には子宮がない。だからわれらがカミは男を嫌う」

チユギはまるで御神酒《おみき》でも飲むように両手で椀を傾け飲み干した。さらに水少量を入れて指と椀を洗い、その水で炉端の石を濡《ぬ》らした。そうすることで蒸気が立ち上り最後まで水を無駄にはせずに済む。

旅慣れている。チユギはいったいどんな暮らしをしているのだろう。そういえば、荷物は人ひとりで運ぶにはずいぶん多い。

「環璃と言ったな。これから私と来るか」

「あなたと？」

「お前はいま無力だ。だが、確神に選ばれれば子を取り戻せるだろう」

差し出された袋を受け取った。てっきり水かと思っていたが、かなり強い酒《ウク》だった。もっとも環璃はウワバミなので何食わぬ顔をして飲み干した。じんわりと指先に熱が戻ってくる。

久し振りに口にする酒はおいしかった。殴られ、口の中がぐちゃぐちゃになったあと血止めのために飲む酒とは比べものにならない。

「あなたと共に行ったらどうなるの」

「我々のクニは火の山の裂け目だ。常に地中から毒の靄《もや》が吹き出し、獣も踏み入れば死ぬ。それはヒトも変わりはない。土は鉱毒で汚染され、湧き出る水はわずかで畑をつくることはできない。岩の間に生えた少ない山の恵みを口にして暮らしている。あるいは鉱物を売る。硫黄や大昔の溶岩が固まった美しい石を加工する職人もいる。それらを麓《ふもと》の村に売って、食べ物を手に入れる」

「そういう生き方もあるのね。山の暮らしね」

キルカナンの山々に住む人々で、似たような暮らしをしている氏族と交流をもったことがある。彼らも水晶や緑柱石といった鉱物を採掘し、それを売って暮らしていた。もっともあの山は一度も噴火したことがない。火を噴く山があることは知っている。湯治場へ向かう裕福な隊商を見送ることは珍しくなかった。

「ねえチユギ。あなたのような体になるには、どうすればいいの？　確神に選ばれるためには」

「確神のおわす山に行き、そこでしばらく眠るだけだ。お前が花のようだと言ったものが一面に生えている谷がある。そこには無数の彩のカミがいらっしゃる。そこで暮らしているうちに、確神のうちのお一人がお前を選ぶ」

「選ばれたかどうかはどうやってわかるの」

チユギは腰の紐を緩め、胸の合わせから両腕を抜いて上半身をあらわにした。そうして、背を向けた。骨と骨のくぼみに青い花が浮き出ている。あの男たちを襲って食った肉の花に似ていた。

「背の辺りにしるしが現れる」

「まだらの、入れ墨のようね」

「私の確神はおとなしい。私が怒るまでめったに外には出てこない」

「ひとりひとり、宿すカミは違うの？」

「全く同じ紋様は見たことがない。我々は自分たちのことを果《トー》ての民と呼ぶが、こうも呼ばれていることは知っている。斑《まだら》の民と」

「斑」

蔑称《べっしょう》に近い響きであることは環璃にも感じ取れる。恐れる人々がいるのだ。正しくはカミによって途方もない力を得た彼女たちを。

「……わたしが知る限り、あなたたちがいう確神は、茸《きのこ》の一種のように見えるわ。あれは花のように見えたけれどたしかに笠《かさ》だった。斑の、鮮やかな、糸を張り巡らせ粉を飛ばして増えていく菌類」

「外から来た者の中には、そのように言うものもいた」

では、寝ている間に菌類が体内に入り込み、女の子宮に定着するということだろうか。そして子を育《はぐく》むふくろの中でどんどんと増え、糸を伸ばし、体内外に胞子の雨を降らす……

（なるほど。男には子宮がないから、菌類にとっては無用な肉なのだ。だから、あのように攻

撃しすべて食らい尽くしてしまう）

「一月に一度、女は血を流すだろう。それがなくなる。あの血を吸って確神は体内に止《とど》まっている。だから、確神に選ばれた女は二度と子は孕《はら》めない」

「そうよね。そういうことになるわ」

「だが、代わりに力を得る。たとえば十人の手練《てだ》れの男が襲ってきても、その動きが止まっているように見える。いくら動いても疲れることはない。いつも高揚し、冷静でいられ、一人で居ても多幸感が後押ししてくれる。正直、百人を相手にしても負ける気がしない」

そう言うチユギの態度から、彼女が無敵の戦士であり、いままでどんな屈強な相手にも負けたことがないのだということがありありと窺《うかが》えた。彼女は決してむくつけき体軀《たいく》をしていない。鋭い剣を携えているわけでも、特殊な訓練を受けたわけでもないのだという。

「でも、子を産めなくなるのね。男に触れられないということは、犯されることもないかわりに恋人をつくることもできないのね。抱き合うことも」

「そうだ。だから確神のおわす山には、夫が死んで操を立てるか、子を産み終えた女だけが暮らしている。だいたい皆四十を超えている」

「四十！」

環璃はまじまじとチユギの顔を見た。

「あなたもそうなの」

「私はもっとだ」

さらに驚きを重ねることになった。小柄だということを差し引いても、チユギはどう見ても、二十代前半のようにしか見えない。顔にはひとつの皺もなくつやがあり、髪は黒々としてよく梳《す》いて整えた黒馬の毛並みよりも美しかった。

「見えないわ。あなたも子を産んだことがあるの？」

「いや、私は……」

珍しく彼女が歯切れ悪く口籠《くちご》もったので、環璃は慌ててべつのことを聞いた。

「男に触れられないということは、産んだ子が男の子だったら、もう、その子にも触れられないってことよね。もちろん恋人にも」

「そうだ。確神は怒りを感じたときに表面に出てくる。だから、平常時触れたぐらいで相手がすぐに灰になったりはしない。だが、万が一ということもある。男が彩の谷に入ればたいてい発作を起こして死ぬからだ。だから、谷に行くときは、みな男の家族とは別れる。二度と会えなくても、二度と触れ合えなくても守るべきものがあるという覚悟をもって決別する」

「二度と会えないの？」

「月経が終われば、確神は去る」

ああそうか、と環璃は吐息した。歳をとって月のものがなくなるまで生き延びれば、もう一度愛《いと》しいものに触れられる日がくる。たとえ、力を失っても。

「それまでも、遠くから見ることはできる。谷と谷を挟んで、親子が会う。麓の集落には男の兵士もいるから、彼らにおまえの赤子を攫《さら》ってきてもらえばいい。皺紋があるなら間違うことはないだろう。たとえ谷と谷を挟んでしか会えなくても、いまよりはずっといいのではないか」

「あなたも」

そうしているの、と聞きそうになって、環璃はその質問が彼女を困らせることにすぐに気づいた。

「あなたも、谷の兵士たちも、もうこの手に抱きしめられなくなってもいいから、いのちを守ることを選んだのね。体の中に菌を住まわせて、その力を借りて、どんな兵力にも勝る方法を手に入れたのね。たしかに茸は毒をもつものも多いわ。幻覚を見せる茸もあるし、匂いを嗅いだだけで酔っ払ったようになるものもある。干したものを煎《せん》じて飲むだけで恐《こわ》いくらいに元気になって、眠らずに働けるという話を聞いたことがある。獣の死体に生えるものもある。舐《な》めただけで屈強な男が一瞬で命を落とすのは、赤ん坊の小指くらいの小さくて白い茸だわ。そういうものが、あなたの腹の中にあるのね……」

それから二人、小さくなっていく火を見つめながらいろいろな話をした。チユギの話す彩の谷の話はどこかおとぎ話めいていて、この目で男たちが塵芥《じんかい》になるところを見ていなければ、かつて婆に話を聞いていた幕屋の娘たちのように、遠い遠い異国に伝わる伝承のひとつだと笑い飛ばしたかもしれなかった。

けれど、いまはそれが真実であることを知っている。

ともに来ないか、とチユギは言った。彼女は環璃が、これからただの子を産む道具として、行く先々で男たちにどのような扱いを受けるのか知って、谷に来ないかと声をかけてくれたのだろう。

（もし、彼女の誘いを受ければ、わたしはどうなるのだろう）

揺れている環璃の心を知ってか、チユギが言う。

「麓の村を見てから決めてもいい。麓には、氏族の子供と職人、それから老人がいる。若い男は行商に出ている。傭兵《ようへい》として雇われているものも多い。一月に二度ほど、私達が裂け目から玉となる石を取り出したり、売り物になる鉱物を集めて山の下へ降ろす。麓の村で選別されて、売りに出される。代わりに、食料をもらう。そうやって何百年も暮らしてきた」

たしかにチユギの言うとおりだ。たとえ麓と山に別れて暮らしていても、いまのように遠く離れて生きているのか死んでいるのかわからず、三月に一度の便りだけを生きがいにして、権力を得るため環璃をただただ孕ませようとしてくる男たちに抱かれ続けるより、ずっとましである。

「わたしが確神に選ばれたら、なにをすればいいの。ただでよそものを受け入れてくれるわけではないわよね」

チユギの口ぶりでは、その山の集落も麓の集落も、ほかの村や氏族と積極的に婚姻関係を結んでいるようには聞こえなかった。しかし、できるだけ遠くの氏族と婚姻し、縁戚関係を広げておかなければ、いずれ子が生まれなくなる。

だとすれば、チユギたち果ての民はもっと別の手段で外部の血を受け入れているということになる。チユギがいま、環璃にしているように。不幸な女を救い、代わりに村の男と婚姻させる。環璃はまだ若いから四十になるまでに二人ぐらいは子を産めるだろう。

そして、四十になれば確神を受け入れヤマを守る戦士になる……。そうせよと言っているのだろうか。

「村の男との婚姻を条件にするつもりはない」

「でも、わたしは金も銀ももたない。この身しか差し出せるものがないわ」

「身ひとつでいい。仕事は山ほどある」

もしかして、チユギたち確神を受け入れた人々にはまだ他に底知れない秘密があるのではないか、と環璃は感じていた。山で採掘した鉱物を売って暮らしが成り立っているのなら、チユギはなぜここにいるのだろう。行商なら麓に住んでいるという村の若い男たちが売りにでるはずだ。しかも、ひとたび確神を受け入れれば彼女たちは、男性との接触をさけねばならない。でなければ、ふとしたことで出会う男すべてを灰にしてしまう。なのに、彼女は旅をしている。

（チユギは行商をしているのではない。あの荷は売り物などではない。彼女は、密偵をしているのだ、もしくはだれかを殺す仕事を請け負っている……）

北原で暮らしていると、水のある場所が限られているので、当然どのような人間もそこを通らざるを得ない。行商人も巡礼の隊商も輿入れの行列も逃亡者も、みな環璃たちの集落で水を乞い、食べ物をねだった。だからその人間が去ったあと、あれはどういう人だったか、なぜ、なにをしているのかを自然に覚えた。密偵や間者の類いはすぐわかる。一人で行動し、できるだけ人に会わない路《みち》を選ぶからだ。

チユギは、なにか仕事を請け負い、それを果たした帰りなのだと環璃の勘が告げていた。であるなら、チユギたちは神の力を人殺しや諜報《ちょうほう》活動に利用していることになる。

「あなたたちには敵がいるのね」

「いる」

隠すつもりはなかったのだろう。チユギは即答した。

「だれと戦っているの」

「帝の軍だ」

ああ、と環璃は息をはいた。すべてが符合した気がした。

「あなたたちが異教徒だから？」

「そうだ。そして帝は私たちの力を、確神の力を恐れている。ヒトを滅亡させる死病そのものだと宣言し、過去に何度も軍を送っている」

「それで、どうなったの」

「わかるだろう。我々は滅びていない。どんな兵を送ってこようが、果ての民がひとたび怒ればどんな兵士でもみな触れただけで灰になる。誰一人として生きて帰さなかったから、都には正確な情報が伝わっていないだけだ。だが、いつの時代も生き残った者がいたらしい」

「女ね」

環璃たちの氏族の娘に、確神のことを教えた婆がいたように、どんなに秘密にしようとしても声は漏れるものだ。誰か一人が逃げ延びて真実を伝えた。ただし、それが恐ろしい死の病とは言い伝えはしなかった。

女たちを救うカミだと教えた。決して男の暴力に屈しない、踏み荒らされなくてもいいための力を与えてくれる存在だと言い残したのだ。そして巡り巡って、このような冬の入り口の獣さえ寄りつかぬ山深き荒れ地の岩屋でそれが真実であることを環璃は知った。

「私たちが恐ろしいか」

「いいえ。うらやましい」

　二度と暴力で男に犯されなくてもよくなる。そうしようとする男は、その下卑た意図を果たす前に、とうてい考えられないほどの苦痛にのたうちまわることとなるだろう。全身が腐り果て手足の末端が、まるで熟れすぎた果実のごとくぼたぼたともげ落ちる。この間、わずか数瞬だ。まばたきを十度もくりかえす間もなく、男は手と足を永久に亡くす。ただの丸太のようになってなおもその腐敗と苦痛は進み、やがて首と胴の区別もつかなくなるくらいにただの肉の塊と化した身体《からだ》は、見たこともない菌類の苗床になる。そのころになると男は顔もない。

　もうそうなると男であった、人間であったと思わせるものを見つけることすら難しい。肉体を個人づけるあらゆる特徴がそげ落ちて、その存在の醜さを覆い隠すように菌類の花が咲く。実際、あの男たちの意図にかかわらず、行為の野蛮さ、卑劣さにかかわらず、笠を広げた菌類はこの世のものとは思えないほどに光り輝き美しかったのだ。

「さぞ美しいのでしょうね、確神の谷は」

「美しい。環璃に見せてやりたい」

「見たいわ」

　それに、そのカミの力さえ手に入れられれば、一族を滅ぼしたすべての人間に復讐《ふくしゅう》ができるだろう。そして都へ上り、この世の権力をほしいままにしている帝の側近たちはおろか、瑪瑙のかんむり鹿の氏族を滅ぼせと勅令を出した帝を塵芥のように消し去ることができる。

　それに、そのカミの力さえ手に入れられれば、一族を滅ぼしたすべての人間に復讐ができるだろう。そして都へ上り、この世の権力をほしいままにしている帝の側近たちはおろか、瑪瑙のかんむり鹿の氏族を滅ぼせと勅令を出した帝を塵芥のように消し去ることができる。

そういうと、チユギは少し顔をかしげて目を細め、

「小さな街ならばともかく、あの極　都《サーナリスヒーン》はなかなかに難しい」

と言った。「一度ならず仲間とともに近づいてみたが、容易ではないとわかった」

「それでも」

環璃は身を乗り出した。自分を苦しませた相手を、苦しませながら殺すことができる。絶対的な権力者をいともたやすく。極都に巣くう男どもがすべて手足を失くし、美しい肉の花の苗床になりながら塵《ちり》と化すのを眺めながら、環璃は焼けたばかりの鹿肉を食らいたいと強く願った。

「わたしが触れるだけで、鋼のような肉体を持つ兵士たちがみな苦しんで死ぬのでしょう。そんな光景、きっと見飽きない。鋼鉄の剣も羽根のように軽く、鎖帷子も必要なく、眠らず食べず心地よいまま過ごせるなんて、楽しく戦って圧倒的に殺せるなんて夢のようね。そんなふうになりたいと何度も思ったわ。氏族を滅ぼされた夜に、夫の首のない遺体にすがって泣いた夜に。そのまま引きずられて、夫の首とともに輿の中に放り込まれた夜明けに、あいつらを殺してやりたい、この手で根絶やしにしてやれるならなんでもすると泣きながら願ったわ。もしそんな力を得られるのなら、あの子を二度とこの手で抱けなくてもいい。生きて笑っているところを遠目でも見られればじゅうぶん。――でもいまは行けない」

行けない、そう言葉にするだけで目の前で重い重い鉄の扉が閉まったようだった。環璃は自分が泣いているのかと思ったが、涙はこぼれていなかった。泣くよりも悲しいことを言わなけ

ればならない。そのために力を残しておけと自分の体に言われているような気がした。

「わたしが消えたら、次に皇后星になる娘は決まっているの。親戚の娘よ。一年前の春に長年想《おも》い合っていた幼なじみと結婚したばかりの歳若い従姉妹《いとこ》。あの子をわたしと同じような目に遭わせたくない。だからわたしが行くわ。子ができるまで見知らぬ男になぶりものにされても、わたしは次の帝の子を産んでみせる。こんなばかばかしい占い一つで辺境の一族の営みがまるごとひとつなくなる。それが世の中の仕組みなら、わたしはわたしのいいようにつくりかえるわ。この手にたしかな権力を握って」

　この手に最後に抱きしめた愛しいものは、息子ではなかった。愛する夫の首だった。三日三晩鍵《かぎ》のかかった輿の中で、物言わぬ夫の首を抱きしめて環璃は誓ったのだ。力を得て、すべての仕組みを変えようと。

「だからお願いがあるの。わたしが子を産み落とし、その相手が次の帝になることが決まればわたしは極都に送られる。そしたらわたしに会いに来て」

　チユギは黙って聞いている。彼女の目からは賛同の意がくみ取れる。環璃がなにをしようとしているのか、彼女にはわかっているのだ。

「今日の山賊のようにわたしの一行を襲ってほしいの。そしてわたしだけを果てへ連れていって。わたしはそこで確神の民となり、だれかに救助されたふりをして必ず極都へ行ってみせる。帝の閨へたどり着いて、あなたたちが望むことをしてあげるわ」

　彼女たち果ての民の力をもってしても、いまだ帝を殺せてはいないのにはなにか理由があるはずだ。確神の力にはなにか制限があり、それゆえに帝のもとまでたどり着けていないのだ。

「きっと、極都へ入るには恐ろしいほどの身元調査が必要なのでしょう。あなたたちが怒ればすぐに確神が暴れ出す。心を偽ることは、訓練を受けても容易ではないもの」

「お前が帝を殺してくれるのか」

「帝を殺しただけでは、戦は止まらない。大事なことは、ものごとを決定できる場所に居つづけることよ。だから、わたしがなる」

「お前が」

「わたしがなるわ。次の帝に」

旅の途中でこうして環璃と出会い、奇妙な夜を過ごしている。カミを宿した女と、帝の子を生む女が、冬枯れた岩山の洞穴で向き合い、ある意味運命を共にするか話し合っているのだ。

炉端の火が絶えようとしていた。環璃は急いで息を吹き込んだ。願いを繋げようとすることは、火が消えるのを止めようとすることに似ている。息を吹き込み、風を送り込み、犠牲を払う。

「それでいいのか」

「わからないけど、それが最善だと思う。だからお願い。わたしの息子を捜してほしい。大事にされているか、元気でいるか、ひもじくはないか、辛いことはないか、息子のことを浴びるほど知りたい」

「それくらいはなんでもないことだ。私たちは国中に散っている。私たちを雇いたいという者は国中にいる」

「そうでしょうね、邪魔者を誰も知らないやりかたで消すことができるんだもの」

「もらった金品を食料に換えて、山に戻る。いつも」

「もっといいやり方があるわ」

環璃はチユギの手をとった。そうしていいのかわからなかったが、そうすることが自然なことのように思われた。彼女は拒まなかった。

「もらった金品で、土地を買いなさい。荘園《しょうえん》の主になるの」

彼女は意外そうに環璃を見た。

「そうしてどうなる」

「あなたたちは食べ物を生み出すことができない荒れ地に住んでいる。いざというときに逃げ場がないの。ゆっくりと、少人数からでいい。飛び地の領地を持つのよ。そこであなたたちに有利なように商売をして、欲しいものを手に入れればいい。すべてをすぐに食料に換えてはだめ」

環璃よりずっと年上の女性は、いま教師に初めて文字を教わる子供のように真剣に目を見返した。

「飛び地を持つの。わたしたち北原の瑪瑙のかんむり鹿の一族もそうしてきた。だから帝は、草原に居た一族をすべて殺して、血族が絶えたと思っているけれど、そうじゃない。わたしたちは祖父の代から、中央との軋轢《あつれき》を感じてきた。北原もなにかを生み出すのが難しい土地だから、水が豊かな南の荘園を買い、少しずつ広げて一族を枝分かれさせていった。こうなる運命だった。枝族がいつか本流になるのは歴史のさだめよ」

チユギは頷《うなず》いた。頷きながら、固い肉を何度もかむように、さだめと言った。

「やはり土地だな。すべてのものを生み出せる土」

「そのとおりよ。うまく使って、力を蓄えるの」

「お前が極都へいこうとしていることを、お前の枝族は知っているのか。すべて知っていて、時を待っているのか」

「飛び地といってもクニにも満たないちいさな荘園よ。名目上は代官もいる。枝族だけで一国の帝に刃向かうことはできないわ。会ったこともない親族たちだもの、見て見ぬふりをしているのかもしれない。下手にかかわりあえば自分たちまで巻き添えになるから、息を潜めてやり過ごそうとしているのかもしれない。でも、あなたに出会うまでは、この目で見たこともない南の小さな土地がわたしのたったひとつの祈りのよすがだった」

「いつか、お前の息子が、豊かな南の地でお前と出会えることを私も祈る、環璃」

チユギの手が、環璃の手の上に重なった。もうずいぶんと長い間、このような素朴な触れあいがあったことを忘れていた。人の手のひらはこんなふうにすればなんと心地よいものか。

「わたしも祈るわ。チユギ。あなたに再び出会えることを。いつでも会いに来て。息子のことを聞かせて。たとえ犬のように閨に繋がれていても、役にたてることもあるかもしれないから」

それから、薄い筵を敷いて二人で抱き合って眠った。人の体温が皮膚越しにしみ通ってきて、環璃に忘れていた感情を思い起こさせた。夢の中で環璃は立派な角をもつ牡鹿《おじか》に向かって弓を射ていた。恐れはなかった。あの冠は、あの星がひっかかったニムロの枝のような王のもちものは、このわたしにこそふさわしいものだ――

うっすらと夜が白み始めるころ、環璃は目を覚ました。チユギはすでにその場には居なかった。自分がそれと気づかず眠りこけていたことに驚いた。こんなにも深く寝入ったのは久しぶりだった。しばらくしてチユギが戻ってきた。

「起きたか」

「どこへ行っていたの」

「馬が戻ってきた気配がした。夜が明ければ戻ってくると思っていた。毛並みのいい二頭を連れてきた。乗っていくといい。この先に半日ほど行ったところに女神峰《ツーダホン》の番所がある」

「ありがとう」

一晩かけていっぱいになった水袋と麵麭《パン》を手渡された。もう二度と会えないとは不思議にも思わなかった。これから何度もチユギには会う気がする。そしていつか、自分も彼女とおなじものになる予感がした。

そう、いつか。いつか確神の力を得られるかもしれないという希望は、濁流の中でおぼれかけていた環璃にとって、突然与えられた船であった。

目の前に流れがある。環璃にはいま、その流れにのるたしかなすべがある。あとはこぎ出すだけだ。恐れがまったくないとはいわないが、この船にのってゆけば櫂《かい》を正しく使えば、望みが叶《かな》うかもしれない。

燦王朝を打ち倒すという大それた望みを。

「環璃、健康を。私からの知らせには、鹿の革を巻いて届ける」

「ありがとうチユギ。あなたの望みも叶えられますように」

環璃は馬の背にまたがった。振り返るともうチユギの姿はなかった。

日の昇る方角へ向かう。視界が広い。かつてこのような夜明けを北原で幾度となく迎えた。なにかが始まるための日の始まり。

《刈り取られた麦に、縊られた獣に、昨日と明日に》

「わたしは、絶えた瑪瑙のかんむり鹿の一族の女王。神は美しく、ひとは醜い。神は尊く、ひとはいやしい……」

環璃は歌った。草原で一番醜いのは人間であり、美しい獣たちは神の御使《みつか》いであるという古い伝承の歌を。

笑いながら歌った。

第2章　烏爬《ウーファー》藩国

山が枯れたので、チユギは〝狩り〟に出ることにした。

多くの賊行為は持たざるものの生業《なりわい》の一つである。この世に、ひとのものを奪わずに生きてゆける人間などいない。弱きものたちは群れ、強きものに抗《あらが》う。それが表面化すれば、たいてい最後は命のやりとりで決まる。

しかし国や地域ごとの掟《おきて》によって、賊行為はかたく禁止されている。その原理は単純だ。復《ふく》讐《しゅう》されるからである。たとえ最初は盗みでも、報復は徐々に大きくなり、ついには戦になってどちらかが死に絶えるまで続く。村と村との深刻な対立の原因が、もはやだれも覚えていないだろう何百年も前にあったちいさな諍《いさか》いであったことも珍しくない。

そうして掟が人をしばり、最小限の強奪行為と見せしめで成り立つように、あやうい均衡を保ちながら、今日も世は終わらずに続いていく。

もう長い間、この世は人の世であった。獣たちは山へと追いやられつつあった。獣、虫、そして異形とよばれるものたち、つまり人の社会からはじかれたものたち、すべて荒れた山で生きるしかなかった。しかしそこには生きていくために十分な実りはない。

よって、チユギたち果ての民は、これ以上はどうしようもないと長老会が判断すれば財を他者から強奪する。むろん、どの都市《ズーチ》に奪いにゆくかは念入りに話し合いがもたれる。

「同じ場所ばかり襲っていては、いずれ彼らは我らをはっきりと敵と定め、戦《いくさ》になってしまう。相手が追うのを諦《あきら》めるくらいの被害に留《とど》めたい」

チユギは自らが身を置く、黒く平たい谷集落《カリカント》の若い仲間ひとりを伴って、今回の襲撃対象である水瀑関《シーボウドク》に向かった。

烏爬藩国《ウーファアー》は万旗主大湖《タイカ》氏が代々治める山と湖の国で、神代のころこの世界を作っている神にお供した神鳥《ブリミー》たちが、その忙しさに山をひっかき、かいた汗が地上にしたたりおちていくつもの小さな湖を作ったと言われている。あまりの地形の複雑さゆえに、いままでいくつも登場した統一王朝のどれもが、完全に征服しきれずに終わったという歴史をもっている。地理的事情ゆえに豊かになれず、さりとて征服もされずにきた国なのだ。そんな、決して豊かではない国を強奪の目標に選んだのは、近年この国の湖水地方が貴族や富豪たちの避暑地として栄えているという噂を、取引にやってくる古なじみの革商人らから聞きつけたからだった。

「まずは〝白い水の寄る中州の街〟突過可《トッカカ》を目指そう。これからの季節、湖水地方は人が増える」

金持ちたちが集まる避暑地はいい狩り場だ。夏の間は狩り場には苦労しない。むしろ苦労するのが、突過可へ向かう道中に数ある関所である。関所にぶつかるたびに大きく迂回《うかい》して山を越えることになるが、その道は険しく、山賊も多い。よって「同類」と出くわすことも多くなる。

二人は目立たぬこの地方によくある古着を身にまとい、髪を布の中にまとめ驢馬《ろば》を牽《ひ》いて、いかにも自分たちはこのあたりの山間《やまあい》で暮らす民で、今は親戚《しんせき》の家からの使いですという顔をして歩いていた。本来なら二人旅は珍しく、とくに女は巡礼か輿入《こしい》れくらいでしか生まれた街を出ないものだ。なのに、供も護衛もつけずに街道筋とはいえ山道をいくなど、このあたりの常識では考えられない。よって髪を短くして色を隠し、男のふりをすることになる。

そうして、七日ほど、雷の巣と呼ばれる峰が連なる北へ向かった。

いつも単独行動ばかりのチユギにとって連れのいる旅は久しぶりで、どうにも気が安まらなかった。巨軀《きょく》の牛をも一撃で真っ二つにするほどの力を持つチユギではあったが、特別な確神の宿主に選ばれたヤマの巫女《キケ》のように災難は予知できない。だから、目の前で大きめの二頭だて牛車が土砂崩れに巻き込まれ、大きく横転したかと思うと、四方からどっと黒い獣が押し寄せて殺し合いが始まったときには、面倒なことになったとため息をついた。

(あの牛車、前の街で見かけたときから、こうなる予感はしていた)

人のまったくいない場所などこの世にはない。どんな荒れ地でも、理由があってそこで暮らす者がいる。あの派手な牛車は、前の街で山賊の物見に目をつけられていたのだろう。供のものたちが街で横柄な態度をとっていた。旗を掲げていたから、おそらくは大都市か国に仕える役人だろうが、そういった人間はよくその身分をかさにきて無礼を働く。いやがらせをされた側も黙ってはいない。意趣返しに、山賊に宿泊客の情報を売って小銭稼ぎにするのだ。

案の定、その派手な牛車は土砂に押しつぶされて、運んでいた荷もすべて山賊のものになった。

「チユギ、わたしたちはどうするの」

連れの女、テセレンが言った。

「さあて、どうしたものだろうな」

できれば何事もなかったかのように通り過ぎてしまいたいものだが、賊行為を見られて黙って行かせることはない。彼らはチユギたちに見られていたことを知ると、これ幸いと近寄ってきた。

「あいつら、わたしたちを捕らえるつもりよ」

「満腹になった獣は、ほかの獲物を追おうとはしないものだが」

「おろかよね」

金持ちを襲って金目の物を手に入れた、目的は果たしたのだからはやく戻ればいいのに、そうしなかった。彼らにとってチユギたちのような二人連れは、火に飛びこむ虫のようなものなのだろう。

「おい、あっちに売り飛ばせそうなやつらがいるぜ!」

「男の装《なり》をしているようだが、女か?」

チユギは大柄なほうだが、テセレンの生まれついての線の細さは隠せない。今時分は薄着なのもあって、顔をわざと汚していても見るものが見れば女だとわかる。

「シワシワの婆《ばばあ》じゃねえか、よせよ、連れて行っても小銭にもならねえぜ」

「売り物にならなかったら捨てればいいさ」

男たちは、弱者に襲いかかるとき見事なまでに同じ台詞《せりふ》を吐く。女は攫《さら》って売り飛ばす、無理矢理相手をさせて、面倒になれば殺す、そういうことを彼らは当たり前のように散々やってきたのだ。

　まだほかの人間がやってくる気配はない。チユギは良い機会だと思った。

「テセレン、やってみろ」

「うん、わかった」

　テセレンは今年果て《トー》へ来た女だ。夫を亡くし、二人目、三人目とあらたな夫のもとへ嫁いだが子に恵まれず故郷へ帰された。歳も三十五を超え氏族ではただ飯食らいだと貶《おとし》められて、持参金なしで四番目の夫のもとへ嫁いだものの、七十過ぎの夫が支配する荘園《しょうえん》では労働者と同じ扱いをうけた。辱《はずかし》めはそれだけではなかった。荘園で働く隷役《れいえき》（永久隷属奴隷）たちが住む長屋に住まわされ、隷役たちの相手をさせられるようになったのだ。耐えきれず、故郷の母から手渡された首飾りをばらばらにして路銀に換え、荘園から逃亡した。カリカントの集落にたどり着いたときには、多くの女がそうであったように、歳も性別もわからないほど痩《や》せ細っていた。

『どうせ死ぬのなら、あいつらを殺してから死にたいと思った。確神《ゲゲル》のことは、故郷の村の月の小屋で聞いたことがあった。この月経の血を好むカミがこの世にいて、男を殺す力を授けてくれるって』

　この漠々とした赤土の大地の、さらに向こうの、太古の昔に栄え、栄華を恣《ほしいまま》にした人々の骨の砂が降り注ぐ白骨砂漠を越えたところ。いつも薄桃色に色づいた煙のような雲が流れているそのさらに向こう。果ての果ての果ての、そのまた果ての、神代に水竜《ジャスチ》が大地をひっかいたあと、母たちが流した涙をためた千の塩湖を越えたさらに先。人の足ではたどり着けるかどうかわからない険しい山の裂け目にその民は住んでいる……。テセレンは何度も口の中で言い続けた。「わたしの叔母の祖母もそこへ行った。行って還《かえ》ってこなかった。一度だけ叔母に手紙をよこしたと聞いた。辛《つら》くなったら合図を送れと」

はたして、テセレンの叔母の祖母がどうなったのかを詳しく知る者は集落にはいなかったが、彼女はたどり着いた。そして山で一週間暮らし、見事〝幼い嵐〟と呼ばれる確神に選ばれて果ての戦士《ラワト》となった。

月が満ちているときは、テセレンの嗅覚《きゅうかく》は犬のように鋭く、一里先に生えている木々に巣くう虫までもわかるという。チユギのような怪力はないが、「冴《さ》えて」いるとき彼女に触れると男は塵《ちり》になる。テセレンの確神は荒ぶるカミだ。まだ確神をうまく扱えないうちは、外部の男と顔を合わせるのは難しい。関所などで尋問《じんもん》され、つい感情が高ぶると確神が出てきてしまう。会う男、会う男を塵にしていればたちまち騒ぎになり、チユギたちの暮らすカリカントの邑《むら》にも危険が及ぶだろう。

幸いにも、確神に選ばれた戦士は昼も夜もなく歩き続けることができたし、どんな化石のような岩山でも鹿が行けるならば彼らよりたやすく進むことができた。三日、飲まず食わずで進めば、山を二つ越えることができる。

『怒るな。怒りを制御しろ。確神に乗っ取られた戦士は、己の血をカミに食われて死ぬ』

怒りを適確に制御することは、沸騰した湯を、手際よく飲める温かさまで冷ます行為に似ている。チユギが見ている間、テセレンは軽やかに飛び、賊たちの首にその細く枝のように美しい足を絡ませて体重をかけ、一瞬で首の骨を折った。その様子は、まるで天女の羽衣が生き物のように男たちの首に巻きつき、殺意を持ったかのように思われた。

一滴の血も流れることなく十五人の男たちが骸《むくろ》になったあとも、彼女は息ひとつはずませていなかった。

「あーあ、ほかの荷は土砂の下かぁ、もっとうまいことやればいいのに」

テセレンは特に喜ぶこともなく、さも当然のように男たちの荷物を拾い上げた。

「塵にすることなく、よくやった」

「確神様が出てくるまでもなかったよ。これくらい」

怒りが頂点に達すると、確神は子宮《オワザ》から手を伸ばし、チユギたちの皮膚に顕現《りんげん》して毒を吐き散らす。その毒を吸った男は必ずといっていいほど塵になって死ぬ。それはあまりいいことではない。それよりこうして肉のままほうっておけば山の獣が遺体を食べてくれるだろう。

「外でみだりに確神の名を唱えるな。恵み《メト》と呼べ」

男たちが所持していた金目の物や値打物を大方拾い終えると、二人は再び先を急ぐことにした。近隣の街に、山賊が出たことはすぐに知れ渡るだろうから、今日からしばらくは街で宿を取るのは危険だ。野宿をするにしても日暮れ前に場所を定め、火を熾《お》こす準備をせねばならない。

分け入る方角を見定めようとしたそのとき、チユギたちは近くに自分たちとは違う足音を聞いた。

（だれかいる）

目をこらすまでもなく、足音の主は発見できた。テセレンがいち早く、男を見つけたのだ。

男の身なりは良く、分厚くて柔らかい革製の長靴を履き、きめの細やかな雨上がりの土のような肌をしていた。日焼けも少なく、爪にはくすみも汚れもなくきれいである。身分が高い証拠だ。

「あ、あ、あ……」

男は山賊ではなく、どうやら山賊たちが襲った元の牛車の主、あるいは同行者のようだった。

「ぼ、僕は、賊じゃありません‼　烏爬藩国へ行く途中で、こ、こ、この車も中は書物ばかりで、書物庫の屋根を葺《ふ》き替えるから、しばらく別の場所で保管するためで……」

チユギは納得した。どうりで賊たちが、荷の中身ではなく、随従《ずいじゅう》たちの装飾品ばかりあさっていたはずである。

（どうする？）とテセレンが視線で問うてきた。あの男一人殺すのは目の前の虫を踏み潰《つぶ》すよりたやすい。だが、土砂崩れのことはそろそろ近隣の集落に連絡が行っているだろう。人が駆けつけてくる。

チユギたちがなにもしないのがわかったのか、男はほうほうのていでこの場から逃げ出した。

「行かせてよかったの？　もしかして、恵みの力を吸ったかもよ」

確神のもたらす加護は、およそ人の住まう世界で女が持てなかったすべてのものを女に与える。暴力からの逃避、そして暴力に対する報復。圧倒的な恐怖を味わわせること。集団も怖くはない。いまの未熟なテセレンですら、十五人の戦い慣れた山賊相手に十分戦える。カミは表面に出てくるまでもないので、彼女に触れた、あるいは周囲にいる男が塵になることはない。

しかし、万が一ということがある。賊たちの首を枯れ枝のように折っている最中、一瞬でもカミがテセレンの皮膚から顕現していないとも限らない。

「放っておけ。もし恵みの力を吸ったのだとしても、次の関所にたどり着くまでに塵と消えている」

「そうだね」

人が集まってくる気配を感じたので、チユギたちは素早く街道を外れ、脇街道といわれる獣道を進み始めた。

しばらくして、チユギたちがいくつめかの峠を越えたあたりで、テセレンが行く先ではない山の向こうをぼうっと見ていることに気づいた。

「どうした？」

「……いえ、なにも。ううん。この力、もっと早く欲しかったと思って」

彼女はゆっくりと拳《こぶし》を握りしめ、それから指をほどいた。

「最初に結婚したときは十二歳だった。ありったけの持参金をつけてもらって、身動きできないくらいの婚礼衣装と、自分の重さと同じだけの銀をもって嫁いだ。婚家は大喜びでわたしを歓迎してくれた。大事にされて幸せだった。なのに、子供ができないとわかると、夫も夫の親族も新しい嫁を探し始めた」

占星術で相性を見たはずなのに、神に選ばれた相手のはずだったのに、それはなかったことにされて、すべてテセレンが悪いことになった。嫁いだ日に小さな身体いっぱいに着つけてもらった金糸銀糸の婚礼資産は、彼女の〝所有者〟が替わるたびにすべて剝《は》ぎ取られ、裸一貫になってさえもむしり取られた。柔らかな皮膚や健やかさや笑顔までも、巻き付けた帯をほどくようになくなっていった。同時に、テセレンは自分までもなくなっていく気がした。

「どうしてこうなったんだろう。新しい場所へ嫁がされるたび、自分の何が悪かったんだろうって思ってた。その間にどんどん歳をとって……」

実家に見放され、子も産めず容貌《ようぼう》の衰えたテセレンをだれも抱きしめてはくれなくなった。彼女にも、この世にもう抱きしめたい相手も触れたい相手もいなかった。

「なんのために生まれたのかわからないまま死ぬくらいなら、なにかに成ってから死ぬ」

テセレンの答えをチユギは黙って聞いている。もう何千回と、さまざまな女の口から聞いた同じ言葉を、祈りや決意というよりも楽の調べのようだと思いながら。

「わたしは確神の眷属《けんぞく》になれた。だから、この力をつかって哀れな仲間を救いたい。いまならやれる。ね、そうでしょう？　わたしはそのために恵みに選ばれたんだよね？」

彼女のように力を手に入れた女が、次に望むのは復讐だ。彼女は自分をひどい目にあわせた一族を根絶やしにしたいと思っている。山に来てカミに選ばれたものならだれでもそういう思いを抱くものだ。

だから、ヤマに来て十年以上になる古参の斑が繰り返し言い聞かせる。――昔、おまえのように復讐を望んだ者がいた。ひどい扱いをされている女たちを連れ出そうと故郷の村に戻った若い斑がいた。だが……

「長老《ミルバ》たちに教えられただろう。これは自分の殺したい相手だけを殺せる力じゃない」

いつの帝《みかど》の御代《みよ》だか正確には伝わっていない、古い話だ。ある力を得た若い果ての戦士は、故郷の集落で親しかった幼なじみを連れ出そうとした。その幼なじみも夫に毎日のように暴力を振るわれ、顔の半面が岩のように変形して片目は見えなくなっていた。親友の命を救うためには、いますぐそこから連れ出すしかなかった。幼なじみの女は再会を喜んでくれたが、いまは幼い子らがいるので一緒には行けないと言った。

残酷な事件は、その夜起こった。幼なじみの女が家に戻り、いつものように子らを抱きしめて寝かしつけようとすると、子供たちのうち男ばかりが突然泡をふいて苦しみだした。そして、体中の穴という穴から噴《ふ》き出した菌糸《きんし》に肉を食われ、母親の見ている前で塵となって死んだ。

カミに食われた肉の塵は風にのって村じゅうに拡散した。まず彼女の夫、そして舅《しゅうと》が死んだ。三日もたず村の男は全滅した。男だけが奇妙に死に絶えた村は悪神にとりつかれたといわれて、周辺の村からはなんの援助の手も差し伸べられず、人は訪れず、村に残された女と女児たちのほとんどは飢えて苦しんで死んだ。老女も女児も疫病《えきびょう》とともにやって来た女を呪い、死んでいった罪もない兄弟たちを憐《あわ》れみ、失った子らへ許しを乞《こ》いながら母たちは自死を選んだ。

その村はもうない。人々はそのことを忘れた。そして、出戻り女は決して集落に入れてはならない、という掟だけが残った。

「それで、ヤマに戻った若い戦士はどうなったの？」

「帝国との戦いで死んだ、といわれている」

「気が触れることもなかったの？」

「気が触れることも、カミが許さない。暴走したカミが子宮を出て、体中の血をすすりはじめたら終わりだ」

　ああ、とテセレンは息をついた。同じくカミを宿すものとして共感できるのだろう。女たちが復讐をしたい気持ちはわかる。だが、そこで気持ちを堪《こら》えなければ、なんの罪もない子供たちまで母親から奪うのだ。そして彼女らは決して、誘われたくらいでは子を捨ててヤマへくることはない。

　テセレンは見るからに落胆した。まだ復讐を諦めきれていないようだった。だれもが通る道だ。この道のように。行く者が絶えなかったからこそ、そこは道になっただけのことだといつかは知る。

「復讐したい気持ちも、いつかはなくなる」

「なぜ?」

　忘れられるからだ、とチユギは言った。

＊

　突過可の街のひとつ手前の宿場町で身なりを整えると、チユギとテセレンは街の門を避け、城壁のそばで夜を待った。

「せっかく突過可まで来たのに、夜中に忍び込んで帰るだけなんて」

　と、まだ若いテセレンは不満げだったが、

「商隊を襲ったところで、荷をさばくのに時間がかかる。盗品とおぼしきものをなじみ以外から買う人間は多くない。収税官を襲えば貧しい人々が二重取りされ、大事になるだけだ。貴金属や宝飾品の盗みがいちばん効率がいい」

　街を幾重にも取り囲んでいる水堀を通り抜けるには、兵の交替時間にあわせて動くほうがいい。そうする必要があることをひとつひとつ、チユギはテセレンに教える。今回はそのためのあえての二人旅なのだ。

「まず泳ぎを教える。うまく恵みの力を使えば、どんなに高いところから川に飛び込んでも死ぬことはない」

「盗みじゃなくて？」

「逃げ方を身に着けるほうが先だ」

「ふうん……、チユギさんが連れになるときいて、てっきり依頼の仕事なのかと思っていました」

　と、テセレンは夜を待っている間、口の中で乾いた肉をゆっくりとふやかしながら言った。依頼の仕事、つまり人を消す仕事は、果てのなかでも手練《てだ》れの数人しか請けることがない。しかし、どんな手練れであっても確神の力はいずれ衰えが来るから、長たちは後進を育てることにも十分心を砕かねばならなかった。果ては土地の実りがほとんどない国だ。人が仕事をしなければ集落を維持できないため、いつも人は出払っている。中には数年間、果てに帰ってこないものもいる。

「慌てなくても、お前が十分な手練れになれば、そのうちだれかが〝請け〟に連れて行くだろう。覚えることは山ほどある」

「チユギさんも、昔は盗みからはじめたんですか？」

「だれでもそうだ」

山が枯れるたび、チユギたちはありとあらゆる『持つ者』たちから富をかすめとってきた。一度ならず大勢を率いて北部の要衝である蔵都《ハント》へ赴き、ひと暴れして戻ったこともある。しかし、暴れたあとは恨みが怖い。果てに住むものたちはそうやってさまざまな賊行為を行ってきたものの、このような避暑地に一時的に集まった『持ちすぎる者』から宝飾品を盗みだすのが効率が良いという結論に達した。それに、盗みはなるたけ人に会わないように行動するので、チユギたちにとっては都合が良いのだ。

「なるほど、そうか、すでに盗品の販路を果てがもっているということは、盗みの歴史があるってことですもんね」

よっぽど特徴のある貴金属でなければ、盗んだ品は仲間たちによってできるだけ遠くに運ばれ、すばやく売り払われる。目立つ動きをすればすぐに都市部に駐在する羽林御史《うりんぎょし》（地方軍と監察を兼ねる役所）に報告されるからだ。

チユギたちの敵は〝帝心中〟、つまりすべての軍を掌握している帝の側近たちである。彼らに話がとどくとやっかいなことになるから、値段の交渉をすることも少ない。だいぶ安く買いたたかれていることは百も承知だが、チユギたちのような者が盗品を捌《さば》くためにはしかたのないことだ。

（あの少女……、環璃《ワリ》のいうように、実りのある土地を買えたらどんなにいいか。その土地に堂々とわれらの名前をつけ、隠れ住むことなく家を、邑を建てられたら）

しかし、それは夢だ。チユギたちはつねに追われている。〝疫神の使い〟は常にどの帝の治世でも殲滅《せんめつ》対象なのだ。

「そろそろ行こうか」

高い塀をなんなく飛び越えることができる二人が、内部に侵入するのは難しいことではない。さらに街の中にさえ入ってしまえば、見とがめられても娼婦《しょうふ》や貴人に仕える婢女《はしため》のフリをすれば不審に思われることもなかった。女が市場で買ってきたような生鮮食品を腕に抱えているだけで警備の目を逃れられるのは、有史以来女が無力で非力な存在であったがゆえの思い込みなのだろう。

その地方では〝炙《あぶ》る月〟と呼ばれる夏のはじめ、高地にある突過可には、毎日のように豪奢《ごうしゃ》な牛車がぞくぞくと詰めかけていた。一年の中でもっとも稼ぎ時とあって、昼間は門の外も中も人の声であふれている。街で暮らす人々にとって、来訪者はこれから一夏をこの避暑地で暮らすために金を落としてくれる大事なお客様だ。客引き、荷運び、掏摸《すり》、まんじゅうを売る棒手振《てふり》、水売り、そして金貸しとあらゆる商売人たちが、門の前に集まり自分たちの一年分の食い扶持《ぶち》を稼がせてくれる相手を探しているのだった。

二人はまる一晩かけて、湖のほとりに建つ一級の旅館や別宅を巡り目についたものから貴金属を盗み出した。行動の邪魔にならない程度に収納できるよう、チユギたちの衣服の裏地はすべて袋状になっている。これは伝統的な盗人の服で、捕まればこれを着ているというだけで投獄される、禁じられた仕立てだ。

早ければ明日にも、身の回りで高価な装飾品が消えていることに気づくものも出てくるだろう。そうなれば警備が厳重になり、街に来たばかりの新顔が炙り出されて服を検分され、旅券を調べられる。だからそうなる前に逃げるのだ。

来た道は戻れない。絽水《ろすい》と呼ばれる湖を泳いで渡ることになった。幸い湖の対岸にも大きな街がある。この湖の水はひときわ幅の広い瀑布《ばくふ》となって、新たな湖へと流れ込む。この地方のありとあらゆる川の水が集まる場所があるのだ。

それが万途の水瀑関、烏爬藩国の藩王《ジョグル》の過ごす夏の離宮がある、この地方有数の景勝地だった。

＊

颱汗《タイハン》藩国の藩王は、環璃の上で何度も果てた。齢《よわい》およそ六十の老齢であったが、野望はまだ十分にあった。ほんの十数年前まで後見もおらず忘れ去られていた親王であったのが、十二人いた兄が次々と病で死に、五十のとき突如後嗣に選出されたのだ。それから彼の世界が一変した。彼はまず、後宮に入りするべきことをした。

四十人いた兄たちの妃《きさき》すべてと関係をもったあと、全員を宮廷から追い払った新藩王は、次に閹人《えんじん》たちに命じて自分のためだけの妃候補、すなわち新しい女官を集めさせた。国の中心である突都《とつと》にいる、ありとあらゆる出自の美しく、芸に長《た》けた若い女が、彼のためだけに着飾って寝所に侍《はべ》った。藩王は大いに満足して、己の血統を正統とするための政治的行為、つまり子作りに励んだ。無論兄たちの子はすべて難癖をつけて皆殺しにした。

この歳までだれにも担がれていなかったことで、却《かえ》って王宮の権力闘争からは離れていられた。宮廷という名の蠱毒《こどく》の壺《つぼ》で、名だたる藩王位継承者たちが死力を尽くして戦い、疲れて死に果てたのもよかった。なにもせずとも敵が絶えたのだ。これぞ天に選ばれた者だとばかりに自信をもってなすべきことをやった。すなわち、なにもしなかった。政治はほとんど内廷の官僚たちにまかせたのである。

十年以上の内乱に疲れ果てていた颱汗の民も宮廷の貴族たちも、老王がよけいなことをしないというだけで評価したし、なんといっても高齢だからそのうち死ぬだろうと思っていた。戦争よりはいい、王が三日で殺されるよりはいい……。なにもしないことが評価されるようになると、なにかしようとするとき壁が高くなるのだが、だれもそんな小さな変化には気づかなかった。気づいたものたちも、毎日の生活だけでせいいっぱいで、何十年後の国のことなど気遣うものはいなかった。この国ではなんといっても、藩王自身がなにもしないことによって成功したのだから。

そして、十二年という年月が経った。

この大陸の国々を暗に統べる予兆統計機関である、大弓張星見下《おおゆみはりのはしら》に選ばれて、次の帝になる資格をもつ四人の藩王のうちのひとりに決定したという知らせを聞いたときも、颱汗藩王は驚かなかった。きっとこうなると思っていた。自分には幸運の星がついている。なるべくして王になった。この歳でもつぎつぎに子ができる。彼は自分が皇后星を孕《はら》ませ、次の帝位につくことを微塵《みじん》も疑っていなかった。

「うちの王様のもとへ、帝都から皇后星が来るそうな」

「あんな老人に子作りができるもんかね」

「だけど、去年もお子がお生まれになっただろう？」

「で、うちの王様が帝になったら、俺たちはどうなるんだ？」

「どうもならない」

民たちは、今日が昨日と寸分も違わないことに満足していた。戦争よりはずっといい。

「なにも変わらないさ」

次の帝が出るかもしれないという一世一代の機会にも、颱汗藩国の民たちは無関心だった。はりきっていたのは王とその近侍のみで、彼らは進んで後宮から女たちを一掃し、皇后星のために金と銀と玉が煌《きら》めく新しい宮殿を建て、ありとあらゆるもてなしをして〝皇后星〟を満足させようとした。むろんのこと環璃の健康状態の管理にも熱心だった。彼女が朝目覚めてから藩王の寝所に赴《おもむ》くまで、必ず医師がそばについて、口にするものを細かく見届けた。

「先代の燦帝《さんのみかど》は、ずいぶんお若いとき、やはりそなたのようにめぐり来た皇后星との間に一子ができたそうな。その皇子も二十九で即位された。まだ御年三十六であられるのにもう退位とはお気の毒なことだ。のう、若き皇后星よ、そうは思わんか」

「……」

藩王は環璃を国中からかき集めた金や銀や玉で飾りたて、思いつく限りの贅沢《ぜいたく》をさせた。すこしでも環璃が笑みをみせたことは逐一閹人衆に報告させて、その何十倍にもして望みが叶《かな》うように心を配った。颱汗藩王にはこの歳にして実子がすでに六人いたし、去年男子が生まれたばかりであったから、自分が種なしでないこともよく知っていた。一方環璃もまた経産婦である。数さえこなせば、かならず子ができるだろうと彼は確信していた。

「そなたはもう、水瀑関にいくことはないぞ。ここにいるうちに子ができて、ほかの三人のつまらない藩王たちと閨《ねや》をともにする屈辱からまぬがれられる。それに、烏爬の藩王は民を痛めつけ、恐ろしい処刑法ばかり考案するのが趣味の冷酷な男だと聞く。そんな男が帝になったらこの世はどうなるか……」

しかし夜な夜な〝勤め〟を果たす以外はすることのない環璃は、この藩王に特別になにかをねだったりすることはなかった。何を聞かれても黙って微笑んでいるだけの、後宮の女官たちよりも手応えのない、ただの女に、藩王もこれ以上なにをすればいいのか策も尽き、そうこうしているうちに一月が経った。

月のものがきて、またふたたび月のものがやってきた。まったく懐妊の兆しもないというので、いよいよ王は焦り、医師たちにあらゆる策を講じさせた。ある経験豊富な医師は、環璃に王と同衾《どうきん》する直前まで湯に浸《つ》かっているように言った。貴人を何十人もとりあげたことのある高名な産婆は、多産の象徴である山犬の神の力を借り、国中の犬の尾を切らせて寝所に敷き詰めさせるように王に進言した。

「どうだ、欲しいものはあるか。なにか食べたいものはあるか。故郷が恋しいならばなにか取り寄せさせよう。故郷の料理を作らせよう」

聞けば、この若く美しい皇后星は北の草原の小国の出であるという。後宮に集めた女たちのように藩王に媚《こ》びることもなく、いつも毅然《きぜん》としているところは好感がもてたが、寝所に入っても少しも態度が変わらないことに王は不満をもっていた。自分がこんなに尽くしているのに、なぜ努力しようとしないのか。ここで自分との子ができるほうが、彼女にとっても良いはずだ。一年で四カ国を回るという過酷な旅をしなくてもいいし、見知らぬ男と臥所《ふしど》をともにし続けることもない。

はたして、二月ばかりの〝蜜月《みつげつ》〟は風のように去り、皇后星は最後まで作り物の笑み以外の表情を藩王に見せることもないまま、何十万個という真珠で飾られた真っ白な輿にゆられて突都の王宮を出立した。

「きっと、そなたの腹には我が子が宿っておる。烏爬に着く前に兆候があるはずじゃ。そのときはすぐ使いをよこせ！　すぐに迎えにいく‼」

烏爬藩王のもとへ向かおうとする環璃の輿を見送りながら、藩王は何度もそう声をかけ、周囲の失笑をかった。

環璃が去ったあと、藩王は自分がみすみす逃した栄誉と地位が名残惜しく、環璃と同じ北の草原生まれの美女を後宮に集めるように閹人たちに命じた。民たちは、しばらくの間皇后星を孕ませられなかった藩王の老いぶりを笑いものにしたが、すぐに忘れた。

ただ環璃の身の回りの世話をした宮廷の閹人たちだけが、「よく鹿の肉を食う女だった」ということを憶《おぼ》えていたが、すぐにそれも忘れた。

＊

〝我ら鳥を尊ぶものども〟

烏爬藩国の都は翼都《よくと》といい、この国では神代からの言い伝えに従って鳥を尊ぶ風習がある。神鳥《プリミー》が大きく翼を広げたとき、羽根が湖の上にいくつも舞い落ちこの地を作ったことからその名前がついたと、環璃は道すがら世話役の女官らから、輿の中で説明を受けた。

険しい山間部ではあるが湖水地帯なので、周辺の国とは船での交易が可能であり、よって民の多くが商人である。生まれた子の多くは船の上で教育を受ける。中でも特徴的な学問が〝黙《もく》学《がく》〟で、黙っている人が何を考えているのかを正確に予想する訓練を幼い頃から徹底的にすることだ。

「ねえ、あとどれくらいで、輿から降りられるの？」

「雨で少しばかり遅れておりますので、日が暮れてもしばらくかかると思われます」

烏爬から環璃を迎えに来た女官は、必要最小限のことだけ答えると、あとは自分のお役目ではないとばかりに黙り込んでしまった。颱汗藩国での、わざとらしいばかりではあったが大騒ぎの歓迎ぶり、環璃と藩王への追従ぶりのすぐあとであったから、国が違えばこれほどまでに歓待の仕方が違うのかと半ば感心もした。

この国では沈黙は礼儀のひとつであり、黙っていても正しい答えを導きだせることに重きをおく習慣があるという。相手の本心はなんなのか、常に意識しておかなければよい取引ができない。しかも、交易の場での取引機会は一瞬である。成功するためには、黙っている人の心内《こころうち》や、明日、十日後、一年後の状況など、目に見えないものにまで細心の注意を払う必要がある、というこの黙学の教えは、国民の間に何百年にも亘《わた》ってしみ通り、生活のあらゆる面に表れている。もっとも他国の人間からは、烏爬人は黙っていていて何を考えているのかわからない冷酷な民、といわれることも多かった。

とはいえ道中、あまりにも時間を持て余していたので、環璃は女官らに翼都や藩王について思いつくままに問い詰め、多少なりとも情報を引き出すことに成功した。たとえば、翼都の中心部にある王宮、通称加羅庫裡《からくり》宮殿には、代々の藩王が増築を繰り返した高層の木造建築があり、初めて都を訪れるものを圧倒するという。しかし、この伝統的な工法では、そこで暮らす者は常に階段を上がったり下がったりせねばならず、一日の運動量は膨大で、閹人などは足腰を痛めて引退せざるを得ない者も出た。このような状況から、現藩王は、王朝始まって以来初めて平地に石の宮殿を建て、一日のほとんどをそこで過ごした。年老いたものたちの中には、伝統を捨てるのは不吉だと藩王の決断に不平をとなえるものもいたが、多くの侍中（そば仕えの宮人）、尚書台（大臣）、僕士夫（役人）、御史（警護の武官）、そして女官・閹人たちは王の合理的な決定を内心喜んでいた。むろん、烏爬人らしく顔には微塵もだすことはなかったが。

（なるほど。若く、合理的で古い慣習をうちやぶることにためらいがない王なのか）

炙る月、つまり夏になると、烏爬の宮廷はここ水瀑関に移動する。環璃の乗った輿は、水瀑関と呼ばれる、千の川が滝となって流れ込むという、このあたりでも最も有名な景勝地で歩みを止め、翼都からやってくる藩王を待つことになった。

皇后星の乗った白い輿――数十万個の真珠で飾られた、人と馬とで牽《ひ》く巨大な箱が翼都にたどり着くには、何度も何度も船を乗り換えねばならない。しかも、そうこうしている内に約束の期限が過ぎてしまう。ゆえになにごとも合理的な藩王は、客人を近場である夏の離宮のほうに呼び寄せることにしたようだった。

翡翠《ひすい》を張ったような美しい湖面に、氷河が溶け出してできる銀色の川がいくつも流れ込み、霧が立つ朝方には白の雲海が、昼間は鮮やかな山の緑が、そして夕べには暮れ輝く陽に向かって金色の道が敷かれ、見る者すべてを圧倒する。この自然の恩恵を楽しもうと、国中のほとんどの貴族や有力諸侯、富豪たちが集まり、他国からも涼を求めて、そして彼らが落とす富のおこぼれにあずかろうと野心ある商人たちがやってくる。夏場の一大避暑地として大変に活気づいていた。

水瀑関にある藩王の離宮は、湖にいくつもある島のうち、もっとも岸から離れ、もっとも滝に近い島に建てられていた。たどり着くためには何百年も前に山から切り出された白い石の門を小舟でいくつもくぐり抜けなければならず、環璃の乗った真珠の輿は専用に作られた大型の艀《はしけ》に乗せられることになった。

「あの白い木のようなものはなに？　ぜんぶ石でできているの？」

目に入る珍しい光景に、環璃は一瞬これから待っていることを忘れてつぎつぎに質問を投げかけた。

「あれは白珊瑚《さんご》と呼ばれる、もとは海の生き物です」

「海？　だってここは山の中でしょう？」

「太古の昔、ここは海とつながっており、多くの海のいきものたちが棲《す》んでおりました。あの大樹のように見える珊瑚は、ここが湖となり干上がったときに地上に露出したのです」

女官が言うには、大昔にこの世界は一度大津波によって水に沈んだことがあり、それはいくつもの険しい山を越えてやって来て、ほとんどの土地が浅い海となった。珊瑚はそのときに真の海から運ばれてきて、もと陸地だった浅い海に根付いたという。

透き通った湖水から生える巨大な白い珊瑚の林は、赤く乾いた草原と岩の砂漠しか知らない環璃にとっては言葉を失うほどで、長い旅路で目にしたどんなものよりも深く、記憶に刻み込まれた。

「湯浴《ゆあ》みをなさいませ。お支度を」

新しい場所へ移されるたび、やわらかい湯で身の汚れを拭い去り、絹と宝玉で飾られる。どの国でもどの街でも、世界中のどこでも富めるものはみななぜか、光輝くモノを身につける。金や銀螺鈿《らでん》細工やあらゆる色の宝玉に共通するのは煌めきだ。麻より絹をよしとするのはその美しい光沢があるからだろう。人といういきものはよほど自分を輝かしくみせたいらしい。

石の林という通称で呼ばれている離宮で、環璃は藩王の到着を待った。しかし、不思議なことに待てど暮らせど藩王がやってくる気配はなく、身支度のたびに気を張っていた環璃も、しまいには自分の立場も目的も忘れ、ただただこの恵まれた自然の美に見入るようになった。

「今日もまだ、藩王殿下はこちらにおつきにならないようです。いやいや、お待たせしてしまって申し訳ない」

奴婢《ぬひ》たちの長でこの離宮の運営を任されている圭真《けいしん》という若者が、朝餉《あさげ》の時間が終わると決まった話題のように、藩王の動向を報告してきた。この男は烏爬人にしては表情豊かで、表情を殺しているほかの女官たちとくらべて、まだ会話が続きやすい相手だった。

「あなたは、この国の人にしてはおしゃべりね」

「実は、僕は烏爬人ではないのです。いまは留学中です。つい先日ここへも来たばかりなんです」

　大学士ということらしい。圭真は、名前も聞いたことのないような国の生まれで、極　都《サーリリスヒーン》の万旗大学寮から派遣されてきた、いわば官僚の卵だった。

「僕らのような大学士は、大学での履修期間を終えるとさらなる学びを求めて各国を回ります。僕の場合は、後見である親族の希望で、できるだけ多くの国を見てこいと。九歳のときに極都に出されまして、大学で学び十六を過ぎたあたりから、各地を放浪する生活になりました」

　この世界、特に銅海《どうかい》を東の果てとする大陸を表して、一帯八旗十六星幾万という。一人の帝と八つの選ばれた高位旗主貴族、そして辺境の十六の国の藩王（星王）が統べる国々という意味である。実際には旗主貴族は名門の八旗のほかにも数多く存在し、周辺の国もそれこそ環璃の故郷の月端《げったん》のような小国をいれれば無数にあるだろう。幾万とつくのはその名残であるとも言える。

　万旗大学寮はその名のとおり、燦帝の一族である玉帯燦氏の縁戚すじで、貴族である旗氏の身分がないと入学を許されない、極都一の選良学徒集団だと聞いたことがある。

「賢いのね」

「賢くなければ生き残れないともいいますか。家を継げるのは長男だけですから、僕のような非嫡出の八男は官僕になるしか道はありません」

　名門の出身、人がうらやむ能力を持つ大学士とはいえ、それだけで人生が順風満帆というわけではないらしい。

「いわば、いまはお試し期間。留学中に王や権力者に気に入られれば、その国で正式に地位と仕事を与えられます。留学期間中にそういう機会を得られなければ、また次の国へ留学、というわけでして……」

皮肉なものだと環璃は思った。彼ら身分のある若者は、国の将来を担うべく、若い頃からさまざまな国で研鑽《けんさん》し交流を深めるために世界を巡る。自分は、ただ次の帝を選ぶための道具として、飾り立てられ、寝所に横たわるだけのために世界を巡る。

それでも、この歳で離宮で働く隷役たちのまとめ役を任されるのだから、彼もまたそれなりに名の通った貴族が後見についているのだろう。

「そういう大学士が、この国にもたくさんいるの？」

「いますよ！　だからみんな必死です。大国で官位を得られれば一安心だけれど、そんなに簡単にはいかない。地縁があったり、有名人に一筆書いてもらったりできればいいですが、そこは公平になるよう先達が目を光らせている。あくまで能力だけでのしあがらなければならない。留学とは試練、とにかくひたすら苦労するものなんです。ま、僕もですけどね」

圭真の話は、環璃が行ったことも見たこともない遠い国から、噂話ではよく耳にするような大きな都のある国、国とは名ばかりの集落のような小さな小さな独立国までさまざまに及んだ。彼らはどんな小さな国にでも、留学を許されれば行くという。それだけ官職の席は少なく、出世の道は険しい。しかし、成功すればその国で新たな道が開け、一族は高い位をもって迎え入れられ、末は尚書令《だいじん》も夢ではない。彼らはとにかく必死なのだ。

「最初の国で仕事が決まればいいのにね」

「それはそうなんですが、どの国も、できるだけたくさんの国を回ったことがある大学士を採用したがります。そりゃ複数の国の政情をよく知っているほうが都合がいいですよね。その中でも大国で働いたことのある大学士はとくに有利なんです」

圭真だけがぺらぺらとよくしゃべり、そばに控える侍女や閹人たちは、面でもかぶっているかのようににこりともしない。彼がこの宮廷でやっていくのは難しそうだ、と環璃は内心思った。

「その立派な大学士さまが、私のような女の世話をするためだけに、宮廷から離れてこんな田舎にいるのね。ご苦労様。出世の機会を逃すわよ」

「とんでもない。あなたさまは烏爬にとって大事な国賓《こくひん》でいらっしゃいますから」

「国賓？」

環璃は鼻で笑おうとしたが、うまくいかなかった。こういうことは、普段からやりなれていないとできないのだと思った。

「できるかぎりのおもてなしをして尽くせと、藩王殿下から承っています」

「わたしは、藩王とたった二月寝るだけの女よ」

「ですが、あなたが皇后になられる可能性もある。もしお子が生まれれば……」

「殿下には、ほかにも妃がおられるでしょう。お子さまだって」

「それでも、帝にしてさしあげられるのは、あなたさましかいない」

圭真はよほど藩王に忠誠を誓っているのか、それともこの国で是が非でも職を得たいと思っているからか、やけに熱っぽい口調でそう言った。

「不思議ね、あなたのように優秀で、名門の生まれで、後見人もいて、都の大学に籍をおけるようなひとでも、表の世界で出世するのはそんなにたいへんなのね」

ここがもし彼の生まれ故郷なら、地縁もあるし口添えも期待できただろう。世界中を流浪して官吏の職を得るよりずっといいはずだ。それとも、彼には故郷にいられない理由がなにかあるのだろうか。

「僕にはよくないくせがあって、うまく場をこなせないときは笑ってしまうんです。この国ではとくによくない。そのせいでよく、へらへら笑うなと叱られます。普段から身についたちょっとしたことが、なかなか修正できない」

「笑うななんて、おかしな命令だわ」

環璃が暮らした北の草原では、みな感情豊かに振る舞うことが美徳とされていた。ただでさえ生きるのに過酷な土地だからこそ、春がきたことを喜び、水が湧いたことを喜び、子が生まれたことを喜び、雨や風や花や来客や些細《ささい》な変化を大はしゃぎして喜んだ。そうすることでしか、あの土地では命をつなげてこられなかった。あまりにもあっけなく魂は旅立つから。

「そんなことをしてなんの得があるの」

「大事なことなんですよ。人は感情的になれば暴力をふるう。感情的になりすぎるからこそ罪を犯す。誰かを殴る、殺す前に心を制御できていれば、起きなかった事件は数えてあまりある」

大学士である圭真に真面目な顔をして説かれれば、そう言われればそういうこともあるかもしれないと思ってしまう環璃であった。

「この烏爬という国は、かつて高い山脈に隔てられた小さな国々に分かたれていました。まるで鳥の羽根一枚一枚のようにね。何百年もそうやっていざこざを繰り返していたから、なかなか大きな国が育たなかった。鳥爬の初代藩王は、その羽根一枚一枚をあつめれば、伝説の神鳥のごとく空をも飛べるだろうと民を諭したそうです。外敵に備えるためには、血の濃い親戚の国々がまとまって大きな翼となるべきだとね」

　以来、鳥爬では組合が発達した。好き勝手に商売していた商人たちは、地域ごとに範《カド》と呼ばれる組合をつくり、かならずどこかの組合に所属せねばならないことになった。組合は商人たちをまとめ、組合の範によって違反者を裁く。商人たちだけではない。あらゆる鳥爬の人々が、なにかの組合に所属した。手に職を持たないものなどほとんどなかったから、十二の歳を超えると、人々は静かに自分の仕事を選び、絶対的に範を厳守する範員《ハンジン》になった。

「些細ないざこざを徹底的に避けるために、範は進化していきました。この国にはあらゆる範学士が集められ、人々は掟によって守られ、己を律することを求められました。黙学はその過程で生まれた精神でもあるのです」

　つまり、すべての争いは人の気ままな暴力や感情の発露によって起こるのだから、それを法によって規制すればいい、そのためには沈黙がいちばんよい、というわけであるらしい。

「その言い分は、わからなくもないけれど、それでこの国の人々はつまらなくないの？　お祭りはあるのよね」

「もちろん、祭りの日は無礼講ですよ。人々は黙学を忘れたかのように騒ぎ、踊りあかします」

　藩王が来られれば夏の大祭がはじまるはずですよ、と圭真は言った。

なんとなく環璃は彼の立場を察した。おそらく大学士である圭真にとって、学問を何より重んじるこの国は、自らの能力を発揮するのに都合がいいのだ。だからこそこの国の藩王に気に入られ晴れて正式に雇われるために、なんとしても自分に藩王の子を産んでほしいのだ。それがここでの、彼の仕事なのだと。

それから、二日、三日、と藩王はやはり離宮にはやってこなかったが、環璃が景色を見飽きたころに圭真がふらりとやってきて、話し相手になってくれたので、ずいぶん気が紛れた。

「藩王殿下はとにかくまじめなかたなので、都での役目をおいてまで、こちらに来ることができないのでしょう。藩王じきじきに裁定しなければならないという範があると聞いています。この国は、範の国ですから、藩王とはいえ好きに行動することはできない」

「いい国だこと」

環璃にとっては、そのほうが何倍も気が楽だった。かつて颱汗藩国では、閨を強要される日々におびえながらも、平静を装うことでしか、誇りを保てないと感じていた。いくら金銀で身を飾り立てられ、自身が煌めいているように見えても、環璃の中はからっぽで空虚だった。毎日、故郷では禁忌であった鹿の肉を喰《く》らい、こみ上げる怒りで自分を支えた。正気でいるためには、「この世の鹿という鹿を喰らい尽くすまで、死にはしない」と何度も自分に言い聞かせるしかすべはなかった。

しかしここでの歓待は、なにもかも颱汗とは違っていた。環璃は毎日、ただただ美しい田舎の景色を眺めながら、なにを強いられることもなくゆったりと過ごすことができる。

朝、鳥の声で目が覚めると、どこからともなく絹の紗幕《シオ》がたくしあげられ、臥所から日に照らされた碧水《へきすい》が見える。環璃の寝所はこの湖でも一番大きな白珊瑚の林をくりぬいて作った部屋だ。その朝靄《あさもや》に濡《ぬ》れた珊瑚の枝が朝日によってあたためられ、隙間から水滴がいくつもこぼれ落ちる。そのしたたる音が、水琴窟《すいきんくつ》のように珊瑚の部屋に響き渡り、まるで荘厳な音楽会の中にいるようなのである。

「この珊瑚、生きているの？」と環璃が問えば、

「生きていますよ。いまでも一年で小指の爪ほどは成長しているとか。地表に出ているぶんは白く乾いていますが、水中ではもっと違う、木の枝のような色をしているんです」

と圭真が答える。

「へえ……」

幾千の山道を隔てた氷河から切り出し、運ばれてきた氷の水で顔を洗い、喉《のど》を潤す。昨日は熟れた水桃、今朝は葡萄《ぶどう》と豊かな山の恵みである果実が、惜しみなく銀盆に並ぶ。環璃が望めば、滝のほうへ小舟を出すこともできる。千の川が流れ込んでいるといわれるこの水瀑の関の眺望を求めて、水の満ちる夏には世界中から人が集まる。その一等地をひとりじめしているのだから、これ以上の贅沢はないといってもいい。

さらによいのは、環璃を一番不快な思いにさせるはずの藩王がいないことだ。闇そのものがないから、環璃はこの旅が始まって以来、初めて夜食事をとり、長く眠ることができた。

夜、眠ると我が子の夢を見た。夢の中の環璃の子は別れたときのままの乳飲み子で、まだ子育ても危なっかしげな環璃の腕に抱かれ、一心不乱に乳房にかぶりついて乳を飲んでいた。やがて吸う力が弱まり、そのまま腕の中で寝てしまうと、見計らったかのように夫がやってきて

分厚い半纏《はんてん》の合わせ目を緩め、その中にすっぽりと赤子を入れてしまう。子は父に渡されたことを知らぬまま眠っている。自分の体から出た山羊《やぎ》とも羊とも違う乳の匂いが、狭い包《ハオ》の中に充満し火の中に溶ける。あの包の中には、環璃の望むなにもかもがあった。

（ああ、この珊瑚の離宮は、あの包に似ているのだ。だからこんなにも懐かしく、わたしをほっとさせるのだわ）

十日ほど、なにもせずに水の上で過ごした。もの静かな人々と、街から切り離された離宮。大きなクジャクの羽根の扇で風を送られながら、昼間の心地よい陽気を楽しむ。ここは山岳部なので昼の気温もそこまで上がらないが、翼都をはじめとした大陸の南部の都市や街は猛烈な暑さだ。炙る月は文字通り人も馬も焼いていく。この月は老いも若きも、富める者も貧しき者も地下に掘った部屋で寝て暮らす。

（藩王はどのような男なのだろう）

環璃の心は、あれこれ思い巡らすだけの力をようやくとりもどしつつあった。

ここ烏爬という国は、颱汗藩国とは違う意味で安定している。もう何年も国境近くの小競り合い以外、大きな戦はないのだという。圭真が語った初代藩王が作り上げた大きな翼、すなわち〝組合〟と〝範〟の力が大きいのだろう。

しかし、なにごとにも表と裏はある。いくら有能な文官や法学士が集まって整えたとはいえ、法律を厳格にすることで生まれるひずみはあるはずだ。

（ということは、武官が力を失い、濃密な宮廷政治が行われている可能性があるのか。外との戦争はないけれど、内部でのいざこざは頻繁にあるのかもしれない）

颮汗藩王は、烏爬藩王を冷酷で新たな処刑の方法を考えるのが趣味の残虐な王と評したが、実際はどうなのか。政務が忙しくて、などと圭真は言っているが、皇后星がこの時期にやってくることは一年以上前から決まっている。法が厳格とはいえ、王ならばどうとでもなったはずだ。その意図はどこにあるのか。

帝になどなりたくないのか。女に興味が無いのか。もしくは愛している相手に操だてしているのか。それとも、

（〝役に立たない〟のか）

男性が精神的な問題で、あるいは外的な要因で閨をともにできなくなることは珍しくない。颮汗藩王も、最後の最後は共寝の回数ばかりを増やそうとして焦るあまり使い物にならなくなり、結局なじみの美姫たちが藩王を楽しませている間、環璃は寝そべって待っているというありさまだった。

環璃としては、どのような理由でもいい。男に閨を強要されないのならば、これ以上の安らぎはなかった。

（ああ、でもこの世では、この世界では、男に閨を強要されない女のなんと数少ないことだろう）

世界はいつの時代も、人はあらゆる種類の暴力によって支配されてきた。まるでそれしか方法がないとでもいうように、戦や力ずく、権力による横暴がまかりとおってきたのだ。もう何年も、何百年も、きっと何千年も。

だから、チユギたちのような者が現れたのか、とさえ思う。

（子宮に宿る確神。子だねを受け入れるために蓄えた血で肥え太る月の神。欲しい。いつかこの身にやどす事ができれば）

環璃には、いまは野望がある。一帯八旗十六星の支配を終わらせ、この狂った暴力の歴史を止める。なんとしても皇后となって極都へ上り、故郷を滅ぼした今上の帝をこの手で消し炭にするのだ。そして、我が子を取り戻し一族を復興し、なにものにも揺るがされることのない絶対的な権力を握る。そのためには、あの果てのカミの力がいる。

確神を子宮に宿した女たちが実権を握る世界はどのようになるだろう。静寂と安心感に満たされた時間、環璃はチユギに出会うまで考えもしなかった幸せな妄想にふける。

たとえば、確神の力をもった女帝が即位し、どんな精鋭隊でも敵わない力を持つチユギのような戦士たちが宮城を守る……、とか。しかし、そうなると男は半永久的に中央権力に接触することはできない。

よって、男は実質的に遠く離れた農地で畑を耕し、地代を納め年貢を送り出すだけの労働力となる。あるいは、ただの種馬に。

婚期を迎えた女たちのうち、子を望む者だけが男の住む地方へゆき、結婚する。その中で子を宿したのちは、出産専門の地へ移動し守られて暮らす。つまり、子を産むことを選択した女は、一時的に子を育てるために適した土地へ移り住む。そして男は男だけが住む町で、女は女だけが住む町で暮らす。我が子が男ならば確神の戦士たちに接触することはできないから、やはり、戦士となるのは子供を産み終えた女だけにしぼるのがよいだろう。

（女は旅をし続けることになる。結婚し、子を産み、育て終えてから確神の力を得て、果ての戦士になる。そのたびに土地を移り住む。いったい、そんなことが可能なのだろうか……)

今でさえ、人のほとんどは生まれた土地を一度も離れることなく死ぬ。なのに、子供を産むまでは権力(確神)に接触せず、子育てを終えてから力を得て戦士となり、あるいは出世の道を目指す、など。

(それでは、今となにもかわらないではないか。なにもかもが女の仕事になる。結局は女が子を産まなくてはならず、それには人生は短すぎるのだ)

男を労働力として食料の生産のみにかかわらせても、結局女が子を産むことが無ければ国は滅びる。だからこそ、いまのような男がすべてを手にし、女が数を増やすために命を終えるだけの人生を強要されるしくみになっているのだろう。

環璃はすでに、おのれの野望の先にある世界の姿にうっすらと気づいている。あの確神を手に入れれば、いまの人の世の大きな枠組みは壊せる。しかし、同時に人は滅ぶかもしれない。

はたしてそれでもいいのか。

「それでもいいわ」

環璃は、手で握った白桃からにじみ出る汁のあまりの甘さに、赤子のようにそれをしゃぶった。甘い。このような甘みの極みをしゃぶっていると、ほかになにも考えられなくなった。

なかなか水瀑関にやってこない藩王に、環璃は、もしかしたら彼とはこのまま永遠に会うことはないかもしれない、と思い始めた。

しかし、そんな彼女の淡い期待に反して、ついにそのときはやってきてしまった。朝いつものように圭真からもたらされた報告によると、いよいよ藩王一行は翼都の加羅庫裡宮殿を出て、一路こちらへ向かっているという。

一足先に水瀑関にやってきたのは、宮廷の女たちであった。彼女らはいつもならいま環璃が寝泊まりしている、この一帯で一番豪奢で景観の良い離宮で、毎夜饗宴《きょうえん》に参加しながら、女だけの世界特有の会話伝達による排斥遊戯にふけるのが常であった。

ある日のこと、水瀑関に宮廷がすっかり移動して、環璃がのんびり専用の藩王の小舟に乗って滝を見るのを楽しんでいると、女たちの声が聞こえた。

「はたして、藩王様は皇后星と閨をともにされるかしら？」

それは環璃がこの国に入ってから聞いた中で、もっとも感情的な女の声だった。

「あらあら、まだこちらにいらっしゃらないのにもうその話？」

「定められているとおりに動かれている方だもの。皇后星と閨をともにするときはこうせよ、なんて、きっと我が国の範には書かれていないでしょ」

扇で口元を押さえても、クスクスという笑い声は箱船の目隠しである簾《すだれ》の隙間から漏れ出てくる。

近くにいる船の中に環璃がいることを知らないのか、それとも滝の音が隠してくれると思い込んでいるのか、女たちのおしゃべりはどんどんと続いた。

自分があれこれ値踏みされ、品定めされているだけの他愛もない内容ではあったが、環璃はなんとなくほっとした。いつもは面のごとくぴくりとも顔の表情を動かさないこの国の人々も、人目のないところではごくふつうに噂話をして笑ったり嘲《あざけ》ったりするのだと。

それから、その小舟に乗っていた彼女らは環璃をひとめ見ようと、なにかにつけて石の林を訪れた。しかし肝心の環璃が一向に会おうとはしないので、今度の皇后星はずいぶんとお高くとまっているようだとか、しかし藩王といまだに閨をともにしていないのならば、万が一にも帝国の国の皇后になることはない。ごまをするだけ無駄だとか、それでも顔くらいは見たいとか、さまざまなことを噂して、いちように贅沢に時間を使っていた。なんとも人間らしいと、環璃は腹もたたなかった。

烏爬の国に入って五十日が過ぎたことを、環璃は圭真によって知らされた。藩王が環璃と過ごせるのは、皇后星がその国に入ってから二月ばかりと定められている。よって、環璃があと十日のうちに懐妊しなければ、烏爬の藩王が次代の帝になる可能性は無に帰するということになる。

だれもが固唾《かたず》を呑《の》んで、藩王と環璃の様子を注視していた。

「藩王殿下が無事におつきでなによりでした。こんな大事なときに大裁定が重なるとは、まったく不運なことです」

待ちに待った藩王の到着に、相変わらず圭真は黙学の精神も忘れて大はしゃぎである。そんな彼を見て、周りの大臣も、閹人たちも眉をひそめていたので、垂簾《すいれん》のこちらから見ている環璃のほうがハラハラしたほどだ。

よほど醜いのか、それとも小男なのかとあれこれ想像を巡らした藩王であったが、環璃の予想に反して、外見はこれといった特徴の無い男だった。身の丈は高くもなく、低くもなく、顔つきはいかにも烏爬人を思わせる鷲鼻《わしばな》、くぼんだ両眼の色は薄茶で、とくに珍しくも際だってもいない。

普通の男だった。少なくとも見てくれは。

「長旅の疲れは、少しはとれましたか」

と、藩王はまっすぐ環璃を見て言った。周りに付き従っていた宦官や女官たちがいちように息を呑んだのがわかった。

「藩王様のお心遣いをもちまして」

「そうですか。それはよかった」

のちほど夕餉《ゆうげ》の場で会いましょう、と素っ気なく言い置いて、彼は環璃の手もとらないまま、官たちを率いてどこか別の場所へ移動してしまった。

圭真が慌てて、「実は都で片付けきれなかった大裁定がいくつかあるようでございまして」とその場を取り繕う。

「まあ、そんなにお忙しいならご政務に集中していただいて結構。わたしはまったく気にしません」

「いいえ、なんとか夜には、二人きりでゆっくりお話しになれるようとりはからいますので、どうかご容赦を」

どこまでも機嫌の良い環璃とは逆に、生真面目な圭真は焦りを隠さなかった。当然だろう。彼の進退は、環璃がこの機に懐妊するかどうかにかかっているのだ。慌てた圭真は、そのまま部屋に戻ろうとする環璃を呼び止め、

「そ、そうだ。殿下から大事なものを預かってございます。なんでも、帝心中より送られてき

たものなれば、早急に皇后星に渡すようにとのおおせで」

と、官服の袖から繻子《しゅす》の紐《ひも》によって蓋《ふた》の閉じられた桐箱を取り出した。環璃はあっと声を上げた。あの子だ。あの子の手印を記した書状が入っている！

「よこして！」

突き飛ばすように圭真の手からそれを奪い取った。紙が入っていた桐の箱がカランカランと乾いた音を立てて足下に落ちる。かまわず、環璃はその巻いた紙を手で押し広げた。

小さな手の朱印だった。環璃はもうとっくに憶えてしまった、我が子の手のひらの皺《しわ》を思いだし、見定めようと食い入るように見つめた。すぐにあの子の手だとわかった。あの子は生きている。生きてこの世のどこかで暮らしている。ああ、なんて小さい。小さい。でも大きくなった。生き別れて一年と半分ほど。環璃にとってはほとんど時が意味をなさない日々だ。たとえいくつもの日が西に燃え落ちて夕べに月が冴え、夜が始まった東にまた新たな薪をくべられた炉のごとく朱の日が燃えても、環璃にとってはこのしるべこそが今。この時だけを頼りにして、わずかに遅々と前に進んでいる、それだけの生だった。

「藩王殿下は、これをあなたにお渡しするために、大裁定を日延べしてこちらにいらっしゃったのですよ」

圭真がなにかを言ったが、環璃の耳には届いていなかった。ただ大きく紙を顔に押しつけて、匂いをかぐように何度も何度も息を吸った。


藩王が離宮にやってきたことで、水瀑関の一帯はいっそう華やかさを増したように見えた。

朝から屋根付きの小舟がいくつも湖面に繰り出し、楽しげな人々の声が水音に混じって山間の避暑地にこだまする。特に離宮周りに別宅を持つ旗主貴族たちは、藩王と環璃の仲がどのようになっているか気が気でないようで、あらゆる場所で人々の耳や視線を感じた。それでも彼らは国の教えに則《のっと》り、ひたすら無表情をつとめているのがおかしなことだった。

「大裁定は藩王殿下じきじきに下される習わしなので、どうしても数が多くなる。毎年代々の藩王は、この夏の離宮にまで仕事を持ち込むのが伝統になっているそうですよ」

と、細かなことまで圭真が説明した。彼自身、この国に留学生としてやってきて最初の夏なので、休暇に来ているというのに働いている人々を見て素直に驚いていた。

「私の生まれ故郷とはだいぶ違います。彼らは休みに入ると、一切動きませんからね。店も閉まるし、使用人は故郷に帰るしでほんとうに不便なんです」

それに比べて、皇后星がやってくるような非常時でも国の務めを最優先する藩王はすばらしい、しかし早くきりあげてほしい、とこぼした。

日も高いうちから藩王を交えての宴が繰り広げられ、環璃もまた垂簾の内からではあるが歓待を受けた。

〝我ら鳥を尊ぶものども〟と藩王が言う。すると、その場にいた旗主貴族やこの祝宴に招待されていたこの地方の豪族たちも同様に口にした。

「王の治世は大翼のごとく、報復は鉤爪《かぎづめ》のごとく、すべての命は烏爬神鳥のおぼしめしなり」

どうやらこの国では、「わかりました」や「喜ばしい」の代わりにこの合い言葉が多用されるらしい。

人目にさらされることは苦痛でしかないので、環璃はわざとあくびを連発して、退屈そうな表情を隠しもしなかった。すると、しばらくもしないうちに、身の回りの世話をする上臈《じょうろう》女官が音もなく近づいてきて環璃に耳打ちした。

「ようよう退出なされませ」

身支度をせねばならない、つまり臥所にいよいよ藩王がやってくるということを環璃は悟った。環璃が立ち上がると、その場にいた貴族たちがいっせいに彼女を見た。表情を変えず、クジャクの羽根の扇の内側でボソボソと話す。

――いよいよね。

――さすがの藩王様も、皇后星に手をつけずにはおられなかったか。

――そりゃあ、いつもはあまたのお妃さまとお子様方を離宮に住まわせられるのに、今年はあの女が独占していますもの……

環璃が房に戻ると、湯の支度ができていた。夜風が珊瑚の天井からゆるやかに降りてくると、濡れた素肌が氷の手で触られているかのように鳥肌が立った。

（なにも考えずにいよう。あの子が無事だということがわかっただけでも、今日は生きていられる）

ただ横たわって、身動きする男が疲れて果てるのを待てばよいだけだ、と何度も自分に言い聞かせた。

やがて、さやさやという衣擦《きぬず》れの音が近づいてきて、藩王が環璃の待つ臥所に入ってきた。すぐに同衾《どうきん》ということにはならないようで、その場には酒と葡萄を干した甘味などを並べた高《たか》膳《ぜん》も用意された。

「我が国の黙学の精神には、さぞ驚かれたでしょう」

と、藩王は切り出した。

「我が国は、険しい山と谷に領地を分けられているため、統治がとくに難しい。ですので、とくに範が細分化されているのです」

範による統制がきくように、人は組合によって分けられ、管理されている。あの貴族の夫人方でさえ、茶布《サーフ》（互助会）という枠組みがあり、その中でも厳しい上下関係がある。

「藩王様もまた、範に属されているのですか」

「そうですね。朝廷という範があり、そこの責任者になります」

「でも、だれもあなたに裁定はできない。あなたは王だから特別なのでしょうか」

環璃は、この男との関係がどうなろうとどうでもいいと思っていたので、思ったままを口にした。

「あなたは王だからこそ、特に黙学を貫かねばならない。それはわかります。あなたが惑えば国が揺れる。統治の難しい分断された国だからこそ、あなたは絶対的な存在である必要があるのでしょう」

「そうですね。そのとおりです。そのように言われています」

この男の表情を少しでも変えてみたいと思い、環璃はいくつもぶしつけな質問をした。

「この世界の、帝になりたいとお思いですか？」

「国のためになるのならば」

「国のためとは、どういうことですか」

「私が帝になれば、勅令を発することができます。帝の勅令には、たとえ伽藍《がらん》のような大国でもなかなか背くことはできません」

伽藍は伏羲《フツキ》氏が治める南の国、今の燦帝の生まれ故郷である。吾江《あこう》と算天水《さんてんすい》と呼ばれる二本の大河に育《はぐく》まれた、天現七カ国のうちもっとも豊かで広い領地をもつ。

「でも、なかなかわたしの臥所にいらっしゃいませんでしたね」

不思議なことに、言葉を交わせば交わすほど、環璃の表情は顔から抜け落ちて男と似たようなすまし顔になっていった。

「加羅庫裡宮殿には、そんなに多くの裁定ごとがおありなのね」

「もちろん多いです。ですがそれが理由ではない。颱汗でのことは、私の耳にも入っているのですよ」

環璃はなにか言おうとして、失敗した。目が泳ぎ顔がこわばり不自然に動揺した。

「ですから、あなたには時間が必要だと思いました」

「………」

「事情はもちろん、皇后星たるあなたがこれから極都へ向かわれるまでに、どのような年月を過ごされるかは存じています。いつから続いているのかは知らないが、次の帝を決めるためだけにこのようなことを続けるのは無意味のように感じる。子ができることと、統治能力にはなんの関連もないはずだ」

藩王の顔からは、なんの感情もうかがい知ることはできなかったが、それでも彼が本気でそう思っているだろうことは伝わってきた。彼はおそらく、一度も嘘をついていない。

「なにか、私に聞きたいことはありますか」

「そうですね。この国は太古の昔、神鳥がおおきな爪でひっかいたところが湖になった、と聞きました」

「そのとおりです。わが国の創世神話です」

環璃も昔、神話を信じていた。金の冠をもつ牝鹿の神が一族を災難から守ってくれるのだと。だから一族は、飢えているときも不幸が続いた中でも、決して鹿の肉を口にせず、その皮も取引しなかった。

（ばかなことをした。あのときも、あのときも、鹿をとれるときはいつでもあった。食っていれば、おおぜいの一族の母親が乳を出せた。助かる子も多かった）

食ってやればよかった、と思っている。いまの環璃は、生き延びるためなら神の死骸《しがい》でも食うだろう。

「……すてきな神話ですね」

思わず声がうわずってしまう。

「ですが、ここは太古の昔海だったと聞きました。海であったのなら、神鳥がひっかいて湖になったという伝承とはくいちがいがありますね」

思いも寄らない指摘だったのだろう、藩王は一瞬だけ目を見開き、すぐにすまし顔に戻った。

「ここが海であったから、このような立派な、巨大な珊瑚が残ったのですよね」

「そのとおりです。ご存じかどうかわかりませんが、この湖には魚がいません。酸の濃度が高すぎて生き物がほとんど棲めない。だからこそ、このように青く美しい」

「本当に美しいですね」

「美しいことはすばらしいことです。この美しさのおかげで水瀑関は栄えています。これこそ、神が我々烏爬にくださった恩恵であると思います」

しばらく二人とも無言の時が流れた。魚が水をはねる音をただの一度も聞かなかった理由を環璃は知った。このまま臥所に向かうのかどうか身構えていると、ふいにだれかの気配が部屋の外に現れた。低く、這うようないつもとは違う圭真の声がした。

「わかった」

藩王は立ち上がった。

「急用ができたようだ。今日はこのままお休みになられるとよい。失礼を」

と、足早に房から去っていった。環璃は大きく息をついた。そして月が湖面に溶けてつくる道の先に、死んだ夫がいるような気がして、そのまま眠りもせずに外を見ていた。


「お二人をお引き合わせする良い機会だったのに、申し訳ありません」

翌朝いちばん、環璃は虫のように頭を床にこすりつけてやってきた圭真に謝られることになった。

「間の悪いことに、旗主貴族のかたがたのお住まいになるあたりでちょっとした事件がございまして」

「ちょっとした事件？」

「それが、なんとも奇妙なんです。昨夜こちらの離宮で行われた宴に出席されていた内司（大臣）の親族のお一人が、行方不明になってしまわれて」

「そう……、それは気がかりね」

「湖に落ちたのではないかと、内司は朝から百艘《そう》もの船を出して捜索にあたっておられます。まあ、そういう事故は毎年何件かあるのですが、どうにも奇妙なことに、そのご親族の……、まあざっくりいうとこの国で第二の都市の県司の地位にある男なんですが、なんと目の前で煙のように消えたと、そば仕えの侍女がいうのですよ」

「煙……」

環璃は死んだ血を流すのをやめていた己の体が、ふたたび大きく脈打つのを感じた。

「消えたって、どういうこと」

「それが、本当に消えたのだと。侍女も薄暗い部屋にいて一部始終をはっきりと見たわけではないらしいのですが、突然苦しみだして、まるで煮えたぎった鉄の鍋《なべ》の中に落とした芋の塊が、溶けて煮崩れるようだった、というのです」

（溶けて……煮崩れた……）

頬の皮膚の内側で、ぱちんぱちんとなにかがはじけるように感じた。チユギだ、と環璃は確信した。彼女がすぐ近くにいる。そして、あの確神の、果ての力でその男を殺したのだ。

（わたしを迎えにきてくれたのかもしれない。いいえ、わたしは以前ともにいかないと言った。なら、息子のことを調べてくれたのかも）

心臓がたかなり、急に生きていることを思い出した。希望のせいだ。こんなにもわずかな、己にとって都合の良い妄想でしかなくても、希望は火のようなもので、人の体に危うい熱を入れる。何度でも、むち打つように。

「……人が煮崩れるなんておかしなことね。その侍女は酔っていたのではないの？」

「はい。周りの人間もそう判断したようです。ですが侍女はたいそうおびえていて、その……、証言にもわりと一貫性があるというか、裏付けがあるというか」

「裏付け？」

「お屋敷から、ごっそりと金がなくなっていたそうでして。この一月、水瀑関の街では富裕層を狙った貴金属の盗難事件が立て続けに起きているのです。その夜も、宴から戻った人々が、家のものがなくなっていたと衛府（警察）に届を出したとか。大規模な窃盗団のしわざである可能性も高いので、殿下が急遽《きゅうきょ》、街の封鎖をお命じになりました。旅券のない者、昨夜宿への届け出がない者を一斉に検挙し、これから取り調べを行うそうです」

藩王の親族であり、政府の高官でもある男が消えたとなれば国の一大事だ。藩王自ら陣頭指揮をとって、盗賊団のあぶりだしにかかるのもいたしかたない……、しかしこんなときに、というのが圭真の偽らざる本音であるらしい。

「もし、わたしがこの国を去れば、あなたはこの国で仕事を得られないのかしら」

「残念ながら推薦状をかき集めて、また世界中に送る日々がはじまりますね」

「そう……」

圭真が去ったあとも、環璃は部屋の中でじっと銀色のしぶきを上げて流れ落ちる滝の水を見つめていた。

（チユギたちは大丈夫。あの強さだもの。殺されるはずはない。けれど、もし捕らえられそこで力を振るってしまったら……）

あのとき塵となった山賊たちのように、烏爬の兵が大衆の面前で確神に食われてしまったらどうなるだろう。人々は恐ろしい怪異を目のあたりにして逃げ惑うだろうし、そうやって家に戻って抱きしめた子を失うかもしれない。

民たちばかりではない。この水瀑関には烏爬の国中から政府高官や旗主貴族たちが集まっている。そんな場所であのチユギが暴れれば、

（この国が、滅びてしまうかもしれない）

ゾクリ、と肌が粟立《あわだ》った。恐ろしいことであるとわかっているのに、環璃には喜ばしくもあった。一国をも滅ぼす力。環璃の故郷を、一族を一夜で根絶やしにした燦帝ともども、極都に生きる怠惰な市民たちの半分に報いを受けさせることができるのだ。確神さえ、この身に宿せれば。

その夜も、藩王は環璃の臥所へはやってこなかった。環璃は珊瑚の白い枝の向こうにゆっくりと動く星々を眺めながら眠った。次の朝、すぐに圭真が飛んでやってきて、いつものように藩王の不在を環璃にわびた。

「掏摸、かっぱらい、ごろつきどもが続々と捕らえられています。中には女も多くいるようで、流れ者の娼婦や高利貸し、女衒《ぜげん》、おどし屋など、およそ二千人が捕まったそうです」

「大変な捕り物になったわね」

「いえいえ、水瀑関の夏は毎年こうです。手っ取り早く金を稼ぐために、身元がはっきりしな

い者が集まってきますから」

「それを全員捕らえるの？　彼らは捕らえられるとわかっていて、やってくるの？」

「運が良ければ生きて秋を迎えられますから」

環璃は理解した。その日暮らしの人々にとっては、毎日が命がけだ。飢えて死ぬか捕まって死ぬかはたいした違いではない。

その中に、チユギがいないことを祈るしか無かった。

しばらくの間、湖には捜索のための小舟が幾艘も出ていたが、やがてそれもみあたらなくなった。環璃は滝へ向かって小舟を出し、ふたたび葡萄をしゃぶって昼をすごし、夜は珊瑚の天井の隙間から星と月を見てすごした。そうこうしているうちに、環璃は自身の体に変調を覚えた。月のものが来たのである。

「たいへんに無念です」

血を流す日々が始まると、いくら男女が交わっても子はできないとされている。これで藩王はあと七日ほどは環璃の臥所へはやってこないだろう。圭真がどれほど落胆したのかと思うと、気の毒ではあるけれどその様子がありありと手に取るようにわかっておかしかった。

きっと彼にしてみれば、環璃が妊娠しやすいように、栄養のあるものを食べさせ、安心させ、おそらく環璃の子の証文の手配までさせて万全の準備で挑んだはずであった。けれど、思いもかけない藩王の矜持《きょうじ》と高官の失踪《しっそう》事件により、おおきく時間を無駄にしてしまったのだ。

「あと七日後には、あなた様はここを出て胡周《コシュウ》藩国に向かわれる。僕のこの国での出世の夢もここまでです」

あきらかに肩を落とした圭真の様子とは対照的に、環璃は腹部の痛みや不快感を忘れるほど、こころ晴れやかであった。これでもうあの男と寝ることはないのだ。閨を強制されることはない。少なくとも、あと一月ほどは。

烏爬人に負けず劣らず本心を隠して、心にもない言葉を環璃は口にしてみせた。

「これも人の営みのさだめですから、仕方がないことでしょう」

「ああ、ほんとうに。この烏爬ときたら、僕のようなよそものには、わからないことだらけだ。殿下も大臣たちも、何千人もの夜盗や娼婦らを捕まえてはきたものの、取り調べを始める気配もない。いま街の監獄は、人が拾い集めた薪のように束ねられていますよ。こういう仕事ですから人が裁かれるところを見るのは珍しくないですが、あんな光景ははじめてです……」

これから大裁定が始まるのだ、と圭真は言った。

「その大裁定、とは、何なのです」

「僕もこの目で見たことはありません。この国の者ではありませんから。この国の法は独特で大陸いち厳しいと聞いている。厳しいからこそよく捕まるし訴えも多いのですが、いったいどのように裁かれているのか」

そもそも、夏の離宮に来てまでやることなのか、と圭真は最後まで首をひねっていた。

その日の朝の食事を終えたころ、ふいに環璃のもとへ藩王の訪れがあった。

「船で出ませんか」

「いまからでございますか？」

「そうです。あなたにお見せしたいものがある」

この離宮の主である藩王に言われれば、環璃には断るすべもない。経血の量も多くはなかったので、念入りに腰巻きをして船に乗った。どうせ藩王は、環璃がいまどういう状態なのか圭真から報告を受けてすべて知っている。

羽を閉じた白鳥を模した船の上に、ほんものの鳥の羽根を貼り合わせて作った屋根が目にも美しい東屋《あずまや》がある。そこには桃色萌葱《もえぎ》色空色そして金色の帯のような簾が幾本も垂れ下がり重なり虹《にじ》色をなして、遠目でも一目でこの船が藩王のものであることがわかる。

環璃たちの乗った船が〝石の林〟から出ていくと、同じように小舟を出して滝に向かっていた旗主貴族たちの船がぴたりととまって、藩王に道を譲った。

（これから、いったいなにが起こるというのだろう……）

船の上には、環璃と藩王、そして圭真以外は船頭と奴婢しかいない。もしやこの国で過ごす最後の思い出にと、ともに大瀑布でも見ようというのだろうか。

「大昔、この国のほとんどは、海であったといわれています。あなたのおっしゃるとおり、ここは、神鳥の爪が削って作った湖ではない。長い時間をかけて干上がり、酸の水となり、魚はすべて死滅した。だからこそここまで透き通り、美しいのだと学者たちは言います」

「では、この湖の水は飲めないのですか」

「そうですね、弱い毒です」

「飲み続けるとどうなりますか」

「死にます」

我々が飲む水は、外部から取り寄せていますのでご安心を、と圭真が口を挟んだ。だから氷河を溶かした水なのだと説明を受けたのかと、環璃は納得した。

けれど、そのような贅沢な水を口にできるのは富めるものだけだ。

「貧しいものたちは、どのような水を飲んでいるのですか?」

「滝の水を飲みます」

なるほど、この湖は酸の水かもしれないが、そこに流れ込むまでは真水の可能性もある。環璃は内心ほっとした。

「ですが、湖があるのにここでは魚もとれない。なにからなにまで外部から持ち込まなくてはならない。恐ろしいほどものの値段が高くなります」

「そうでしょうね」

「それでも、人はやってきます。我々がこの景観を求めて避暑に訪れるからです。この神からの贈り物である奇跡の自然美は、日頃心を締め付けがちな我々烏爬人の心を癒やしてくれる」

死の水なのに、と環璃は思った。彼らはこのだれも棲めない湖を見て心を癒やし、そんな彼らの落とす金銭目当てに人は集まる。ありとあらゆる商売を営むものが。さすが商人の国らしいわりきりかただ。

「この湖で唯一生きられるのは、あの白い珊瑚だけです。彼らは何千年も前の天災にも生き残った。海だった水が干上がり、酸の水になって魚が死に絶えても彼らは絶滅しなかった。しかし、何百年か前の記録によると、一度珊瑚たちが枯れた時期があったそうです」

「珊瑚が、枯れた」

「多くの学者が、その理由をつきとめようと水瀑関を調査しました。珊瑚が枯れれば水質も変化し、この美しい景観が変わってしまうかもしれない。そうなればこの一大商業地は滅びます」

「国家の損失ですね」

「そのとおり。そして長い調査の末、時の藩王と学者たちは、とうとう珊瑚が枯れた原因をつきとめた。その年は春に日照りが続き多くの河が涸《か》れて、水瀑関に流れ込む水量が極端に減っていました」

「水が減ったことが理由だったのですか」

「そうです。正確には、魚や生物が減りました」

「でも、この酸の水の中ではどのみち魚は生きていけないのでは？」

「ええ。死んだ魚は溶けて身も骨も珊瑚の餌になります。珊瑚は肉食ですから」

思いがけない言葉に、環璃は思わず離宮のほうを振り返った。

「餌がないので、珊瑚は枯れ、水質も変化し始めた、ということでした。時の藩王が珊瑚に餌を与えるようにすると、珊瑚はまた成長をはじめ、水質も青く透き通るようになりました。水瀑関の人間は大喜び。これで夏の間無事に商売ができる、というわけです」

藩王の表情はまさにこの湖水のごとく、つるりとしていてなんの感情も混ざってはいなかった。

船はゆっくりと、この場所でも一番水量の多い瀑布へと向かった。そこから流れ落ちる水のとどろきは、見ている者の腹の奥の奥まで響きえぐるほどであった。環璃は吸い込まれるようにその白濁した水しぶきを見ていた。この中には多くの魚や、生き物たちがいるのだろう。彼らは流れ落ちた先が死の水であることを知らず、ただただ上流から流れ流れてやってきただけなのだ。

(多くの人間がそうであるかのように)

藩王が環璃に見せたかったのは、そんな光景なのだろうか。ここまで流れ流されてやってきた環璃や圭真にこの滝を見せることによって、なにかを伝えようとでもいうのだろうか。

けれど、環璃は初対面の時からこの藩王のことを心から信用できないでいた。黙学の定めがある以上、王たる彼が常に鉄面皮でいる必要があるのは理解できるが、それよりもっと別の、皮膚の内側まで自分とは違っているように思えたのだ。

なぜなのかはわからない。理由はない。ただただ感じるだけだ。この目の前に広がる広大な瀑布の響きが、腹の底からも聞こえてくるように。

「大昔の藩王も、ここで同じようなことを感じたのでしょう。夏、水瀑関に朝廷が移動になると、ここで大裁定が行われるようになりました」

「大、裁定……」

胸の中がざわわざわした。

「大裁定とはいったいなんなのです?」

「罪人の罪と罰を決めることです。この国では、すべての人間がなにかの組合に属している。組合の中で捌ききれなかった問題が国に上がってくる。それを裁くのが大裁定です」

環璃の乗っている船の船首に、大きな銅鑼《どら》がしつらえてあった。藩王が手を挙げると、奴婢のひとり、首に金の首飾りをかけている大柄な男が、激しく銅鑼を打ち鳴らし始めた。

銅鑼が鳴っても、しばらくのあいだ、環璃はなにがはじまったのか気づかなかった。相変わらずものすごい轟音《ごうおん》とともに水は流れおちていくし、船の周囲にも多くの船が出ていて、みな滝のほうを見上げている。それは特に珍しい光景ではなかった。

ぴょん、と自らなにかが飛び出た。あたかもそれは流され急に水が落下して驚いた魚のようであった。

続いて、また魚が飛んだ。水とは違うほうへ落ちていく。また次も、そのまた次も、水のしぶきではない影が、ときには岩肌にぶつかり、大きく跳ねながら巨大な白い瀑布の向こうへ消えていく。

人だった。

魚だと思ったものは、すべて人の影であった。人が滝の途中の岩肌から落ちているのだ。

「どういうことですか」

環璃は人が落ちていく方角を指さして藩王に詰め寄った。

「なぜ、あそこから人が次々に落ちているのです！」

「これが大裁定です」

藩王の表情は、憎らしいほど毛の先ほども変わらなかった。

「翼都には加羅庫裡宮殿と呼ばれる木造の古い宮殿があります。そこは大昔、空刑を行う場所でした」

「空刑とは」

「高い場所から飛ばせる刑です」

〝我ら鳥を尊ぶものども〟と藩王が言う。すると、そばに控えていた奴婢たちも同様に口にした。

環璃は震えた。一瞬、彼らがなにを言っているのかわからなくなった。

「藩王といえど組織に属する身、最後の裁定は神意を問いたいと思ってもおかしくはないでしょう。そうして空刑は生まれました。宮殿の一番高い場所から飛んで、落ち、生き残ったら罪を免除する。それはその者に神鳥が翼を貸し与えたからだ、ということになりました」

環璃の後ろに控えている圭真が、ごくりと喉を鳴らして唾を飲み込んだのがわかった。彼もまた異国から来た男だ。この国の空刑のことを知らなかったとしても不思議ではない。

（いや、知ってはいても、目でじかに見るのは初めてなのかもしれない。知識や伝聞で知っているのと、実際目の前で人が身を投げているのを目撃するのとはわけがちがう）

「この水瀑関の街は、範に属していない者も多く集まる。それらの犯罪者は定期的に捕らえられ、空刑に処される。加羅庫裡宮殿から飛ぶのとは違って、ここでは生き残る可能性が高い。水があるから」

「でも、死の水なんでしょう?!」

「水は流れていく」

彼はゆっくりと腕を上げ、水の流れの先を示した。

「この湖の水とて、わずかな河となって外に流れ出る。そうしているうちに酸は薄まり、また魚の棲む真水になる。固い地面にたたきつけられるより、よっぽどましだ」

「でも、ほとんどのものは助からないわ！」

周りの奴婢たちが気色ばむほど、環璃は藩王に乱暴な口をきいた。

「そう。助からない。そうして、湖面にたたきつけられて死んだ者は、あの珊瑚の餌になる。珊瑚がないと景観が損なわれるし、湖水の色も変わってしまう。だからあなたは、わざわざ夏にやってきてこの街で捕り物をする。ここで大裁定を……、珊瑚の餌付けを行うために」

「餌付けとはおもしろいことをいう人だ」

なにがおもしろいのだろう、と環璃は藩王をにらみ付けた。あのはるか高い岩場から大量の水に呑まれながら落ちて、無傷でいられるはずがない。そうして死んだものたちはゆっくりと酸の水に溶かされていく。その酸の水でも溶かしきれなかった骨や金属を、あの珊瑚がたぐりよせ、吸収することによって、己の身を酸から守っている。また、酸にとかされないように、地上へ露出し大樹のように大きく成長するのだ。

美しく、輝きを放って。

「生き残る者もいなくはないのです。実際、加羅庫裡宮殿がだんだん高くつぎはぎになっていったのは、生き残るものがいたからだ。しかたがないので、私が石の宮殿を建てて石を敷き詰めました。するとほぼ全員が死ぬようになりました。大裁定にまで回されてくるような犯罪人が生き延びれば、民から不満が出るのでね」

藩王が、奴婢があおぐ扇の風をもっとと所望している間にも、何百人、いや何千人という人の影が滝の向こう側へ消えていく。きっと悲鳴があがっているだろうに、それも水の音でまったく聞こえない。

「なぜこの国に、無数の範があると思いますか」

「……知らない」

「人の数は、少ない方が管理しやすいからです。互いに管理し合い、数を減らす。烏爬はそういう統治に向いている。この国は外敵から狙われることはほとんどない。ということは、分裂をさけることだけに集中すればいい」

「いいえ。それは、少人数による管理ではないわ。恐怖による支配よ」

なにが黙学だ、と環璃は内心つばを吐き捨てる思いだった。商人の国だとか、取引に有利だとかそんなものは耳ざわりの良い後付けに過ぎない。

人々は、恐怖から表情を消したのだ。失敗したくないから、人を管理するためだけに作られた小さな輪からはじき出されることは死を意味するから。何百年もの間に亘って、罪人が飛ぶ姿を見てきた人々は、極度に失敗を恐れるようになった。首を切られるよりも、毒を飲まされるよりももっと恐怖心をあおる空刑。

〝我ら鳥を尊ぶものども〟

颸汗藩国の王が、烏爬の藩王は民を痛めつけ、恐ろしい処刑法ばかり考案するのが趣味の冷酷な男だと言っていたことを環璃は思い出した。

美徳とは、もしかしたら遠い昔支配者が効率の良い支配のためだけに民に強要したなにかなのかもしれない。それを美徳と呼べば、伝統とさえ名付ければ、人々は自ら進んでそうなろうとする。支配者にとってこれほど楽な支配があるだろうか。

(もし、あの飛ぶ人々の中に、チユギがいたら……)

確神の力は、高い場所からたたきつけられてもチユギを守ってくれるのだろうか。

環璃は必死に目を凝らして、落ちていく人々の中にチユギがいないか見定めようとしたがうまくいかなかった。船が、流れに呑まれるのを恐れて、ずいぶん手前の位置に錨《いかり》を下ろし停泊したからだ。

「この国では神代からの言い伝えに従って鳥を尊ぶ。鳥は空から山々に隔てられた小国を監視する。王の統治とはそのようにあるべし」

「そのようにあるべし‼」

その日、湖水には何百という小舟が集まり、藩王の船の後ろから、水瀑関の街で捕らえられた旅券のない人々、圭真に言わせれば薪のように無造作に束ねられ牢《ろう》に押し込められていた人々が飛ぶのを、ゆったりと扇の内側で眺めていた。

だれもなにも言わなかった。おそらく、表情も変えず見ていたのだろう。もはやそれは恐怖からなのか、無関心からなのか判別がつかないのかもしれない。ただただ彼らはこう思っているはずだった。

ああ、これで来年も珊瑚が大きくなる。水瀑関に人が集まり、金が落ちる。商売ができる。勤勉に働き、黙学を貫き通して疲れた心身を休ませるために、美しいものを見て過ごす。今までと変わらずここで美しい景観を楽しめることを、彼らはなによりも大事にしていた。

その日、〝鳥〟になろうとしたものは三千人を超えた。

＊

烏爬の空刑のことを、チユギはもちろん知っていた。水瀑関で毎年行われる藩王の大裁定は、半ば見世物となって避暑中の人々の楽しみの一つになっている。首都の翼都で行われる伝統的な空刑は、地面にたたきつけられる瞬間まで見られるので人気もあったが、一方で血を吸わせるために大量の砂が必要であり、死体の処理が大変だと刑官らからの不満も多くあったという。そこで何代目かの王が、空刑に水瀑関の滝を利用するようになった。だからチユギは運悪く偽の旅券のせいで捕まってしまっても、自分たちなら滝から飛んで逃げられることを知っていた。

同行者のテセレンが、盗みを働いているのを屋敷の侍女に見つかりそうになり、とっさに物陰に身を隠した。このようなときはじっと息をひそめて逃げる機会を待つのがよいのだが、テセレンの様子からよくないことが起こりそうだと思った。したたま酔っていた屋敷の主は侍女を無理矢理臥所に押し倒し、一方的に行為に及ぼうとした。未熟なテセレンは我慢できなかった。泣いて許しを乞う年若い侍女の声が、悲鳴からすすり泣きになっていくたびに、彼女の表情にみるみるうちに怒りが充満した。

テセレンはチユギが止める間もなく飛び出していき、その身に確神を顕現させた。あとはいつものとおりだった。男はもだえ苦しみ、そのうち喉も潰れて声もあげられずに日の前で腐っていった。自分の上に重くのしかかっていた男が、みるみるうちに液体のように溶けて肉の塊が自分の上にふりそそぐのを、襲われていた侍女は目を見開いて最後まで見届けた。

その後、この侍女が証言した高官の不審死が問題になり、チユギの懸念どおり不正旅券の所持者は片っ端から捕らえられることになった。怯《おび》えるテセレンに、狭い牢の中でチユギはこう言い聞かせた。

「ここに来るまでに話した話を憶えているか？」

……かつて、一人の果ての戦士が、己の愛のために村をひとつ滅ぼした話を。

「あれはこの烏爬の国で起こったことだ。その伝承から黙学は生まれた。太古の昔には、確神の存在は人々に知られていて、斑と呼ばれた民も多くいた。この山深き土地にも、当然我らと似たようなカミがいらしたらしい」

「この地のカミはどうなったの」

「消えた」

もともと確神は限られたヤマに住み、そこを訪れた女の子宮に偶然宿るカミだ。なんらかの悪天候でヤマが枯れ、あるいは火をもって討伐されて消えれば、その土地から確神は忘れ去られる。

確神がいなくなったあと、この土地では、もう二度と村が塵にならないよう、女は心を乱さないように〝躾《しつ》け〟られた。たとえ虐げられても、子を失っても、家畜のように扱われても、女が心を乱さなければ、その身に巣くった確神は顕現しないからだ。そして何百年かが過ぎた。狂った女を生み出さないようにするために生み出された黙学が、いつのまにか理由を忘れ去られ、形骸化していまもなお利用されている。

統治するものにとって、人々の数は少なく、怪しげな者はどんどん処分して可視化させたほうが都合がいいのだ。そして人の罪の多くは感情から生まれる。

たしかにそこにあるのに、ないふりをする。あたかも翼があるふりをして飛ぶ人の末路のように。

滝から突き落とされても、二人は死ななかった。ここに来るまでに湖を泳いで渡らされたこと、何度もチユギが滝から飛び込ませた理由をテセレンは知った。

そのまま二人は泳いで別の国へ渡った。

視力の良いチユギには、藩王の船に乗っている環璃の姿が滝の上から見えた。とても元気そうで、前に会ったときよりもややふっくらとし、血色もよかった。

鹿の革で包んだ、彼女の息子の切った爪を早めに届けてやることにした。

滝の上から、ほかの罪人たちが「神よ、我に翼を！」と叫んで落ちていく。けれどチユギたちのほかに鳥になれたものは誰一人いず、みな酸の水の中にゆっくりと沈んで、やがて見えなくなった。

第3章　胡周藩国《コジョン》

胡周藩国の王はまだ若く、藩王位を継いで五年、けれど国民には「お隣様《ナサラ》」と呼ばれ親しまれている。その人気の理由は、彼が後嗣になる前は、妾腹《しょうふく》の王子として市井で暮らしており、自分自身を藩王の子だとは露ほども思ってもいなかったことにあるらしい。

このような経緯もあって、現藩王の即位《ジョグル》に至るまでの流れは、一種の貴種流離譚《きしゅりゅうりたん》として受け止められている。むろん、藩王の母親は我が子が藩王の子であることを知っていた。後宮で暮らし、王の手がついた多くの女の行く先がそうであるように、彼女もまた後に前王の臣下に嫁いだ。夫は王の子を大事に育て、我が子と分け隔てしなかったので、現王は十一人の兄弟たちと田舎の領地で暮らし、長じてからは大学で学び、ごくふつうに立生試を受けた。立生試とは、多くの大国で採用されている官吏任用試験のことである。

「余は、我が国で立生試を受け採用された、最初の藩王である！」

というのが、胡周藩王お得意の冗談であった。これを言われるたびに国民たちは笑い、自分たちの藩王が明るく陽気で、ただの雲の上の存在ではなく自分たちと近しくあることに満足した。

藩王が背が高く、髪は赤茶色で豊かであり、爽《さわ》やかな空色の瞳《ひとみ》をしていることも、人気が高い理由だった。若い娘たちは王に熱をあげ、王のほかの十一人の兄弟たちにも注目したが、王は決して兄弟だからとえこひいきせず、即位してからは誰一人そばに置かなかった。その公平さに人々は目を瞠《みは》り、ますます自分たちの王を称《たた》えた。

「我が国の特徴は、なんといっても独自の立生試にございます」

もう齢《よわい》六十を超えようという古参の上﨟《じょうろう》女官が、道中からつきっきりで胡周のことを環璃《ワリ》に教えこんだ。

「芸・文・武とそれぞれの領域で試験が行われ、郷試・県試・天試と三回、天試は三年に一度行われています。他国と違って年齢に制限はなく、五十を過ぎてから芸天試を突破し、戯治内府の長官になった者もございます」

「文武の違いはわかるけれど、芸というのはなに？」

「詩歌や雅楽、芝居、大道芸、絵画、書など、人々の娯楽事にかかわる役人です。村の祭りの世話人で終わる者もいれば、国の式典に携わる者もいます。内司や県令（政府の地方高官）になる者も多く、武官よりも出世しやすいといわれています」

ほかでもない藩王本人が一地方の郷試からこの芸試を受験し、最終的に天試の結果を待っているときに後嗣になることが決まった。彼は自らの経験から、王位についたのちはそれまで四年に一度だった天試を三年に一度に変更し、できるだけ多くの人間が出世の機会をもてるよう、さまざまな改革をほどこした。

「我が国では人口の約半分が、郷試の受験者だと言われています。現役の武官は藍《あい》、芸官は黄、文官は碧《みどり》の布で髪を巻いているので、一目でおわかりになると思いますよ」

女官の言うとおり、町中には色布で髪を巻いている人間が大勢いた。演技中の芸官こそ、それぞれ別の衣装を身にまとっていたが、そばには大きく黄色の旗が立てられ、彼らがただの大道芸人ではなく、数々の試験を突破した正式な官吏であるという区別がなされていた。

とはいえ、立生試がある国は胡周だけではない。この国独自の風習は、むしろ別のことにある。それは月齢ごとにするべきことが決まっており、国民全員が暦通りに生活することにあった。

たとえば新月の日は部屋中の灯《あか》りを消して瞑想《めいそう》する、瞑想日の翌日は家の掃除をする……など。その次の日は隣人に挨拶《あいさつ》し、余裕のある者は贈り物をする。その次の日は己の仕事に励む、酒を飲んでも良い日、甘い物を食べても良い日、煙草《たばこ》の日など、月の満ち欠けによって人々のやるべきこと、やってもいいことが細かく定められているのだった。

「なにもかも暦で定められたとおりにやらなければならないなんて、なんだか窮屈に聞こえるけれど」

「そんなことありませんよ。十三日に一度家を徹底的に磨き上げると、恐ろしい疫神が家によりつかないといいます。これは約百年間の我が国の統計に基づき、暦司によって証明されています。新月の日に瞑想をした者は、災厄から逃れやすいという結果も出ています。隣人に挨拶することもです。そうすると、満月の大祭の日に幸運が訪れることも数の上で明らかになっているのです」

あまりにも自信たっぷりに言われて環璃は驚いた。しかし、彼らも、彼らの父母もそのまた父母も、生まれたときから毎日月の暦通りに生活しているという。なんと不思議な、そして忙《せわ》しない暮らしだろう。その様子を、環璃はすぐに目のあたりにすることになった。

皇后星の乗った白い真珠の輿《こし》が、胡周の首都である刻都《コクト》に到着すると、一日のうちに大通りを通って後宮にあたる舎利殿の一角に入った。その日は満月の前日で、人々は翌日の大祭《シン・ガリ》に向けて浴場や水場で身を清める日だった。環璃は輿の中から、手ぬぐいを持った人々が次々に街の風呂屋《ふろや》へ向かい、通りいっぱいに店を出した散髪屋や爪の手入れ、顔そりの屋台《ホグ》に人が群がっているのを、珍しげに眺めた。

通りにずらりと並ぶ屋台の列は、次の日には大祭を祝うためのお菓子や酒、飯を売る人々と交代し、次の日はまた別の品物を売る屋台が並ぶ。暦によって古道具を市に出す日もある。新しいものを身につける日もある。

むろん、暦で定められたとおりに過ごすのは客人である環璃も同じで、到着した瞬間に裳衣《タン》を剝《は》ぎ取られ、蒸し風呂《タルシブ》に入り、あかすり、髪洗いと徹底的に磨かれた。ここでもほかの国と同じく、身を清めたあとは環璃自身の空虚な心を覆い隠すように金銀絹で飾り立てられた。その日が身清めの日だったため、藩王と対面したのはその翌日の大祭の日の夜であった。

前の国と違って、二人の床入りは粛々と、そして早々に行われた。若い藩王には現在決まった妃《きさき》はおらず、子もまだいない。臥所《ふしど》で顔を合わせた王は、まるで童子のように顔を上気させて、自分はあまり美男でもなければ力強くもないので、あなたのお気にめすといいのだがと言った。

その控えめな様子が、どことなく環璃に死んだ夫を思い出させた。声が似ていたから、赤茶けた髪も少し出っ張った頬骨も、耳の形まで似ているように感じた。環璃は夜の間、藩王の髪を、そして耳の形を見続けた。そうすることで、環璃にとっては都合よく新婚の夜を思い出すことができた。夫と二人で過ごした、新婚の祝いに贈られた包《パオ》での暮らしは、環璃にとってすべての幸せの象徴だった。深く息を吸い込めばあの包のまだ若い草のにおいまで匂うようで、環璃は自分でも驚くほど臥所の中で体を柔らかくした。

胡周の日々は、二日に一度ほど藩王が臥所にやってくる以外は、まるで物見遊山にきているような気楽さだった。暦通りに過ごすということの国の暮らしに興味をもったので、環璃はつとめて皆と同じように過ごすことにした。若い女官たちをひきつれて、宮城の外を自由に散策することを許されていたし、皆と買い物に出たり、寺院に瞑想にでかけたりするのは楽しかった。

藩王や官吏たちの大きな仕事は、やはり国をあげて行われている試験の準備であるようだ。とくに、来月からは三年に一度の天試があるというので、街に出ると、都に住む人々が、家の納屋や屋根裏の掃除をしているところに次々出くわした。

「あれは何をしているの?」

「地方から天試を受けにくる受験生に部屋を貸す者たちです」

早い者はそうそうに、広場に空き室ありますの看板を立てて借主を募る。一時的に受験生に貸すためにそうした下宿屋を始める都市部の住人は多く、何代にも亘《わた》ってその収入だけで食べていける大家もいると女官に聞いた。

「客妃さま、国中の強者が一堂に会する武天試はたいそう見応えがありますわ、ぜひ藩王殿下とご覧になっては」

「みな、時の神《スルリ・マジ》に願い事をして、賭《か》けますのよ」

この国をあげての武官の最終試験には、藩王が許可した賭け事も行われるらしい。誰がどの順位まで勝ち上がるか、予想屋が街角のさまざまな場所に陣取ってその周りに人が群がり、どの通りも大変に盛り上がっていた。

「みんなこの日のために運気をためているんですよ。時の神に気に入られるように」

「運……」

「最終試験の受験者の身内が、私たちのような市井の民から運気を買い取るんです。古くから続くこの国の慣習です」

たくさんの紙の札がさかんにやりとりされているのは、なにも賭札ばかりではないらしい。運までもものようにやりとりするというのが興味深く感じた。

この街だけ見ていると、人々はいつも楽しそうに、忙しなげにしている。でも、それはまがりなりにもここが大都市、一国の都だからで、きっと目に見えないところで貧しい人々が、裕福な都人の犠牲になっているはずだ。

「たしかにここは都なだけあって活気があるけれど、親のいない子や、家族を失った人々はどうやって暮らしているの。みんながみんな楽しく過ごしているわけじゃないわよね」

環璃の問いかけに、若い女官たちは一瞬戸惑った顔を隠さなかったが、そのうちの一人が、恐れながら、と発言した。

「私は孤児ですが、今までなんとかやってこられました」

「お金に困ることはなかったの？」

「いいえ、お金にはいつも困っていました。でも、食べるものや着るものは、〝贈り物の日〟に古着をいただいたり、〝隣人の日〟に差し入れがありました。私は郷試を受けることを公言していたので、特に親切にしていただいていたのだと思います」

「郷試を受けると、親切にしてもらえるの？」

「万が一、出世をしたときに見返りがありますから」

その女官が言うと、周りの娘たちも同意見だったのだろう。顔を見合わせ、うなずき合った。

「私は天試に受かってまだ三年目ですが、富汎《フーハン》県の県試に受かってからは、隣人が増えました。私の故郷では、私のことが歌になりましたよ」

「私も、歌になりました。吟遊詩人が作ってくれて」

「私の家は、姉妹そろって受かったので、寸劇になったわ」

娘たちは若々しげに、そして楽しげにころころと笑った。

「地方の村や町では、その邑《むら》出身の官吏が出ると、歌や寸劇が作られて祭りの日に観られたりします。小さい頃から、どこどこのなにさんが何歳で試験に受かって、どんな人生を送ったのか、みんな歌で知っているんです」

「試験に受かった郷士や県士だけじゃなくて、ふつうに美人で玉の輿にのっただれかや、商売に成功しただれかの話も多いです」

「でも、みんなが一番好きなのが、頭がよくなくて、腕っ節もないのに、芸天試で一発逆転した田舎者の話！」

大きく嬌声《きょうせい》があがったくらいなので、本当に人気があるのだろう。彼女たちの楽しげな声に、聞いている環璃もつられて笑みがこぼれる。

「芸試は、文試や武試と違って受験者数がとても多いので、なかなか合格できないんですけれど」

「だれでも可能性がありますからね」

「珍しい魚をきれいに四枚に下ろせるというだけで受かった者もいます」

「粉ひきのための風車小屋をひたすら建て続けて、おじいさんになってから官吏に登用された人も」

そんなにさまざまな人が一度に大量に採用されて、国庫が破綻《はたん》しないのだろうか、と不思議に思った。人を雇用すれば莫大《ばくだい》な費用がかかるし、商売人はなるべく人件費を浮かすために一人でなんでもできる優秀な人材を求める。それは国家とて同じだろう。

「たしかにいただけるお金はたくさんではないですけど」

「新しく訪問着を仕立てたりするのはね、なかなか」

「ほんものの大きな玉の耳飾りは高いわ」

「お仕着せの官服以外は、家族が着た古着の仕立て直しばっかり」

若い女官たちらしく、みなおしゃれや身の回りを飾ることに興味関心をもっているようだ。

彼女らもまた、染めのない布よりも、金糸銀糸で飾り立てられた絹の衣装に目を輝かせる。玉の飾りはひとつでも多いほうがいい、身を煌《きら》めくなにかで飾り立てることにやっきになるのはどの国でも同じだ。

「でも、なにごとも廻《めぐ》るものだから」

一番年かさの女官が落ち着いた声音で言った。

「運ももものも、ずうっと自分の手元にはないんですよ。すべて時の神のおぼしめしです」

「そう。廻る」

彼女らは異口同音にそう言うと、まるでもう何十年も生きてきた老婆のような悟りきった顔をした。


時の神こそもっとも公平で厳しく、慈悲深い神であり、その慈悲は運という形によって人に与えられる、というこの国の考えは、他国では時教《じきょう》、と呼ばれているらしい。

大きな手をした時の神が、まるで鍋《なべ》をかき回すようにしてこの世を動かしていて、何事も、どんな人間も時間の流れの中でとどまることはできない。中でも時の神の慈悲である運というものはなにかに宿ることで時間をかけて人の間を廻る。だからさまざまなものを手元に置いておくより、人に手渡すと、その何倍にもなって戻ってくるのだという考えが人々の間に深く根付いていた。

環璃の目の届く範囲だけでも、女官たちばかりでなく、宮中にいる多くの文官、武官たちまで、暦を片手に走り回っている。けれど彼らとて新月になれば仕事を休んで家で瞑想して過ごす。月が満ち始めれば、隣人に声をかけ、身だしなみを整える日々がはじまる。きれいに歯を磨く日、髪を切る日、寝具を洗濯する日などが定期的にあり、月が大きく満ちるころ、街では祭りが行われる。

（たしかに時の神はえこひいきをしないのかもしれない。運も、変化も、だれもとどめてはおけないから）

古い時代の人々が、月が満ちては欠けていくさまを見て、あの偉大な月ですら姿を変えずにはいられないのだから、我々のようなちっぽけな人間もまた、同じように変化していかなければならない、そう思ったのもごく自然ななりゆきのように思われた。環璃もまた、月齢ごとにめまぐるしく動く彼ら彼女らを見ていると、たしかに女の体も月のように満ちては、中身を失っていくものだから、月のとおりに動くことは、あながち間違っていないのかもしれない……、そんな風に感じ始めていた。

「せっかくですから、我が国で一番にぎやかな日をご覧になりませんか」

満ちる月の大祭の日、環璃は藩王の誘いをうけて、輿に乗って街へとくり出した。この日、刻都の中央にある大きな野外劇場では、この半月のだしものである、ある年老いてから成功した実在の文官の物語が上演されていた。

「ジェンイーという、いまは東門《ブミン》市の総督を務める男の物語です。彼は六十を超えてから芸試を受験し、見事天試で三番に入りました。それまでは屋台通りで清掃人をしていた無学で貧しい男でした」

ジェンイーの両親は早くに亡くなった。物心ついたときから彼は貧しく、成人しても妻もめとれず子供もいなかった。しかし、彼は五歳のころからずっと屋台通りに毎日いて、どのような人間が金払いがよくて、どのような店が繁盛して屋台通りを卒業していくか、どのような店主の店には客が来ず、もめごとをよく起こすか、頭の中にすべて記憶していた。そうして、独学で字と算学を勉強し、ついに郷試に提出できるだけの試案を完成させた。彼の五十年以上に及ぶ屋台通りでの栄枯盛衰の記録は、官僚の採用を任されている試験監督たちを大いに驚かせた。

彼は老齢であったので、彼の答案を見た郷試の担当官たっての願いで次の県試を飛ばして、特例で天試を受けることになった。史上もっとも貧しいみなりの男が藩王の前にまかり出てこう言った。

『もし、私に小さな小さな店を出すだけの金さえあれば、いまごろ銀綱通りの一等地に店をいくつも構える大商人になっていたでしょう。けれど、私は働いて得た賃金のほとんどを家賃にとられてしまうため、とてもそんなことはできなかった。五十年を無駄にした』

それを聞いた藩王は、すべての市場《ブーイー》に教師を派遣して、そこに集う子供や大人、客、すべての人間が青空の下で自由に学べる機会をつくった。さらに郷試に受かったすべての者に、家や土地を無料で貸し与えることを約束した。

「だから、今でも我が国では、人口の半分の人々が試験を受けます。皮肉なことに、賢い孤児を引き取って育てる者も増えました。そうすることで、将来老いたとき子供の家に住めますから」

毎月のように新作が作られるなかでも、ジェンイーの生涯を忠実に再現した芝居は特に人気があった。人々は熱狂的に拍手をし、劇の中で主人公の老人が虐《しいた》げられる場面では息を吞《の》み、ジェンイーが愛する人を失うと涙し、最後は惜しみない声援を送った。

芝居が終わると、役者たち、そしてその芝居を作った裏方の人々、歌手、弦楽隊などがつぎつぎに表舞台に出てきて、喝采をあびた。そのまま劇場の外周を練り歩き、彼らのことを知る人からも、知らない人からもさらなる声援を浴びて手を振り返していた。

同様に、また別の野外闘技場では武官同士の練習試合が行われており、こちらも拳闘《けんとう》が好きな人々が集まって、それぞれのひいきに声援を送っていた。藩王はそれらの場に順々に顔を出し、どこか誇らしげに環璃に語ってみせた。

「彼らはみな、芸試や武試を通過した者たちです。天試まで到達した者はめったにいませんが、郷士になるとその地域の劇場や拳闘場に出場する資格を得ます。彼らの禄《ろく》の三分の一は国から支給されていて、犯罪を起こすとそれらが取り上げられるので、酒を飲める日であっても飲まない人間も多いようです」

武官として採用されたうちの半分は、最初は街の警邏《けいら》隊員になるらしい。家をもたない若き警邏隊員たちの長屋はわざと歓楽街や大通り近くに置かれ、休む間もなく仕事にぶつかる。四代前の藩王はたいへんに頭が良かったため、こういったあらゆる面で効率的なしくみを作ったのだそうだ。

「でも、お休みの日であるなら、たとえ目の前に掏摸《すり》がいても、捕らえなくても罰せられないのでしょう？」

「それが、条件反射というか、休みだからと犯罪をみすごす者はあまりいないそうですよ」

「それって、なんだか人の善良さに期待しすぎのような気もしますけれど」

率直すぎる環璃の意見には、さすがの藩王も苦笑して、

「手厳しいな、あなたは。私は妻を迎えたはずなのに、これではまるで天試の問答のようだ」

この王のきり返しに、周りで聞いていた武官も文官も、環璃が思わず赤面するぐらいどっと声をあげて笑った。

胡周藩国は、環璃がいままで見知った中で、もっとも人々が忙しなげに動いている国だった。祭りの日ではない日にも、街のあちこちで弦楽隊が練り歩き、歌手が歌を歌っている。いつだったかそば付きの女官が「私のことが歌になりました」と言っていたが、まさにそういう内容らしい。どこどこの、なんという人間がこのようなことをして、このようになった。それは子供に語って聞かせるような内容から、この国に長く伝わる月の神と時の神の愛の話、勇敢だった将軍の物語、愚かな男の悲惨な末路など、星の数ほどあるのだということだった。

聞こえてくるのは歌だけではない。街のあちこちで、伝令官という声の大きな男が、今日はなになにの暦の日であるからなになにをせよ、と繰り返し同じ事を叫んでいる。そのせいか、人々は毎日ぼうっとするということがほとんど無く、朝からずっとなにかをしている。

瞑想をする、沐浴《もくよく》をする、近所の会合に出る、手紙を書く、陳情をする……、ここでの日々にはありとあらゆる細かい決まり事があったが、なかでも環璃がもっとも印象深く感じたのは、〝嵐の特役〟とよばれる『疫神に対抗するための日』であった。

どの国でもそうだが、疫神はこの世でもっとも恐ろしい神のひとつであり、人が剣をもって戦ってもたちうちできない存在である。胡周では毎年、長雨と大嵐がやってくる季節を前に、必ずこの疫神に備えるための七日がある。〝嵐の特役〟はちょうど環璃が滞在していた間にあたったのだった。

「今日は傷を焼く日」

生傷のある者は、必ず焼いて傷口を塞《ふさ》がなくてはならない日があった。

「着衣を洗濯し、柿渋《ニヤテ》で染める日」

赤茶色の胴着を着ている者が多い理由を環璃は知った。

「酢で家中を拭《ふ》く日」

突然宮殿にすっぱい匂いが立ちこめ、たいへんに驚いた。

「いまのうちに水を水瓶《みずがめ》いっぱいに貯め、嵐が通り過ぎてより七日は井戸の水を飲まない」

嵐がつれてきた疫神が井戸のなかに潜んでいることが多いという言い伝えがあった。

「嵐が通り過ぎたあとも、なるべくすぐには家の外に出ない」

まだ疫神がうろうろしていることが多いので、特に子供は外に出さない、疫神に連れて行かれやすいから、と人々はかたくなに信じていた。

「わたしの故郷では、疫神にとりつかれた包は一度聖なる白煙でいぶすという風習がありました。でも胡周ではもっとたくさんのしきたりがあるのですね」

夜、まだ酢の匂いが立ちこめた臥所で、藩王と二人閨《ねや》をともにすることは妙なおかしみがあった。あまりの匂いに耐えかねて環璃が噴き出すと、藩王は照れくさそうに、そしてやや申し訳なさそうに言った。

「他国から来た大学士たちも、この習わしには辟易《へきえき》する者も多いのです。なぜかみんなこの国には長く居着いてくれない」

「柿渋と酢のまざった匂いはなかなかですから」

それでも、胡周の都のような大都市部にとっては疫病は戦争よりもずっと恐ろしい。あっという間に長屋から長屋へと広まり、何千人という死者を出すこともまれではないのだという。

「なるべくたくさんの人間に住む場所を与えようと、二代前の藩王が郷試に合格した者全員に家を与えるふれを出しました。当然、都では長屋が多く建ち、人々の多くは密集地帯で暮らしています。出世した者の多くは長屋を出ていきますが、やはり全員が成功して豊かになれるわけではない。政は難しいです」

宮廷中が酢と柿渋の匂いで包まれた日から数えて四日後、天道寮《シージェン》の学士たちが予想した通り、大嵐が来た。嵐は町中をひっくりかえすような勢いで、雨つぶてと暴風をすべてのかたちあるものにたたきつけ、一昼夜かけて通り過ぎていった。郊外では河が氾濫《はんらん》し、いくつかの街では家が崩れ、濁流に呑み込まれる被害が出た。

「疫神は井戸や溝や、押し流されてきた泥のなかに潜んでいる。決して触れず、息を潜めて家の中にいるように！」

疫神バラキ・マジに対抗できるのは、火の神ガラッ・マジだと言われていた。嵐の日から数えて七日間は、この火の神の加護を受けた食べ物、すなわちあぶったりして温めたものしか食べてはならない決まりがある。

やがて火の神の加護の期間が終わり、都市部では大きな疫病が流行《はや》ることもなく、人々は日常を取り戻した。〝嵐の特役〟が解除になると、いつものように暦で決められたとおりの日々が始まった。

むろん、良いこともあった。嵐を無事乗り越えたことで、すべての郷士以上の官吏にわずかだが報奨金が出た。水に呑まれた家屋の建て直しのための賦役にかかわる者は、税が免除された。なにか悪いことに巻き込まれた家は、これからは良いことしかないと考えられていたので、人々はこぞって物に運を託し、譲り渡した。それから、各地で嵐を乗り越えられたことを感謝する小規模な祭りが行われた。

当然のことながら、藩王の住む宮廷でも、ささやかながら火の神に感謝する宴が催されることになった。

その祝いの宴席で、少し酒に酔った感のある藩王が、そばに侍《はべ》る大臣たちとやや深刻な顔をして話し込んでいた。なんでも、嵐の後始末がようやく終わりそうだと思ったら、戯治内府という、朝廷や地方で行われる催事を管轄する部署から、新しい演目作りが進んでいないと上奏があったという。

「節戯はよいとして、大戯がな」

「近年は大きな戦もございませんでしたし」

「新たな功労者を探そうにも、もうどこの村にもいない、どれも似たような、いままで取り上げたような小者ばかりだと」

節戯というのは、季節や暦にまつわる節目を題材にした戯曲であり、大戯がそれ以外の長編戯曲を表す。新しい演目を作るのも戯治内府と呼ばれる芸官庁の管轄であったため、ここで働く芸官たちは、それこそ国中を駆けずり回って、なにか芝居の題材になるような出来事はなかったか調査するのだという。

「なにせ、今年の天試へ進んだ者もぱっとしないとの声もあがってきておりまして」

「みなが認めるような英雄《ホーミー》がどこにもいない」

「先日の武県試で残った者らも、三年前に最後まで残って落とされた者がほとんどだと」

「それでは、何のために不合格になったのかわからぬ」

こんな宴のときですら、大臣たちにあれこれと言われている藩王を見て、気の毒に思わないでもなかったが、それもこの国の朝廷と〝隣人〟王の関係がうまくいっているからこそなのだろう。

「そうだ、我が客妃どのにお知恵をお借りしよう」

ふいに、藩王が思いつきで人々の見ている前で環璃に話をふった。

「わたしにですか？」

「客妃どのはたいへんに明朗なお考えをお持ちでいらっしゃる。次に国をあげて取り上げるべき戯曲の題材、英雄となるべきはどのような者だと思われるか？」

その場にいた胡周の旗主貴族たちもまた、興味深げに藩王と環璃の話に注目している。

「ですが、わたしはこの国にきて、まだあまりたっていません」

「では、外からの新たな視点をもって、次の英雄となるべき者をとりあげてほしいのだ」

「英雄……」

真剣な表情で問われて環璃は考え込んだ。あくまで宴席での戯れであるとは思うが、藩王はおそらく、なにか具体的な打開策を環璃に求めている。

「では、今まで女を貶《おとし》めたことのない男を称えてはいかがでしょうか」

決して思いつきではなかった。環璃もまた、真摯《しんし》に考えて、そうなればとてもよいと思う理由をいくつか続けてあげた。

「どのような時であっても、女に対して暴力を振るわず、罵《ののし》らず、見下さず、対等に手を携えてきた者に、大いなる栄誉が与えられるべきだと思います」

一瞬、広間は水を打ったように静まりかえった。環璃はその空気を奇妙に思ったが、礼儀としてあまり言葉を重ねず、藩王の返事を待った。彼は一瞬戸惑ったように目の動きを止めて考え込んでいた。しかし、次の瞬間には大きく広げた手をパンと打った。

「すばらしい、それはたいへんに興味深い視点だ。さっそく、そのように誠実な心をもつ特別な英雄を探し出すとしよう！」

藩王の賞賛に追随するように、その場にいた旗主貴族たちも拍手し、環璃の考えに賛同した。

胡周藩国での滞在が一月半を過ぎたころ、環璃の体に小さな変調が現れた。

(今日も朝から、すこし喉《のど》が渇く……)

ともに過ごした夜の数はそれなりに多かったから、環璃は食欲がない日や体が重く感じられたようなときは、もしや藩王との子ができたのではないか、ここで自分のめまぐるしく屈辱的な旅は終わるのではないか、などと思いを巡らした。それでなくとも、毎朝侍医による往診があり、環璃の身の回りに侍る女官たちが、どんな些細《ささい》なことでも藩王に伝えている。隠し立てをしてもなんの得にもならないことはわかっていたから、環璃はなるべく自然体でいるように心がけた。そうでもしないと、すぐにしぼんだはずの乳房が痛み、失った家族や一族への思いがあふれて、心が破れそうになるからだった。

その日は少し体がほてって、朝から水ばかり飲んでいた。環璃の体調を心配した藩王が、よく熟れた石榴《ざくろ》をすりつぶしたものに南胡産の黒砂糖を混ぜて作った、この国の滋養剤を持って見舞いに訪れた。

「新しい大戯の題材は見つかりましたか？」

言うと、藩王は大きくうなずいて、

「あれから国中の芸官にふれを出して、あなたがおっしゃったとおりの男がいないか探し出しました。すでに題材となり得そうな男がいるとの報告を受けています」

環璃はほっとした。あのとき、あの場に一瞬漂った戸惑ったような空気のせいで、自分がなにか見当違いなことを口にしてしまったのではないかと危惧《きぐ》していたのだ。

差し出された石榴水を受け取ろうとすると、女官が先に恭しくそれを運んでいき、また別の女官に渡した。そうしてしばらく環璃と藩王が会話をかわしているうちに、ようやく戻ってきた。毒味でもしていたのだろうが、この国ではあえて間に人を介在させて時間をかけるようなことが多々ある。

「今日はなにか、甘いものでも食べる暦でしたか？」

「そうではないのですが、隣人になにかを差し出す日です」

「あら、でしたらわたしも殿下になにか差し出さなくては……」

そう言ったあと、環璃はなにひとつ自分自身所有するものがないことに気づいた。

（わたしのものがない）

環璃は胸に手を当て、身の回りを見た。そこにあるものはこの国に来てから用意されたものばかりで、櫛《くし》や首飾りやおしろいのような小さなものであっても、なにひとつ環璃のものだと言えるものはなかった。

「あの……」

彼女の戸惑いと絶望を感じ取ったのか、慌てて藩王は言った。

「あなたはいいのです。暦通りになさらなくても、そもそもこの国の人間ではないのですから」

そして、あくまで環璃を安心させようと言葉を重ねた。

「たとえあなたが私のもとを去ろうとも、すべてのものは時の神のおぼしめしどおりに廻るのです。運とはそういうものです。私たちにできることなど、わずかなことでしかないのですよ」

その日から、三日ばかり環璃は体調を崩した。朝から侍医が何度もやってきて首や手首の脈をとり、何事かをぼそぼそと年かさの女官に告げ、そそくさと退出していった。

「藩王殿下付の女官の数名が、同じような熱で倒れましたので、嵐のあとのことですし、妙な疫病が流行《はや》っているのではと危惧しております」

季節の変わり目にはたちの悪い風邪が流行ることもある。その日、環璃は気分がよくなかったこともあって、昼、うたたねをした。見た夢は、目覚めたときには覚えていたのに口にしようとすると忘れた。けれどひどい悪夢だったことだけは覚えていた。

そのせいか、よくないことばかり想像しては気鬱《きうつ》になった。

（この先、わたしはどうなるのだろう。家族もなく、一族もなく、この世でたったひとり、自分の使う櫛ひとつ所有することもできない身で、ただ男の夜の相手をするためだけに国を回っている……）

この胡周を去っても、次の国へ。そこで子ができなければ帝《みかど》のもとへゆき、彼の子を身ごもらなければ焼き殺される。わたしの息子も。

（〝皇后星〟、皇后の、星。わからない。なぜこんなにまでまわりくどいことをして、女を世界に引きずり回すの⁉）

旅をするうちに、環璃は多くのことを知った。各国の宮中で、町中で、世話をする者たちの陰口はすきま風のようについたての向こうから必ず漏れ聞こえてきたものだ。それらによると、皇后星とは、もともと皇后の外戚《がいせき》が力を持たぬよう、妃の一族は根絶やしにされたといういにしえの風習であったということだった。それが、今では外戚である伏羲《フツキ》氏から燦帝《さんのみかど》をたてるためだけにいいように利用されているという。

つまり伏羲氏出身の妃が形だけ諸国を漫遊し、のちに一統を守るために皇太子と婚姻する。環璃が行っているような、蛮族に近い辺境の藩王と閨をともにするというようなことはない。

一族を根絶やしにするという古い風習は、皇后ではなく嬪《ひん》（帝のそばに侍る上臈や妾妃《しょうひ》）の選定に受け継がれた。そのほうが、もし皇后に子ができなくても、権力が伏羲氏以外に移ることがないからだ。

そうして、解釈だけがどんどんと変わっていき、皇后星という名だけがむなしく残った。

そんな中、突然いにしえの解釈のままの皇后星の巡行が復活したのは、ちまたでは都の――万星旗太極殿内の権力闘争によるものだといわれていた。つまり、帝の側近である若い帝心中たちが、伏義氏などの門閥権力に対抗するために、伏義氏以外で皇后をたてることに固執したのだ。そして、いにしえの定義を尊ぶ大弓張星見卜《おおゆみはりのほしうら》の老人たちが彼らを支持した……。

「ぜんぶ、ただの、朱の庭のもめ事ってことね」

言うならば、伏義氏から皇后をたてないため、そのためだけに一族を屠《ほふ》られ祭壇に捧《ささ》げられた贄《にえ》だった。彼らにとってこれは特別なことではない。今日晩餐《ばんさん》で食らう肉のために、屠られるところを見に来る者はいない。見たこともない男たちが朱の庭と呼ばれる小さな部屋でどの椅子に座るか、どの順番で立つかを争うために、これからも小さな集落が炎の縄でくくられ息絶えていくのだろう。娘たちは連れ去られ、少年たちは去勢され、辺境の国々は彼らの手のひらで内輪もめを起こして、決して中央を見ないようにうまく視線を誘導されているのだ。

そうして、これからも旅は続く。環璃は見知らぬ男たちに侵略され続ける。

（もしここで、胡周藩王の子を宿せば、変わるのかもしれない……）

環璃は、いま子供ができたらどうなるだろうと思いをはせてみた。わたしは皇后になる。わたしは再び母になる。わたしは息子を取り戻し、新しい夫の名の下に一族を再興することができる。かつて失った物をことごとくこの手に取り戻すことができる……

胡周の藩王は、いままで環璃の体の上を無遠慮に通過していった男たちの中ではまだましなほうだった。みっともなく肉にかぶりつこうとする老犬のようだった颱《タイ》汗藩王、死肉をついばむハゲタカのごとく冷酷で心がなかった烏爬《ウーファアー》藩王、あの男どもに比べれば、彼は〝お隣様《ナサラ》〟と親しまれているだけあって人間味があり、嫌悪はあまり感じなかった。

もういいじゃないか、と頭のどこかで声がした。もしこの倦怠《けんたい》感が妊娠によるものなら、もうこれ以上別の見ず知らずの男に臥所を強要されないですむ。それから後は、皇后としていまよりずっとましな生活が送れるのだ。

頭ではわかっている。なのに、環璃の体のもっと別のどこかが違うと声をあげる。一族の無念を忘れるのか、根絶やしにされ踏みにじられ奪われた誇りを捨てるのか……

それは服従だ。服従が、べつのかたちに見えているだけだと。

女官が水をもってやってきて、環璃の体が熱をもっていることに気づいた。

「まことにおそれおおいことながら、ご懐妊の兆候に似ていると思われます」

「……吐き気はないわ」

「そうですね。侍医を呼びます」

「いいえ、呼ばないで。そのかわり、そばに来てわたしと話をして」

女官は戸惑ったように足踏みしていたが、環璃の強い口調を気にしたのか、言うとおりにそばに腰を下ろした。

「なんでもいいから話して。たとえば、わたしが……、妊娠していたとして……」

彼女は一瞬ぎょっとしたように口ごもったが、環璃の切実な視線を感じたのか、ためらいがちに口を開いた。

「すばらしいことだと思います。殿下のお子様を、民は待ち望んでおりますから。きっとすぐにお芝居になりますすね」

「……芝居……」

環璃はすぐに返事を返せなかった。まるで煙を吸ったときのような息苦しさを感じて、うつむいた。

なにか言わなければ、この女官はまた侍医を呼びに行ってしまう。一人になるのは心細い。どうしてだろう。普段は一人でいるほうがずっと気楽に感じるのに、いまは不安で胸をかきむしりたくなる。自分の心ではないようだ。

この女官は、いつも環璃の身の回りの世話をしてくれる女たちのうち、一番長く王宮に勤めている上臈女官だった。いつだったか、もと孤児だったと話していた。

「ねえ、あなたはいま、幸せ？」

「ええ、幸せです。客妃さま、私は幸せ者です」

一片の迷いもない、というふうに彼女はきっぱりと言い切った。

「私だって、隣の国の噂くらい耳にしたことがあります。立生試があるのは胡周だけではありませんが、我が国のように女が受けられる国は多くありません。芸事に携わる官僚がこんなにいるのも我が国だけです。三弦や長笛《トトル》がうまいというだけで官吏になれるのも我が国だけなんです」

彼女は人を呼んで寝付いていた環璃のために足湯を用意させた。ゆっくりと環璃の身を起こす手助けをし、背もたれに綿の詰まった背袋を差し込む。そうすると起きているのも少し楽になった。

「今日は湯に浸《つ》かる日ですから、せめておみ足だけでも温めましょう。私も昔、お金がなくて沐浴《もくよく》の日にも風呂屋にいけなかったころがありました。そんなときは、みんなで鍋に湯をわかして分け合い、一杯の桶湯《おけゆ》で足から身を清めるんですよ」

熱を帯びた体を、湯と綿で汚れを拭《ぬぐ》ってもらえるのは心地よかった。濡《ぬ》れた足先から熱がすうっと引いていくようで、環璃は不安から逃れるために、腕やほかの部分も洗ってほしいとねだった。

「もっとお金持ちになりたいと思わないの？　もっとほかの幸せがあるとは思わない？」

「そりゃあ、そう言われればそうかもと思わなくもありませんが、忙しくて」

「忙しい……」

「だって、毎日することがありますから」

女官は、環璃の髪を片手で束ねもち、器用に首筋を拭った。

「不安になることはないの？」

「不安に思う気持ちを吐き出す日があります」

「誰かに聞いてもらうとか」

「そういう暦の日もあります」

だから大丈夫なんです、と彼女は力強く言った。

「毎日することがありますし、楽しみもたくさんあります。休みの日には新しい芝居を見に行きますし、みんな流行歌を歌っています。欲しいものができたときは、時の神に祈るんです。どうか廻り廻って私のもとへやってきますようにって。お祈りしているから、あとは運があるかどうかですよね。気にしてもしかたがない。いっぱい笑って、たまには泣いて、次の日はまたお役目です。みんなそうやって暮らしています、きっと一生そうですよ」

一生、と彼女は、毎日食べるものの事のように気安く口にした。

「街に行けば楽しいことはいっぱいあるし。辛《つら》いことも、やらなきゃいけないお勤めをこなしているうちに忘れます。深く考え込むと不安になります。ついつい、素敵な人と結婚をした同僚とか、もっとうまく立ち回って出世した人を妬《ねた》んでしまうことも。だから、忙しいくらいでちょうどいい。だれも妬まず、恨まず、生きていくことが、自分自身を大事にしていることにもなると思うんです。だから、客妃さまもあまり深く考えずにゆっくりなさってください。はやく元気になって」

女官はいくつも束ねた呼び鈴を鳴らして人を呼んだ。

「たらいを運んで頂戴《ちょうだい》。客妃さまはお着替えをなさいます」

彼女たちのような天試を突破した女官は貴人の世話をする役目で、それ以外の労働は一切しない。よって使い終わった湯の始末や、着替えを運んでくるなどは別の婢女《はしため》の仕事となる。

ここでは全員に仕事があるため、人の仕事をとることが許されない。余計なことをすればその役目そのものがなくなり、つとめを奪うことになるからだと環璃は理解した。そのこと自体は、王宮のような場所ではよくあることだ。

女官たちが房から下がったあと、環璃は何度も深呼吸をして、なんとか目に見えない息苦しさから逃れようとした。

（ああ、それでも考えてしまう。この不安も、いつまでも煙のようにまとわりつく息苦しさも、懐妊のせいだとしたらって……）

我が子を身ごもったときも同じように不安になって、涙を流したこともあった。そんなときは母や子だくさんの叔母たちが、初めてのことにおまえの体が戸惑っているだけで、すぐに慣れるからと慰めてくれた。あのときのことを思い出す。母たちの言ったことは本当だった。ひどい吐き気が一月ほど続いたあとは、ゆっくりと自分の体が満ちていくような感覚になった。そのあとには大きな喜びがやってきた。

いまは喜びなど微塵《みじん》も感じない。あるのはここがどこなのかわからないような酩酊《めいてい》感と、かぎりなく恐れに似ている違和感だった。

「だれか……、だれか来て。そばにいて」

女官たちが下がったままなかなか戻ってこないので、環璃は何度も手元の鈴を鳴らした。けれどそれでもだれかが来る気配はない。環璃は立ち上がった。女官たちが出て行った渡り廊下のほうへそろそろと歩いていった。

そこで、環璃はなにかに気づく前に足を止めていた。一瞬目の前が光ったかのように思えて目がくらんだのだった。光が失《う》せた後、一人の閹人《えんじん》が女官を抱きしめているのが見えた。口づけをしている……。慌てて環璃は顔を背けた。

「ごめんなさい、見なかったことにするわ」

なかなか戻ってこなかったのは、恋人と逢《あ》い引《び》きをするためなのかと納得がいった。環璃は急いで引き返そうとして、そこで違和感に気づいた。

環璃はもう一度、よく見ようと振り返った。黒の閹人服を着た男は、さっきまで環璃の房にいた女官を抱きしめ、右手で彼女の顎《あご》をつかんでいた。その指を見て環璃はますます違和感を強めた。変だわ。あんな爪の中まで汚いままの閹人なんていない……

ずるりと女官の体が腕の中を滑って、まるで布きれのように男の足下に倒れ伏した。奇妙なことに男は女官を抱き上げようともせず、じっと環璃のほうを見ていた。

「そのひとを殺したの？」

言うと、男はなぜか含み笑いをしながら首をかるく振った。

「死んでいない」

「……ああ、あなた、女の人ね。なぜ閹人の姿を……。いえ、わかりきってるわね。ここへ忍び込むため」

首すじが華奢《きやしや》で喉にふくらみがない。去勢された閹人でも、喉の骨までなくなることはない。

「わたしに用があるの？」

「あるといえばある」

「なんの用？」

「おまえだけに用があったわけじゃない。ここにいる大勢の女に用がある」

「どういうこと？」

倒れたまま気づく様子もない女官に目を落とした。

「なにか飲ませたの。毒？」

「そんなことはしない。ただ、似たようなことはした」

「あなたは……」

女官に口づけしていたときに、一瞬見えた光。あれは宝飾品の放つ光ではない。あの青とも赤ともとれぬ色鮮やかな発光には見覚えがあった。かつて山の中で山賊に襲われ、見知らぬ女戦士に命を救われたあと、彼女の戦いぶりを目のあたりにしたとき、彼女の乳房の皮膚からざわざわとまるで生きているかのように色づき、盛り上がり、男の体のほうへ移動し、あっという間に男を苗床にして喰らい尽くした異形の神……

確神《ケゲル》。

「果ての果ての、そのまた果てから来たのね」

「………」

明らかにその女はチユギたちと同じように確神を身に宿していた。しかしそうだとしたら解せないことがある。確神は女の子宮《オツザ》を愛し、男の肉を憎む神だ。この女が果て《トー》の民であったとしても、同じ女である身体に対してなにか悪影響を与えられたとは思えない。

（ちがう、そうじゃない。目的は女官殺しじゃない）

「……その人のおなかのなかの子を、殺したの？」

女は少し驚いたように目を動かしたが、それは環璃の鋭さに感銘を受けたからではなさそうだった。

確神は男を殺す。女の体の中に入っても、棲《す》み着き寄生するだけで命を奪ったりはしないとチユギは言っていた。ただし、女の体内にいる男の赤ん坊はどうか。

「確神の力を使って、口から確神の力の一端を注ぎ込んだ。確神は男の器を憎む神だから、もし、男の子を身ごもっていれば、その子は死ぬ。あなたの雇い主は、その女官が男の子供を身ごもっていると都合が悪い。そういうことよね」

環璃は、ここ数日藩王のそば仕えの女官たちの間で風邪のような病が流行っていると耳にしたことを思い出した。それが、もしこの女の仕業だったとしたら……

「藩王の子を身ごもった女が狙いなのね。もしその子が男であれば、後嗣になるから。だから藩王の手がついた女官たちを狙って宮中へ……」

「確神のことを知っているとは」

女は煙草か酒で喉を焼かれたような、ひどくかすれた声をしていた。そのせいで喉をよくよく見なければ男か女かわからない。閹人のお仕着せを着て宮中に忍び込むのでなければ喉元に布を巻いていただろう。あのときのチユギのように。

「おまえ、だれか集落の者を知っているな」

狩りの途中の獣に見られたような、鋭い視線が環璃を貫いた。

「いま外に長期で出ているのは、……ナァーリかテルーか……」

「あなたもだれかに雇われて、藩王の子を殺しているのね。そんな確神もいたなんて。もっと荒ぶる神ばかりだと思っていたわ」

「荒ぶる神を見たのか」

環璃はハッと口をつぐんだ。

「であれば、おまえが会ったのは、チユギか」

自分の不用意な言葉で、チユギと会ったことを知られてしまった。しかし、一度口から生まれた言葉は子と同じで二度と腹には戻せない。

「チユギのようにまだ荒い神の宿主は、このような請けには向いていないのさ。私の神もかつてはよく荒ぶった。私がほんの少し怒りをおぼえただけで、風にのり隣の集落の男の肉まで食い殺したこともある。いまは私の肉の身体が衰えたというだけ。子宮で血を生み出せなくなれば、確神は遠ざかりやがては去る」

女は老齢に近づくにしたがって月経が少なくなり、やがては女の性から解放される。月経の血を糧にしている確神もまた、子宮の働きがなくなればいつかはいなくなる、とチユギが言っていた。ということは、目の前にいるこの果ての民は、環璃が思っているよりもずっと歳をとっているのだろう。

「いったいだれが、あなたを雇って藩王の子を殺しているの。なんの得があって……どうしてそんな恐ろしいことを」

「恐ろしい？　そうかな。私にはおまえのほうがずっと恐ろしく思える」

「わたし？」

「見事に支配されているからだ。そして支配されていることにまったく気づいていない」

「わたしはわたし自身の境遇がどんなにおぞましいか、よくわかってるわ。わたしは藩王たち専門の娼婦《しょうふ》で、子供を産むための道具で、この大陸で有力な国の藩王たちが、次期帝位をめぐってひく籤《くじ》でしかない。ただの籤のほうが犯されないだけずっとまし」

「それだけのことがわかっていても、忘れる」

なにを言われているかよくわからなくて、環璃は一瞬うつむいた。またすぐに顔をあげるだけの気力はあった。

「忘れる？」

「自分が道具にされていることを」

「忘れてなんかいないわ！」

「けれど、おまえはいまのいままでこう感じていただろう。この国の藩王はいままでよりずっとましだ。このままこの王との子をもうけ、添い遂げる人生も悪くはない、と……」

まさに心を見透かされて、環璃は目の下がカッと赤く熱を帯びるのを感じた。

「隷役《れいえき》を仕込むやりかたと同じさ。最初は虐げられるだけ虐げる。自尊心を奪い、思考力を奪い、想像力を奪い、希望を奪う。徹底的に奪い尽くしたあと、急にやさしくする。すると最初に奪われた怒りや屈辱を忘れて、ふたたび奪われることだけを恐れるようになる」

「……そんな」

「一帯八旗十六星幾万。燦々たる帝国の傘のもと大小無数にある国々の中で、なぜこの胡周がおまえの相手に選ばれたのだと思う？　この国はな、無能な王が支配するために、実によくできているのさ。国民の半分近くが試験を受け、官吏として登用される。特筆すべき点は武術に優れた者、教養のある者以外にも、一芸に秀でた者まで多くひろいあげていることだ。彼らは実にいい働きをする。働きっていうのは、つまり偽物の充実感を与える仕事だ」

「にせものの、充実感ですって」

「なぜかヒトという生き物は、焦ったり心配したりハラハラしたり歓喜したりするだけで、ひどく満足するということさ。それが娯楽によって与えられた〝体験〟であっても、体はそれだけ〝自分が〟生きたと解釈する。自分の経験ではなく、他人の人生体験であるのに、共感し同調するだけですばらしい満足感が与えられるようになっているのさ。便利だろう。大昔の頭の良いだれかが、大勢を効率よく支配するために利用しようと考えたのも不思議じゃない」

支配するということは、想像力を奪うことさ、と続けて女は言った。

「なにもしなくても与えられる小銭があれば、それを増やすために努力する人間より、それが失われることを恐れるあまりなにもしなくなる人間のほうが、この世にはずっと多いんだよ、お嬢ちゃん。その恐怖心を紛らわせるために、この国の人々には毎日することが決まっている。時の神が定めた暦によって、明日はなにかをする、あさってはどこにいくと、何も考えなくても変化がある。すると人々はとたんに考えることをやめて、暦通りに生活をはじめる。自然と自分の生活力が向上していることを実感する。そりゃ、自分自身が風呂にいって身ぎれいになったり、掃除によって部屋がきれいになれば満足しないわけがない。小さな満足感が持続する。あくまで本人たちの努力によるものだが、満足感が高いから人々は暦通りに生活することを信用する。本当は強要されているのに、それを忘れて決められた通りに生きるようになる」

私は幸せ者です、と一片の迷いもないふうに言い切った女官の顔——いまは足下に倒れ伏し意識を失っている彼女の、あのときの顔を環璃は思い出した。

たしかにこの国の暦について、知れば知るほど合理的で正しいと環璃は感じ始めていた。嵐の過ぎ去ったあとに疫病を警戒することは環璃の故郷の集落でも普通に行われていたし、髪を切る生業《なりわい》の者と爪を切る生業の者が分かれているのは、勤め事の数をひとつでも多くするため。環璃の足を洗う者と、湯を運ぶ者と、湯を沸かす者が分かれているのも勤めのため。なぜなら仕事という勤めはヒトの矜持《きょうじ》の数そのものだからだ。

幼い頃、集落ごとに小さな祭りや祝い事を繰り返し行うのは、不幸に襲われただれかが自暴自棄になって暴挙を起こさないためだと父に教えられた。

そう考えれば、環璃の故郷である草原の小さな国で行われていたことと、この国でもっと大規模に行われていることの本質は同じであるといえる。あの月端《げったん》であっても、人には世襲で受け継がれてきた役割があり、勤めがあり、決して大金ではなかったが、仕事をすれば報酬が与えられた。足りないものは譲り合って暮らした。それで特に不自由はなかった。自分の持っているものと交換することは、日々の暮らしの中に自然に溶け込んでいた……

それを、支配だと感じたことは、一度もなかった。

けれど、環璃はあのときまでたしかに瑪瑙《めのう》のかんむり鹿の一族の女王《フーダ》となる王族のひとりだった。そして父はたしかに王族の勤めを……、環璃に人々を支配する方法を教えていたのだった。

（この女のいうとおりだ。わたしは忘れかけていた。たった一年やそこらで、子供や一族や、すべての尊厳を奪われたときの痛みと怒りを）

「人は幸運の種さえ与えておけば、いつまでも夢を見ていられる。本物の幸運を与える必要はない。種でいいんだ。日々することがあり、楽しみが小刻みに与えられ、足りないものは互いに補いあう。郷試や県試などただの名目、紙切れや呼び名でしかないが、名誉を与えられれば焦燥感は一時的に消える。そして明日にはまた違う、することがある。だから焦燥感も違和感もすぐに忘れてしまえる。とくに優れているのは、この暦が王が定めたものではなく、太古から続く時の神の習わしとしていることだ。実際は人の考えたことなのに、それも何百年か経って忘れられている。都合よく、神のことばになっている」

「じゃあ、この国を支配しているのは、藩王ではないの？」

環璃は、この国に入ってからずっと感じている、煙を吸ったときのような息苦しさの正体の一端にとうとう触れられた気がした。

「あなたがいうとおりなら、この国の仕組みは藩王からも力を奪っているわ。だって彼も同じように暦で定められたとおりに暮らしているもの」

環璃の知っている限り、彼がいつも頭を悩ませているのは、新作の芝居の演目についてだった。しかしそれも、この女のいうことが本当ならば、人々から焦燥感を忘れさせる、都合の良い飴王《あめおう》でしかない。

もしかしたら藩王は、人々に娯楽を与え続けることが効率の良い支配だと知っているのかもしれない。しかし、それを定期的に与え続ける仕事をしている彼もまた、大きな支配を受けている。おそらくはよく考えもせず、先代の藩王もそのまた前から続いていることだからと継承し続けているのだろう。

（まるで、亡霊に支配されているようだ）

大昔に作られた、だれが作ったのかわからない仕組み。支配者である王からも想像力を奪う仕組み。しかし、もはやそれは人のかたちをしてはいない。

女が言った。

「支配という母は三人の子を産むというからな」

「……富と、力と、もうひとつは？」

「おまえがこれから知るものだ」

「そうなのね」

環璃は、血の気が引いてふらつきそうになる足にぐっと力を込めた。

「あなたのおかげで、本当の恐ろしさを思い出したわ。不思議なことよ。わたしは藩王の近くにいるはずなのに、あなたの雇い主がだれなのかまったく想像もつかないの。おそらくはこの国のどこかに、富を一手にしているだれかがいて、そのだれかは想像力を奪われてはいない。本当の意味で亡霊の支配から逃れられている。そういうだれかがいるけれど、だれも知らないし、知らないから悪感情を抱きようもないのよね」

烏爬藩国の藩王は、わかりやすい暴君だった。恐怖と減刑によって人々を抑圧し支配していた。本人にもその自覚はあっただろう。

しかし、この国では王ですら、本当の支配者を知らない。だれも、ずるく富を独占しているだれかに気づいていない。もしくは気づいていても気にとめていない。そんなことよりなにかが大きく変化して、いま過ごしている楽しく忙しない日々が失われることのほうがずっと怖いのだ。

足湯によって温められた体が芯《しん》から冷えた。

なにより、環璃は自分自身が、ほんの一時ですら一族を根絶やしにされた恨み、怒りを忘れていたことに愕然《がくぜん》とした。人はこんなに簡単に支配されてしまうのだ。忘れることによって楽な生き方を選んでしまうのだ。誇りも子もなにもかも奪われ、ていよく藩王たちの種付け遊戯の道具にされている環璃であっても——！

果ての戦士が、倒れ伏したままピクリとも動かない女官をまたいで環璃に近づいた。環璃は後ずさった。女は笑った。

「なにもしないさ。なにもする必要がなくなった」

「あなたの雇い主は、わたしが藩王の子を宿していたら都合が悪いのではないの」

おそらく、女の雇い主はなんらかの理由があって、この世から藩王の子を排除したいのだろう。寵《ちょう》を競っている愛妾の一人が、ほかの女を妬んで果てを雇ったのかもしれないし、もっとほかに政治的な理由があるのかもしれない。

環璃もまたいま襲われるところであったのだ。しかし、女は環璃に触れることもなく、そばを通り過ぎ夜の闇の中に消えた。彼女が自分になにもせずに去った理由はすぐにわかった。腹部に鈍い痛みがはしり、しばらくして内股《うちもも》に赤い血が流れて環璃の足を濡らした。

*

時の神である月の暦に従って、今日も人々は忙しなげにしていた。

身なりを整え、瞑想し、娯楽を楽しみ、自分のもとへ運気が廻ってくることを祈って自分のものを手放し、代わりに他人が手放したなにかを手に入れる。その、手に入れたという満足感は互助によってのみ成り立っている。富めるだれかが身銭を切る必要はない。

ああ、この国では、富めることも貧しいこともすべて、運のせいということになっているのだ、と環璃は気づいた。そしてその運を司《つかさど》る時の神は公平な神であるから、急激に非常に大きな富を手に入れた者がいたとしても、だれからも不満はでない。たとえそれが悪辣《あくらつ》で卑怯《ひきょう》な手段で手にしたものだとしても、きっとだれも気づかない。なぜなら、それは、単に運がよかっただけなのだから。

あらゆる人の集う場が、あらゆる種類の満足感で満たされている。そうなるように暦には祭りの日が、街には多くの出し物がある。なかでも最も人々が多く足繁く通うのは、刻都に数カ所ある野外劇場である。とくに今日、新たに幕を開ける演目を、人々は期待を込めて待ち構えているのだ。新たな英雄の物語を。

その中には、楽しげな藩王の姿も見えるのだろう。

「新しい演目は、家が三度洪水で流されても、諦《あきら》めずに黙って土地を守り続けた男の話だそうですわ」

胡周を去るために真珠の輿に乗り込み、ゆっくりと屋台通りをゆく環璃たち一行に付き従った女官が教えてくれた。

結局、環璃の提案したような英雄は見つからなかった。正確には、芸士たちが見つけ出した〝どのような時であっても、女に対して暴力を振るわず、罵らず、見下さず、対等に手を携えてきた男〟たちは、だれひとり名誉ある大戯の題材になることを望まなかった。

（男が女を殴らず、罵らず、見下さず、対等に思うことは、この国ではなんら名誉ではないということか）

今日も藩王は、新大戯のお披露目の前に、自分もまた試験を受けた唯一の藩王であることを述べて人々の笑いを誘うだろう。人々はなんて親しみやすい藩王様だと、〝隣人〟王を褒《ほ》め称えるだろう。

いつだったか、胡周藩王は言った。『たとえあなたが私のもとを去ろうとも、すべてのものは時の神のおぼしめしどおりに廻るのです』と……

「そのとおりね。この国ではわたしも、運とともに物々交換されるモノでしかないもの」

《刈り取られた麦に、縊《くび》られた獣に、昨日と明日に》

口の中で小さく唱えると、女官たちが怪訝《けげん》そうな顔をした。しかし彼女たちはすぐに環璃を忘れ、なにも考えなくてもいい忙しない日々に戻っていく。そうして廻る。廻るのは時だけだ。富と本物の力は廻りはしない。

「わたしは、絶えた瑪瑙のかんむり鹿の一族の女王。神は美しく、ひとは醜い。神は尊く、ひとはいやしい……」

環璃は歌った。草原で一番醜いのは人間であり、美しい獣たちは神の御《み》使《つか》いであるという故郷の古い伝承の歌。月を見上げるたびに、思い出すべきは夫の声や耳の形ではない、自分たちは目に見えないだれかによって支配されていることを、それは人のかたちをしていないかもしれないことを思い出し、学び、決して忘れまいと思った。

第4章　戦士《テレ》同胞《アニ》

その年も、炙《あぶ》る月は多くの川を干上がらせた。海へと向かう水だけではなく、動物の身体の中に流れている細く網のような赤い川をも。肉は啄《ついば》まれて骨になり、大昔に死んだだれかとともに砂に埋もれ、やがて舞い上がりどこかへ消えていく。何千年と人の世は続いているが、いまだに人がどこから来て、どこに行くのかすべてを見た者は一人もいない。

大方の資金調達を終えたチユギたちは、ひとまず果て《トー》へと帰途についた。

奪った宝玉や金銀などを細かく運び屋に手渡し、あらゆる道に分散して果てのヤマへと運びいれる。瑪瑙《めのう》や瑠璃《るり》などの宝や玉はすぐには売りに出さない。しばらくヤマで寝かして、売った先から足が付かないようにするためだ。金銀は手に入った量にもよるが、たいていはヤマでの生活用品を仕入れるために三つ四つ街を介して注文を出す際の支払いに使う。

「大収穫でしたね、チユギさん」

初めての旅にテセレンは満足しているようだった。「はやく果てへ帰って、うちの同胞《アニ》（みんな）に報告したい」

テセレンが〝うち〟と呼ぶその場所は、存在を知る人々の間で〝果ての果ての、そのまた果て〟と言われている。

明確な地図もなければ、基準となる大きな街からの距離さえはっきりしていない。ただ、山の裂け目をいくつも越えた遠く険しい山地の集落であり、そこに住む民は〝カリカント（黒く平らな）集落〟と呼んでいた。

裂け目を越えるにはいくつかの手段はある。しかし、その谷を流れる水の流れは速く滝のように激しいので、人の足では容易には越えられない。それにあたりには秋から春にかけて霧がかかっていてとにかく視界が悪いため、案内がないと近づくことすら困難である。この霧のおかげでヤマは常に湿気に満ち、確神《ゲゲル》の息吹《いぶき》を感じることができる。果てを仕切る七人の邑長《リンジー》のうちの一人、もっとも古株だと言われている導き手《ホク・リ》のハン・ジマは、あの霧がなければ確神はヤマで生きていけない、乾いた空気が確神の唯一の弱点であり、だからこそ彼らは新鮮な血で満ちた女の子宮《イリヴ》を好むのだと言っていた。

導き手とは、文字もなく国もない果ての民たちの歴史を、唯一記憶している長命な同胞のことである。まれに〝永久《とわ》に〟と呼ばれる確神に選ばれる者がいて、彼女たちは戦うための豪腕も特殊な能力ももたないかわりに、何百年という時を生きる。情報が外部に漏れないようにするため、彼女らのほとんどはヤマを下りることはない。

代わりに、チユギやテセレンのような手足になる戦士《テレ》たちが、果ての生活が成り立つようあらゆる手段で物資をかきあつめてくる。それが何百年と変わりない果てという組織のやりかただった。

（今回は思いがけなく金の延べ棒がいくつも手に入った。まさか烏爬《ウーフアー》の高官があれだけのものを別荘に運び込んでいるとは、思いもよらなかったな）

チユギたちがこの夏の仕事場に選んだ近隣の国、烏爬藩国。あの国では特に沈黙が尊ばれるが、実際のところは、みな黙って微笑《ほほえ》んでいる顔の下で平然と賄賂《わいろ》をやりとりしているしたたかな国だ。藩王《ジョグル》は普段から派手に悪人を捕まえ処刑することで民たちの鬱憤《うっぷん》を晴らし、彼らの財産を適度に分配している。よって密告制度が有効に機能する。

それでもあの金の延べ棒は、ただの袖《そで》の下というには多すぎた。テセレンが殺してしまった男は王族だったというから、おそらく彼は密《ひそ》かに藩王への謀反《むほん》を企てていて、あれはその資金の一部だったのだろう。そういう動きがあったからこそ、烏爬藩王はなかなか都を離れることができなかったのだ。

結果、まったく偶発的な敵の死（テセレンが侍女を襲おうとしている男を殺した）が、藩王と彼に対抗する勢力どちらをもうろたえさせた。むろん優位に立ったのは藩王だ。敵があの金の延べ棒で雇うはずだった外国の傭兵《ようへい》をあっという間に一網打尽にして、夏の避暑地の風物詩のごとく全員を次々と崖《がけ》から飛ばせた。だからだれも、それ以上金のありかを探そうともせず、追っ手はかからなかった。

思いがけなく謀反の資金を手に入れてしまったチユギたちは、すぐにそれらを廃屋の土間の床を掘って埋めた。あれだけの金を持って藩王の追跡を逃れることは難しい。さらに、金は重い。そのへんの男よりずっと力のあるチユギとテセレンだが、それでも手に持って逃げられる量には限界がある。

二人は金を隠したのち、旅券を持っていなかったとがですぐに憲兵に捕まった。とくに抵抗はせず、その後は刑を受けて死んだように見せかけるため、いわれるままに歩き崖から飛んだ。

あの日は実に三千人以上が瀑布《ばくふ》に呑《の》まれた。ほとんどがなすすべもなく落ち、そのまま青く美しく、生き物の棲めぬ酸の中に沈んでいった。チユギとテセレンは事前に打ち合わせたとおり、確神の力を使って酸の湖を避け、すぐまた下の滝壺《たきつぼ》に飛び込んだ。急流の中を泳ぎ切り、あらかじめ隠してあった衣服に着替え、また水瀑関《シーボウドク》の街へと舞い戻る。そうして、今度は悠々と馬と幌《ほろ》馬車を使って金を運び出した。

『豊かな南に飛び地を持つのよ』、とかつて環璃《ワリ》に言われた言葉を、チユギは何度も手に入れた金のことを考えながら反芻《はんすう》した。〝外〟の仕事をするときに使う男に、荘園を手放したがっている人間がいないか探してもらった。しかし、なかなかすぐには見つからない。代わりに提案されたのは、ある老いた妓楼《ぎろう》主が財産を早急に処分したがっている、身元は問わない、許可証ごと譲り渡せるというものだった。すぐにチユギはその妓楼を買った。「なんで妓楼なんか買ったんですか」テセレンは、女たちが身を売るような施設を大金で買い取り、商売を続けることに違和感を拭《ぬぐ》いきれなかったようで、真っ向から反対した。「弱い女をさらに弱くする小屋なのに」

「肥沃《ひよく》な土地はよそ者に売りたがらない。逆によそ者に売りたがるものもある。その中で一番買い手の身元を調べないのが妓楼のたぐいだ」

チユギは言った。テセレンはその意味がわからないほどおろかではなく、二度と非難がましい言葉を口にはしなかった。長年その妓楼で働き、いまは女たちの元締めをやっている老女にそのまま経営をまかせることにした。

「それに、なにかあったときに身を隠したり、情報を集めたりするのに妓楼は便利なんだ。外へ何度も行くようになればわかる」

一人でも女が殴られていれば男全員を殺すと念入りに脅しておいた。チユギの正体を知っている仲介人の男は、チユギから一定の距離をとりながら何度も頷《うなず》いた。そして、とりきめのあと、すぐに行水に行ったようだった。

金の延べ棒の大部分を使いきり、カリカントでの生活に必要な食料や革製品などの手配をして、二人は果てへ戻ることにした。

街道《タラード》沿いにぽつりぽつりと現れる、風砂で削れたいつかの聖者の顔。乾いた道を歩くたびに土埃《つちぼこり》が舞い、家の窓には、魔除《まよ》けの唐辛子がぶら下がっている。盛りを過ぎたとはいえまだ十分に暑く、鏡のような照り返しを避けるためにうつむいて道をすすめば、風の向きが変わるころ、田畑で仕事を終えて戻ってきた水牛《ポルメウ》とすれ違う。

「この道、昔歩きましたよ」

「果てへ来た女は全員歩く道だ」

「〝もっとも長く、もっとも近い〟道、ですよね」

もう何百年もの間、果ての集落は人里から隔《へだ》たって存在していた。あまりにも遠く険しい地のため、たとえ行きたいと願った者がいても、たどり着くことは困難を極める。テセレンが果てへやってきたのも、彼女が倒れ動けなくなった街が、たまたまチユギたちと取引のある相手だったからだった。

「あのときは、本当にもうだめだと思いました。何日も物乞《ものご》いをしながら、荷馬車の台に隠れて、幌にしがみついて……、男の相手をしながら果てを目指したけど、ついに動けなくなった。心が先に諦《あきら》めると、足が動かなくなる。あれは嘘だったんだ。ただの伝承だったんだって思い始めたら、体中の力が抜けて、なんにも考えられなくなって、さきに魂魄《こんぱく》が身体から出ていってしまったようになりました。私はぼうっとしているだけなのに、ああなると身体は獣みたいに動く……。善悪の区別なしに」

あまりに身汚いために街へ入れず、喉《のど》が渇き、通りかかった水売りの少年に殴りかかって水を奪った。彼女はその場で殴り殺されても不思議ではなかったが、幸運だったのが、たまたま街の市場の管理官がやってきて、普段通りの手続きに則《のっと》って彼女を裁こうとしたことだった。水売りを襲った理由を聞かれて、彼女はこう言った「果てへ行きたかった」と……。

役人の顔色が変わり、すぐにテセレンは役人の妻に引き渡された。街の外れの屋根が半分落ちた家に連れていかれ、そこでとにかく体力をつけるようにと言われた。最低限の食料と水も分けてもらえた。テセレンは川で身を清め、ひたすら一カ月、明日食べるものの心配をせずに眠って過ごした。

一月後、また役人の妻がやってきて、テセレンの上腕にひどい臭いのする黒い液体を塗った。まるで黒い腕輪の入れ墨のようだった。しばらくするとその部分は乾いて皮膚とくっつき、水でこすっても容易には落ちなくなった。

「果てへ」

役人の妻に見送られ、ふたたびテセレンは歩き出した。ここへ行けといわれた街まで旅を続けた。

「〝果ての果て〟へ」

そうして、宿で働いている年を取った女が背を押した。「行け。果ての果てのそのまた果てへ」

「あのときほど、神を信じたことはなかった」とテセレンは、道々馬を牽《ひ》きながら言った。

見知らぬ街の女たちが、あるいは男も、テセレンが果ての果てのそのまた果てを目指していることを知ると、こっそり便宜を図ってくれた。そのたびに腕には黒い液体で腕輪のようなスミ色の線が描かれていく。輪は街を経るごとに何本も増え、やがて彼女はある険しい山地の麓《ふもと》の街にたどり着いた。そこの麓の村で、テセレンは輪の数を数えられ、すぐに別の女に引き渡される。引き渡されるたびに、女たちは輪を数え、描き、そして山の奥深くへテセレンを連れていった。

ヤマに入るまでテセレンは目隠しをされ、入ってからもしばらくはそのまま背負われて進んだ。その山岳地帯は不思議な場所で、年中霧に覆われて、深く踏み入れば踏み入るほど腐ったような臭いがきつくなった。これは硫黄という火山の岩肌の割れ目から噴き出すもので、麓の村の女たちが採掘をして、火薬を作るための薬剤に加工しているという。

「戦士《テレ》同胞《アニ》」

ヤマに入ると、テセレンを連れていた人々がひそかに、聞き慣れない呼びかけをした。

「確神《ゲゲル》の同胞《アニ》」

途中立ち寄る小さな物見櫓《ものみやぐら》にも男はいなかった。いつしかテセレンはここそが果てだと確信した。ああ、私はとうとう果てに来たんだ。心に再び火が宿ると、目隠しをしたまま歩かされても、どんなに険しい山道でも足取りは軽かった。

水と食べ物をくれる物見櫓の数が二十を数えるころには、もう麓の村も、人里も、平野も田畑も道も、そして男の気配も何も感じなくなった。

「ほんの数年前のことなのに、何十年も前のように思える。目隠しをされ、背負われてヤマに入った日のこと」

ヤマに来て果ての民になった人間は、異口同音に同じ事を言うものだ。

「外は楽しいですけれど、ヤマに帰るとほっとしますね。とくにこの硫黄の臭いが」

火山を知らず育ったテセレンは、果てにやってきて初めて、このような死と毒に満ちた山にも恵みはあるのだと知った。ここでは温泉が湧くのである。物見櫓の管理人を務める櫓の守り人も、この温泉に浸かっていれば歳をとることもない、毒の煙が湧いているのを承知で、湯治のためにわざわざやってくる外部の者もいるのだと言った。

「年若い同胞よ。そういうやつはたいてい権力をもっている男で、ここがどういう里かは知らないんだ。逆に寿命を縮めて帰る」

というのが、立ち寄った途中の集落や櫓でよく交わされる笑い話のひとつだった。

「で、どうだった、チユギ。新兵のお守りは」

「思わぬ収穫もあった」

テセレンが、侍女が男に襲われているのを見過ごせずに怒りをあらわにし、男を確神の贄《にえ》にしたことは決して褒《ほ》められることではない。確神は外で顕現化すると、罪もない男や幼い男児までも区別無く喰《く》らい尽くすからだ。

同胞の守り人たちは、テセレンよりずっと前に果てへやってきた古参だけあって、外で暴走してしまった彼女への評価は厳しかった。ひとつでも例外を許せば、あっという間に果ての民は世界の敵になってしまう。そのことをもっと自覚し自制を身につけなければ、たとえどれほど力のあるカミに選ばれても、外へ出ることは許されずカミが子宮を去るまで、物見櫓を任され守り人としてヤマで暮らすことになる。この女のように。

「まあ、それでも金が手に入ったのは重畳なことだ」

「そうだな、あれだけで七つの邑《むら》が半年は食える」

「だが、まだ数がいる。最近、下流じゃきな臭い噂が広まっている。東のほうで戦が起こって人が逃げてきているんだ。果てにはもっと強い戦士が必要だ」

テセレンは頷いた。

「年若い、希望にあふれた同胞よ、チユギの言うことをよく聞き、習え。彼女は果ての最強の戦士《ラワト》の一人だ」

ひとつ、またひとつ物見櫓の兵士に見送られ、とうとう〝熊落とし〟と呼ばれる険しい断崖《だんがい》までやってきた。旄牛《ぼうぎゅう》の群れさえ足をとられるこの絶壁の向こうは、正真正銘、果ての果てのそのまた果て。確神の民が暮らす邑、果ての集落カリカントだ。

「ああ、懐かしいこの光……。盗んだどんな宝玉よりきれいだ。ねえ、ここは不思議なところだよね」

テセレンは、道ばたや木の洞に生えた茸《きのこ》が放出する、青光りしながら漂《ただよ》う胞子の群れを見て言った。胞子の群れは、チユギやテセレンがそばを通ると、露骨に二人を嫌うように離れていく。これは、二人がすでにほかのカミの宿主であるため、胞子にとって最適な寄生先ではないからだ。

朝早く一の物見櫓を出たのに、二人が暮らす一の集落に着いたのは夕暮れ時だった。ヤマは夜の訪れが早い。碓神は火を嫌うので、焚《た》かれるかがり火も最小限に抑えられ、日暮れ前から足下もおぼつかない薄暗さになる。

テセレンははやく湯に浸かりたいと言って、新入りたちが暮らす洞場（岩肌を洞のように削って開けた住居用の穴）へ戻っていった。チユギはそのまま、邑長《リンジー》のサザメを捜した。

「いま戻った」

ここまで来ると、お決まりの挨拶《あいさつ》はしなくても同胞しかいないのがわかる。ここは同胞の、碓神の気に満ちている。ヤマに帰ってきた喜びか、顕現までしなくても、かならず身の近くに胞子たちの星屑《ほしくず》のようなまたたきがあるものだ。

「ああ、チユギか。外はどうだった」

外から戻った者は、たいていこのような煌《きら》めきをまとっているらしい。眩《まぶ》しそうな目をしてサザメはチユギを迎えた。

「長くなる。座って話せるか」

「もちろんだ」

サザメは硫黄を大量に含んだ土でも花をつけるアヤヤマツツジの収穫を手伝っていた。蜜《みつ》を含む蕚《がく》と花弁を分け、蕚は香料に、花弁は乾燥させて薬や茶にするのだ。

「胡周《コジヨン》まで出向いたんだって。ずいぶんと遠出をしたな」

「おかげで掘り出し物があった。むろん、足がつかないようにすぐ処分した」

テセレンの暴走のおかげで得た金の延べ棒を胡周まで運び、そこで妓楼を買ったこと、残った金はいつもの迂回路《うかいろ》を経て食料や布などに換えられ、玉とともに山の麓の同胞たちの村へ着くだろう、等々報告した。

サザメの暮らす天幕は、旄牛の毛を重ねて叩《たた》いてつくる丈夫な布が張ってあり、ここの主によってさまざまな手が加えられ、長のすみかとして十分な広さと快適さを備えていた。寝室は岩穴のほうの部屋で、その前に布を垂らすことでひどい雨風に備える。旄牛の毛は脂をふくんでいて水もはじくため重宝される。伝統的な山暮らしの家だ。

中に入ると、アヤヤマツツジの油を焚いたいい匂いがした。このあたりでは常に硫黄の臭いが漂っているため、それ以外の匂いの中で生活することはいちばんの贅沢《ぜいたく》である。

「松で作った運水管の割り当てが決まった。これで、〝鬼岩の井戸〟から生活用水を引ける。いま当番を決めているところだ」

このヤマでは、温泉は湧くが普通の水より硫黄分が濃く、カミを宿していないとすぐに硫黄中毒になってしまう。なので、竈場《かまどば》に大きな岩をくりぬいた水場があり、そこに雨水を貯めて、使う分だけくみ上げ料理に使う。そのような岩をくりぬいた水場はこのカリカントの集落にはいくつか存在する。サザメはこの一の集落よりも遠く不便な場所にあるほかの集落に、できるだけきれいな水を送ることを考えていた。

「ほかの下流の大都市のように水道橋を造ることも考えたが、日干しレンガで造るとしても地形が複雑すぎる。チユギ、おまえが松は松ヤニのおかげで木材が長期間腐らず、水を運ぶのに適していると提案してくれたおかげで、もうすぐ三の集落に清水を引けそうだ」

サザメは日干しレンガを積み上げて作った炉の上に小さな鍋《なべ》を置き、旄牛のバターの塊を炭火で溶かした。煮立ったころに岩塩と茶葉を固めたものをナイフで削って、バター茶を作る。

たいていの果ての集落は、細く途切れがちな街道《タワード》とも言えぬ山道からは決して視認できない崖と崖の間の盆地にある。果てで暮らし戦士となった先達たちは、火を使わず生活できるように、蒸気の噴き出し口があり、硫黄泉が湧いており、比較的水が得やすい場所を切り開いてきた。硫黄泉は万能だ。湯に浸かればつねに体を清潔に保つことができるし、皮膚病を治す力もある。家畜や人の糞《ふん》から臭いを消し去ってくれ、狩りでとった獣の毛皮を硫黄泉で洗えばノミやダニはきれいにとれる。果てのカミに選ばれなかった者たちの間で、下流の街のようないやな疫病が流行《はや》ることはほとんどない。

「病と言えば……、胡周の都で奇妙な噂を耳にした。宮城で若い女官たちが次々に倒れる事件が起こっていると」

彼女たちはいずれも藩王のそば付か、近くに仕える若い女官ばかりであったという。

サザメのもつナイフの先で、ゆっくりとバターが炙られて溶けていった。チユギは続けた。

「みな命に別状はないそうだ。だが、全員が子を流した。そして、しばらくして妃《きさき》同然の扱いを受けている数人の女官のうちの一人が、里下がりをして女児を出産した。これで藩王の子は嫡出ではない七人全員が女児。つまり全員、藩王位継承権はない」

「…………」

茶が煮立つまでの間、サザメは黙って、乾いたアヤヤマツツジの花弁を乳鉢ですりつぶし始めた。

「あの〝金の耳〟、哉中《キャナ》の請けか?」

「そうだ」

あっさりとサザメは頷いて見せた。

「いつから出ている?」

「もうだいぶ前からになるよ。最初はそうさな。五年程前に、キャナ指名で依頼がきた」

キャナはチユギよりずっとあとに、果てへやってきた女である。神域のヤマに入り、みごと確神に選ばれて戦士になった。しかし、キャナの確神は彼女の子宮に長らく棲《す》み着いてはくれなかった。しばらくすると毒性が弱まり、わずかに残った確神は、彼女がたとえ怒り狂って我を忘れても、めったに皮膚から出てくることはなかった。

皮膚に顕現しないということは、そこから胞子を飛ばさないということでもある。いまのキャナはチユギのように戦いながら男を塵《ちり》にする力はない。

しかし、彼女は非常に頭が良い女だった。あるとき、邑長たちが集まった大きな集会《ビングル》の場でこう言った。

「長く生きる我らが同胞よ、私はいまだ力を失っていない。たとえば腹の子がもし男児なら、その子を密やかに殺すことができる。口づけするだけで、病に倒れたようにじわじわと男を殺すこともできる。それこそ我ら果ての干渉に気づかせることなく」

キャナのカミは顕現化しない弱毒性であるがゆえに、キャナの体液内にある胞子の毒成分を相手の中に流し込むことで、ゆっくりと男を（まるで病にかかったかのように）殺すことができるのだと力説した。

『ここは毒の山だ。土は食べ物を生み出さず、清水は少ない。我らの仲間をもっと増やすためには、今までのようなやり方では不十分ではないのか。もし、我らが権力に近づくことができればいままでの何倍もの金銭を手に入れることができる。この確神の力を使えば男のような力がなくても、どんな場所にだって潜り込める。決して果ての民だと気づかれることはない。それこそ、死んだ後腑分《ふわ》けでもされぬかぎりは』

邑長たちの同意を得て、キャナは、生まれ故郷の胡周から依頼を受けるようになった。

「依頼主は有力旗主の正夫人として裕福な暮らしをしている幼なじみだそうだ」

キャナを雇ったのは、もとは芸試を受けて前の藩王に気に入られ、お手つきとなったお妃女官のひとりだった。しかし、その栄光は続かず、藩王の子を宿すと、まるで厄介者を追い払うように臣下に払い下げられた。

女は恨みを忘れなかった。密かに証拠を残さず、藩王の息子たちを皆殺しにしたいと考えていた。藩王の王子たちが皆死ねば、彼女の一番上の息子に藩王位が転がり込む。

そんなとき、実に数十年を経て、二人は再会した。昔、貧しいドサ回りの団に所属する踊り子だったころ、鞭《むち》で打たれた傷をなめ合ってともに生き延びた二人は、すぐに心が通じ合った。

キャナの働きのかいあって、彼女の息子は無事、藩王の座を手に入れた。それからもずっと、藩王の実の母は、キャナの依頼者でありつづけた。同時に有力者の秘密を共有した果ては、キャナを通じて胡周の藩政に深くかかわっていることになる。

「少し派手に動きすぎではないですか」

チユギは戒《いまし》めるように言った。そういうことを臆面《おくめん》もなく邑長に進言できるだけの実力をチユギは兼ね備えていた。

「我々がそれだけ深く胡周の国政に関与していると、もし帝心中に知られれば」

「そのとおりだ。それだけは避けねばなるまい。キャナには胡周に関わるのはこれきりにしろときつく言い含めてある。皇后星《こうごうせい》が藩王の子を身に宿さず、胡周を出て行くまでな」

「そうですか……」

チユギは内心、環璃があの国から旅だったことに心から安堵《あんど》していた。あの、この世に女と生まれたために責め苦のように負わされる理不尽をすべて体現した皇后星という役割。当代の皇后星である環璃という少女の旅路は、チユギにとっても無関心ではいられない。

なぜなら、果ての戦士同胞たちはいまではキャナのようにあらゆる者たちから依頼を受ける。女の伝達屋を介して男から請けることもある。祈りのようにかき集めたのだろう細かい銅銭を束ねたものが依頼とともに届けられることもある。依頼の内容はほとんどは殺し。今回の胡周のような一国の藩王が絡んでいるような例も決して珍しくはない。

「新しいカミを迎えねば」

と、サザメは言った。

「カミの力は、そのまま我々が生きていくための力になる。この険しい地で生きていくためには、首里無《スリナム》のような枝族が必要だ。それにおまえもよく知っているだろうが、ヤマにも寿命がある。何代か前の導き手《キケ・リ》は、この果て以外のヤマから来た生き残りだったという」

かつて、果てには天仁《てんにん》導師と呼ばれる導き手がいた。彼女はどこか違う果てからやってきて、この地に確神を〝移植〟したという。そうしていまでは何万種という数えきれぬほどのカミが果てに根を下ろした。

「過去にそういうことがあったのならば、この果てもいずれカミガミを引き連れてほかの場所を探さなくてはならないような事態が起こる。そのときになって準備しても遅いのだ」

サザメは、首里無こそが我々の第二のふるさとになるだろう、と言った。

「ついては、首里無の周辺ごと整えなくてはならない。首里無には新しい同胞が住む」

「新しい同胞……。ここへ〝たどり着いた女〟がいるのですか」

「おまえがヤマを下りてすぐ、土兒九《ドルク》藩国から二十人、女が逃げてきた。みな、〝下流〟からだ」

下流というのは、普段から果てと取引をしている同胞たちの暮らす周辺の村や町のことで、果てを目指している逃げてきた女の選別も行っている。女から事情を聞き出し、嘘をついていないこと、たどり着くまでに本当に苦労していること、本人が俗世に未練がないこと、けれど生きることを切望していることなどを、世話人の女たちが確認する。そうして、納得がいけば悉曇《しったん》の木の樹液（黒の染料になる）で腕に輪を描く。そしてわざと別の下流の村に回される。そこでも同じような聞き取りが続く。

下流の輪が五本集まった者は、果ての麓の村まで目隠しをして運ばれてくる。そうして、やはり目隠しをしたまままいくつかの物見櫓を通過する。熊落としまで来ると、最後の選択を迫られる。もしカミに選ばれず力を手にすることができなかったときはどうするか、谷に向かって叫ばされる。それを、七つの邑の長たちがじっと聞いている。

どこの邑に迎え入れるか寄り合いが開かれ、熊落としの崖を越えて、ようやく〝たどり着いた女〟は本当の意味で果てにたどり着く。しかし、果てはそのまた先だ。

「二十人とは多いですね」

「土兒九はいま、北蛮諸国との戦いで荒れに荒れている。いくら大軍隊で固めた鉄壁の国といえども、食うのに困った流民と化した北蛮を相手にするのは楽ではあるまい」

土兒九は大陸のもっとも北東部に勢力を伸ばし、近年、燦帝《さんのみかど》に朝貢を申し出て栄光ある十八万旗諸侯と認められた。青い砂が横たわる乾海《トウハトウーン》と土河《ドウジョ》を有することで、ほかの北蛮と呼ばれた勢力とは格段に違う国力を持ち、ついに中央権力の仲間入りを果たした。しかし、ほかの北蛮諸国にとってはそれは許しがたい裏切りだった。大陸北東部のもっとも豊かな土地を占領して、中央に居座る異民族に支配権の一部を渡してしまったのだから。

「昨年から続く干ばつで、北蛮の連中は家畜に食わせる草がない。土河流域を奪い取らなければ一族は飢えて死ぬ。いままで仲違《なかたが》いばかりしていた北蛮の一〇七の部族が、土兒九憎しで結託して肥沃《ひよく》な地を奪いにきたんだ。相手は死に物狂いさ」

「女たちは、戦地から逃げてきたんですね」

「そうだ」

みな軍に故郷を奪われ、隷役《れいえき》として売られた女たちだった。

「その新入りの世話を頼みたい。〝いつものように〟」

「わかりました」

今までなんども請け負ったことのある役目だ。チユギは短く頷き、サザメの天幕を出た。

これから、女たちをカミのおわすヤマへ連れて行く。そして見事カミに選ばれれば、そのカミの能力に合った役目が与えられ、訓練の日々が始まる。テセレンのように外に連れて行ってもらえるようになるまでには一年以上はかかるだろう。

チユギが出て行くとき、サザメが「世話役ばかりまかせて悪いね」と声をかけた。邑から孤立しがちなチユギのことをおもんぱかった差配だとわかっていたので、黙って頷いた。ただ一抹の不安が胸をよぎった。

(いま、北蛮はそんなにも荒れているのか)

たしか環璃の乗った真珠の輿《こし》が次に向かうのは、土兒九のはずだ。

ニニという女は、歳は三十代の半ば、二十人いた元隷役の女たちの中で比較的、果ての民が使う山岳地方《カウツィーマカン》の言葉が通じる相手だった。新入りたちの世話役を申しつけられたチユギは、果ての暮らしを教えるため、主に彼女と話すことになった。

「どこでヤマの言葉を憶《おぼ》えた?」

「前に働いていた農場の親方がよく使っていました。言葉を憶えなければ安い値段で売られて待遇も悪くなるので、必死で聞き取って憶えました。それに、隷役頭と同じ言葉を憶えれば……、そのほうが気に入ってもらえるので」

少しでも殴られないよう、蹴《け》られないように必死で言葉を憶えようとする隷役は多い。ニニはほかにもいくつかの亜語を片言程度話せたので、もともと地頭がよいのだろう。すらすらとチユギの質問に答えた。

「これから、私たちどうなりますか。ここには追っ手は来ないですよね」

「来ない」

「でも、もし……、私たちがここにいることを密告されたら」

「今まで密告がもとで追っ手がかかったことはない。一度もだ」

そこまで言うと、ニニはほっと安心したように息をついて、ほかの十九人に説明した。その内容をチユギは注意深く聞き取った。たしかに同じ内容を伝えていた。

邑には奥所と呼ばれる、神聖な儀式や寄り合いに使われる広場があり、住居部である洞場や、作業をするいくつかの天幕のほかに、少し離れたところに湯屋と地獄小屋と言われる炊事場がある。

「このあたりは、一年中つねに霧で覆われている。だから乾くことはないが、土が少ないため木は少なく、農作はできない」

「みなさんは、なにを食べているんですか?」

「そのうちわかる」

カミの宿主に選ばれた戦士は、常に気分が高揚し空腹感を覚えずに済む。もちろんだからといってなにも食べないでいると痩《や》せ衰えてしまうので、チユギたちは一日に一度は食物を口にする。大抵は小麦を加工した平たい麺麭《パン》、そこに温泉で温めた鶏の卵を潰《つぶ》して岩塩をまぶし挟んで食べる。

ヤマの竈は便利だ。高熱の蒸気が岩の割れ目からつねに出ているから、竹かごの中に卵やら肉の腸詰めやらを放り込んで竈場に置いておくだけで、簡単に蒸し物ができる。一年に一度は、急流を上ってきた銀縞《ぎんじま》サケを大量に蒸す日もある。この竈場で料理したものを食べると長生きすると言われ、わざわざ麓まで買いに来る好事家《こうずか》もいるほどだ。

「日が落ちるまでにカミを迎える。身体の汚れを落とせ」

このヤマには一から七を数える邑があるが、見張りや櫓、道沿いの小さな集落をいれれば無数の民が暮らしている。どうしてもカミ同士で同一集落で暮らすのに合わない者たちもいるし、授かった能力によって離れて暮らしたほうがよいと邑長が判断した場合はそうなる。

ニニたちは一糸まとわぬ姿になり、次々に息を止めて湯の中に入った。湯屋のあるあたりは常にもうもうと黄色い煙がたちのぼり、ときおり濃い硫黄の蒸気が流れてきて生えた草もすぐに枯れてしまう。果てのヤマが、人が暮らせぬ地獄といわれるゆえんだ。

「チユギさんは息苦しくないのですか」

「ない」

「でも、すごい臭いだし、これは毒の煙ですよね」

「カミに選ばれれば、どうということはなくなる」

死ぬ思いをして果てにたどり着き、カミを迎えるためにヤマに入っても、運悪く選ばれることがなかった者もいる。そういう者たちは硫黄の噴き出す割れ目近くで暮らすのは難しいので、谷を隔てた中継の集落や、下流近くの物見櫓を守る役目につく。ニニたちがここで暮らすようになれば自然とわかることだから、チユギはあえて何も言わないでいる。

「もし、選ばれなかったら……。ヤマに入っても子宮に神さまが棲んでくださらなかったら、もう一生、確神さまに選ばれることはないのですか」

「いいや、一年に一度、祭りの日にヤマへ入ることを許される。これからおまえたちがやるように、裸になって一晩ヤマで眠る。ヤマには万の数のカミがいらっしゃる。運が良ければ、子宮を気に入っていただける」

実際、十年ただ人として暮らしながら、ようやくカミ降ろしに成功した戦士もいる。ほかでもない、一の邑長のサザメがそうだ。彼女は子を十人産んで四十を過ぎてから果てにやってきた。力を得たのは五十前だったと聞く。

（いい邑だ。外のどこよりも）

チユギは夜中、だれもいなくなったころに湯屋を訪れる。湯に浸かり、ひとり空を見上げ、決して人の手に入らぬ天空の煌めきが闇を穿《うが》つのを眺めては、果ての暮らしに満足している自分と、捨ててきたもののことを思う。

ここは大きな街中のように広い柱廊のある屋敷も、つやのある屋根の建物もない。生けられた花々の美しさを愛《め》で、典雅なしらべに身を任せ絹の衣を身にまとう楽しみもここにはない。

このヤマでは穀物の栽培もできない。よって小麦や大麦などの穀物はすべて外から運び入れるため配給制をとっている。山の資源も貧しく、麓に出荷されるのは硫黄や鉱石などだけだ。それも食料を買い付けるだけの十分な収入にはなり得ないから、チユギたちのような戦士同胞たちが外で〝仕事〟をする。

邑人はそれぞれ宿した力をもとに役目が振り分けられ、みな等しく食料や布などを分配する。竈小屋があり、麵麹や米を蒸す役目の者が詰めていて料理をする。別の場所には湯の沸く湯屋があっていつでも自由に使える。裁縫のできない者はできる者に繕い物を頼み、布を預ける。狩りで得た肉や皮もほぼヤマの中だけで取引される。古い時代の物々交換のみで成り立っているのは、この世界が外界から切り離され、ごく小さい集まりでしかないからだろう。

決して豊かではない。しかし岩をくりぬいて作った洞場の中は広く暖かで、床に敷き詰められたさまざまな獣の毛皮は、つねに蒸気場にもちこまれて蒸されるので清潔である。入り口に風よけの幕をつけても、何百年も前に開けられた横穴によって、硫黄の煙で死ぬことはない。

朝には少し離れた作業場の周辺で家畜が虫を追いかけ回し、岩肌の隙間に生えた苔《こけ》を一心不乱にむしって食べる。この辺り一帯で飼育されている鶏やヤクは硫黄の煙の中でも生きていけるように何十年もかけて改良されており、麓の村と同じように家鴨《あひる》なども飼われている。よってガアガアとやかましいが、その生活音も岩の割れ目から噴き出す蒸気の音でかき消され、麓に人の気配を伝えないのだ。

外から戻ったばかりのチユギの目から見ても、果ての邑での暮らしぶりはごくごくありふれていて、とくに厳しいばかりであるとは思えなかった。あの二十人の逃亡隷役たちは、果てをどのように感じているだろうか。しばらく暮らせば不思議と悪くはないと思い出すはず。果ての集落よりももっと貧しい村などほかにいくらでもある。むしろここは、ここにしかないもののほうが多くある。

（ここには病がない。カミに選ばれ宿主となった者は、ほとんど病にはかからない）

けがをしても痛くなく、不思議なほど早く治る。疫病を恐れなくてもよい日々というのはほかのなにものにも代えがたいとチユギは思う。

それに、なによりここには男がいない。

(男がいないだけで、女が得られるものは多い)

「半刻、半刻！」

とどこからか声がした。時を数えている女が時間を告げるのも、この集落独自の習わしだった。新入りたちは不思議そうに、時を告げながら集落を駆ける者たちを目で追う。

「どうして、ほかの街のように鐘をならしたりしないんですか？」

「そのうちわかる」

熱い硫黄泉に浸かり、身体の汚れをすべて洗い流したニニたちは、裸のままヤマへの道を行進することになった。ここには女しかいないので、だれも彼女たちの身体に過分の興味をもったりしない。隷役市場のようにわざと裸を値踏みされ、ニヤニヤと下卑た笑いを向けられることもない。かわりに皆「カミに選ばれますように」「幸運がありますように」と声をかけ、祈り、見送ってくれる。

彼女らの表情から、徐々に緊張感が抜けていくのを、チユギは黙って見守った。

一刻ほど歩いた。硫黄の臭いがずいぶんと薄まったころ、ニニたちの目指す先に、ぼうっと蛍のような青く細かい光が群れをなして現れた。それは、よく晴れた夜に大空に横たわる銀河のように美しく煌めいて、どこまでも清らかだった。

「色が光ってる！　なんてきれい」

まだ年若い女が感嘆の声を上げた。

女たちが光に見とれていると、今度は別の光が現れる。足下からふわりと光が噴き出してくる。なんとも不思議なことに、その光はいちように金や銀ではなく、赤や黄色、桃色や紫とさまざまに色づいているのだった。

「見て、銀色の木がある！」

「あれは枯れた割れ松の古木にカミが宿った姿だ。ヤエノハタエノミカミと呼ばれている」

地熱で冬でも一定の暖かさが保たれているこのヤマでも、時々やってくる寒さで木が枯れることもある。あるいは、濃い硫黄の煙が流れてきて老いた松が枯れることもある。そういった枯れた古木を寝床にして、果ての確神らは密やかにこのヤマに息づいている。

おそらく枯れた木々と一定の湿度、地熱と痩せた硫黄土など、カミがおわす環境は限られていて、なかなかここ以外にはない。いままでカミを首里無以外のほかのヤマへ移そうとしたことがあったらしいが、どれもうまくいかなかったとチユギは邑長たちに聞いた。

（だからこそ、長たちが首里無に懸ける期待はよくわかる）

はじめは興奮していた女たちも、徐々に目にしたこともない光を前にして、今度は戸惑いと不安を隠さなかった。何度も仲間たちの顔を見て、両腕で自分を抱くように身を縮こまらせ、

「私たち、どうすればいいんですか」

「おまえを呼んでいるカミを探せ」

「探せって言われても……」

「もっとも美しいと感じる光のそばに行って横たわれ。そのまま深く息をして眠るんだ」

女たちは恐る恐る山に分け入り、岩肌の隙間の湿気のある場所に生え、そこから胞子を飛ばしている茸をたんねんに探し始めた。

「すごい、岩から水滴が、生えてる……」

「アマタシヅクキコエノカミだ。選ばれれば獣のように遠くの声も聞くことができる」

糸が切れて散らばった水晶の首飾りのような粘菌がある。そのそばに、少し傘を開いて生えている青と橙《だいだい》色の粉をかぶったような群体がある。チユギが知るかぎり彼らは比較的人に親和性があるカミだ。

やがて一人、また一人と横たわる場所を決めていく。ニニはしばらくあちこち彷徨《さまよ》っていたが、やがてここだという場所が見つかったのだろう。白く大きな繊維のかたまりのようなカミのそばにそっと身を横たえ、覚悟を決めたようにぎゅっと目をつぶった。

チユギは少し離れたところで、夜通し寝ずの番をした。


月が中天を過ぎるころ、このカミのヤマは一斉に胞子を放出しはじめる。それは細い細い糸のこともあるし、雲のように固まって森を移動するものもいる。ヤマシダと低木ばかりの邑とは違い、ここには背の高い木々が生えている。それがやがて時折強く吹く硫黄の煙によって枯れ、倒木となり、カミたちの格好の苗床となる。そうやって何百年もかけてこのカミの森は幾万もの死の上に保たれてきたのだ。

かつて、これと似た光る森で眠ったことがチユギにもあった。あの頃はいまよりずっと若く、恐《おそ》ろしい厄災によって人々の多くは身体が衰え多くの血を失って、つねに死を身近に感じていた。しかし、いまはもう暴力に怯《おび》えることもない。飛んできた拳《こぶし》は目をつぶってでも避《よ》けることができるし、どんなに屈強な剣士が振るう剣もほぼ止まって見える。チユギにとって彼らはうすのろでものを考えず欲求のままに生きている獣にすぎない。いや、野生の獣のほうがずっと賢いだろう。彼らはチユギの中にいるカミをすぐに察知し、正確に恐れ決して近づかない。

暴力から、強要から解き放たれることがどれだけ楽か、その身をもって生きる意味を実感できるか、あの二二たちはこれから知るだろう。運が良ければ。見事カミに選ばれ、森を出ることが叶《かな》えば、新しい人生が待っている。

次の朝、目を覚ました女は、すぐそばで眠っていたべつの女が白い繭《まゆ》に包まれているのを知って驚き、怯えた。

「カミが試しているのだ。目を覚ますまでそっとしておけ」

ほかにも、赤い網のような真菌に包まれている者、体中が青く発光している者など、状態はさまざまだった。それらはみな、幸運なことに一晩でカミに選ばれたのだ。そうしていまゆっくりとカミは彼女たちの子宮にたどり着き、根を張りながら同化しようとしている。

チユギは目覚めた娘たちを集め、話をした。

「月のものが来たばかりであったり、止まっていたりすると、カミが選んでくださらないこともある」

「そんな……。もう、私たちは戦士にはなれないんですか、あなたたちの同胞になれないんですか⁉」

行き場所がない娘たちは、カミに選ばれないと見捨てられると思ったのだろう。チユギにすがりつくように言った。

「私たちはどうすればいいんですか！」

命からがらここへやってきた女たちは、いちように同じことを言った。「これからどうやって生きていけば……」長い間人生を拘束されていると、人は考えることをやめてしまう。彼女たちがここへやってきた理由は戦禍から逃れるためだが、特にひどい暴力を長期間受け続けていると、無意識のうちに人に従う選択をするようになる。男女にかかわらず、そうやっていともかんたんに支配されていく人々を、チユギはいつもいつも、いつもどこででも、どの民族でもこの目で見てきた。

「ここでまだ眠る気がある者は残れ。場所を変えて眠るんだ」

彼女たちは一日中、場所を変えては別のカミのそばで眠り続けた。チユギは一度邑へ戻りサザメに報告し、水と食料を持って森へ通った。新入りを迎える儀式のときはひたすらこれを繰り返すことになる。

ニニはもう三日三晩眠り続けていた。

岩の裂け目から吹き上げる黄色く濃い風が、このヤマにようやっと根を下ろした木々の葉を容赦なく痛めつける。この匂いを察知すると獣は三日は巣穴から出てこず、匂いを知らないはずの魚も不思議と川を上ってこなくなる。チユギにとっては、この匂いこそが故郷の風だ。果ての民はこの風と匂いとともに生きている。ヤマを下り街へ潜伏するときは、この匂いを完全に消すのに苦労するほどに。

北蛮域の戦禍を逃れ果てにやってきた新入りの二十人のうち、ニニを含めた十二人が確神の宿主に選ばれたことがわかった。

「おめでとう。これであなたたちは、もうだれからも追われることはない」

「果ての民に、我らが同胞になったんだよ！」

この段階になって、ようやく女たちは、邑人たちから大きな喜びと歓迎の言葉で受け入れられる。新しいカミを身に宿すことで、その者は奥所の式場での宣言を経て、正式に果ての里の属人となるのだ。

「なにも恐れないでいいよ」

「確神さまと語り合ってね、これから同胞としてともに生きてゆくのだから」

喜びの声が、ヤマのさまざまな集落で彼女たちを包み込んだ。新しいカミは果ての武力でもあり、外部から仲間を守るための壁ともなる。この里では決して子が生まれない。滅ぼされないためには子のかわりに、逃げて来た外部の女にカミを宿し、〝同胞〟の数を増やさねばならない。ゆえに今回のように一度に十二人もの仲間が増えることは、里にとってこの上ない喜びだった。

「一度に十二人も増えることは珍しい。配慮の手が十分にまわっているのか心配していましたが、多くの女たちはここに住み続けたいと言っています」

新入りたちはチユギの監督下を離れ、それぞれ邑や下流の持ち場に割り当てられた。

カミが完全に彼女たちの子宮に宿っているかは、一月以上経ってからでないと判断がつかない。けれど、だいたいのところはそのあたりに漂う〝胞子の群れ〟が避けるかどうかでわかる。

ほかにもいくつかの変異は現れる。火を極端に嫌悪する者もいれば、やたらと喉が渇く者、ふいに感情が高ぶったかと思うと、宿ったカミが皮膚の表面に顕現化する者もいる。多くの場合は肩から背にかけてまるで星座のようにカミが現れる、そして星をまとう眷属《けんぞく》になる。

カミに選ばれた十二人にとっては、自分の身体がべつのものに変わっていく大事な時期だ。変異に怯えなくても済むように、彼女らにはひとりひとり似たカミをもつ〝親役〟がつく。

一方、選ばれなかった女たちもまた、ヤマでの生活の手順を憶える。邑から離れた物見櫓で寝起きしながら、主に麓や下流との連絡のために櫓間を行き来したり、食料をヤマの奥へ運び込む仕事をする。たとえその身に特別な力を持たずとも、冬に備えるために人が用意しておくべきことは膨大にある。年から年中戦争があるおかげで、ヤマから運び出される硫黄の量は増える一方である。そうして、力を持たずとも同胞として認められていく。

日々は急流を流れ落ちる木の葉のようにあっという間に過ぎ去った。

新入りを迎えてから一月が経ち、実りの少ない山にも、葉が枯れ落ちる秋がやってきた。二月ほど経ったころには、ヤマで暮らす新参の女たちの間ではっきりとした溝ができてきた。ニニをはじめとした確神に選ばれた女たちは、一日でも早く戦士となるべく、己のカミとの対話に熱心だった。

「お答えください、私のカミ、私の子宮におわすカミよ、どうぞ私の身に宿り、私に与えられた大いなる力の一部を顕《あき》らかにしてください……」

選ばれた十二人には新しい衣類や生活に必要な道具と仕事が与えられ、寝起きをするための個別の洞場も割り当てられる。このころになると、カミに選ばれたという自信がそうさせるのか、どの眷属たちも積極的に邑にかかわろうとする様子が見てとれる。

「着るものが足りないなら、あの洞の子はいま出払っているから、虫に食われちまうまえに、あれもこれも着てしまえばいいさ」

「そうだ、髪を切ってあげよう。ここは女ばかりだし、なにも遠慮することはない」

「毎日硫黄湯に浸かっていれば、地べたに座っても虫に食われることもないよ。ここは下よりもずっと住みやすいんだ。カミが子宮におわすなら、もうあの黄色い風を吸っても息苦しくはないだろう」

長らく果てに住んでいる同胞たちのほうも、彼女らの新しいカミに興味津々で、夜は毎日のように人の輪ができ、月のあかりをしるべに楽しげな話し声が明け方近くまで響いていることもある。

朝、起きてさまざまな邑の役目を憶え、労役をこなしたあとに食事をとり、日が暮れ落ちる前にめいめい湯屋へ行く。ここでは汗を流し働いてさえいれば、棒でぶたれることもなく、日々食べるもののことを心配しなくてもいい。ただ己のカミとの対話に努めるだけで、素朴で決して豊かではないが、やわらかな寝床やおびえのない朝も約束されている。そんなヤマでの暮らしが、新入りたちの心の中に、突然空を割って現れた星のようにじんわりと、そして強烈な影をともなって煌めきはじめる。

光とは明日への期待だ、そして影とはいつの世もそれを持たざる者だ。

カミに選ばれなかった八人の女たちは、式場に踏み入る資格をもたないので、七つの長のいる邑に部屋をもらえない。それぞれ周辺の小さな集落へ引き取られていく。この先はたんなる単純労働の担い手としてこのヤマに残るしかない。次にカミのおわすヤマに足を踏み入れることが許されるのは、半年以上先のことだ。

正式に果ての同胞になるには、七人の邑長をはじめとした上役の寄り合いで、はっきりとおのれのカミと得た力を見せることが必要とされていた。その宣誓は、果ての邑らしい特殊な手順をもって行われ、一度誓えば決して違《たが》えることが許されない。もし、違えようとすれば命はないのだと、チユギはあらかじめ二十人に念入りに伝えていた。

そして、事件が起こった。ニニたちの誓いの集会を翌日に控えたある日、麓に大麦の荷袋をとりに行った女の一人が果てを逃亡したのだ。

「〝いつものように〟」

恐ろしいほど冷静な、そして短いサザメの命に、チユギはすばやく行動を起こした。逃亡した女はほかにもいた。切り出された硫黄を運ぶ労役についていたカミを持たない女二人が、昨日から持ち場に戻っていなかった。

麓の下流の村から外へ逃げようとした女はすぐに捕まった。硫黄の取引がある二つ目の駅町で古着を買おうとしていたところを見回り役に発見され、ヤマへ連行された。

「古着を買う金をどこかへ隠していたようだ。二つ目の駅町に協力者がいる可能性が高いですね」

すぐに女の金を預かっていた町の女が判明した。チユギは協力者の女の始末は町の助役に任せて、逃げた女に猿ぐつわをかませ、気を失わせてから抱えてヤマの邑まで戻った。

果てのヤマへ足を踏み入れる前、いったいなんのために特殊な染料で腕に輪を描かれていたのか、女たちは気づかなかったのだろう。刻印は、果てに選ばれ、ヤマへ入ることを許可されるためのものではない。あれの臭いは独特でどんな香料とも違う、人に近づけば確実に臭う。

宿で一晩眠れば寝具にこびりつき、居場所を知られる。果ての存在を知り、なおかつ果てから逃亡した者を外で見つけ出すためのものなのだ。ただし、ヤマにいる間は、きつい硫黄の臭いでそれとはわからない。

カミに選ばれた新入りの十二人の女たちもすぐに集められ、二十人全員が仕置き場に送られた。楽器の弦にもなる銅尾の馬の毛を編んで作った鞭で打ち据えられると、カミが完全に宿りきっていない女たちはされるがままに悲鳴をあげた。

「だれの差し金だ」

「……私は知りません」

青ざめた唇でニニは震えながら言った。

「私は裏切っていません!!」

そこは自然にできた岩の巨大なくぼみで、井戸のように深く、底にいくほど広い空間になっており、女たちの肩あたりまで腐った泥水がたまっていた。

ひとしきりむち打たれたあと、女たちは全員その深い穴に突き落とされた。

「裏切り者、コロス。ワタシ、チガウ！」

ニニの声をかわきりに、カミを得た女たちが次々に逃げた女を非難し始めた。

「痛イ……、苦しミ……たくさん……、どうして、ナゼ私たち、鞭、サレル！」

「ニゲタ、コイツダ。ワタシ、ココニイタイ」

「イタイ、痛イ、ヤメテ、どうして！」

岩場にはぬるぬるとした苔が生え、自力では這《は》い上がることはできない穴だった。女たちの悲鳴が、岩のくぼみにこだましては、何事もなかったかのように山の静寂に吸い取られ消える。見張りを残して邑長たちは去った。穴の中にいる彼女たちは、地上の様子をうかがい知ることはできない。自分たちがそこに一生死ぬまでとり残され、見捨てられることを知るのだ。

足下に人の骨があることに気づいた一人が騒ぎ出した。

「骨ガ、ある‼」

じつはその一部始終を、穴の外でチユギたちは聞いている。だれが裏切り者なのか、彼女たちのうちだれとだれが仲間であるか。この穴にさえ突き落としてしまえばすぐに判明する。チユギたちが穴を去ったとわかったあと、仲間割れせず素直に肩を貸し、上に這い上がろうとすれば、彼女たちは難民のよせ集まりではなく、だれかから送り込まれた密偵だ。果ての仲間たちの間では、この穴は〝墓穴〟と呼ばれている。

「斑《まだら》め！」

それは、あきらかに果ての民を罵《ののし》る蔑称《べっしょう》だった。

「呪われし、疫神を奉る民！」

「だれか、肩を貸して、ここから逃げル、ハヤク！」

しばらく女たちはなんとかしてそのくぼみから這い上がろうともがいていたが、今まで多くの者がそうであったように、やがて体力を使い果たし、だれもなにも言わなくなった。

ヤマに夜と朝が交互に訪れ、冬が少しずつ息吹を強めて近づいてくると、果てのヤマはだんだんと霧が濃くなり、水に浸かった彼女たちの体力を容赦なく奪っていく。血が流れ、寒さから身を寄せ合い、けなげにも小さくかけあっていた声もやがて聞こえなくなる。チユギが今までにも何度となく見た光景だった。

五日が経った。女たちのうちの数名は喉の渇きに負けて腐った水を飲んでしまった。

（だれかの差し金で送り込まれたにしては、お粗末だ。おそらく訓練を受けた者とそうでない者がいる）

チユギは彼女たち全員が軍の密偵ではないことを知った。捕まったときこういう拷問を受けることは、密偵任務を与えられる兵士ならば最初にたたき込まれる。腐った水は切り傷よりも恐ろしいものだ。たとえどんなに喉が渇いても手をつけてはならない。そうしなければ、すぐに腹を下す。

水の中に仲間の漏らした排泄物《はいせつぶつ》が漂うようになると、穴に籠《こ》もった臭いと死への恐怖が女たちを苦しめることになる。一番恐ろしいのは鞭による裂傷《れっしょう》に染みこむ排泄汚水で、凍え、栄養状態も悪く脱水を起こしている人間の体内に入り、悪霊が徐々に内部をむしばんでいく。

「助けて……、タスケて……」

汚水によって傷口が腐り始めると、高熱が出て水の中で立っていられなくなり、ある日突然仲間が視界から消える。自力で立てなくなれば溺《おぼ》れて死ぬ。文字通りここが墓になる。それがこの仕置き場、〝墓穴〟の仕組みだった。

一番はじめに意識を失ったのは最初に逃げた女であった。チユギは仲間とともにその女を、一番罪が重いため、別の死を与えるといって引き上げた。ほかの意識がもうろうとした女たちの決死の懇願にも耳を貸さず、足蹴にして捨て置く。

ひとり、ふたりと時間が経つごとに沈んで、浮き上がってこなくなった。一月ほど経てばみな肉が腐りきって足下に散らばる骨となるのだろう。

「もうやめて、お願い、助けて。なんでも話す……」

十日経たないうちに、ニニが音を上げた。チユギたちはその声を黙って仕置き場の外で聞いていることを悟られないように聞いた。

「私たちには子供がいる。生きてもう一度会いたい。そのために土兒九の王に従った……。ヤマの場所を特定するのが、私たちの任務だった……」

（なるほど）

彼女の告白は、チユギたち手練《てだ》れの戦士にとってとくに驚くべき内容ではない。彼女たちが都から派遣されてきた兵士ではなく、北蛮地方から逃げてきたことは、彼女の使う方言や身ぶり手ぶり、髪の結い方や腰紐《こしひも》の結び方、知っていること、知らないことから判断してもとっくに明らかだった。それに、彼女たちは知らないだろうが、この二月の間、彼女たちの世話をしていた邑の女たちは、みなその身にカミを宿している。中には、口にした言葉とともに漏れ出る呼気の色あいから、嘘をついたかどうかがわかる能力者もいるのだ。そうして、何日もかけて、だれが嘘をついているか、なぜ嘘をついているか、邑長や合議場に報告があがってくる。

ニニたちが戦場から来たことも、厳しい生活を強要された隷役だったことも本当だったのだろう、しばらくは〝嘘をついている〟という報告はなかった。しかし、カミの森へ入ってから、少しずつ状況が変化していった。選ばれた者と選ばれなかった者に分かたれたことで、主に選ばれなかった者たちの間で、みるみるうちに現状への不満が膨らんでいったのだ。

そうして、同胞になれなかった、虐《しいた》げられていると感じた者たちはヤマから逃げた。よもや自分たちが、あぶり出されたとも知らずに。

（もっとも効率よく支配する方法は、対象を内部分裂させることだ。片方だけを優遇し、無条件に与え続けると、優遇された者たちはいまの特権を手放したくないと考え始める。そして、実にあっさりと仲間だった者たちを見捨てる……）

チユギがわざと足音をたてて近づき、穴を見下ろすと、ニニやまだ顔をあげる力が残っている女たちが必死で声を張り上げた。

「助けて、お願い。死にたくない‼」

口を開けろ、とチユギは静かに命じた。まるで鳥の巣で親鳥に餌《えさ》をねだるヒナのように女たちが懸命に口を開ける。そこへ、新鮮な水をぶっかけた。彼女らは一心不乱に水を飲み、一滴でも取りこぼさないように口を開けたまま舌を出した。その異様な光景も、邑に住む者たちにとっては見慣れたものだった。

少しでも疑いのある外部の者は徹底的に調べ上げる。完全に果ての民として意識を同化させるまで、少しも気をゆるめることはない。内通者は容赦なく処分し、血の一滴たりとも外に漏らさず始末する。そうでもしなければ、この聖地はあっという間に帝国軍が押し寄せ、カミのおわす聖域は燃やし尽くされ、果ての民は滅ぼされてしまうだろう。

（そうはさせない！）

チユギはただ、その一念のために生きている。生きながらえているといっていい。故郷も過去も、すべてを手放し捨ててきた。種子が風にとばされ、ただたどり着いた場所に根を張ろうとするのなら、チユギもまた同じだ。ここへたどり着き、ここで暮らした。

明日も、そのまた明日も、何万回の明日のためにチユギはそうする。〝いつものように〟。

「まだだ。まだ話せ。そこをほんとうに自分の墓にしたくないのならな」

一人、ニニのすぐそばで弱い息をしていた女が沈んだ。最後はニニにすがりつこうとしたが、彼女はそれを許さず、手酷く振り払い見捨てた。それどころか沈んだ女の身体を踏み台にしようと、生き残った者たちで一斉に上に乗った。

女たちを穴に落として、半月が経った。みたび水を携《たずさ》えてチユギが戻ってくると、ニニは何度も「ここにいたい！」と叫んだ。チユギの背後にいた数人の仲間たちが、うそではない、と身振りでチユギに伝える。チユギは言う。同情も、憐憫《れんびん》も、怒りもなにも感じさせない、彼女らが初めてチユギに会ったときと同じ声で。

「話せ」

「…………私たちは〝母なるもの《マーラーム》ら〟よ」

前に水を与えてから二日目、ついにニニが大事なことを白状した。

「私は土児九の役人から直接、ここの場所へ向かうように言われた。〝母なるものら〟は、数を増やしている。この場所を、帝心中はもう知ってる。私を殺しても意味は無い！」

（〝母なるものら〟……）

それは、帝の側近たちで構成される〝帝心中〟と呼ばれる朝廷の中枢《ちゆうすう》機関が、女だけを集めて作り上げた軍隊の呼称であった。

いままで男の軍隊を送り込んでは、チユギたちに一瞬で消し炭にされ続けてきた朱の朝廷は、果てをよほどの脅威だと思い知ったのだろう、今度は女には女をぶつけて潰させようと考えた。

女たちは、チユギたち果ての戦士たちのカミによる干渉を受けないからだ。

帝心中は、各国の藩王たちに命じて若い女を徴用させ、果てへ送り込んだ。

彼らは、疫病が流行るのは、疫神をあがめ疫病をばらまく種族がいるせいだ、そう彼女たちに信じ込ませた。この世には、疫病で親しい家族を失ったことのない人間はいない。彼女たちは、果ての果てのそのまた果てに住む果ての民のことを、疫神を奉り、すべての疫病の源であると教え込まれている。とくに子の母親ともなれば、疫病はもっとも恐れ憎む対象だろう。

帝心中の最終的な目的は、自分たちの手を汚さずに果てを殲滅することだ。そのためには、まずニニたちを戦地から、あるいはひどい支配から逃げてきたように思わせ、果てに送り込む。彼女たちのうち数名は確神の力を得るだろう。そうして、内部の情報を外部に伝え、最終的には確神同士で戦わせる。

潰し合わせる。

(まさに帝心中の考えそうなことだな)

チユギは、仕置きの総仕上げにかかることにした。

「よく聞け、哀れな母らよ。おまえたちはつけ込まれた」

「つけ込まれた……」

「私たちが」

「そうだ。〝母なるものら〟には必ず子供がいるはずだ。おまえたちは土兒九に、人質をとられている」

「そ、そうです。土兒九の、乾海のローランに子供がいます」

「みんな第八夷隅緑地《カリハデ》に人質をとられています‼　でも！」

「……その子供のためにここに来たのだろう。そしておまえたちが裏切れば、子供は殺される。だがよく考えろ、よく理解しろ。もしおまえたちの数が圧倒的になって、我々が死に絶えたとしよう。この世から疫病がすべてなくなると思うか？」

チユギはなにか決まり事を読み上げるように淡々と話した。いままでも何度となくこの穴のそばに立ち、同じように懇願する瘦せ衰えた女たちに伝えてきたことを、繰り返した。

「私たちが全滅して、おまえたちが帝国の将軍になれるのか？　あいつらより上の地位と名誉を手に入れられるか？　暴力は、支配はなくなるのか？」

ただでさえ青ざめたニニの表情がはっきりと変わる。彼女はすくなくともこの二月の間この集落で生活し、果ての民がどのような人々かを目で見て把握している。ここには人の世の疫病のもとなどない。だれも風邪をひかないし、カミを身に宿していれば怪我をしてもすぐにかさぶたができる。ここのカミは帝心中たちが熱心に彼女たちに信じ込ませた疫神ではないことを知っている。

「我々がいれば、おまえたち〝母なるものら〟は帝に厚遇され続けるかも知れない。だが我らが絶滅すれば、おまえたちはただの隷役に戻る。年老いて、子供を抱え見捨てられた隷役に」

穴の中に残された十二人（すでに七人は息絶え沈んで、あるいは背を上にして浮かんでいた。彼女らはとっくにその遺体を踏み台にしていた）はいちように震えた。

チユギはその場から立ち上がった。日の傾いた方角を見た。

（……そろそろ頃合いか）

チユギの背後で、数人の足音がひびいた。準備が完全に整ったことを彼女は知った。一の邑長のサザメに連れられて、ひとりの女が穴場にやってきた。女が穴のそばに立つと、穴の中に残された十二人が、信じられないというように目を見開いた。それは、最初に力尽き、穴から死体のように引き上げられた、逃亡した女だった。

「アトリ……、ど、どうして生きているの」

誰よりも多くむち打たれ、見捨てられたかと思われていた、最初に逃亡しようとした女が生きている。そして自分たちがどんなにもがいても出られなかった穴の上に立ち、こちらをのぞき込んでいることに、残された十二人は驚きを隠せないでいた。

「ミンナ、私はすべて話した。もうウソ、つく、やめよう。果ての人、言っていること、ほんとう。逃げた私、愚かだった。私たち、ほんとうに弱い、弱い……」

女は話した。むせび泣きながら、穴から引き上げられてから、外でどんなことがあったのかを。

穴の中にいる女たちは、だれもが、アトリは汚水と皮膚の腐敗によって高熱を出し死んだと思っていた。しかし、実際にはアトリは手厚い治療を受け、一命を取り留めた。

「果ての治療師は汚水と腐った鞭の傷跡から広がった毒ですら、一日で治し封じ込めることができるの」

それだけじゃない、風邪の悪い気を払い、多くの死の病の進行を止めることができる。重い気鬱《きうつ》の病を拭い去り、明るく健やかな気分で心を満たすことができる。それらはすべてご確神さまの恵みなの。見て、この私が証拠よ！

彼女は語り続ける。その身に起きたことをそのままに。奇跡としか思えない出来事は、穴の中の十二人に一筋の強烈な希望を与える。

ここには濁流病（敗血症）を治せる力をもつ治療師がいる。ここのほうが子供のためにいい、とアトリは繰り返した。

「ねえミンナ、聞いて。果てでは、四月に一度、霧が晴れた日、熊落としを挟んで家族が対面する。普段は時刻を告げる役目ですら、大声を上げないのは、ここに人の集落があることを知られないようにするため」

しかし、霧が晴れると、このあたりに棲む一角猪の雄の求愛がはじまる。雌を呼ぶ声が谷にこだまする。

「その声が人の声に似ているから、この日だけは声を張り上げられる。ねえ、みんな同胞たちの力を見たでしょう。同胞の力を借りられれば、子供たちを取り返せる。私たちの子供も、ここへつれてこよう。病のない、飢えのない、殴られないところで暮らそう」

アトリは必死で訴えかける。彼女はすでに果てを盲信している。身体が冷えたかわりに言葉は熱を帯び、いきいきとした声は、絶望でからっぽになったニニたちの心をあふれんばかりに満たしつづける。

「私は見た。ここの、果ての女たちが、谷を挟んで夫や子供に会うのを。みんな、むかしは私たちと同じだった。同じように、利用されて、ここに送り込まれて、そして、騙《だま》されていることを知って逃げてきた！　私たちと同じ！」

人は権力や暴力以上に、病を恐れる。そして、空白を恐れる。希望が去り、からっぽになった彼女たちの心を満たすものであれば、目の前に差し出されたものをあっけなく受け入れる。必要であるかどうかを吟味するだけの余裕はない。ただただ、満たすことだけを欲するのだ。

私たちは利用されていた。私たちは騙されていた。私たちは搾取されていた。奪い取られていた。だから弱かった。私たちのせいじゃなかった。ここにいれば、もう一生病を恐れなくてもいい。逃げてもいい。やりなおしてもいい。正しい側に付こう。力を得られる。奪われない。やりかえせる。奪ってやる。思い知らせてやる。殺してやる。この手でくびり、くくり、鋭い切っ先ではらわたをえぐり八つ裂きにしてやろう。きっとできる。きっと叶う。だってここには、カミが、力が、果ての確神さまがいる、その力を、奇跡のような力を私たちはまぎれもなくこの目で見たじゃないか――！

そのとき、ニニたちは、その狭く薄暗くじめじめとした穴蔵の中は、まさに彼女たちが生きてきた環境そのものだったことにようやく気づいたようだった。

「……やろう」

感情が渦を巻き次第にうねりともなってあらゆる壁にぶつかり摩擦《まさつ》を起こし、ついに火花が爆《は》ぜる。それは生きるために必要な熱量であり、濃い影を伴う危険な光でもあった。

「もういちど、生きるんだ。同胞になって、生まれ変わって」

チユギはそっと穴に近づき、決定的な一言を告げる。乾いた木々に火を投げるがごとく。

「戦士同胞！」

すると、もう一度火をくべられた炉のように、彼女たちの目が光を取り戻した。全員が顔をあげた。

「戦士、同胞！」

火はあっという間に彼女らの心に熱をいれ、わだかまりや地縁や染みついた価値観さえ溶かし灰にしてしまう。

「強戦士同胞《ラ・ワタアニ》！」

「確神の同胞‼」

ニニたちは叫び続けた。

かつてだれかの隷役であった者たちは、身も心も完全に果てに降《くだ》った。

「降ったように見えるが、はたしてそうかな」

一の邑、通称〝入り口〟の長サザメの天幕で、チユギは二十人の見張りの労を丹念にねぎらわれた。

「帝心中のやることには無駄がない。あの助かったカミ持ちの十二人のうちのだれかが、別命を受けている可能性もある」

「……帝心中」

燦帝のそば近くに侍《はべ》り、帝の影の親衛隊《チヨーリー》とも呼ばれ、政事・軍事・辺境、すべての権力を掌握するといわれている中央の朝廷機関。多くが帝に幼年から使える侍中（側用人）出身であり、あらゆる国から集められた才英集団でもある。決して個人が表に出ず名声を得られないかわりに、存在が秘匿されているため個として攻撃を受けにくい。よって、彼らが掌握している力はいまや宰相や大臣たちをもしのぐという。

そんな彼らの仕事は、帝国傘下にある多くの異民族を含む属国から、反抗する力を奪いつづけることである。

あるときは、藩王の親族に資金を提供し、わざと謀反を起こさせる。あるときはひそかに抑圧された民を支援して、辺境に継続的に戦を起こす。女を使って後継問題を煽《あお》ることもある。太古の昔から使い古されてきた手管ではあるが、そこはとにかく頭の良い者たちが集う集団であるから、あっと驚く巧妙な手口を使うこともある。

「帝心中にとって、各藩王国から若い女を徴用することは、適度に国の人口を減らすことにつながる。これが、藩王国を帝国の大きな傘の下に置いておくためにいちばん都合の良いやり方だろう」

国を富ませるのは常に若い人材である。そういう芽を産む母体を狩り続けてさえいれば、国力は徐々に低下し、どの藩王国も帝国に逆らおうという力をもてなくなる。

そのような政策をとっている彼らにとっても、ニニたち〝母なるものら〟の存在は、二重に都合の良いものだった。幼い子らを疫神から守るためだという名目で、属国に兵士となる若い女を差し出させる。同時にそれは藩王国から国力を奪い続けることにもなる。

「だれが始めたのか知らないが、うまくやっているものだ。すべて、帝心中の……、帝国の政策だとは、属国の藩王たちも気づいているものは少ない」

「属国のほうも、中央に徴兵されるより、隷役女を送るほうが安上がりだと判断する。実際は、大事なものを奪われていることに気づきもしないでしょう」

長い間、チユギたち果ての民は、帝心中の差し向ける刺客や軍隊と戦ってきた。彼らは司馬台（軍）が統括する営騎（中央軍）や羽林（地方軍）とはまったく違う、個別の軍隊を有している。その中に、女だけの部隊が増えているという報告もあった。

訓練された女たちは、兵隊としてだけではなく密偵にも使われる。ニニたちのように、難民を装ってヤマへ送り込まれることも多い。

「これだけの数をまとめて送り込んできたのも、なにか意図あってのことだろうしな」

あるいはここまでも作戦のうちで、何年も潜伏し完全に果ての中身を把握させた上、我々を油断させ、内部から崩壊させる策を帝心中が練っている可能性もある。そのことをサザメのつぶやきは暗に示唆していた。

「〝意図〟……、考えられなくもないですが、どうでしょう。我々に弱みがあるのと同じく、たとえ帝心中といえども弱点がないわけではない」

彼らとて所詮《しょせん》、人の集団だ。いつまでも全員が健康で、等しく才能にあふれているわけではない。

「ニニたちが、カミと完全に同化して同胞として力をふるえるようになるのは、もっともっと先のことです。それこそ我らと同じだけの月日をともに過ごすことが必要だ。しかし、はたしてそのころ〝朱の庭〟に同じ顔がそろっているのかどうか」

朱の庭とは、本来ならば朝焼けに染まるころに始まる朝議を意味する。もっとも血が流れる陰謀ばかり企てることから、権力闘争に明け暮れている朝廷を指す隠語でもある。

「彼らは勢いづいている。再び皇后の外戚《がいせき》に権力を握られたくはないはずだ」

すべてのものは変わりゆく。いかに帝の側用人上がりのまだ若い廷臣ばかりであっても、新たな勢力が朝廷内で彼らにとってかわろうとする。それが流れだ。

「そもそも、長らく帝国の実権は摂政家《せっしょうけ》の伏羲氏が握っていた。それを帝心中がひっくりかえした。この新体制は始まってからまだ二十年と経っていない」

サザメの言うようにここ数十年、この大帝国は、帝とその外戚である伏羲氏一党によって支配されてきた。帝国の定めでは皇位は十年ごとに交代するから、その都度八旗十六星以外の王族から皇后星がたち、かたちだけ星卜《ほしうら》で選ばれた藩王国を廻《めぐ》ってから、伏羲氏の養女として正式に皇后になる。

十年ごとに帝が変わっても国が混乱しないのは、退位後上帝として長らく院政をしくからである。例えば今上帝の父親の先々帝には四人の皇后がいた。いずれも皇子を生み、伏羲氏の養女となって皇后になったが、皇子が病で死んだり出来が悪かったりすると廃嫡され、皇后も同様に廃された。このようなことが頻繁に起こりえたからこそ、伏羲氏は名誉の問題から、そして連座を避けるため親族から妃を出すことを控えていたのだ。

先々帝の上帝としての治世は三十年続いた。一度先々帝のあとを継いだ第五皇子と第九皇子はかたちだけ帝となったものの、いずれも子をなす前に退位した。父である上帝が権力を握り続けるため、子である帝に子をつくらせないために常に後宮は管理されていた。そして帝たちが次々に退位するなか、上帝に十五皇子が誕生する。それが今の燦帝である。

上帝の意のままであった帝位だったが、彼だけは必ず即位しなければならない特殊な事情があった。生母が伏羲氏の直系、伽藍《がらん》藩王国の姫であったのである。

「伏羲氏のほうも、いくら養女として歴代の皇后を一族から出しているとはいえ、皇統との直接の血の交わりがなければ長らく権力を維持できないと考えたのだろう。直系の姫が妃として入内《じゅだい》し、一子を授かった。それが今上帝だ」

生来病弱との噂のある今上帝は、立太子としてたてられても妃をもたないまま、上帝の急死によって即位した。そしてこの即位を機に、今までの体制に異を唱え勢力を急激に伸ばしたのが、今上帝の親衛隊とも言える帝心中なのである。

「人が替われば、方針も簡単に撤回になる。噂によるといまの帝心中は、今上帝がまだ大学寮で学んでいた頃の学友たちによって構成されているという。いずれも優秀で、燦帝と歳も近く若い。若いということは、まだまだ権力の座にしがみついていたいと考えているはずだ」

本来の親政を唱える帝心中と、上帝時代のような摂政政治を続けたい伏義氏との間に内紛が起こるのは必至といえた。

そんな一触即発の中、もう何十年も形骸化していた皇后星の真の風習を、突然大弓張星見卜《おおゆみはりのほしうら》が持ち出してきた。つまり、昔のように辺境の王族の姫を星のように巡らせ、藩王たちと閨をともにさせる。そして子ができれば、その子を帝の養子とし、皇后星は真の皇后とする……

権力の中心である側近衆の帝心中も、帝の外戚も、唯一口出しできないとされているのが、一帯八旗十六星の形式上頂点に立つ、この大弓張星見卜である。ある意味この帝国の国教ともいえる天の運行を司る歴史ある彼らに公然と進言されれば、帝とて拒絶するのは難しい。

「日がな権力闘争しか頭にない都の旗主貴族どもは、百年以上生きているとされる星見の死に損ないどもが、まさか、大昔の慣例を持ち出してきて代替わりを強要してくるとは、思ってもみなかったのだろうよ。あるいはそれさえもだれかの陰謀か」

伏羲氏から皇后を出されたくない帝心中のさしがねか、それとも中央権力をとりこみたい辺境の大国が大弓張星見卜《おおゆみはりのほしうら》を抱き込み陰謀を巡らせているのか。帝心中、伏羲氏、そして大弓張星見卜、だれとだれが結びつき、だれを陥れようとしているのか。

　都の朱の庭のことなど想像するべくもないが、とサザメは言った。

「おまえは士兒九へ向かってくれ。ニニたち〝母なるものら〟の子らを解放する必要がある。その後は首里無に」

　チユギは黙って頷き、天幕をあとにした。

　あれから、穴の中でかろうじて生き残ったニニたち十二人は全員引き上げられ、治療師と呼ばれる果ての同胞のもとに運び込まれた。アトリと同じく、カミの一部を経口で摂取することによって、体中の毒素を消すことができる治療を受けたはずだ。そのようなカミを体内に宿す治療師はヤマに八名ほどいるが、その数や役目は邑長と一部の隊長格の戦士のみに知らされる極秘情報である。

　すべて、邑の人間は手はず通りに動いた。

　新入りを果てに迎え入れ、中から逃亡者が出ることは、この里では決して珍しいことではない。その場合は真っ先に逃げた女を鞭で痛めつけ、十分に弱らせてから穴から引き上げ、手厚く介護し、邑人と麓の交流を見せる。するといままで帝国に固く忠誠を誓っていた救国の烈母ですら、あっさりと考えを変え、あるいは果てでの暮らしを選ぶ。チユギは今までに何度となく女たちが同じ選択をするのを見てきた。

（助かった十二人が、自分たちが助かったのは治療のおかげだけではなく、すでにカミに選ば

れていたからだと知るのは、ずいぶん先だな）

厳密にいうと、治療師の力によって命を救われたのは、最初に穴から引き上げられたアトリだけである。

それでも、自分たちが死に近づいていたことを、ニニたちはよくわかっていただろう。だからこそ、腐りかけていた傷がきれいに治り、身体のどこにも異常がなくなったことに驚き、その確神の力に畏怖《いふ》すら感じずにはいられまい。このまま命を懸けて子供のもとへ帰り、帝心中の手先となり続けるか、果てにとどまって力を得るか。放っておいても、頭の中で冷静にそろばんをはじくはずだ。

選択肢を手に入れれば、みな決まって、たやすく手に届く光のようなものを選び取る。すこしでも早くに満たされる方を選ぶ。

（朱の庭でも、墓の穴でも、支配のすべはどこもおなじだ）

かつて、多くの神々がこの世にあるとされ、人々によって奉られた。かつて多くの王が名をあげ、国をつくり、弱り滅んでいった。多くの母親が、子を産み、しかし人は滅びなかった。滅びたのは神、都市、国、王朝、家……、だれかが作り上げた一時的な権威だけが滅び、消えて、ことごとく忘れ去られた。

あの女たちも、いずれ自分たちの所業を忘れるときがくる。辛《つら》かった過去、乗り越えた試練と言い換えて、新しくやってきた女たちを嬉々《きき》として見張るだろう。それが、かつて自分たちを苦しめた支配であることに、支配の側に回った者は気づきもすまい。

ふと、天の空を仰ぎ、蒼《あお》くまだ若い星の煌めきが目に入って、チユギは環璃のことを思いやった。
　哀れにも、あの星はだれが定めたとも知らぬ一時的な権威の力によって、いまだに国々の間を巡ることを強いられている。あの娘がいる場所もまた、墓穴だ。這い上がろうとしても這い上がれず、自分の身がどんどんと汚れていくように感じる。人がつくりあげた巧妙な自虐の昏《くら》い穴……

　いまも顔をあげているだろうか。いつかチユギが我が子を救い出し、なんらかの方法でカミの力を得て、自分の一族と夫を奪った燦帝をその手で八つ裂きにする時のために、あの娘はいまも知らない男の臥所《ふしど》に横たわり続けているだろうか。チユギの前ではっきりと誓ってみせた、自分が帝になるというあのときの気持ちは、星のように心にあるだろうか。

　彼女は、おそらく忘れてはいまい。なぜなら彼女は、鹿の肉を食いつづけている。かつて彼女たちの一族の神であった存在を。ただただ、忘れ去られようとしている彼女の大事だったものの名を、燦の王朝の名の上から力強く権力の鑿《のみ》で刻み込むために。

「見つけ出さなければ、彼女の息子を」

　一刻もはやく、彼女を縛り付けるしがらみを取り払って、環璃をこのヤマにつれてきてやりたかった。どんなカミが彼女を選ぶのか、彼女がどんなカミに選ばれて能力を得るのか、非常に興味がある。

　なぜかチユギには、あの凍えるような山中で泥だらけの環璃を一目見たときから、彼女が大きな変革をもたらすのではないかという直感があった。言葉にするのは難しいが、すべての星々を呑み込む巨大な光が、その直前まで黒く深い底の無い穴であったような……

（そういうものを、私はかつて見た。今度こそ、ためらわずにやり遂げたい）

遠くでたくさんの胞子がぶわりと動く感覚があった。ニニたちが墓穴から引き上げられ、己のカミの名のもとに同胞となることを誓ったのだろう。

あの墓穴で半月も過ごし、そのあと硫黄泉に浸かって汚れを洗い流し、差し出された粥《かゆ》を一口でも口にすれば、人は変わる。すべてを手放して粥だけを見るようになる。

チユギはかつて、同じような穴を別の場所で見た。そして、彼女らと同じように他人の体を踏み台にして、自分だけは息をしようともがき足掻《あが》いた。だからこそわかる。

人を支配するのは、とても簡単なことだ。

第5章　土兒九《ドルク》藩国

「殲滅《イウンヤードードー》し、殲滅《イウンヤードードー》し、殲滅《イウンヤードード》する‼」

その地鳴りのような戦鬨《せんこう》を、環璃《リリ》は街に着くまでの旅路で何度も耳にした。なんとも聞き慣れぬ北蛮語の響きだ。環璃の育ったキルカナンの山々の向こうの北の草原のそれとはまったく違い、ここでは人々がたわいない日常会話においても相手を威嚇《いかく》するようにつばを飛ばし合う。事情を知らない人間からすると、喧嘩《けんか》をしているようにも見えることだろう。

またしばらくすると、地揺れとともに大軍が彼方《かなた》より雲霞《うんか》のごとくやってきて、環璃の乗った真珠の輿のそばを荒々しく通り過ぎた。そのたびに輿がひっくりかえりそうなほど揺れるのに彼女が顔をしかめていると、「あれは、土兒九《ドルク》独自の鬨《とき》の声ですよ」。

土兒九側から派遣されてきた、皇后星の輿入れ行列を引き継いだ文官がぼそりと言った。

「このあたりは、年がら年中戦ばかりですから。街には高い日干しレンガの壁が築かれ、遊牧民たちはすぐに逃げられるように一カ所に長居しません。それでも限られた井戸や水場を独占するには、いま使っている相手を根絶やしにして奪うしかない。生きることは奪うこと。まあ、そんなわけで〝あの〟かけ声になったと言われています」

この男は、環璃が故周《コジョン》の都である刻都《コクト》を出て十日ばかり経ったのち、砂歳《サーサイ》公路を早馬で下ってきた。土兒九《ジョグル》藩王の待つ場所まで、皇后星の行列を案内する新しい世話役である。しかしいま、自分の乗っている真珠の輿の対面に座っているその男を環璃は以前からよく知っていた。ふたたび出会ったときはひどく驚いた。まぎれもなく、烏爬《ウーファー》の水瀑関《シーボウドク》で別れた大学士の圭真《けいしん》であったからだ。

「あれから、残念ながら烏爬ではお役ご免になりまして。親戚《しんせき》や友人の伝手をたどって各国の侍中仲間や大学時代の知り合いに、文を出しまくりました。土兒九の王にはこの二月ほどお仕えしています」

要するに、また一時的に雇われたということらしい。土兒九は新興国であるうえ、過去に皇后星を受け入れたことはない。つまり儀礼的な手順に関する知識もないので、だれか経験者に来てもらおうと大急ぎで対応しようとしていた。しかし、どんなに土兒九側が都に接待役の斡《あつ》旋《せん》をたのんでも、土兒九まで来てくれるという識者が見つからなかったのだという。

「まあ、当然ですよね。戦争中なんですから」

また、土兒九の一軍があの関の声を上げながら一行のそばを通り過ぎる。

「よくもまあこんな状態の中に、あなたさまを呼びつけようと思うものだ。雇ってもらった身でこんなことを申すのもなんですが、いま土兒九藩王はあなたさまと新婚生活を送る余裕などないですよ。いまは冬に向かう時。気温が下がると土河《ドウジョ》一帯に分厚い靄《もや》がかかり、視界がきかない。よって、朝気温が上がって靄が晴れてからでないと軍を動かせなくなる。非常に難しい舵取《かじと》りを迫られる時期なんです」

土兒九藩国と北蛮《はくばん》、両国が水源を巡って争っている戦は年々激化していると聞いている。最初は小競り合いであったのが、だんだんと火種が広がって長期化し、いまでは本格的な戦争になってしまっているという。

「このあたりは、辛い砂と呼ばれている乾海《トウハトウーン》と土河を巡って、長年百以上の部族が覇権を競ってきました。北蛮と呼ばれる七大部族の王は乾海の王、乾王と呼ばれますし、土兒九の王は土王と呼ばれてきたのです」

「乾王と、土王……」

聞き慣れぬ地名、知らない称号ばかりだった。環璃の暮らした月端《げったん》の草原では、砂漠と言えば死の海《バトウーリ》、山脈と言えばキルカナン高地、そして大きな太い河はほとんどなく、根の河と呼ばれるいくつかの大河の支流が、環璃たちも見たこともない山の向こう側へと、馬の足よりもずっと速く駆けていくのを見送るばかりだった。

だからこそ、最初に土河の流れを見たとき、環璃は圧倒された。向こう岸が見えぬほどの広々とした河幅に、西から押し寄せる津波のような水量で河面が膨らんでいる。思わず、これは動く湖ではないかとばかなことを口走りそうになった。紛れもなく、これは環璃が今までに目にしたこともない、とてつもない大河であった。

この河は、年に一度大氾濫《だいはんらん》を起こすことで知られている。上流から土や砂を押し流し、その豊かな土壌が下流域に広がるこの大陸一といわれる広大な水田地帯、金要郷《ケフワラ》を支えている。そこで穫れた米や食物は土河の流れにのり、やがていくつもの急流を越えて、遥《はる》か東の果ての極都《サーナリスヒーン》へ運ばれ高値で取引される。いわば土河は都の水運と補給の一端を担う重要な水なのだ。

そしてその水を巡って、この北の部族たちが揺れている。

「情勢が変わったのは、土兒九が帝国の朝貢国になってからなの？」

「そうです。もともと、このあたりはいさかいばかりしていたらしいのですが、土王が先の燦帝《さんのみかど》に臣下の礼をとることによって土兒九藩王国となり、帝国から軍隊を借りて土河の資源を独占したあたりから一気にきなくさくなりました。そのあと、大規模な干ばつが続いて、もともと水資源に乏しかった乾海が熱波で人が暮らせなくなり、難民が土河流域にまで押し寄せてきたことで状況が悪化した。いまはそこら中で戦争が起こっています」

実際のところ、毎日のように、甲冑《かっちゅう》を着けた軍隊が雄叫《おたけ》びを上げながら土埃《つちぼこり》をまきあげ行列のそばを通り過ぎていく。圭真の言葉もあながち言いすぎではないのだろう。

「そんな国に今からいかなきゃならないなんて。わたしもあなたも、不運なことね」

「うーん、まあ、そう言ってしまえばそうなのですが、これもいい機会になるかもしれない。なにしろ私はいま北蛮地域の状況をいち早く都に伝えることができるし、土兒九には皇后星を迎えるための手順に関する知識が足りない。でしょう？」

「あなたも大きな賭《か》けに出たのね」

圭真は返事をせず、困ったように肩をすくめてみせた。そのような仕草がいちいち形式ばっていて、職を得るのに苦労しているとはいえ、彼が特権階級の人間であることを環璃に感じさせる。

「とにかく、今までのようなきめ細やかなお迎えは難しいと思います。さすがに藩王や側近は琴字（都やその中央周辺部の共通語）を話せますが、私ですらそのへんの兵士が何を言っているのか聞き取るのも難しい。いろいろご不便をおかけすると思います。その点はどうかご寛恕《かんじょ》を」

果たして圭真が念を押したとおりのことになった。

環璃の乗った真珠の輿が到着したのは土兒九が治める領域でも北蛮との戦闘地域に近い前線の街、瑠仏土《メルノード》である。黄土色の土煙がもうもうと立ちこめる乾いた土地に、目にも鮮やかな土河の青が映える街だ。青い水であるのに土河と呼ばれるのは、この水は下流に行くに従って粘土質の土が混ざり黄色く変化するから。ここは土河の中でもまだ河幅の狭い上流地域で、小さな船なら水運も使えるため、古くから隊商たちが取引をする交易の街として発展した。

圭真が門番となにごとかを交渉し終わると、土河の水を引きこんだ堀の上に跳ね橋が下ろされた。通過するとき、歴代の街の長たちが石と煉瓦《れんが》を積み上げて造り上げた強固な壁の上に、最新鋭と言われる都で造られた大砲が並んでいるのが見えた。

（四方に鉄の砲台が並んでいる……。あれが大弩《だいど》砲《ほう》。小隊を一撃で吹き飛ばすと聞いた。あんな武器は、死の海の向こうでは見たことがないわ）

皇后星の乗った白い真珠の輿が街に到着しても、誰一人として歓迎することも関心をもつこともなく、環璃はただただ運び込まれた補給物資と同じようにひっそりと街中に入った。彼女はそうっと輿の小窓から街の様子をうかがった。不思議なことに街の城壁の中にいるのは土兒九の兵士ばかりで、ほかの街のように女子供が水を運んでいたり、老人が軒先でのんびりと水煙草をふかしていたりする光景は見られない。

「土兒九人の男は、女子供とは別れて暮らします。男の仕事は戦争という風習が色濃く、そこは完全分業です」

「女子供はどこに住んでいるの？」

「女子供の街ですね。老人は老人だけが住む街がありますし。点街《パタワ》という風習です。とにかくおもしろいんですよ。それでうまく回っているというのがまた興味深い」

圭真によると、この瑠仏土は以前は街の真ん中を境に、女子供が住む地域と、成人した男が住む地域に分かれていたが、北蛮との戦が長引き前線になったことで女子供は近隣の街へ避難し、完全に軍隊の駐留基地になった。

もう二年以上、土兒九藩王は王宮のある麟天《リーテン》には戻っていない。環璃をここに呼び寄せた理由も、たかだか女一人の相手をするためだけに大事な戦を中断するわけにはいかない、という土兒九側の切羽詰まった事情のせいだろう。

「それでも、せっかく皇后星のお相手、つまり次代の帝になれるかもしれない機会を返上する勇気もなかった、ということでしょう」

「皮肉なものいいをするのね。それを言うなら、いままでたどってきた道すべての藩王たちだって、なんだかんだと不満がありつつも、帝になれるかもしれない機会を逃すことはしなかったじゃない」

ほとんどの男たちは、環璃を抱いてきた。老人も壮年の男も、昔ながらのやりかたで、選ばれた女を寝所で征服することによって、自分が目に見えぬ強大なものかに選ばれようとしたのだ。

「それほどまでに帝の地位は尊いということかと」

「甘い、の間違いじゃなくて？　帝ともなれば、振るえる権力の大きさが、辺境一国とは比べものにならないでしょう。田舎の小王が一足飛びに中央に躍り出るには、それくらいの強運に恵まれなければ難しいということなんじゃないの」

これにも圭真は肩をすくめただけだ。環璃の求めている答えをくれるわけでもなく、とにかく驚かないでください、いままでとは状況も文化もなにもかも違うので、と繰り返した。

思ったとおり、瑠仏土には王宮といえるような建物はなく、いままで県令が暮らしていたという私邸に手が加えられ、臨時の王の居城として使われていた。そこも手狭だというので、環璃はその近くにある煉瓦造りの尖塔《せんとう》内の一室に案内された。客室というよりは牢《ろう》のようだと思わないでもなかったが、ここへ何度も通うことになる圭真がここしかないと決めたのならば、この街にはこれ以上によい場所がなかったのだろう。

「飲める水と体を洗える湯、清潔な寝台と着替えがあればとくに文句はないわ」

とはいえ、塔の中には十分な広さが確保されており、床には紫檀《したん》と毛皮が敷き詰められ、煉瓦造りの暖炉には火が焚《た》かれて、これから冬に向かう日々の寒さから逃れるには十分な配慮が感じられた。北域らしく、窓のまわりに飾り付けられた色とりどりの硝子《ガラス》数珠や天井を覆う紗《シ》幕《すり》の刺繡《ししゅう》が、この街で唯一女性らしさを感じさせるといってもいい。

なにもないところであるにもかかわらず、やはりここでも全身を金銀で飾られた。

「この上は展望台です。いい気晴らしになりますよ」

と圭真が言った。言われるまま、環璃が細長い石の階段を上がっていくと、頂上の物見台に出た。そこからは街の全貌《ぜんぼう》だけではなく、壁のはるか向こう、骨力《クトウルク》と呼ばれる白い砂漠地帯まで見渡せる。

白い砂漠と乾いた海、そこを縦断する太い湖のような大河。この水は乾海のさらに北方、人の世に立ちはだかる神々の使徒が神域を守る強固な楯《たて》、絶天《アーシー》山脈から湧き出し、長い長い旅をしてここまでやってくる。

遠くへやっていた視線をふと街へ戻すと、腕や首筋いっぱいに氾濫の神独千《ダツ》を描いた水流の入れ墨をいれている兵士たちの姿がいやでも目に付いた。独千は土兒九の民族を表す国の旗印でもある。土兒九と北蛮の戦争は、水の神と風の神の戦いでもあるのだ。

（女子供がいない街でもいいわ。あの子を思い出すのは辛《つら》いから）

国々を巡る旅の途中、ふと輿の窓から見かける親子や、道ばたで遊んでいる幼い兄弟たちを見るたびに、もうとっくに涸《か》れてしまった乳房が張るように痛んだ。我が子と別れたとき、あの子にはまだ乳をやっていたのだ。吸う赤子がいなくなっても、環璃の身体はしばらく乳を垂れ流し、濡《ぬ》れた上着が冷えて肌に張り付き、心までをも凍らせた。あれからさまざまな国を渡り歩き、数え切れない人を見てきたが、いまだに母子の姿を見るのには慣れない。

瑠仏土の街は夜になっても動き続けていた。松明《たいまつ》はあちこちで昼のように明るく焚かれ、弓は街を守る兵士たちの緊張感そのままに、いつでも敵に向かって放てるよう張られ緩められることはなかった。街を行き交う兵士たちの装備はだいたい似ていたが、中には手足の防具がばらばらな者もいた。相当の数の傭兵《ようへい》を雇っているのだろう。その資金がどこから出ているのか、あの砲台の数を見てきた環璃には手に取るようにわかった。

その間にも土河の水は音を立てて街の中に流れこみ、銅鑼《どら》が鳴らされ、周囲に放たれていた斥候《せっこう》たちが状況を報告するためにひっきりなしに門を出入りしていた。

その夜、環璃は久しぶりに旅用に編み込んだ髪をほどくと、おそらくは土兒九藩王に仕えている閹人《えんじん》たちが用意したのであろう湯を使うことができた。

女がいない街の戦争以外の仕事は、閹人と呼ばれる去勢された男たちの役目だ。環璃の住んでいた草原にはそのような風習はなかったが、キルカナンの高地を越えた向こうには、さまざまな理由で去勢された男がおり、その役目も多岐にわたることを、山を越えてから知った。

ここ瑠仏土の閹人たちは、皆女性ものに似た赤い長衣を身につけ、髪を伸ばし、土兒九人のようにひげをたくわえることも許されていなかった。若い閹人などは、遠くから一見するだけでは女性にしか見えない者もいた。

閹人たちの中でも細かな階級があるようで、労役をする閹人が忙しく動き回っているそばで、貴人のために酒をつぎ、自身も大きな日傘の下に収まってゆったりしている閹人もいる。彼らは身分の高い土兒九人が戦場に連れて行くための側仕えでもあり、若い閹人の場合は夜の相手もする。歳のいった閹人は、その能力を買われて労役たちの管理をする者も多いと圭真に聞いた。

環璃の部屋付になった閹人の一人に、セジュという男がいた。およそ土兒九の男とは思えぬほど、線が細く肌も日焼けしておらず、ほかの閹人たちと同様ひげも生やしていなかった。彼は化粧をしており花のように美しいが、やはりそこは若く快活な男で、環璃の部屋にしつらえられていた風呂《ふろ》用の大桶《おおおけ》にあっという間に水を運び終えると、今度は焼けた石をつぎつぎに投入し湯浴《ゆあ》みの用意をした。湯には乾海でとれる糸薔薇《いとばら》の香油がたっぷりと注がれており、知らない異国の香りに包まれて、環璃はひさしぶりに心地よさを味わうことができた。

「我々闍人は、大昔は仙《せん》とも呼ばれておりました」

ほかの土兒九の戦士たちとは違い、なめらかな琴字調でセジュは言った。

「生まれてすぐに文字の読める子や、腕の力が弱く兵士に向かない子（この場合はすべて男子のこと）は、戦場にいかなくてもよいように、仙たちだけが集う山（仙家ともよばれる）に籠もって暮らしました。そのときに俗世界との縁を切る意味もあって去勢する。すると、仙力と呼ばれる不思議な力が身に宿るといわれていました」

「仙力……、それはどのようなものなの」

「さあ、いろいろです。少し先を予知できる者もいれば、他人の感情を読める者、他人の夢に入り込む者、兵士としての力がなく山に来たのに、将軍よりも強い力を振るえるようになった者もいたといわれています」

驚いて環璃がセジュを見ると、彼は笑って、自分にはそんな力はないと首をふった。

「いまでも、その仙たちが集う山はあるの」

「不老不死の煙に包まれていて普通の人間には見えないといわれていますが、どこかにあるのかもしれません。絶天山脈は昔からの禁域ですから、雲海をかき分けていけばあるいは」

セジュが言うには、大昔、土兒九という国も北蛮の十七王たちもいなかったころは、この東環《ひがしのよのわ》と呼ばれる大陸中に仙が住む山があったという。

「この世界は、ひとつの内海を囲んだ大きな環のようなかたちをしていて、それを空を飛べる大仙師が見たそうです。彼らは歳を取らず、命もただ人よりずっと長いため、不思議な力を使って世界中を旅してまわったとか」

「不思議な力……」

彼は環璃の気持ちがほぐれるように、体を揉《も》んだり食事を用意したりしながらさまざまな話題を出したが、なかでも一番心に残ったのは、遠い昔にいたという仙たちの話だった。

（男でなくなったことによって、不思議な力を得たなんて、なんだかチユギたちの確神《ゲゲル》の話と似ているわ）

もしかしたらチユギたちのヤマの確神が、去勢した仙たちに力を与えたのでは、とふと考えたりもした。しかしそれも無茶な仮説だとすぐ気づく。そもそも男と女ではいろいろと違っているし、たとえ去勢されたとしても、男の体内に元来子宮《オワザ》はない。

（だとしたら、仙と確神の戦士《テレ》たちは、まったく別なのか。それともただの、大昔の言い伝えか）

その夜は、いつもと同じように土兒九藩王から見舞いの果物が届いただけであったので、環璃は旅の疲れもあってすぐに寝台に入った。日が落ちた後の砂漠の、急に世界の扉がかたく閉まったような肌寒さにはなじみがあった。あれほど赤々と照らしていた日の神が去ると、夜の間に地熱を奪われた大地は青ざめ、星はどこまでも透き通り光は世界の裏側まで貫通し、その穴から果てを見ようとする者の魂を吸い込んでしまう。

（昔、父とよく見た。日の神が地に潜ってふたたび東の空にあらわれるように、物事はすべて見えないところでも動いている。変わらぬものはひとつもないと）

どこからか二弦の音が聞こえてくるのは、軍楽隊の者がてなぐさみに弾いているのだろうか。それとも、楽業に携わる閹人たちによるものだろうか。その音も、東にひとたび日が差せば、荒々しい軍靴とひづめが土を削る音にかき消され、土河に血が混じる戦場の朝がくる。

強烈な日の光が塔の窓から差し込むと、日よけにかけられていた分厚い絨毯《じゅうたん》でさえ防ぎきることはできない。

窓の向こうでは、夜の間に冷えた地上の空気が急激に熱を帯びるため、靄が発生する。まるですきま風のようにするりとセジュが部屋にやってきて、どうぞ湯浴みをとたっぷりとした湯を用意し始めた。

「贅沢《ぜいたく》なことね。乾海の熱波から逃げてきた人は、この水を一滴でも多く飲み干したいと願っているでしょうに」

「……お気になさらずとも、ご覧の通り土河の水は豊かでこの街でどれほど飲もうともつきることはありません。あるところにはあってないところにはない。人の財も同じものかと」

「ふうん。まるで、いにしえの仙のようなものいいをするのね、セジュ」

ふと、環璃は彼の出身が気になった。彼ら閹人は、ほかの兵士たちが来るとさっと身を避《よ》け顔を伏せる。はるか遠い帝国の都では、閹人たちの力が朱の庭につどう尚書令《だいじんたち》を凌《しの》ぐこともあると聞いていたが、この瑠仏土を含む北蛮西域では、どうやらそうではないらしい、どんな一兵卒であれ、閹人より兵士のほうが地位が高いようだということもすぐに察した。

「この街の出身ではないようだけれど、あなたはどこから来たの？」

「私は、土耳難《トルナン》の出身です」

「土耳難というのはどこにあるの？」

「骨力《クトゥルク》のさらに北のあたりにあった街で、二十年ほど前に砂に呑《の》まれました」

では、いまはもうないということだ。熱波が乾海を襲っているとは聞いていたが、この何十年もの間のはなしであったのだということを環璃は知った。

「あまりにも早く砂がやってきたため、限られた水や土地を巡ってひどい争いが起きました。北蛮諸国は荒れに荒れ、いまよりもっとひどい有様だったと聞いています」

「あなたがまだ生まれて間もないころの話よね」

「そうです。そして、土兒九の王も決断をせざるを得なかった。その血で血を洗うがごとき略奪と報復の連鎖から逃れるために、燦《サン》の帝上に従いました」

「藩王として朝貢し、臣下に降《くだ》ったということね」

「そのとおりです。そのために、土兒九はあらゆるものを捨てました。例えば、人の皮を剝《は》いで身にまとうことや、人骨を身につける習わしです」

環璃は驚いてセジュを見つめた。

「人の皮を剝いで……、それは、征服した者の証《あかし》として？　弔いとして？」

すると、彼もまた一瞬驚いたように茶色にも青にも見える目を見開いて、

「我々の文化が、おわかりになるのですか？」

環璃はまるで圭真がするように肩をすくめてみせた。

「おわかりになるもなにも、わたしはもっと野蛮な北の草原の月の端の出よ。人の皮を剝ぎはしなかったけれど、代わりにいろんな獣の皮を剝いで、骨を砕いていた。わたしの姉妹族は鹿

の神をまつるかわりに、狼を狩って毛皮を身にまとった。そうすることで狼の群れから家畜を守る意味があったの。我々は狼の上に立っているんだと示す必要があるのだと、父に教わった」

「キルカナンの奥地にも、そのような慣習があったのですね。月の端という土地は聞いたことがないです」

「なにせ、端だからね」

それからしばらく、環璃は久しぶりにいまはもうなくなった故郷のことをセジュと話した。自分たちは風や水の神ではなく、部族ごとに獣神を奉っていたことや、一族の神は、たとえ飢えても決して口にしてはいけないこと。戒律を破れば、魂を黒い星に吸われて、二度と同じ世界に生まれ変わることはできないことなど。セジュは、さすが貴人の側近くで仕える閹人なだけあって、まるで僧か教師のように教養が深く、それらを興味深げに聞いては、かわりに砂に埋もれたという土耳難やその周辺の人々の話をしてくれた。

「いまでは、もう土兒九で人皮を剝いだり、骨を根付けにして飾る者はいません。ずいぶんこのあたりも変わってしまったものです」

「そうなのね」

おそらく、セジュたちの一族、土兒九の民たちは、中央政権に加わるために彼らが野蛮だと決めた風習をすべて捨てざるをえなかったのだろう。たとえば、環璃の国、草原北域では人の骨をそばにおくことや、身体に己の守護神や星座の入れ墨を彫ること、なにか誓いをたてるときは、叶《かな》うまで口にするものを制限すること。獣と結婚する者、夫や妻を交換する風習がある地域もあった。しかし、環璃たちのように故郷で当たり前のようにやっていたことを、野蛮だと一言で片付けられ禁じられるのは、こちらでは珍しくないことだった。

なにが尊くなにが野蛮かを決めるのは、力なのだ。

「人間であろうと、動物であろうと、何年も血肉を得て生きてきた身体そのものには価値がある。戦や病でその命の歩みが止まったとしても、土に還りなにものかになってよみがえるから。わたしたちが皮を剥ごうと、骨を飾ろうと、丁重に布にくるんで土に埋めようと同じよ。死は死。死は量ることはできない」

「…………」

セジュはなにか言いたそうな顔をしていたが、言葉にすることはためらわれたのだろう、黙って頭をさげ、朝のお茶の用意を始めた。

そうして、瑠仏土での滞在が始まった。土兒九の兵たちは、毎朝河面から立ち上る濃い靄が晴れるころになると隊列をととのえて出撃し、まるできっかりと計ったかのように日が暮れる前には街に戻ってくる。この一帯では気温差によって靄が出るとまったく視界がきかないため、どちらの軍も立ち往生しないよう、両軍がぶつかる時間が決まっているのだ。

それから三日ほど土兒九王の訪れもなく、聞けば王を含めた主力部隊は、ここ瑠仏土から少し離れた拠点に朝早く出撃したという。

王の名代である瑠仏土の司令官からは、毎日珍しい北方の果物や魚料理が、河牡蠣《かわがき》の螺鈿《らでん》細工の皿いっぱいに並べられて届く。最前線であるわりには食べ物は豊富で、甘く煮たナツメヤシの果肉餡《ジャム》をたっぷりといれた牛酪茶、イチジクの白濁酒《コバ》などが振る舞われた。これらの環璃の身の回りの世話をするのも、四弦《シタラ》や長笛《チヨワ》を演奏するのも閹人たちである。彼らによって環璃は昼間は高価な薔薇と落花生の油で全身を揉まれ、髪の先まで手入れをされた。彼らはどこまでも身のこなしが優雅で教養もあり、駒あそびや詩の朗読を聞くのも楽しかった。

ほかにはとくにすることもないので、環璃は毎日塔の上から街の様子や、土河の向こうを眺めて過ごした。そこかしこで軍靴の響きが絶えず、出撃のたびに地鳴りのような「殲滅し殲滅し殲滅する！」という鬨の声とともに銅鑼とホラ貝が鳴り響くのには驚いたが、二日もすると慣れてしまった。それほどまでに、瑠仏土は強固で他者を寄せ付けない圧倒的な武力を誇っていた。

（土兒九軍のほうが優勢なのは、街を見ていればわかるわ。きっとそう遠くないうちに、夷丹《シエルタイ》や北蛮連合は滅ぼされる。都の兵は大砲を何千ももっているというもの。こんな丘の上の街から砲撃されたら、ただの辺境の騎兵では勝ち目がない）

ここ瑠仏土は土河を背にした街だ。よって、夷丹がこの城塞《じようさい》を落とすには丘を駆け上がってくる必要がある。しかし周りは遮るもののない黄土の砂漠、砂に足をとられるため、騎兵による急襲は難しい。歩兵で攻め寄せても弩弓と大砲で狙い撃ちにされればひとたまりもないことくらい、草原での戦術に長《た》けた環璃にもわかる。

（だから、夷丹の兵は街に押し寄せてはこない。河を渡った先の自軍の領地で戦う。地の利を生かせる場所でないと万が一にも勝ち目がないから）

けれど、圭真の話によると土兒九王は帝に降った見返りに、都の砲兵を含めた一万の軍をここ瑠仏土へ派遣することを約束させたという。いままでも、定期的に砲台が増設され街は強固になっていっていたが、一度に五百もの数の大砲が常備されれば、文字通り瑠仏土は難攻不落になるだろう。都の軍が到着すれば、夷丹にもはや勝ち目はない。

四日目の朝が来た。その日も、圭真以外はだれも環璃がここにいることを気に留めない。街中に銅鑼が鳴り響いても、塔の周りが荒々しい兵たちの声で騒がしくなっても、いつものことだろうと環璃は聞き流した。

朝の身支度を終え、街の向こうに立ち込める河岸の靄を物珍しそうに眺めながら温めた山羊《やぎ》の乳と葡萄《ぶどう》を口に運んでいると、圭真がなにやら急いでいる様子で塔に向かって走ってくるのが見えた。

「早いのね、圭真」

「ご無礼をお許しください。これから藩王殿下がお越しになられます。皇后星下におかせられましては、朝のおくつろぎの処まことにもうしわけなく……」

圭真が全部言い終える前に事件は起きた。全身を鋼の甲冑に包み、顔中もうもうとひげを生やした兵士たちが武装したまま環璃の塔の部屋に乗り込んできたのだ。

いったい何事かと驚く暇もなく、兵士たちの間を割って男が三人現れた。いずれも地位の高い将軍か、それに準ずる位を与えられているだろうことは兜《かぶと》や胸当ての装飾や風貌《ふうぼう》からもわかった。

（翡翠《ひすい》、琥珀《こはく》、珊瑚《さんご》は三権のしるし。三色をその身に飾ることを許されるのは、土兒九では王族だけだ）

その中の一人が手をあげると、護衛の兵士たちは大きく顔の前で両の手を打ち、足早に部屋から去った。

「時間が無いぞ、父王よ。すぐに砦《とりで》に戻らねば」

三番目に入室した男が言った。

「もう河面の靄も晴れる。視界が利いてからの進軍はちとやっかいだ」

「仕方が無かろう。いにしえの、ありがたい都風のやりかたでやれと帝上のおおせだ。我々は中央のかせ紐《ひも》なしではなにもできぬからな。まあ急いでやるさ」

土兒九の言葉で怒鳴るように話され、環璃は彼らが言っている内容を理解できない。しかしこういうことは直感でわかる。ああ、この男たちは土兒九の王とその周辺の王族で、出陣を前に、たまたま体よく用意された女を抱きに来たのだ、と。

いつのまにか扉のそばにはセジュの姿もなく、圭真は身辺警護の兵士たちに引きずり出され、あっという間に視界から消えた。

まるで椅子を倒されるように寝台に投げ入れられて、環璃は男たちの相手をさせられた。実際は、まず土兒九王だという巨躯《きょく》の男が環璃の腰穿《こしば》きを剝ぎ取り、荒々しい手つきで室内用の絹の上着を押し上げた。ほんの少し前に、鬢《びん》付け油を使ってきれいに結い上げた髪は握られた卵のように潰《つぶ》れ、挿したかんざしは男が身動きするたびにバラバラと枕辺に散らばった。

それが、まるで、なにかが地に落ち欠けて失われていく音のように聞こえた。なにひとつ環璃のものではないのに、まだ失うと感じることが不思議なほどだった。

身を飾る玉も、衣の織りの美しさも、足を包む靴の刺繡も、髪型も化粧も、およそ女の美しさといわれるすべての特徴は一顧だにされず、ただただ揺さぶられて放り出され、また引き寄せられては投げ出される。環璃の身体に残っていた衣類は、彼女が本能的に逃れようとするたびに、それを阻止し、引きずり、男の意のままにさせるための道具でしかなかった。

土兒九王が満足すると、次に別の男がやってきた。男のうなる声が先ほどと違うことから、環璃は相手が替わったことを知った。半刻ほどして、またべつの男がやってきた。一言も話もせずに相手をさせた前の二人とは違い、この男だけは環璃にもわかる琴字調で話した。「安心しろ、俺たちは王の息子だ」

環璃は自分に話しかけられていることにも気づかず、ぼんやりとした。「土兒九では戦場に女がいることなどほとんどないんだ。みんな興奮している。兄など、閹人相手にせずにすむというだけで、いつもは毛嫌いしている帝に感謝しているくらいさ」そう言って、すばやく男も前の男たちに続いた。

どれくらいの時が経ったのか環璃にはわからなかったが、仰向けに見た窓からの日の位置はいまだ高く、朝から昼にもなってはいなかった。それはまったく奇妙なことであった。かつて豊かだった水辺の都市が砂に呑まれ、この世から消え失《う》せたのとおなじくらい、果てしない時が経ったかと思っていた。

いつのまにか部屋にはセジュがいて、食べ尽くされて投げ捨てられた果実の芯《しん》のように横たわっている環璃の顔を見ないようにしながら、散らばって寝台から落ちたかんざしや、引きちぎられてばらばらになった首飾りなどを銀の皿に拾い集めていた。その行為が、なぜか、環璃の心や身の一部を彼がなんとか元に戻そうとしているように思われて、なんとも居心地が悪かった。

なにをやっているんだろう。もとに戻ることなんてないのに。

「皇后星下、湯を使われますか」

「…………うん」

セジュが、いままでのように素早く湯の用意をするまでの間、環璃は黙って仰向けのまま窓とその向こうの空を見ていた。いますぐにあれが血のように赤く染まらないものかと願いもしながら、世界を反対に見た。

やがて、声がかかったので、ようやく環璃は寝台から身を起こした。一刻も早く不快な汚れをぬぐいさろうと思った。環璃が湯桶の中に身を沈めている間に、セジュと同じ閹人たちが数人部屋の中に入ってきて、あっという間に寝台を清潔に整えた。不思議と湯の熱さは感じず、されるがままに環璃は身体を洗われ、濡れてぐしゃぐしゃになった髪は櫛《くし》でとかれた。

(あのようなことがあったのに、心はまだ動くものだわ)

まるで癇癪《かんしやく》をものにぶつけたかのごとく扱われたからか、環璃は途中から自分の魂が身体から離れたような不思議な感覚に陥っていた。たしかに女にとって魂を踏み潰されるほどの冒瀆《ぼうとく》的な行為を受けたというのに、身体の感覚がまったくないのだ。湯を熱いとも冷たいとも感じない。薔薇水をすすめられてもなんの香りもせず、甘く熟《う》れているはずの果物も味はしなかった。

ずいぶん前に、颱汗《タイハン》藩国の藩王に昼となく夜となく孕《はら》ませようとされたときも、途中から環璃は感覚をなくしていた。あのときと似ているように思う。

「突然死んだら、こんな感覚なのかもしれない。自分が死んだことに気づかないまま、魂だけが剝離《はくり》して、遺体を焼かれても熱くないのよ」

それは完全に独り言であったのだが、髪をゆっくりと梳《くしけず》っていたセジュが答えた。

「そういうむかしばなしが、私の故郷にありました」

「そう？　じゃあ次に魂が飛んだら、空を駆けて、駆けて、土耳難を見てくるわ」

「いまではただの砂の海です」

「わからないわ。もう砂の海すら通り過ぎて、土が姿を現しているかもしれない。すべてのものはとどまらず、変化し続けるの。この世にある真実はそれだけよ」

セジュの手が一瞬止まる。そして、またゆっくりと環璃の髪に湯を注いだ。湯桶から山羊の乳の香りがたちのぼり、湯が白く濁っていることに気づいた。

「山羊の乳を少し発酵させた酒の湯です。気持ちが安らぎますよ」

そう言われてみれば、少し酒の香りがする。酒気を帯びた湯気を吸っていると、まるで酒を呑んだときのように気持ちがふわふわとゆらいで、張っていた気がほどけた。それに、いま自分の身体を見たくないから、湯が白濁しているのはちょうどよかった。酒の風呂も、セジュたちの気遣いだと環璃は悟った。

（彼らは、いつから閹人になったのだろう）

土兒九の男たちが言うには、戦場となった街や駐屯地には女はいないのが当たり前だという。遊女のたぐいまでいないとなると、情報が漏れるのを徹底的に防ぐ意味合いがあるのかもしれない。

代わりに、男たちの相手は閹人がする。昼間は貴人や兵士たちの身の回りの世話をし、夜は女の代わりをして、一日中だれかに隷属するのだ。次の朝も、また次の朝も。なにか奇跡でも起きて解放されぬ限り。いや、解放されたとしても彼らが妻を持ち子孫を残し、人の子の親になれることはない。

彼らはそれでいいのだろうか。

（いや、良いも悪いもない。これが支配ということだ。草原でも、王族の身分のない女は、朝早くから水をくみ、ヤクの糸を紡ぎ、年頃になれば父親の決めた相手に嫁いだ。それで不幸になる女もいた。人間の幸福は、たいていはどの女の腹から生まれ落ちるかで決まった。そのことに草原も帝国もない）

念入りに中を掻《か》き出し洗ってから、環璃は湯から上がった。セジュが丁寧に身体を拭《ふ》いてくれる。絹の靴下を二枚ほど履かせようとするので奇妙に思ったが、もうなにか言葉にする気力も残っていなかった。

それから、きれいになった寝台で環璃は眠った。男三人の相手をさせられた反動で魂がまだ身体に戻っていないのか、それとも疲れただけなのか、昼間だというのに眼前にまで重苦しい闇が迫ってきて、砂に埋もれてしまったというセジュの故郷のように、あっというまに呑み込まれた。

夢の中で月はどんどんと傾き欠ける。失うことが当たり前だとでもいうように。その月がテワンの大樹に結びつけたゆりかごのようなかたちになると、環璃の愛しい一人息子がその中ですやすやと寝息を立てながら眠っているのが見えた。思わず伸ばした手のはるか向こうで、月はさらに欠けて細く環のようになり、指輪となり、一瞬だけ環璃の指にはまったかと思えば、あっという間に星のような火花を散らし、その煌《きら》めきは天ノ川となって夜空を横断する。やがてその光も土金の神が鎚《つち》打つ炉の中に放り込まれて、どろりと溶けて次の日の生まれる彼方へと消え去った。ああ、あの月も、明日の燃料にされるのだ。星くずもかき集められて新たな日々のため溶かされ、もう個ではいられなくなるのだと環璃は思った。なぜか環璃はそんなことが悲しくてたまらなくなり、嗚咽《おえつ》しながら目覚めた。

再び戻ってきた世界では、鬨の声とは違う人の集団があげる雄叫びが、環璃のいる塔にまで届いていた。

「なにごとなの」

すでに日はなく、塔の外は濡れた烏の羽の色がごとき闇に包まれている。あれから夜までずっと眠っていたらしい。起き上がると身体の節々に痛みを感じたが、それより騒音が気になった。塔が揺れるほどの騒ぎなど尋常ではない。

窓の鎧戸《よろいど》の開け方がわからず、蝶番《ちょうつがい》を手探りで探した。戸を開け放ったとたん、風とともにワッという人の声と人馬が地面をかき鳴らす音が飛び込んでくる。そして外は明るかった。火だ。城内が、街が燃えている。

（どうして……）

炎で照らされた闇に、騎馬で乗り込んできた武者の旗が見えた。あの文様を、取引で使う割り符で見たことがある。草原にも出入りしていた砂漠の民。風神万去《ばんこ》を描いた渦の文様の三角旗を掲げる兵と言えば、

（北蛮の……、夷丹の旗！）

皮肉にも、環璃のいる塔の上部からは、夷狄《いてき》に襲われ惑う街の様子がつぶさに観察できた。いま、この瑠仏土の街は外敵によって襲われている。そして、すでに城内にあの旗を背負った兵がいるということは、門は破られてしまっているということだ。ここは土兒九軍の本拠地だというのに、王や将軍たちはよりによってこの要衝の防衛に失敗したのだ。

いつのまにそんなことになっていたのだろう。状況を見極めようと必死に目を凝らす環璃の目に、角兜《つのかぶと》をかぶった一人の大柄な戦士が夷丹の騎兵にぶつかっていくのが見えた。あのトゲが生えた厳《いか》めしい肩当てには見覚えがあった。あれは、甲冑を着けたまま、まさにこの寝台で環璃を犯した男だ。たしか、自分は土兒九の王子だと名乗っていた……

王子の大斧《おおおの》による一撃を、夷丹の兵士はなんなく躱《かわ》した。そしてまるで飛蝗《ひこう》のように馬上からかろやかに跳躍すると、いちど環璃の視界から消え去った。次に環璃が聞いたのは、王子の名を呼びながら、彼の身を守ろうと殺到する護衛の兵たちの叫び声だった。しかし狭い城内では、土兒九の兵たちは馬では思うように身動きがとれず、わずかな火の手がもたらす視野では目標すら定まらないようだ。みなうろうろと戸惑い、死兵となりはてている。

闇を切り裂く悲鳴がとどろいたのは、そのときだった。免れぬ死にとりつかれた人が苦しみ抜いて呻《うめ》く声だ。声がしたほうを見ると、馬上の男たちが斧を捨て、のけぞりながら震えているのが見えた。

（あの男、二番目にわたしを犯した男）

ヒュっと火の玉が横切った。いいや、それは松明をもった人の影だった。先ほど信じられない跳躍をして消えた夷丹の兵だった。つづいて、べつの方角でも人がパッと飛んだ気配がした。

あまりにも素早く、そして人ではないもののように高く飛ぶので、環璃はそれが夜の灯《あか》りに惹《ひ》かれてやってきては火から離れる蛾《が》のように見えた。

騒ぎはいつまでも続かなかった。奇妙なことに、城内では鞍《くら》を載せ、だれも乗せていない馬が興奮してうろつき回っていた。みな、どこかで乗り手を失ったのだ。そしてその数が尋常ではなかった。一個大隊ほどいる。

つまり、それだけの騎兵が死んだか怪我をして落馬したということだ。

「いったいどうなっているの……」

城内のあちこちからこだましていた悲鳴や呻き声、剣戟《けんげき》の音はまるで遠ざかるように消え、人の気配の消えた夜の闇だけが環璃のいる塔を包み込んだ。その異様な雰囲気に、彼女は思わず窓辺から後ずさった。すると、思いがけなく扉のほうから声がかかった。

「ご安心ください。あなた様に危害を加える気はございません」

驚いて振り向くと、そこにいることを千年前から定められたようにセジュが立っていた。その異様なまでの落ち着きぶりには違和感しか覚えなかった。

「どういうことなの、これは」

「もうしばらくお待ちを。合図があれば、下にお連れいたします」

環璃は顔をしかめた。セジュや、その後ろに控える閹人たちが、口元を布で覆い、指先まで手袋をはめていることに気づいたからである。まぎれもなく彼らはこの襲撃を知っていて準備していたのだ。

（眠る前に、わたしに二重に靴下を履かせていた。すぐにここを出ることになると、彼らは知

っていたんだ）

もしくは、彼らもまた夷丹軍の一味で、中から手引きをしたのかもしれない。でなければあれほど屈強な兵士であふれかえっていたこの強固な城塞が、夜襲とはいえたった一刻やそこらでここまであっけなく蹂躙《じゅうりん》されるはずがないのだ。

「さあ、こちらへ」

環璃はやわらかい絹と羊毛の混ざった上等な外套《がいとう》で身をくるまれ、閹人たちに囲まれるようにして塔の階段を下りた。塔を出ると、そこには想像を絶する光景が広がっていた。

（だれも、いない……）

先ほどまでたしかに塔の上から見えていた土兒九軍と夷丹軍の戦闘は、もうどこにも見えなかった。環璃は何度も目を瞬《しばた》かせ、闇をかき分けるようにして歩いた。いままさに燃え尽きようとしている松明や、乗り手を失った馬、つい先ほどまでは誰かに握られていたはずの槍《やり》や弓、剣がそこかしこに転がっている。ただし、人はいない。

（そんな、血だまりすらないなんて）

大きく風が城壁に当たってこすれる音がした。いままで石畳の上に積もっていた埃のようなものが一斉に舞い上がった。それは一見、炉の中で燃え尽きた灰に思えたが、環璃が踏みしめると布だとわかった。ただの布ではない、さわればさわるほど脆《もろ》くばらばらになってしまう古びた布きれのように見える。

（これは、土兒九の兵士が着ていた平服だ）

剣や槍、鋼の肩当てや胸当てがそこらじゅうに散らばる中、雪が降り積もったように布の残《ざん》骸《がい》が石畳の隙間に点在している。そして、やはり人はいない。

似たような景色を環璃は一度だけ見たことがあった。まだ旅のはじまりのころ、皇后星の真珠の輿が山深い街道で山賊に襲われ、まさに命と同等に価値のあるものを奪われようとしていたとき、環璃の目の前で砕け散った骨や肉や、皮膚の上に斑《まだら》に浮かび上がった青い花のような文様。そして、遠い昔に故郷の巫女が、刃物を研《と》ぐ青い炎ごしに繰り返し若い女にだけ聞かせた言葉を。

――いいかい、ぜんぶ本当のことなんだ。女を暴力で犯そうとした男は、一瞬でパッと灰燼《はい》になっちまうのさ。まるではじめからいなかったかのようにね。

「土兒九の兵は、碓神に食われたのね」

背後の闇人たちがあきらかにうろたえるのが気配でわかったが、環璃は気にもとめずまっすぐ城門に向かって歩いた。

（まちがいない、ここへ、碓神の戦士が来たんだ。そうでなければ、人だけが一瞬できれいにこの世から消え去るなんてことが起こりえるはずがない）

街を取り囲む瑠仏土の城門は静まりかえっていた。跳ね橋は落とされ、土河から引き込まれた堀の水だけがなにごともなかったかのように水音をたて、流れのまま城の周りをめぐり去る。城門の外にはただただ砂と闇が広がるのみ、ただ門の上に焚かれた大かがり火だけが、ここ瑠仏土の街が遥か昔に人に見捨てられた廃墟《はいきょ》ではないことを声高に主張していた。

「まるで、一夜にして滅んだ国のようだわ。昔月へ向かって隊列を組み、街を去った人々のはなしを聞いたことがある」

後を付いてきたセジュが言った。

「まさに今日がそうなのかもしれません」

「それにしては物騒な旅立ちね。これは、あなたたちが仕組んだことなの？」

「いずれにしても、死は死では？」

それはそのとおりだと環璃は思い、風にすくわれようとしている大量の灰と塵《ちり》をかき分けさらに歩いた。

跳ね橋を渡ったところに、へし折られ切り裂かれた土兒九の旗とともに何十もの甲が積み上げられていた。どれも鋼鉄製で、土兒九の民独特の凝った金箔《きんぱく》、螺鈿細工や派手な色の模様が描かれてあり、階級が上の武人が好んで身につける角のついたものだった。翡翠を丁寧にはめ込んだ流水紋の装飾、大粒の琥珀の玉飾り、そして血朱の珊瑚製の角や牙《きば》、己のもつ権力と富を主張するために作られた武具は、もう守るべき持ち主をもたない蟬の抜け殻同然で、夏の終わりのように無造作に積み上げられている。同じように転がっているのが鋼鉄製のすね当てや籠手《こて》や、おおぶりの剣だ。たしか一兵卒には革製の防具が支給されていたが、そのようなものはひとつも見当たらない。将軍格はすべて死んだことが一目でわかった。

(土兒九王も、あの王子たちも死んだのか)

鋼の防具の山に突き刺さっていた夷丹の風神旗が夜風にはためき、あたりに人影はない。この様子では、あの圭真も戦に巻き込まれて、一瞬で灰燼になって消えたのだろう。

(千はいた兵士も)

「死んだのか」

たった半日前、暴力で荒々しく環璃の身体を蹂躙した土兒九王たちが、もうこの世のどこにもいないというのが不思議だった。それどころか、土兒九藩国は王と王族、そして前線基地に詰める精鋭部隊すべてを失ったのだ。土兒九という国そのものが一夜にして滅んだといってもいいだろう。

（これが、礭神の力……）

「いい気味」

夜風が環璃の身体にいくつもぶつかってきたが、不思議と寒さは感じなかった。それどころか熱を感じる。この力をもし、自分が手にすることができたらという途方もない野望が、塔の中から飛び去っていた魂をふたたび肉の器に取り戻し、怒りにも似た力を呼び起こす。

「死は、死だ」

環璃はセジュたちのほうを振り返った。

「それで、あなたたちの味方は、いつここへやって来るの？」

「………」

「それとも、この街以外にすでに攻め込んでいるのかしら。たしかに瑠仏土さえ落とせば、土兒九はもう総崩れだものね。あなたたちの誇りや人生や、尊厳を奪った憎い敵は、すくなくとも土兒九の王はいなくなった……」

この街の周辺にはいくつか砦都市があるが、瑠仏土がこの惨状では、そこも同時に襲われていてもなんら不思議ではなかった。闇人たちが皆無事で、しかも皮膚のほとんどを念入りに布で覆って塔に閉じこもっていたのは、あらかじめ果ての戦士たちの襲撃を知っていたからに他ならない。

「どうしたの。言えないの？」

　セジュはなにも言わず黙ったままだった。そのことから、環璃は自分がいまここで殺されないことを知った。彼らがなにも情報を明かさないのは、彼らの作戦がこれからも続くことを意味し、そしてそれが外に漏れることを恐れているからだろう。しかし、瑠仏土でなにが起こったのか知っている環璃を殺さずにいるのは、〝彼ら〟（おそらく夷丹の軍、あるいは北蛮連合）は、いたずらに中央を刺激するつもりはないからだ。彼らは土兒九を憎みこそすれ、燦帝に弓を引こうとまでは考えていないのだ。

「……昔のことです。私の暮らしていた土耳難の街も一夜にして滅びました。私は、私たちは、その生き残りです」

　沈黙の行を行っている僧のようにかたくなに黙り続けていたセジュが、ようやく口を開いた。

「ある日、勉学を怠った罰として一晩空の水瓶《みずがめ》の中にいれられました。朝起きたらすべてが終わっていた。土兒九の兵が男たちを全員殺し、女は妻にするために子供まで連れ去り、男の子供は赤子にいたるまで皆去勢されました。そうして部族は滅びました。私たちは生きていますが、すぐに死にます。私たちの一族は絶える。同じことが乾海では幾度も起こります。そうして、いまも起こった、というだけのことです」

　しゃらん、と鈴の音がした。顔を上げると、城門に続く太い通りを、環璃の乗ってきた巨大な真珠の輿がやってくるのが見えた。貴人用の金の装飾具でつながれた白駱駝《らくだ》が牽《ひ》いている。六頭立ての白駱駝の後ろには、金貨銀貨がぎっしりつまった樽《たる》を積んだ荷車が続いた。もとは土兒九王が傭兵に支払うためのものだろう。身辺の世話をしていた闇人たちであれば、その保管場所をわかっていたとしてもなんら不思議ではない。

（碓神の戦士たちへの報酬だ。それをいまから、わたしが運ぶのだ）

「河岸から靄が立つ頃には、迎えと出会うはずです。どうか、お元気で」

闇人たちは迎えてくれたときと同じように、うやうやしく環璃に向かってお辞儀をした。たった四日の間だったが、塔の部屋で環璃の食事の世話をしてくれた若い闇人が、水と食料を持たせてくれた。

東の闇はまだ昏《くら》く、深窓の令嬢の寝室のごとく幾重にも重なった紗幕が頑《かたく》なに世界を閉ざしている。その中を、白い隊列がゆっくりと闇夜に向かって、そして真夜中の中天をいままさに過ぎようとしている月に向かって出発する。その長く延びた群れと、金銀《シゼル》を積んだ荷車に白い真珠の輿。白い駱駝の口元にぶら下げられた銀の鈴が、チリンチリンと夜半に鳴り響く。たったいま滅んだ瑠仏土という街のための葬列のように。

（セジュたちは闇人だ。彼ら土耳難の民はもう子孫を残せない。彼らが死ねばその名は完全に歴史から消える……。わたしのように）

おそらく、土兒九に故郷を滅ぼされたセジュたち闇人もまた、明日のない日々を繰り返すだけの暮らしをしていたのだろう。国もなく、故郷の街も居場所もなく、ただただ強者に隷属させられるだけの人生がどのようなものか、環璃にはわかる。モノのように放られ、扱われるたびに魂が肉体を離れるが、ぼうっとしているだけでは労役はこなせない。鞭《むち》や拳《こぶし》や暴力による痛みだけが、彼らの魂魄《こんぱく》を肉体へと引き戻す。それの繰り返し。明けない夜に立ちこめる靄の中、彼らの立つ場所はなにもない砂の上だ。このまま同じ場所にいるだけでは砂に呑まれて終わる。その骨はだれかを飾ることもなく、遺体は弔われることもなく。

人は、あの空いっぱいの星くずをかき集め、月さえもえぐりとって、その対価にようやく明日を与えられる。その途方もないだれかの犠牲の繰り返しなしでは、きっと夜は明けることはない。人の心のえぐられた穴の向こうの暗闇も。

彼ら閹人たちは果てしない絶望の淵《ふち》に立ち尽くしながらも、ついにかき集めたのだ。夜を終わらせる対価を。星と月のかわりに、地上の金銀を奪い取り、その力をもつものを雇い夜の腹を切り裂いて、明日という名の嬰児《えいじ》をひきずりだした。

この、気の遠くなるほど長い年月の中、幾度も幾度もこの乾海で繰り返されてきた、〝自分たち〟が明日を迎えるための儀式。

(ただ、それをやっただけ)

白い葬列を率いる隠者のごとく、環璃はえぐりとられた月を仰ぎ見た。はたして対価が十分だったのかどうかはわからない。彼らの明日が、その先まで生き延びられるかどうかも不明だ。けれど、たしかにかつて土耳難は滅び、そしていま瑠仏土も息絶えた。いずれは砂に呑まれ、この世から完全に姿を消す。

(彼らは、わたしだ。わたしだって同じ儀式をやるだろう。月に手を伸ばし、星をかき集め、その煌めきがだれかの命であっても、自分が今日とは違う明日を迎えられるのならば)

皇后星という存在は、ただの遊戯だ。たかだか次の帝を決めるためだけに、ひとつの一族を根絶やしにして、若い王族の娘を藩王たちの間でまわし犯す。わざわざ暴力で圧迫し、見せしめにする。なぜそんなことをするのか、あのときまで環璃にはわからなかった。いま、かつて栄えた都市の遺体の上を進んでいくこのとき、ようやくわかった気がした。そんなことをしなくても決まる王位はいくつもあるのに、もったいぶって皇后星などという名前をつけ、数十万個の真珠で飾られた白い輿に乗せる。

これが彼らの選んだ儀式なのだ。野蛮ではないと彼らが決めている正道なのだ。しかしてその実態は、人の皮を剝ぎ、骨を数珠《じゅず》つなぎにして、頭蓋《ずがい》で酒をあおるのと同じ。うやうやしく屠《ほふ》られる羊も、誰に食われることもなく土に溶け消えた獣も同じ。死は死だ。それをなんと呼ぶかだけの話だ。

たとえ、その実態がただの遊戯であっても、人には死を儀式としたいという欲がある。圧倒的な量の人を死の儀式を通じてしか支配できないという思いがある。だからこそ身を飾る骨も、権力を表す宝玉も、すべて儀式は、支配のためだけにある。

かつて環璃の瑪瑙《めのう》のかんむり鹿の一族もまた、右角に月を、左角に星をからめとって神になった鹿を奉っていた。神は美しく、ひとは醜い。神は尊く、ひとはいやしいと伝承は謡《うた》っていた。ならば、彼らもまた同じように街を、他の氏族を葬って生き延びてきたのだろう。

この野蛮な儀式はこれから先千年経っても、決してなくなることはない。

（わたしは女王になる、この世界の帝になる）

たとえ、何度ものものように寝台に投げられても、魂が踏みにじられて卵のように割れてもわたしは顔を上げ、いつか極都へとたどり着こう。この世、この世界の環、一帯八旗十六星幾万を統《す》べる帝の妻となり真の帝国の皇后となって子を産み、確実に権力をこの手にしてから、わたしを虐《しいた》げた者たちを殺す。

「わたしを虐げた者たちを殺す」

声に出すと気持ちよかった。

「必ず、殺す」

何度でも口にできた。死を明言すると、夜空の月もいっそう青く冴《さ》え渡るようで、美しかった。

「だから、この身自身が帝になろう」

そして、この世を統べる神を獣神とし、敵の顔の皮を剝いで、その骨を首飾りのようにつないで子らに与えよう。野蛮だと決めつけられた儀式を復活させ、彼らの正道を暴力で圧迫し禁じるのだ。美しい真珠の輿に、環璃を犯した男たちの亡骸《なきがら》を乗せてどこまでも歩かせることもできるだろう。地の果てで獣に食わせるのもいいし、あの美しい湖の、珊瑚の餌にするのもよいだろう。

そのためには対価がいる。

「まずは、星を落とそう」

セジュたちが確神の戦士たちに支払ったように、土兒九が帝国の支援を受けるために捨て去った歴史のように、環璃にも、環璃以外のなにかを捧《ささ》げる準備が必要だった。

やがて、東の夜が割れ、湧き立つ靄に闇色の帳《とばり》がおおきくまくれ上がって、だれかが対価を払った朝がきた。

白々と夜が明けていく中、押し上げられていく昨日の先に、環璃は一本の道を見つけた。それは土兒九の戦士の象徴である氾濫の神、水神独千の流水紋を刻んだ兵の、腕や腹、背中の皮だった。そしてずらりとならぶ皮だけになってゆがんだ人の顔、顔、顔。

それらが、まるで墓標のように砂に突き刺さった剣の柄《つか》にひっかけられている。その数、千はくだらないだろう。

北蛮と呼ばれる部族が一、夷丹の兵がやったのだろうと思われた。彼らは最後まで自分たちの儀式を捨てなかった。そしてこの道ができたのだ。

（きっとこの道は、続く）

白駱駝の群れがピタリと足を止めた。土河の方角から朝靄とともにやってきた使者がいた。それがだれであるのか、環璃にはもうわかっていた。金と銀の対価を受け取るべき、瑠仏土を落とした真の勇者たちが、この夜の先の朝に待ち構えているはずだった。

環璃は輿を降りて、砂の上に立った。幾億の人が称《たた》える万象の日神が、砂埃と涙で汚れた環璃の頬をゆっくりと溶かしていった。さあ、ありがたく受け取ろう。あの土兒九の王たちの死の上にある今日に。

砂を吸ってむせるのもかまわず、環璃は叫んだ。

「助けて！」

近づいてきた影は、やがて複数の人の姿になった。一人、足早にこちらに駆けてくるのがわかった。光が人の形をしている。光っている。

「助けて、チユギ！　わたしよ！」

わたしよと環璃は叫んだ。そしてこう続けた。「あなたたちのようになりたい!!」

仲間に入れて欲しいと、寂しかったのだと、……夫を、一族を失った日のように心の底から泣いて叫んだ。

「もうたったひとりになりたくないの‼」

「環璃！」

強く名前を呼ばれ、それがおそらくあの日の夫の声以来だったことを思い出して、環璃はだれかの腕の中で気を失った。

第6章　首里無《スリナム》

首里無へ行こう、とテセレンが言った。

「首里無は私たちの新しい枝族のヤマだよ。そこへ行って、環璃《ワリ》も、環璃の息子も、私たちの同胞になればいいんだ」

朝焼けの中夜の星が、どこか遠い国で息絶えたいのちのように土に染みこんでいく。巡るいのちは、土のもつ熱を帯びながらたゆたい、再び時を得て東の地平線に朝という名で生まれ変わる。朝と夜、東と西、だれもその境界に立つことはできない。ただ、いのちだけが生と死の境界に腰をかけ、大いなる旅のひとときを人の姿で過ごす……。そんなふうに環璃は、幼い頃に集落の「育てる手」と呼ばれた使用人の老婆に教わったことがある。

（人は生まれながらに旅をしているんだ。ただそこにいても、ただひととして在るだけで）

もう両手に余るほどの昼と夜を繰り返し、環璃たち四人は広大な乾海《トウハトゥーン》を歩き続けていた。どちらを見ても大量の白い砂の上に、不気味なほど青く澄み渡る円天井が広がっている。ここには雲一つ無いため地表に影もなく、雨もめったに降らない地域だ。土河《ドウジョ》からも遠く離れてしまうと、朝にだけ立ち上っていた靄《もや》も見られず、よって地表はすべからく乾ききる。見渡せど自分たちが立てる音以外、生命が蠢《うごめ》く気配も青と白以外の色もない、静まりかえった死の世界であった。環璃はかつて訪れた烏爬《ウーファー》の水瀑関《シーボウドク》を思い出した。あの場所も生命がいないからこそ青と白の美しさを保てていたのだと知った。

美しさとは、人の不在なのだな、と環璃は思った。しかし、人が交じり色彩が混ざり合うことで生まれる調和の美もある。昔、故郷の集落にやってきた壁画家の集団が、色は混ぜれば混ぜるほど黒に近づき、もう二度と元の色に戻ることはないのだと言っていた。であれば、人が美しさを保つためにほかのあらゆる色を排除しようとするのも、ある意味理にかなっているのだろう。

そんな死の大地を四人の女が行く。女たちの後に、金銀《シビル》を積んだ荷馬車をひく駱駝《らくだ》がゆっくりとした足取りで砂の上に小さなくぼみを作る。しかしそれも柔らかな丘を越えるころには河面をなぶってやってきた風に埋められて、またいのちの気配のない砂のみちに戻る。

「ゴニ街道まで出るのにあと三日ほどだ」

ちょうど良い岩場に出たのでキャナという女が、今日はここいらで休もうと言った。同行人のテセレンとは初対面であったが、キャナに会うのは二度目だった。あの金の耳輪の女だ。一度目は刻都《コクト》の王宮で、女官に口づけをしているところを目撃した。あのとき、彼女がなんのためにあそこにいて、なぜあんなことをしていたのか、環璃は本人の口からこの旅すがら話を聞くことになった。

「我々果ての民は、確神《ゲゲル》から授けられた力をつかって、依頼を果たす仕事をしている。その報酬は金品で受け取ることがほとんどだが、まとまった土地の完全譲渡および移住を最優先にする。胡周で私が請けた依頼はとくに条件がよかった。我々が住める土地を手に入れることができたからだ」

キャナはあのときと同じ、耳を覆うように、玉をはめ込んだ星の細工が美しい飾りをしていた。二の腕の太い腕輪や、ももの付け根にまで装飾品をつけているのが、質素な身なりのチユギやテセレンと違っていた。

「私は荒ぶる神をもたないからな。人と交じって里でも暮らせる。これからいく首里無にも強毒のもののほうがまれなのさ。こいつと違ってな」

「こいつって……、いいかげん名前をおぼえて。テセレンだよ！」

「まず、名を憶《おぼ》えられるような仕事をしろ。チユギの尻拭《しりぬぐ》いなしで」

少し早とちりなところはあるけれど快活でなつこいテセレンと、なにごとも斜に構えているようで派手好きなキャナ。二人のやりとりがおかしくて、環璃は声をあげて笑った。たった一人、輿《こし》で運ばれる旅とはちがって、会話の多いにぎやかな日々になった。

二人がやいのやいの賑《にぎ》やかにしている間も、チユギは三人から少し離れて見守るように、後に続く影のように静かについてきた。

「首里無は、弱毒性のカミが多く住まうヤマなんだ。わたしやチユギのような荒ぶるカミを宿した同胞はいない。だから、男の近くに住める。環璃もそういうカミに選ばれれば、息子とずっといっしょに暮らせるよ」

チユギが環璃を迎えにきた理由が、環璃の息子がどこにいるのか居場所の手がかりをつかんだことだったのも、環璃の心を檻《おり》から解き放つかのように救った。

「極都《サーナリスヒーン》にほどちかいところに新設されたばかりの砦都市《チナム》がある。〝母なるもの〟《マーラーム》と呼ばれる女だけの軍隊の兵士が住む街だ」

「〝母なるものら〟」

なんとも奇妙な響きをもった名だった。おそらく、母親となった女だけで構成されている特殊な軍隊なのだろう。

「帝心中《みかど》はすでに果て《トー》の場所を把握しているようだ。新たな兵力を送り込んできている。その主たるものが、〝母なるものら〟だ」

どんな屈強な軍団でも、チユギたちに一瞬で塵芥《じんかい》にされてしまってはどうしようもない。果てのもつ能力を恐れた帝心中は、その叡智《えいち》を駆使して恐るべき軍隊を作り上げた。女たち、しかも子を産んだ母たちを訓練し、果てを攻略するためだけの強襲兵にしたてあげたのだ。

「実際、果てには同胞志願者を装った女がやってくるようになった。みな子供を人質にとられ、あるいは報酬を約束されている帝心中の密偵だ」

女たちの軍隊、しかも自分と同じように母となった女性が武器を手に取り、果てを壊滅させようとしているときいて、環璃はひどく驚いた。

「多くが、帝国兵の相手をし、子を持った隷役《れいえき》の女たちだ。見事果ての情報をもって帰還すれば、極都の市民権を与えられ、子と不自由のない生活を保障される。実際、そうやって成り上がった〝母なるもの〟とその〝子〟は大勢いて、彼らは自分たちに報いてくれた帝に忠誠を誓う」

　帝心中が欲しいものは、絶対に裏切らない〝よい見本〟だ。同じ立場だった隷役の女が出世し、子が大学士になって取り立てられていくのを横目で見ていれば、だれしも自分もそうなりたい、そうなるべきだと思い込んでしまうものなのだろう。

「太古の昔から、強さを求める男は早死にし、子を産んだ女は子を守ることに必死になりすぎて数年狂うといわれているだろ」

　だらだらと酒の入った錫《すず》の瓶を口に運びながら、おかしそうにキャナが言う。

「なぜそうなっているのかわからないが、こればかりはヒトの生来のものだから逃れることはむずかしい。帝心中は、その出産直後の狂った女をうまく使って、自分と子の敵は〝疫神〟であると思い込ませてるのさ。彼女たちは子のため、そして子の命を奪う〝疫神〟討伐のため、迷わず果てへ向かうって寸法」

　チユギたちの話では、すでに果ての側もこれらの仕掛けには対策を練っており、帝心中が果てに潜り込ませようとした〝母なるものら〟の子たちを極都の砦都市から連れ出し、首里無に住ませているのだそうだ。

「ただ向かってくる敵を屠《はふ》るのではなく、寝返らせるのね」

「狂いが解ければ、もとは同じ立場の女たちだ。我々には同胞が足りない。枝族による飛び地を増やすためにも数は必要だ」

　環璃はうなずいた。チユギたちの力をもってすれば、〝母なるものら〟を処分するほうがたやすいのだろう。しかし彼女たちはこの敵の策である、対果て機構そのものを壊すために対応していた。すなわち、〝母なるものら〟をあえて生かし、自主的に寝返らせることによって、裏切りが今後じわじわと毒のように敵陣に伝わっていくのを期待しているのだ。

チユギはぶつかってくる風を嫌がるように頭をふり、とうとう環璃にとって決定的な、まちわびた情報をもたらした。

「その、捕らえた母なるものらが、三月に一度、手形の朱印を押させられている二歳の男の子が街にいたと証言した。まだはっきりとしたことはわかっていないが、環璃の息子だろう」

月端《げったん》からひきずりだされてから、これほどまでに大きく心の臓が脈打ったことはなかった。

「どこなの、息子はどこにいるの。いますぐ迎えにいく!!」

「気持ちはわかるが時を待とう。砦都市に近づくのは我らとて容易ではない。まずは環璃、おまえを首里無に連れて行ってからだ」

「そう、ね……」

心はどこまでも逸《はや》ってしかたがなかったが、いまは冷静になって身の置き所を探すべきだと思い直した。自分一人の力ではなにもできない。今後のことを考えれば、環璃自身が果ての同胞となるのが先だ。

最初の井戸場まで四日歩き続け、その間セジュたちが持たせてくれた水袋は半分になった。そのほとんどを環璃が飲んだ。彼女たちはこの乾海での動き方を熟知しているらしい。不思議なほどほとんど水も食べ物も口にしなかった。そのかわりに、夜になると昼の間に拾い集めた枯れ枝で火を起こし、持参した強い酒を少し口にして、筵《むしろ》を敷いた上に横たわって休んだ。すると、しばらくして彼女たちの内側から不思議な光が浮かび上がった。それらの光は、まるで星屑《ほしくず》をさらに砕き、水晶のかけらをまぜてふりまいたようで、やわやわと彼女たちのまわりを包み込み、光どうし互いにふれあっては、驚いたように離れ、またやわやわと周りを回り始める。

「これが、カミの顕現だよ。気を張るのをやめて穏やかにすれば、ゆっくり体の外に出てくる。いまは、酒を食らってカミが酔っているところなんだ」

テセレンのカミはまだ若く、彼女いわくとてもやんちゃで、いつも敵をみかけると自分よりもカミが戦いたいと願うので、その衝動を抑えるのに苦労しているそうだ。二つ名を『幼い嵐』という。

「子供だから、とくに酒に弱いのかも」

「ふふふ、おもしろい。あんなに恐ろしい力のある荒ぶる神でも、酒には酔うのね」

「酔わないカミもいるらしいけれど、わたしのカミはめっぽう弱いよ。飲むとびっくりして、外に出てきちゃう。チユギのカミは古いカミだ。たしか喪神とか、双神とか呼ばれてる。いままでも何人か同じカミを宿した戦士はいたらしいけれど。彼女のような強いカミはほかに見たことがないね」

無数のカミがおわす果ての山でも、名のあるカミとそうでないカミとがいる。キャナが二つ名をもたないのも、彼女いわく弱いカミだからなのだろう。しかし彼女は間諜《かんちょう》としての自身の働きによって、『金の耳』というなんとも優美な名で呼ばれていた。

その光、夜の帳《とばり》につつまれた辺り一面の闇の中で、彼女たちが飛ばす発光する胞子の群れは小さな銀河を目のあたりにしているように美しく、いつまでも見飽きることはなかった。

（なんてきれいなの。金や銀や玉の放つ光なんて、これにくらべたら塵芥のよう）

とにかく一緒に旅をしていて、彼女たちの強靭《きょうじん》さに驚かされた。同じヒトという母胎から生まれ落ちたとは思えないほど、彼女たち確神の眷属《けんぞく》は強く、輝かしいいのちの光を放っていた。それは、星屑どころではない、旅が進み彼女たちがその異能によって、立ち向かってくる者すべてを屠るごとに心に煌《きら》めき、星を飲み込んで巨大化する月のように環璃の夜を照らすのだ。

「太古の昔、夜の都が栄えていたころ。星の時代がはじまるうんと前には、ここまで大津波が来たんだって言い伝えがあるんだよ」

と、小さな火をつつきながらテセレンが言った。

「月がもうひとつあった世のことね」

「そう、その月が熟れてこの地に落ちて大きな大きなくぼみを作った。だからこの世界は環の大陸とか、環の大地とか言われる。あのときから月は忌まれて、人は星をあがめるようになったってさ」

かつて瑠仏土《メルブド》のあった場所にも、ここらにも街道が引かれて大きな街がいくつもあったのだそうだ。それも、洞海から来た大津波にのみ込まれて、幾度も幾度も水に沈んで、波に引きずられるうちに、あぶくのように消え失《う》せてしまった。

「で、街がすべて引き波にのまれて沈む寸前に魚と婚姻を結んだ枝族だけがうろこと新しい口を与えられて、みんな東の竜宮で暮らし始めたんだって」

「海が近い地域にはそんな話があったのね。テセレンはだれに聞いたの？」

「仙人の末裔《まつえい》に。首里無にはそういう民がいっぱいいるんだ。彼らはわたしたちに協力的なんだよ。彼らも土兒九《ドルク》の支配下では隷属民だったから」

テセレンは環璃に興味があるらしく、積極的に話しかけてくれた。自分の名前が琴字《ヒン》では〝弓妹廉〟と書くことも、三股の枝族に北の草原から嫁にきた叔母がいたことも彼女の口から聞いた。

「世界は広いよ。津波にやられなかった土地もある。あんたが来た北原は、絶天山脈《アーシー》のおかげで塩の水がこなかった。そういう土地の民はまだ月の神《マニ》を奉っていたりするんだそうだ」

大きな月が小さい月を従えては巡る夜、星々を結んで編む夜の帳の下で一日一度の食事をとる。持参した乾燥イチジクと干し肉を小さなナイフに刺し、火で炙《あぶ》って食べる。時折干し肉の脂が火の中にしたたり落ちてジュッというい音がする。イチジクの甘みと塩漬け干し肉の味が口の中で脂とともに溶け出していくと、唇がぎらつき、環璃は自分が野生の獣に近づいていくような霊妙な感覚におちいった。心がもとにあった安定する位置に戻り、身が冴《さ》えていく。

なんとすばらしくおいしいのだろう、いのちというものは。

（不思議なことばかりだ、旅は身を引きちぎられることも多かったのに、そのまったく逆なことも起こりうる）

真珠の輿に揺られて運ばれた旅の道中、これよりももっともっと贅沢《ぜいたく》な食事を与えられてきた。拳《こぶし》くらいしか残らないと言われている特別な氷室の氷を削った蜜菓子《みつがし》も、三年に一度しか実をつけないという、霊芝玉《れいしぎょく》と呼ばれる赤ん坊の頭ほどの大きさの赤瓜《あかうり》をできたての牛酪で煮たもの（不老不死の妙薬だといわれて王侯貴族が愛飲した）を毎日飲んでいたこともある。なのに、旅の途中何度も思い出していたのは、チユギに初めて出会った夜に食べた塩味の粥《かゆ》なのである。

「フフン、一度味わえば忘れられないってことさ」

キャナが言った。

「自由という味は」

「自由」

「いろいろな自由があるが、中でもだれとでも対等に戦えるという味は、一度味わえば二度と忘れられない。人を狂わせるほど魅力的なんだよ。甘いという言葉に頂点があるとしたらそれさ」

はたして、キャナたちが言う自由の甘さという魅力について、環璃は夜を進むたびに徐々に実感することになった。

環璃たち一行は夜明け前に起きて進み、昼前に日陰を作って一度駱駝を休ませる。日の高いうちはなにもしないことが多いが、その昼にも街道に近づくにつれてやっかいなことが起こるようになった。土兒九軍と戦っていた夷丹《シエルタイ》兵や、土兒九の傭《よう》兵《へい》らが遊兵となって、そのあたりの集落や商隊を盗賊のように襲撃しているところに鉢合わせするようになったのだ。

「土兒九王が死んで、その後継者も二人一度に死んで、いま土兒九内部は大混乱だろう。雇われていた兵たちも、支払いがないとわかれば陣を去る。そういう奴らは根城に戻りがてら、少しでも損害を少なくしようと略奪を行う」

戦争が終われば傭兵はただの賊だ。環璃たちのような一行を見つけて、むざむざ見過ごすはずはない。

そんなとき、環璃は駱駝に乗り、できるだけ屈《かが》んで矢にあたるのを避けながら、金と銀の入った樽《たる》の番をする。気が早いテセレンが真っ先に飛び出していって、弓を射かけてきた者たちを、まるで小枝を鉈《なた》で落とすように首を狩っていく。そうなるともう、環璃のところまでやって来られる賊はいない。キャナが側にいてくれるのもあって戦闘中も不安はなかった。二度三度賊に襲われるうちになにをどうすべきかも心得た。ただ動かず冷静にいることが肝要だった。

「私のカミはもう顕現することもなければ、怒りだけで男を塵芥にすることもできない」

キャナが目を細めて、やや口惜しそうにつぶやいた。

「チユギがうらやましかったよ。戦を生業《なりわい》とするような輩《やから》相手に一歩も引かずに戦える。あの有名な『脊柱団《せきちゅう》』と呼ばれる傭兵の中の、めったに金で雇われることのない巨人《シ・グシャ》（将軍格の戦士）ですらチユギには敵うまい。カミが顕現することもなく片手で縊《くび》れるし、疲れを知らずに三日だって戦い続けられる」

実際、二十人やそこらの盗賊と化した傭兵と出くわすこともあったが、環璃が百も呼吸しないうちに賊の半分が息絶え、半分がその様子を見て逃げた。彼らはただただ、自分たちよりも貧弱で身体の小さい少年のような女たちが、たいした武器も持たないまま、麦の穂を刈るがごとく自分たちのいのちをうばっていく様に、信じられないと目を瞠《みは》っているしかなかった。幸運で少しばかり頭のよかったものだけ、すぐに足が動いてその場からいのちからがら逃げ出すことができた。

「同胞たちが戦う姿は美しいだろ？」

「ええ」

環璃は頷《うなず》く。チユギは、もう千年もの間戦場にいたかのような手練《てだ》れで無駄な動きがなく、テセレンは羽でもはえているかのように身軽で、男たちを上空から襲い、首の後ろに小刀を突き立て、その獲物が完全に息絶えるより早く、べつの獲物の両肩に足をかけていた。チユギはどこまでも無表情であったが、テセレンはずっと楽しそうだった。蹴鞠《フフク》あそびに興じる子供のように殺しつくし、逃げ出す男たちのあとを追っては、物足りなそうに戻ってきた。

「あれだけ対等に命のやりとりができたらどんなにいいでしょうね。怖いことがうんと少なくなって、楽に生きられる」

「その代わり、人里で長く暮らすのはむずかしい。私のようなカミを持つ同胞たちは人の世界に交じって暮らせるが、チユギたちはそうはいかない」

果ての山には何万種という確神が住まうという。そのすべてが、女をチユギのような強戦士《ラワト》にするわけではない。

（そうか、私が果てのカミに選ばれたとしても、必ずチユギのような戦士になれるわけではないのだ）

そう気づくと一瞬がっかりはしたが、それでも耳飾りひとつ自分のものをもたない環璃にとって眷属という力とつながりはただただうらやましく、キャナと彼女のカミがどのように世界を動かしてきたのかという話は興味深く、心ひかれた。

「ねえキャナ、胡周の王宮で出会ったときに見た、あなたのしている耳輪の美しさがずっとところに残っていたの。だから、再会してすぐにわかったわ」

キャナは驚いたように目を見開き、左耳の飾りにそっと触れた。

「これは、依頼主からの贈り物なのさ。彼女は私の幼なじみなんだ」

昔、キャナとその依頼主である女は、売られ売られて流浪の踊り子の一団で暮らしていた。しかし、十の歳になると公演が終わった後に客を取らされるようになり、やがてキャナは体調を崩した。体の一部が腐り始める病だった。

「客からうつされたのさ。いまでも、首まわりはやけどのあとのように縮み、耳と腕、肘《ひじ》の一部の肉はそげたままだ」

病にかかり、金にならなくなったキャナを団の主宰者はあっさり見捨てた。一方幼なじみはひいきに見初められて宮中にあがり、形だけ芸試を受け藩王《ジョグル》のそばに仕えていて、キャナの惨状を知らなかった。

数年後、旗主夫人として、何不自由ない生活を送っていた彼女の前に、突然キャナは現れた。カミをその身に宿す果ての戦士として。

「彼女は私の溶けた体を哀れみ、国一番の細工師を呼んでこの首飾りと耳輪を作らせた。私はその礼に、彼女の子以外の藩王の王子たちをすべて、だれに不審に思われることもなく病死させたのさ。この私の、確神の力で」

不運にも妃《きさき》の一人になれず、臣下に払い下げられたことを恨んだのか、それとも藩王の母として権勢を振るいたかったのか（一番上の息子が藩王の子であることは周知の事実だった）。キャナは多くを聞かなかった。ただただ、自分の失ったものを補おうとしてくれたことに感謝した。

「まずは、嵐の後にやってくる腹下しの疫病（腸チフス）を、毛布を使って蔓延《まんえん》させる。罹患《りかん》した者が使用した毛布や布類を使うと、健康な人間でも同じ病気にかかってしまうからな」

腹下しの疫病が宮中の人間の間にじわりじわりと広まっていく中、キャナは藩王の息子たちを死のくちづけで仕留めていった。弱毒性のキャナのカミは、遺体が異形になるほど食い尽くしはしないので、詳しく腑分《ふわ》けでもしないかぎりは流行中の病で死んだようにしか見えない。

そうして、旗主夫人の満願は叶《かな》った。みごと自分の子を藩王の座に据えることに成功した。

「数年は彼女はそれで満足した。しかしマア、人の思いは伝わらない。何年経っても新藩王となった息子が兄弟たち――彼女が旗主貴族と結婚してから産んだ父違いの兄弟たちを取り立てることはなかった」

旗主夫人がなんども藩王に、兄弟たちの能力を公平に評価してほしいと頼み込んだが、藩王が聞き入れることはなく、そのうち実母である彼女からも距離をおくようになった。

息子たちの出世の目を潰《つぶ》されて、彼女は怒りを禁じ得なかった。いったいだれのおかげでその地位にいられるのかと藩王の首元につかみかかって問いただしたかった。しかし、それはできない。この秘密は彼女が一人、墓までもっていかなくてはならないのだ。

「……そして、また、あなたの出番がやってきた」

新たな依頼が必要だった。夫人はふたたびキャナと連絡をとった。そして懇願した。目の前に金と玉を山と積みあげて。

『藩王の子が生まれないようにして。男は生まれないようにして。思い知るがいい、今日の自分の地位がだれのおかげであるのかを！』

キャナはただただ、言われたとおりに、藩王の子を殺しつづけた。

（あの人畜無害そうな藩王の周囲で、そんな事情があったとは）

たしかに、胡周の王宮に入ったとき、環璃は女官頭から、当世の藩王はまだ決まった妃も跡取りとなる男子もいないと聞いていた。自然の成り行きではなかったことを今更ながらに環璃は知った。けれど事実を知ってもなにも感じない。

（彼らは時の神の暦に従ってこれからも生き続けるのだろうから。自分ではあまり考えず、なにもかも暦に定まったきまりどおりに）

あの藩王のことだ。もしあのまま環璃との間に子ができていたとしても、自ら帝にならんとして極都へ上ったとは思えない。とてもそんな気概がある男ではなかった。彼だけでは無く、胡周という国自体がそういう気質なのだ。

環璃がだまってキャナを見続けているので、彼女は不思議そうに笑った。

「なにを考えているんだ？」

「なにも、ただ、その耳飾りが本当に美しいと思って」

「そうだろう。そのとおりだ」

キャナを特別哀れに思ったりはしなかった。彼女の過去はすでに金と玉とに覆い包まれていた。

なにより、キャナもまた、チユギたちと同じ自由を手に入れていた。常人にはない力をもち、己の知恵と合わせて動けば狙った獲物は必ず仕留めることができる。彼女の口づけは男をじわじわとむしばみ、女の胎内にいる無垢《むく》な子供ですらあの世へ追いやってしまう毒をもつ。

（わたしも欲しい。自由になれる力が）

その力が、手をのばせば届くかもしれない距離にある。新しい最果て、首里無という街に。

「お前を瑠仏土まで助けにいくか、いかないか、長老会でずいぶん長い議論になったようだよ。お前は皇后星で、そんな女をひきとるとなるといろいろやっかいだからね」

「そう、でしょうね……」

「チユギがだいぶ動いたらしい。あいつは邑長《リンジー》たちからも一目置かれている。果ての古参でもあるし、最強の確神をもつ戦士でもある。ちょっととっつきにくくて恐れられてもいるが、なにより長い」

「長いって？」

「果てにいる時間さ。だれよりも果てを知っている。果てだけじゃない、世界のすべてを知り尽くしているように見える。マア、あれほどの力があればなにも恐れず旅ができるし、いろんな国の仕事も請けたんだろう」

純粋に、チユギがそこまで自分のことを思っていてくれたことに、環璃は心の海が急激に満ちるのを感じた。満ちて、あふれて、そこにあったしょっぱい水がまぶたを押し上げる。

「ちょうど、我々果ての同胞たちにも、土兒九へ行く事情ができたところでね。瑠仏土の閹人《えんじん》からの依頼があった」

そうして、セジュたち瑠仏土で謀反《むほん》を起こした閹人たちと首里無の眷属たちが結びつき、報酬などさまざまな条件がまとまったので、土兒九の王族だけを「消して」しまうことになった、というわけだ。

おそらくあの夜の怪異も、表向きはセジュたちによる襲撃ということになっている。一夜で最前線の街が消滅し、王が消える（おそらくは暗殺された）という怪異に襲われた土兒九軍は次々に戦場を放棄し、戦線からの撤退を続けているという。実際、このあたりの情勢はひどいありさまだった。環璃たちが乾海を踏破してきた間、行く先々で逃げ遅れた土兒九の兵たちが皮を剝《は》がれ、晒《さら》されているのを見た。

「ともかく、仕事は終わった。あとは夷丹に任せて、我々は首里無へ向かえば良い。環璃、あんたは逃げたんじゃない。瑠仏土で謀反を起こした闍人たちによって無残にも放逐されたんだ。いまごろこの砂漠で野垂れ死んでいてもおかしくはない。だれも捜さないさ」

そんなことを話しているうちに、砂の上に屍《しかばね》を残したまま、二人が戻ってきた。なにもなかったかのように、四人は旅を続けた。そういうことが繰り返された。

首里無とはどんなところなのか、首里無という地名を、環璃はいままで一度も聞いたことがない。そう彼女たちに告げると、酒を口にして気分が良くなったのか、チユギが珍しくふっと笑いかけた。

「大昔は、大仙山と呼ばれていた僻地《へきち》だ。いまは私たちのものになっている」

「〝わたしたちのもの〟」

その言葉のもつ力強い響きに環璃は一瞬で心を摑《つか》まれた。そんなふうに言葉にしてみたいという思いが急激に膨らんで息ができない。環璃は羨望《せんぼう》の目で彼女たちを見た。

「確神の民はもう飛び地をもっていたのね」

「豊かな土地ではない。我々の〝果て〟に限りなく近い荒れ地だ。絶天山脈は鎮神のおわすところ、果てのように蠢神《しゅんじん》のすみかではないが、その代わりに旧《ふる》きを知る人々がいる」

鎮神は火山活動のない山の神、対して蠢神はつねに火や煙を噴いている山だ。いつだったかチユギは、〝果て〟は毒の煙につつまれていると言っていた。環璃の棲《す》んでいた月端にも、蠢《うごめ》く山から隊商がやってきて、硫黄と呼ばれる黄色い粉を山と積んで都へむかう街道を目指して去って行った。あれを燃やすと毒の煙が出るが、硝石と混ぜ合わせると強力な火炎玉ができる。山に棲む人々はそういう知識に優れ、多くはそのまま都で召し抱えられたと聞いていた。

「この東環《ひがしのよのわ》は、都へ近づけば近づくほど豊かになる。帝の一族である帯《タイ》氏と、外戚《がいせき》である摂《せっ》政《しょう》家の伏羲《フツキ》氏は五大金山をすべて手にしているし、それさえあれば帝国の権力は揺るがない。金とひきかえにあらゆるものが都に流れ込んでくるようになっているんだ」

「金……。金がすべてを決めているのね。いったいどうして、人は金を求めるのか、わたしには不思議なの。金は銀より価値があるのだと、だれが決めたのか」

「人間は光ってるものが好きだからなあ。玉や硝子や絹、高級品はみんな光る」

のんびりとした口調でテセレンがいう。

「まあ、わたしらにはカミのほうがよっぽどきれいだと思う。もう玉をほしいなんて思わないもの」

「なぜなのかしら。私だって金や玉がそんなにいいものだとは思えない。いったいいつから、金山をもつ国が強くなったのか」

チユギは視線をそよ風のようにふうっと流しながら、

「燦《サン》の歴史は何度も書き換えられていて、だれも本当のことは知らない。本当のことを知っているのは、逆に都から離れた場所に住んでいる、文字を持たず口伝で言い残していくような一族のほうだろう」

「では、わたしの月端のような」

「そうだな。あるいは世界中に散らばった仙《せん》の末裔《まつえい》のようなものたちだ」

「我々果ての眷属たちも、昔は仙に近い存在だったのかもしれない、っていうよねぇ」

大昔には数おおくの仙がいて、王や庶民に交じって暮らしていた。彼らは人よりも長い時を生き、歳をとらないことで人の世の物欲やしがらみとは無縁でいられたから、その豊富な知識や行いはつねに人々から尊敬され、ときには信仰の対象にもなった。

いつの世からか、彼らは人の世から消えた。最初は人里から離れた険しい山の奥深くに棲み、そこからめったに姿を見せなくなった。そのうち伝承になった。なぜ仙人は人よりも長く生きられるのか、いつから存在したのか、どのように生まれ消えるのかは後の世に伝わらず、ただただおとぎ話のようなものだけが、口伝えでかろうじて残っているだけであった。

「真実というものは、現在という一瞬にしか存在しないってことさ」

キャナが言う。

「その時代に正しいといわれたことも、時間が経てばそうでなくなることもある。古びた真実を真実と思い込んでいるものは、心の中の時が止まっている。外はどんどんと時間が過ぎていく。やがてその差が身と心を引き剝がし、自分自身ではどうにもできなくなる」

（真実）

真実について、環璃はいままで一度も本質がどういうものなのか考えたことはなかった。けれど、普段から自分の意見と見識を持ち、さまざまなことに考えが及んでいる彼女たちのことを純粋にうらやましいと思った。

いくつかの戦いののち、ゴニ街道沿いの街を駅馬車で進んだ。白い駱駝は売り払い、積んできた金銀はテセレンとチユギが赤子のように軽々と背負った。その荷は街や街道筋の集落に立ち寄るたび少しずつ少なくなり、彼女たちが危機に備えていくつかに財を分散して蓄えているのがよくわかった。

「はやく首里無をこの目で見たい」

ゴニ街道沿いの小さな宿で、久しぶりに椅子に座って椀《わん》にたっぷりと入った汁物をすすりながら、環璃は意を三人に伝えた。

首里無は徐々に近づいている。事実ゴニ街道を北上し、キムタン高原をさらに越えて、馬のひく幌車は徐々に仕入れたもので埋まっていった。奉天南路とぶつかるヤルンの街を過ぎれば、目の前に空と地を割った神の鉈と呼ばれる絶天山脈がそびえ立つ。その山頂は空に溶けるがごとく白く、境目は黒い。山と山の継ぎ目の谷がないので、ここから人の足で山を越えて向こう側にいくことはほぼ不可能である。地の果て。ある意味ここが、果ての果てでもあるのだ。

「首里無に同胞たちが入植したのは四十年ほど前のことだ。最初は十人の小さな村だった。カリカントのように人の捨てた廃屋を中心にして、山奥に身を隠して暮らした」

泥炭地帯ゆえに作物が実らず、人が去った一帯は、皮肉なことに湿気と日陰を好む確神が勢力を伸ばすのに適していた。ここで二十種類以上もの確神が根付き、ただ人を眷属にした。

「いままであらゆる土地を廻って、苗床を、確神の根付ける場所を探してきたが、首里無ほどうまくいった場所はなかった。入植は進み、同胞も増えた」

「ただ、首里無には荒ぶる神は現れなかったんだ」

テセレンが荷台にあぐらをかいて、長靴の革紐を取り替えながら言った。

「強い殺傷能力を持ったカミってこと？」

「そうだ。だから、移植を渋る長老たちもいる」

「カチカチ頭たちの考えそうなことだ。むやみに確神の苗床を動かしては、果てのヤマそのものが滅びる可能性があるといっているらしいなァ」

「でも、いつまでもあんな毒の噴き出す山奥にしがみついていられないよ！」

果ての長老会は、希望していたような荒ぶる神が入植しなかったのを残念に思っているが、比較的穏やかな神であっても新たに飛び地ができることは喜ばしい。そういうカミの眷属たちは、キャナのように長らく人里で暮らすことができるからだ。

（チユギたちの国も、変化のときを迎えている。これから行く首里無は、新しい国なんだ！）

昼は交替で御者台に座りながら、環璃たちはひたすら絶天の麓の首里無を目指した。環璃は隣で手綱を握るチユギと、迫り来る神の鉈を見上げながら、一日中飽きることなく話した。人と話そうと思うことが、これほどまでに自分を深く満たすことを環璃は初めて知った。この長い旅の間、環璃はほとんど無口だった。話したい人間や興味よりも、いつも人への不信感、恐怖のほうが圧倒的に勝っていたからであった。

そして、瑠仏土を後にして13日目、ついに環璃はそれを目にした。

「あれが、新たな世界の果て……」

思わず息をのみ、眼前に広がる絶天という名の世界の壁を見上げた。いま、遥かなる果てに環璃はたどり着こうとしていた。自分の足で、意思で選び取れる未来がここなのだという確信のような震えが身をつつんでいた。

「ここが新しい国。女が犯されない、男よりも力を持つ、虐げられたものたちの居場所」

とうとうたどり着いた。果ての果ての、そのまた果てに。もう滅びた故郷の幕屋で、月の血を流す女のための小屋で、年老いた女たちに聞いた幻のクニに。

「わたしは、来たんだ‼」

感極まって泣きむせび、叫び出したかった。

ずっとここへ来たかった気がする。輿でどこかへ運ばれるのではなく、自らの足で。ずっと環璃は歩いてたどりつきたかった。もうあの真珠の輿に押し込められて知らぬ男の臥所《ふしど》に運ばれるだけの人生ではないと、環璃の心ではなく身体が自由という力を求めて飢えていたのだった。そうしなければ爪の先ほど残った最後の自分まで狂って終わってしまいそうだった。

身体をモノのように扱われ、手段のごとく使われつづけることがどれほどの痛みであるのか、環璃は旅を進めるごとに知った。それはある意味国を奪われ、夫を奪われ、子を奪われるよりも強い痛みと無力感だった。なにひとつ自分のものをもてず、なにひとつ自分で決めることなく、子を孕《はら》む以外に先もない。ひとつの国を越え、一つの知らぬ男の臥所をあとにするたびに、環璃はいのち続く限り肉の身をもって守っているはずの自身の魂さえ、飴玉《あめ》のようにかれらの口で、舌で、ねぶられ溶かされ、他人に消化される体験をした。自分の大事な心の一部を、他人に咀嚼《そしゃく》され排泄される。そんな感覚を、おそらくこの世の多くの女性や被使役民たちは毎日味わっている。かれらは自分たちがただただしゃぶり尽くされて終わるだけである事がわかっている。いったいいつまで……？

「わたしも力が欲しい」

「環璃」

「そしてかならず、わたしを虐《しいた》げたものたちを殺す」

いま、小さな囲炉裏の中で消えゆこうとしている火をじっと見つめた。

「決めたの。彼らがそうしてきたように、わたしもそうする。わたしを虐げたものたちを殺す」

「……で、どこからどこまで殺すかは、決めたのか？」

キャナがゆっくりと白濁酒《コバ》を飲み干した。環璃はキャナを見た。彼女は環璃を見ず、遠い昔を思い出すように、瓶の中の白濁酒をのぞき込んでいた。

「どこから、どこまで？」

「だってね、私たちは統治できない。望んでいない。万が一、お前が首里無で眷属を得て極都で帝や帝心中たちを皆殺しにすることができても、その後、あの巨大な帝国を統治する機能がいる。都が落ちたとわかれば、瑠仏土のように今までの敵が雲霞《うんか》のごとく極都に押し寄せてくるだろう。そうして、どうする？」

「それは……」

「それとも、殺すだけ殺して、統治はほかの藩王に任せるか？」

「…………」

キャナの言葉に、環璃は顔を上げられず、しばらくじっと自分の手を見続けた。そうだ。あまりにも大きな歴史の動きの狭間《はざま》に居続けたからか、先を見通すことを忘れていた。

チユギと出会ってから、いつか自分もあのようになり、燦の都と人を滅ぼして、女帝として君臨するのが望みだと思っていた。しかし、キャナの指摘するとおり、一人で統治はできない。軍と官僚がいる。そしていまそのどちらもほとんどが男だけで構成されている。そこが問題なのだ。

（でもこんなことは、終わりにしなければ。わたしが荒ぶる神に選ばれなかったとしても、小さな楔《くさび》を打ち込んで散り絶えることはできるはずだ）

「……ここから始める。もう一度、息子を取り戻し、たとえもう彼に触れられなくなっても、わたしは戦うわ。そして終わらせるの。古い世界を。だれかがだれかを支配し続ける限り、だれかが重い武器を振るえる力があるかぎり、暴力がある限り続こうとしている、このしくみを」

ああ、叶うのならばあの絶天山脈をも砕き割れるほどの力を持つカミに選ばれますように。それが叶わなくても、カミに選ばれればキャナのように戦い方を選ぶこともできる。そう、戦えるのだ。力を持てる。抗える力を。そして報復する力を。大きな変化を生む力を。

「ねえ、そうよねチユギ。きっとわたしは選ばれる。戦える力をもつカミに！　そしたらすぐにでも極都をあの瑠仏土のように灰にしてやるわ。なにもかも殺し尽くして、弱きものたちを暴力の支配から解放して…………」

「いいか、環璃。よく聞いて」

人が変わったようにはしゃぐ環璃に、チユギは諭すように言った。

「どんな権力を有していても決して干渉できない源流がある。人が必ず死ぬように、絶対的な王も広大な帝国も変化していく。春を惜しんで留めることができたことは有史以来一度もない。ものごとは動く。どのような短い現象にも連続性がある。いま、それが起ころうとしている」

チユギの言葉は、環璃が普段聞き慣れない表現が多く、その意味を頭が理解するためにじっと耳を凝らしているしかなかった。

「具体的に言えば、武器の発明がそうだった。利便性を追求した結果、刃物が出来それが凶器になった。そこから、人の命はたやすく、武器を振るえる者に支配されるようになった」

「……武器」

「私はずっと考えていた。力がなくとも、武器が進化すれば時代は変わるのではないか、と」

チユギが御者台で手綱をもつ手が、固く、強くにぎりしめられた。

「我々が帝国に追いやられた果てでは、硫黄とよばれる毒が噴き出す山だ。しかし、いつしかその毒の塊を欲しいと言い出す者が増えた。火薬が発明され、やがて大砲ができた」

環璃は、瑠仏土の城塞の上部を取り囲んでいた数え切れないほどの大砲を思い出した。大砲の威力や科学の進歩がめざましいことは、環璃のような辺境にいる部族の耳にも入っていたから、あれが伝え聞いた、城を数人で壊せる破壊力をもつ兵器かと目を瞠《みは》った。

「女や子供の手で扱える強力な兵器ができれば、なにかが変わる。自由とは抗える力だ。いままで弱きものは生来抗う力をもたなかったから、暴力に支配された。そしていま暴力に対抗する力が生み出された。これからもっと軽量の武器が開発されていくだろう。もし、我々がヤマの恵みの力を得て、火力兵器を大量に保有するようになれば、いまのように眷属の数だけに縛られず、確神の恩恵を得られなかった人々も自由に抗える」

「でも、私たちが扱えるものなら、それはいまの軍隊をもっと強くするだけではないの？」

チユギははるか前方を見つめたまま、風をのみこむようにして頷いた。

「そのとおりだ。だからこそ、火薬の原料を握らねばならない」

「火薬の、原料」

「かつて鉄と銅が覇権を握った時代があった。しかし、その時代ははるか後ろに過ぎ去った。そして火力兵器開発への流れはもう止まらないだろう。私たちが望むと望まないとにかかわらず。いま、潮目にいる」

鉄の塊である剣をふるうことは、ほとんどの女子供には不可能だった。だからこそ暴力に屈し、支配され続けてきた。しかし、火力を扱えればどうか。大砲のように一撃で城門を壊せるほどの武器がこの手にあれば、この世の支配の法則は変化を迎えるのかもしれない。

チユギの口ぶりでは、その大きな潮目を生み出した火薬の原料を、果ての山が有していることに運命的ななにかを感じていることは明らかだった。

（そうか、今まで確神の力があるとはいえ、選ばれるものは少数だった。確神の苗床を守るにはヤマに戦士が駐在する必要がある。それが彼女たちをヤマに縛り付けていた。でも、だれにでも扱える武器がこの世にあれば。そして、新しい武器によって弱きものたちが、同等に、力をもてるように変化すれば！）

なにもかもが変わる。その潮目に環璃は居合わせ、舵取りさえできるかもしれないのだ。

（変わる、変化する。力が生まれ、それらがわたしたちをさらに変える。強きものへと。ああ、わたしが望んでいたことはまさにそれだ。ただ帝を殺すだけではない、ただ自分が強い戦士になるだけではない。息子を逃がすだけではない。変化をもたらすこと。いまのこの、奪い取られるだけの生しか与えられないことに、楔《くさび》をうつことだ！）

そのためならばなんでもしよう。まずは首里無へ行き、カミに選ばれるのだ。自分自身がなにかを実行できる力を手に入れるのだ。

そのとき、空の彼方《かなた》から、雷のような轟音《ごうおん》が響き渡った。首里無はあと半日の距離にまで迫っていた。ここで雨に降られるのは不運だと環璃は思ったが、空はどこまでも青く澄んで雨雲の淀《よど》みはない。

（この音は、どこから）

環璃の側でチユギが立ち上がった。荷台に座っていたテセレンとキャナもまた、轟音に気づいたのか、御者台の近くまで駆け寄ってきた。

「まずい……」

いつも平然としているキャナが珍しく焦りを隠さず叫んだ。

「引き返せ、チユギ！」

車輪が巻き上げる土埃《つちぼこり》のはるか先、絶天山脈の麓が、赤く燃えていた。まるで小さな星が燃えながら降り落ちたかのように山にぱっと火炎があがり、地揺れとともにとてつもない爆音を運んでくる。

「ねえ、あれ、首里無の方角だよね……」

テセレンが瀕死の獣のように苦しげに身をひねった。

「なんで首里無が、燃えてるの……、こんなの……いったいだれが……」

ちょうど丘陵のてっぺんになっている位置にチユギは急いで馬車を移動させた。幌の上に飛び乗ったキャナが、首里無の方角ではなく、その反対の方を念入りに眺めていた。あちらはゴ二街道の枝道でもあるクンカム山路に至るまでの平原である。

「見ろ、轍《わだち》がある。数え切れないほどのだ。こんな遠目でも見えるというなら、馬車なんかじゃない。もっと重いものをいくつも運んだんだ」

「大砲……」

チユギが呻く。

「大砲で、首里無を焼いているのか！」

丘陵から見下ろす万漢《バフ》平原から絶天山脈にかけて、キャナの言ったように無数の轍が山麓《さんろく》の一点をめざすように集結していた。そして、それらの兵はまるで強固な城塞に挑むかのように、何重にも砲兵団を組み、首里無の街を放射状に囲むようにして展開していたのだった。

「一万以上いる。どうして……、どこから……、だれが‼」

「見ろ、あの旗を」

キャナがゆっくりとした、優雅にも見えるしぐさで前方を指し示す。その黄金と玉に飾られた指先が示す先に、同じ旗を掲げた一団があった。

「風神万去……」

「夷丹の……、どうして夷丹軍が！　夷丹は首里無と同盟を結んだのではなかったの⁉」

環璃は、瑠仏土からこのいまいる丘陵まで続いていたあらゆる行路に、そして乾海に、泉地に、皮を剝がれた土兒九兵の遺体が放置されていたのを思い出した。そしてその行進は、彼らの手にした武器を墓標に、彼らの顔と誇りの象徴である神の入れ墨をも見世物にしながら進んだ。それを、勝利の行進だと環璃たちは考えていた。いままで自分たちを虐げてきた憎い敵に、とうとう復讐《ふくしゅう》を果たした証《あかし》だと。

（違う、彼らの本当の同盟者は、首里無じゃなかった。彼らが望んだのはこの絶天までをも含む広大な北蛮域を完全に掌握すること。そして、自由と引き換えに手に入れた……、あの無数の大砲を‼）

そびえ立つ山の一斜面を、あっという間に火の海にしてしまうほどの火力をもつ砲兵団を、たかだか土兒九相手に追い込まれ窮地に立たされていた夷丹一国が一朝一夕にどうにかできるものではない。

あれは帝の力だ。燦帝国の兵力が、夷丹に加担しているのだ。

「夷丹が裏切った‼」

テセレンが泣きそうな顔で口元を覆った。

「そうとしか考えられない」

「あの大砲の出所は、帝国か。我らはずいぶんいいように動かされたな」

たったいままで環璃が目指していた新天地、自由と対等の象徴であった集落は、みるみるうちに火によって吹き飛ばされ、活火山のように轟音と粉塵につつまれていた。やがて、環璃たちの進んできた街道近くも、その脇街道にも、首里無の方角から逃げてきた人々が押し寄せてきた。みな悲鳴をあげ、死に物狂いで子や親の手を引きながら駆けてゆく。

「同胞たちの救出は無理だ、チユギ。首里無は諦《あきら》めろ」

「ここにはいられないよ。はやく戻ろう、果てへ！」

まだ首里無の方角へ馬車を向けているチユギを、キャナとテセレンがたしなめるように叫ぶ。

「だが、あそこには〝母なるものら〟の子たちが……！」

言いかけて、チユギもまた、この現状ではなにもできないと判断したのだろう。馬車を反転させ、来た道を戻ろうと素早く御者台に飛び上がった。

（おかしい、なぜこの街道は整えられているのに、轍がないの。首里無から逃げてくる人がこちらに来ないのはどうして）

環璃たちが来たのは死の砂漠だとはいえ、ゴニ街道脇にはいくつもの泉緑地集落が点在している。親戚筋を頼って南下してくる人々がいてもいいはずだ。しかし、行く手にも、来た道にも避難民の影はない。みな、この道だけを避けるようにしてきれいなまでに別の方角へ逃げていくのだ。

傾いた日が、絶天の斧《おの》の先に裂かれて、いままさに血しぶきをあげようとしていた。火と黒煙に色づいた山の斜面は、潰れた太陽のとびちった内なる熱によって炉の中のよく燃えた炭と同じ色にかがやいた。それは、遥か昔に人が住むことができない高さに押されたにじんだ血判のようで、すでに色あせ、鉄色を帯びていた。

西北の方角からゆっくりと、環璃たちのいる丘陵を目指して近づいてくる一団があった。ほかにも、燃えている首里無の方角からも、いま来た乾海の方角からも、そして、奉天南路のほうからも迫ってきた。気がつくと四方を囲まれていた。環璃はチユギたちを逃がそうと振り返ったが、もうそれもできないことを知った。いま、迫り来る兵は目視でも千はいる。一方、チユギたちは三人。キャナがほとんど戦力にならない以上、テセレンとたったふたりで千の兵士を相手にするのは、さすがの確神の強戦士といえども難しいと思われた。

「待って、わたしが話をする」

目指していた絶天山脈を、そして今日という日の死の血判を背にして環璃は一段と高く旗を掲げる一団のほうを向いた。

この東環を表す、一帯八旗十六星幾万。燦という輝かしい名を持つ、この大陸の東ほとんどを統べる巨大な帝国。炸裂《さくれつ》する光と、飲み込まれる星を描いた一国の旗。その旗のすぐ右隣に、見慣れぬ一枚の旗が翻《ひるがえ》っていた。

環璃は目を瞠った。白い大きな布地に、血しぶきのような赤い斑点《はんてん》が散っていた。それが、まだ小さい子供の手のひらであることに彼女は気づいた。

（わたしの子！）

軍旗に使用するような大きさの広大な布に、まだ二歳ほどの幼児の手形が無数に押されている。

どのようにしてその旗を作ったのか想像して、環璃はこみ上げる吐き気そのままに嘔吐《えず》いた。苦くて酸っぱい胃の腑《ふ》の汁が、環璃の感情そのままに口からこぼれおちた。

（わたしの子、わたしの子の手だ‼）

あいつらは……、嗚呼《ああ》、あの旗を作らせようと思いついたこの世の鬼は、わたしの子の手を何度も何度も、何十回も、何百回も血のような色の朱に染めさせ、押したのか。きっと嫌がっただろうわが子の手首を摑《つか》み、引きずるようにして何度も何度も。子が泣きわめいてもいやだと抵抗しても、大人の力で羽交い締めにして、きっと小さな手が腫《は》れ上がるくらいに、昼となく夜となく小さな手を押しつけたのか。

「ご無事でよかった。皇后星下、お元気そうでなによりです‼」

土の上に両手をついて、なにもかも果たすことができなかった苦みを吐き出していた環璃の上に、聞き覚えのある声が降り注いだ。その声が、あまりにものんびりとした、くったくのない普通の声だったので、環璃はここがこの世の果てに限りなく近い荒野であることを忘れそうになった。

顔を上げて立ち上がろうとしたが、膝《ひざ》が震えてうまくいかなかった。側にチユギが駆け寄って来る。

「環璃、立てるか、いま……」

「……チユギ、離れて。あなたはここにいてはだめ！」

全身にわずかに残っていた力をかき集めて環璃は叫んだ。

「あいつらが用があるのはわたしだけよ。わたしが行く。あなたは逃げるの！」

膝を立て、地に手をつきぐっと大地を押すようにして環璃は立ち上がった。目の前で、環璃の子の手形を無数に押した旗が降ろされていた。彼女を皇后星下と呼んだ男が、軸から外した旗を手に、まっすぐ環璃のほうへ向かって歩いてくる。

「……圭真《けいしん》……」

「大事なものをお届けにあがりましたよ」

いつも人なつこい表情を浮かべ、賢いくせにどこか抜けていて、実に人間らしいおかしみを憶えさせ、親しみさえ感じていた男。烏爬で出会い、土兒九で再会した、万旗大学寮から派遣されてきたという官僕。正確には官僚の地位を求め、一時的に環璃の世話をするために雇われているだけの大学士の男だった。はずだった。

「ほんとうに、お元気そうで、顔色もよくてよろしゅうございました。よい旅だったようですね」

いまこの世に産み落とされ立ち上がったばかりの幼い獣ですら、いまの環璃よりも力強く立てただろう。それほど環璃は打ちのめされていた。なにも言えず、言葉を紡ぎ出そうとしても先に苦い汁が喉《のど》を逆流しそうになって息が詰まる。そんな環璃を、圭真は心から心配しているという風に顔を曇らせ、寄り添おうとするそぶりさえみえた。

「さあ、お待ちかねのものですよ。これで少しはお心が晴れればよいですね」

「あなたは……、最初からわたしを監視していたの……？」

でも、胡周ではこの男はわたしの側にはいなかった……。ずっと側にいたわけではない、そこまで思い巡らし、環璃はある可能性に思い当たった。

（首里無と夷丹が手を結んだころだ。そして、その情報を摑んでいた帝心中は、夷丹に、さらに首里無を裏切らせるように仕組んだ……。圭真はそのころ、私のもとを離れ、動いていた……。きっとそうなのだ）

「瑠仏土で死んだと思っていたのに、……そういうことなのね」

はじめから、圭真は帝心中の人間だった。見抜けなかった環璃の目は節穴同然だ。

「あなたはわたしに嘘をついていた。諸国を放浪し、職をさがしている大学士というのも、うそ」

「嘘ではありません。朱の庭に集うのは、万旗大学寮で学んだ優秀な若い者たちだけですから。それに、僕たちに正式な官位はない。あくまで、おそれおおくも帝上のご心中を拝察し、自主的に動いているだけだから、庭などという些末《さまつ》な呼び名しかないのです」

どこまでも、遠出を楽しんでいる道中のことのように圭真は語った。

「まあ、それでも斑《まだら》の里の強さに手を焼いていたのは確かです。それで強硬策一辺倒だった方針を変えることにした。そんなとき、この北蛮地域でほとんど覇権を失いかけていたかつての雄、夷丹族が土兒九に滅ぼされそうだという話を聞いたんですよ。王朝までたてた名門の一族が落ちぶれて新興勢力にしてやられる話など珍しくもなんともないが、追い詰められたネズミは意外と使いどころがある。彼らの集団がほとんど土兒九の倒滅政策によって闇人となっていることも好都合でした」

夷丹は闇人たちを通して首里無に近づき、果ての確神や彼女たちの新しい里について探った。すると、徐々に集まってくる情報によって首里無には、チユギたちのように戦える眷属はほとんどいないことが明らかになった。キャナのような弱毒性の、人と交じって暮らしていける同胞による新しい集落だったのだ。

「ならば、この遠征に〝母なるもの〟は必要ない。どうにも僕らは近年後手後手で、どんなに屈強な男の兵団を送り込んでも、斑の戦士にしてやられてしまう。まあ瑠仏土の一夜を目のあたりにすれば、まともにぶつかろうという気にはならない。だからあなたと同じように子供を人質にとって、女だけの兵団まで作ったのですが、いったいどんな幻惑の術でも使ったのか、せっかく果て《トー》にまで送り込んだ密偵も、次々裏切っては敵の兵士になっていく。心底手を焼いていました。それに比べればあの首里無の街に集う斑たちの力は弱い。火力だけで潰せるのなら、こんなに楽なことはない」

「そんな……」

環璃が新天地だと、対等な同盟者になることによって、手にしようとしていた自由の象徴は、いま一方的に新兵器によってなぶり殺しにされ続けている。刃《やいば》を交えることも、カミから授けられた能力をふるうこともなく、遠距離から火の玉を投げつけられ、彼女たちが苦心して移植したカミの苗床ごと燃やし尽くしているのだ。

「さあさあ、あなたは難しいことは考えなくてもいいのです。めんどうくさいだけですからね」

圭真は子供に言い聞かすように優しげにささやき、震える環璃を持ってきた旗の布で包み込んだ。

「これからは好きなだけ、あなたの子をお側に感じていられますよ。ここから極都までの道中は長い。幸せを感じる瞬間がたくさん必要だ。ああそうそう、ご子息には別の家へお移りいただきました。最近はなにかとぶっそうなのでね……」

圭真が合図をすると、彼の背後に控える帝の親衛隊《チョーリー》たちが、白く輝く大きな塊を運んできた。

それが、かつて環璃が瑠仏士に捨ててきた真珠の輿だとわかったとき、体中をこすられ続けて引きちぎられるような痛みがふたたび彼女を襲った。

「……私がこれに乗れば、彼女たちを襲わないでいてくれるのね？」

「むろんです。ここで斑最強の戦士とやりあうつもりはありません。瑠仏土の二の舞にはなりたくないのでね。ただし、必要とあればしかたがないとは思っています」

もし、チユギたちがここに居る千の親衛隊を壊滅させられたとしても、いま首里無を攻撃している一万の騎兵と砲兵団すべてを相手にすることは難しい。圭真はそれをわかっていて、堂々と身分を明かして環璃を迎えにきたのだった。

環璃はいま、自分の身を包んでいる我が子の手形が無数に押された布をあらんかぎりの力で握りしめかき抱いた。

「行って。わたしの同盟者たち。わたしはもう一度この輿に乗る！」

チユギは返事の代わりに手綱を大きく引き、馬に進む方角を教えた。荷台にいるキャナとテセレンの姿も遠ざかる。テセレンは最後まで環璃の名を呼び、かならずまた会えるからと叫んでいた。

親衛隊は、彼女たちを追わないだろう。追う必要も無い。彼らはチユギたちと真剣に相対するときは、女を、母たちを使う。自分たちは幾重にも守られた極都の最奥の庭に集い、決して表舞台には出てこず、ただこの世界のどこで血を流させようか、だれとだれを争わせ、どのように力を削《そ》がせようかを机上で密談し決める。朱の庭で。

「さあ、行きましょう。あなたを極都へご案内する日を待ち望んでおりました。とうとうわれらが偉大なる燦の帝上にお目通りが叶います。皇后星下！」

真珠の輿へ向かって、環璃は望まぬ一歩を踏み出した。ああ、ああ、わたしは、また足のないものになるのだ。まるで大きな貝の中に潜り込んで出られず、もがく小石のようになるのだと。

（自分の足ではどこへもゆけないものになるしかないのだ。ふたたび、みたびあれに乗れば）

環璃は最後に一度、二度と届かぬ自由となった神の鉈を見上げた。山は万年前と同じように悠々としてそびえ立ち、環璃になにも語りかけなかった。

第7章　極都《サーナリスヒーン》

子守歌を歌った。

一族に伝わる猛々《たけだけ》しい歌を。銀色の毛に覆われた珍しい背の高い羊や、宝石のようだと言われる八角の角を持つ山羊《やぎ》、馬よりも大きなクジャク、どんな鋼《はがね》よりも硬いくちばしをもつ鷹《たか》をあがめて神とする古い一族の国の名を月の端といった。

いまはもうない、滅びた国だ。

「私は、瑪瑙《めのう》のかんむり鹿の一族の女王《フーダ》。右角に月を、左角に星をからめとって神になった。神は美しく、ひとは醜い。神は尊く、ひとはいやしい……」

腕の中に子はいない。確かにこの腹から産んだ子はどこにもいない。なのに、いま環璃《ワリ》は赤子や幼子の泣き声や、甘えるような声や、この世の苦しみなど何一つ知らないというような朗らかな笑い声を聞いている。母親たちがかれらに与える乳から香り立つにおいに囲まれながら。

ここは、極　都《サーナリスヒーン》にほどちかい砦都市《チナム》のひとつである。新設されたばかりの街は『盾の街《カンタリ》』と呼ばれていた。

街は活気にあふれていた。どの通りも子供たちが遊ぶ声が響き渡り、風呂屋《ふろや》からも、かまど場からも煙が立ち上る。環璃もよく知る懐かしい人の暮らしの匂いだ。たったひとつ、違和感があるとすれば、この街には成年の男がいないということだった。

「カンタリの街に住むのは母と子、そしてその祖母だけです。母親は戦士となって働きに出ていますが、その間子の教育と家は年老いた祖母が面倒を見ます。昔は祖父もいっしょに暮らしていたこともあったらしいですが、男というものはどんなに歳をとっても男でいたがる。これだけ女子供の多い街ですから、素行の悪いご老人もいてね。問題になって完全に男子禁制となりました」

環璃を乗せた真珠の輿《こし》がゆっくりと大通りを進む。真向かいに座るのは圭真《けいしん》だ。彼はもう、勤め先に悩む年若い大学士の仮面をかぶらず、環璃の前でも狡猾《こうかつ》な官吏のまなざしを隠さない。口の中でゆっくりと干した鹿の肉をしゃぶりながら言う。

「瑠仏土《メルノド》の街と正反対なのね」

「そうとも言えますね。ここには隷役《れいえき》も閹人《えんじん》もいません。みな強制されているわけではない。まっとうな職を得て、その対価として住む家と給料を与えられ暮らしている」

「〝母なるもの《マーテル・ウーム》〟ら」

環璃は、彼の言葉を切るために鋭く、冴《さ》え冴《ざ》えと返した。

「そんなの、人質をとっているだけじゃないの。果《ト》ての民には男の軍隊は通用しない。だから、彼女たちを徴集し、子供を産ませ、とりあげて、自分たちのいいように動かしているのだわ」

通り過ぎてきた土兒九《ドルク》の、乾海《トウハトゥーン》のローランにも同様の都市があった。砂漠の中にも第八夷隅緑地《カリハデ》と呼ばれる集落があった。それらはすべて、兵役につき母なるものらとなったものたちの子や母親が住んでいた。

（わたしと、同じだ）

環璃は輿の中から注意深くそれらの街を観察した。一見、喜びにあふれた市井の一角に見えるが、彼らは自分たちでいまの状況を選んだわけではない。それぞれ故郷に居場所がなくなり、徴集され帝国の兵士たちの一夜の相手となり、正式な結婚を経ずして母親となった。相手からの庇護《ひご》がないので、子を育てるためには親を呼び寄せ兵士とならねばならない。

「そうはおっしゃいますが、彼女たちには住む場所もある。世の女性で賃金をもらえる人間がどれだけいるでしょう。労働力に対してきちんと給料を支給されること以上に人間として尊重されることがありますか？」

「それは……」

言われて、環璃は返す言葉を持たなかった。世の女性たちのほとんどは、嫁いだ先で家事に追われ、その労働力を換価できないまま一生を終える。それに比べれば、賃金を払われている母なるものらたちのほうがよほど自由を得ているのではと、環璃ですら感じてしまったからだ。

「自分たちが考え出した施策だから、ずいぶん自信があるようね」

「自信もなにも、合理的だというだけです。実際、逃亡する兵はほとんどいない」

「逃亡できない仕組みがあるからよ。自分たちがとらわれているとさえ感じさせない仕組みが」

「それは、幸福のひとつなのでは？」

環璃は思わず圭真を凝視した。

「あなたは男の代わりに女を同士討ちさせると非難するが、給料日に酒場に繰り出し、好きなものを食べて暮らせる生活を提供することがそんなにも悪辣《あくらつ》非道なことでしょうかね。私はそうは思わないです」

話は平行線をたどった。圭真たち帝心中は、母たちを戦場に送り続けることを是だと公言してはばからない。だからこそ、あえてこの街へ環璃を連れてきたのだろう。

（たしかにここから、この街からなにかが変わっていくのかもしれない）

家庭で家事をする人生しか必要とされてこなかった女性たちが、まがりなりにも男と同じ職を得て、対価をもらうということは、体を売って金をもらうこととは全く違う意味をもつ。

これがチユギの言う〝変化〟なのだろうか。彼女は、いずれ軽量化された大砲のような飛び道具が発明されれば、女性が暴力に立ち向かう手段を得るだろうと言っていた。いままでは毒の山だった彼女たちの〝果て〟が資源の宝庫となり、武器が女性に手段を与える。抜け目のない帝心中のことだ。もうとっくに火薬を使った軽量武器の開発にも着手しているのだろう。そうなれば、子どもも、老人さえもが兵力になる。

中型の石弩《いしゆみ》を背負い、勇ましげに胸当てをつけて環璃の乗る輿を警護する彼女たちを、いまはもうただ哀れむ気にはなれなかった。

「極都はここからすぐですよ。きっと驚かれると思います。なにもかもまばゆく、金と白とに囲まれたわれらが楽土」

誇らしげに圭真が言う。環璃は無言で、折りたたんで肌身離さずもっている、我が子の手形が押された旗を握りしめた。

*

数十万粒の真珠を得るためには、その何十倍もの真珠貝の口を無理矢理開かねばならないという。そうしてこじ開けられ取り上げられた真珠をかき集めて、この輿は作られた。おそらくはこうして皇后星を乗せ、華やかに晴れやかに都の大門である十重の門をくぐるときのために。

極都は二本の大河が交差する極めて珍しい地形の上にできた都市である。四方から流れ来たりまた四方へと去る吾江《あこう》と算天水《さんてんすい》の上流、大十字江とも呼ばれ、東環《ひがしのよのわ》の水運の要として古来常に商業が盛んであった。

燦《サン》の帝国の支配が長くなると、この豊かな帝都に住まうことが人々の憧《あこが》れと成功の苗床となった。圭真が言ったとおり、白い巨石を積み上げて作られた壁は光をはらんでさらに輝き、その周囲をぐるりと囲むように等間隔に植えられた黄金色の葉をぎっしりと茂らせた街路樹が、どこまでも続く白い壁をさらに神々しく引き立てていた。

(これは、見たものの心を奪う城だ)

環璃は輿の窓越しに初めてこの目で見る極都に圧倒されないでいるために、目を見開きじっと黙っていた。

丘陵地を背にしてそびえ立つ宮城《グフラ》、二本の河と運河がそこを中心に扇形に巡らされている見事な巨大な都市。城壁をひとつくぐり内側へ入るたびに、人々の身なりはよくなり、馬車や輿をつかう人間が多くなっていった。

（いままでずっと、月端《げったん》から連れていかれた場所を極都だと思っていた。でも、違う。あれはきっと周辺にある砦都市のひとつだったのだ）

いままで、烏爬や胡周といった比較的大きな国の都はこの目で見てきた。どちらも藩王《ジョグル》の居城があるというだけのことはあり、人口も多く商活動は活発で地域の中心らしい賑《にぎ》わいを見せていた。しかし、この都はそれらとは比べものにならない。

「十重に白い石で囲まれた地区は、帝上のおわす万星旗太極殿を中心におよそ二十の旧市街と、十六の新市街とに分かれています。宮城を囲むようにして掲揚された旗は、燦の帝国に朝貢する国々の旗や、一帯八旗十六星ら旗主貴族らの家旗、族旗、辺境の藩王国旗を含めると五千はくだらないと言われています」

誇らしげに圭真が言葉に言葉を重ねる。まるで、このときこの台詞《せりふ》をいうためだけに雇われた役者のようだ。

一番外側の城門から、数え切れないほどの無数の族旗がはためいているのが見えた。あれらはすべて、この燦帝国に従属するものたちの数そのものなのだ。

「皇后星往来、九叩頭《こうとう》、第一首貴栄品拝礼！」

どこからともなく、地響きのような声がした。すると、輿の進む方角から人々がばたばたと立ち去り、大通りからずいぶん離れた脇に座り込み深々と額《ぬか》ずいた。

その様子はさながら人のつくる波のようで、環璃はあっけにとられながら、地面に頭を九度こすりつける都人たちの間を通り抜けた。

やがて、第二の白亜の門が開いた。

「太白門です。この区画は、九品以上の地位を持つ旗人のみ行き来することを許されています」

「拝礼、皇后星往来、七叩頭、第一首貴栄品拝礼ー‼」

れっきとした貴族の一員である彼らですら、環璃の乗った真珠の輿を前にしては道を譲り、その場にうずくまり命じられたままに叩頭するしかない。同様に、八度門をくぐり抜けるまで、彼らの顔を一度も見ることはなかった。

環璃の乗った輿は、過ぎた時間のようにそっけなく彼らのそばを駆け抜けた。それらの距離はまるで、両者の時は交わらないことを暗に示唆しているかのようだった。ひとたび門を隔てて生まれれば、彼らは同じ街に住みながら一生会うことはないのだと圭真は言った。

事実、門が閉じられるとその向こうの街から聞こえていた生活音はまったく聞こえなくなった。たった一枚の門と壁に隔てられて、まるで世界まで切り取られたかのようだ。

「あの白い絶壁を越えて万星旗太極殿に近づくことは、死に近づくことでもあります。我々は運が良かった。極都に三代住んでいる者すら、入り口の大門近くに立っている旗を見ることも難しいと言われるほど厳重に守られた特別な空間に、帝上の学友というだけで入ることができたんですから」

環璃の知る限り、燦々たる金出ずる帝国は盤石な権力の上にあった。太い運河江と豊かな金山が生み出す富は、帝国にあらゆる蛮族らが決して抵抗できないほどの絶対的な兵力を保持させた。

（金……、ここでもやはり金や銀が力を持つ。金が算出されるかによってこんなにも国力がかわってくる。なぜ、ヒトは金や銀を重要視するのだろう。どうしてそこまで輝きにこだわるのか。こんなにも絢爛豪奢《けんらんごうしゃ》な光る城をつくりあげてまで）

圧倒的な金の力によって、辺境の藩王国は次々に膝《ひざ》を折り、燦帝国に服従を誓った。時折謀反《むほん》を企てる国がまったくないわけではなかったが、それらも長い冬を耐え春を待ち、やっと芽吹いた木の芽が野獣に食い荒らされるように、あっというまに跡形もないくらい踏み潰《つぶ》されて消えた。民という富は、帝国軍に協力した周辺国に腑分《ふわ》けをするように与えられた。

この大いなる仕組み、と圭真は言った。大いなる仕組みは今後も変わることはないだろう。帝国は、周辺国から定期的に母なるものという新たな資源を吸い上げることに成功した。彼女たち戦力は増強され、そのうち火力という新たな軍備も備わって、チユギたちの果ては首里無のように焼かれるかもしれない。そうなったとき、彼らは母なるものらをどうするのだろう。

（わたしなら、わたしなら……、彼女たちと手を組む）

なんとか、〝母なるものら〟の代表者たちと接触できないだろうか。いまは、帝心中の思惑によって同士討ちさせられているだけで、元は同じ奪われ続けた女だ。

もっとも環璃がこの場で思いついた程度のことを、チユギが気づいていないはずはない。彼女たちは帝国が本気で自分たちを潰《つぶ》しにかかってきたことをとっくに知っている。首里無が焼かれたことで、いよいよ帝国との全面対決は避けられなくなっただろう。はたしてどんな手で彼女たちはこの大いなる仕組みを壊しにかかるのだろうか。

思っていることを圭真に悟られないよう、環璃はわざと違う話題を口にした。

「あなたたち帝《みかど》心中は……、帝の学友だと言ったわね。みな、いずれ要職に就くために集められた旗主貴族ではないの」

「あの巨大な門の外側にいると、内側のことは憶測しか流れないものです。多くの民が、というかほとんどの民が、我々は裕福な名門の子弟で、就くべくして権力の座に就いたと思っているでしょう」

「違うの？」

「……大変遺憾ながら、先々帝の御代から、この国は外戚《がいせき》一族による専横政治が行われてきました。いまの帝が帝位におつきあそばされるころには、すでに彼らは同じ一族の名を冠するというだけで顕位に上り、権力を独占していたのです」

伽藍《がらん》という国がある。燦帝《さんのみかど》の母であった独夏《どつか》太后の出身である伏羲《フツキ》氏が治める豊かな南の国だ。燦と同じく二本の大河に育《はぐく》まれた、天現七カ国のうちもっとも豊かで広い領地をもつ。

いつのころからか、この燦の帝国では、外戚である伏羲氏の摂政政治が行われるようになった。すなわち、いつの世も皇后は伏羲氏の一族から輩出するようになり、幼くして帝位に上った親王は、権力を保持するため後見である伏羲の一族にすがるしかなくなったのだ。

「都では、伏羲の一族に連なるものでないと要職には就けない時代になりました。我々の父も、祖父も、どんなに能力があって万旗大学寮で優秀な成績を残してもなんの意味も無い。一生を無位無冠で過ごすか、地方へ赴き藩王国の官吏職を求めるしかない。我々が帝の側仕えにあがった三十年ほど前には、この金の都にはそういう無念が渦巻いていたのですよ」

出世の道を絶たれた圭真の祖父や父は徐々に酒浸りになり、女遊びや遊興を繰り返し自ら才能を潰していった。圭真が生まれたのはそのような父親のだらしない生活の果てのことであったという。

名門に生まれながら、ものの数にも入っていない子と環璃に言ったのはまったくの嘘《うそ》ではなかったらしい。

「どんなに努力しても、才能を磨くために献身しても報われないのならば、仕組みから変えるしかない。帝上は我々の気持ちをだれよりもよくご存じでした。我々が帝心中と呼ばれるように、帝は我々の才気に報いてくださった」

三十年かけて、ただの側仕えだった少年たちは知恵をつけ、宮廷を、権力を知り、そしていまの帝心中を作り上げた。無冠ゆえ居場所もなかった者たちが、小さな宮廷の庭で広大な帝国領を盤上の駒のように動かすようになったのだ。

「……どうやって強大な伏義氏を牽制《けんせい》したの？　当然、彼らは帝の皇后を一族から出そうとしたのでしょう？」

注意深く、探りを入れていると感づかれないように環璃は輿の窓から外を見ながら言った。

「そうですね。……それも、すべて帝上の思し召しのままに」

一瞬ひやりとした間が狭い輿の中に満ちた。環璃は気づかないふりをして、地面に額《ぬか》ずき決して環璃の姿を見られない人の群れに視線をとどめた。

「とっくにご承知のことでしょうが、四カ国回ってご懐妊なさらなかったことで、貴女《あなた》は最後に帝の閨襟のお相手を務めることになった。それがどういうことか」

「わかってるわよ。帝と寝て、子どもができなければ処刑されるんでしょ」

「それは……」

さすがに返答するのははばかられるのか、圭真は言葉を濁した。つまり、そういうことだ。これから二月の間に子を作らねば、環璃は死ぬ。

あの故郷を襲撃された夜から一年の月日が経った。まだ乳のにおいに包まれていた幼い息子と引き離され、自分を見つめたまま胴と切り離された夫の首を胸にかき抱いて連れ去られた日から、環璃は祈っていた。この世のありとあらゆる不幸が降り注ぎ、愛した相手は理不尽に奪われ、手に入れた側からすべてを失うようにと。その呪った相手にいまから抱かれにいく。

世界を回っても、だれよりも遥《はる》かに旅をしても、その時間は環璃を強くしてはくれなかった。火薬が生み出した新しい時代の兵器も、戦士となった母たちの存在も環璃には遠い話だ。

世界を水没させた大津波さえ届かなかった僻《へき》地《ち》から引きずり出され、山を、砂漠を巡りいくつかの滅びを目にした。それでも、環璃に力はない。そばにいてくれる友も支援してくれる仲間もない。手を握ってくれる存在はない。環璃のものはなにひとつない。環璃がどんなにここにいるすべての命を残酷な神に捧《ささ》げて自分を取り戻そうと思っても、きっともう叶《かな》うことはないのだろう。

諦観《ていかん》を下着のように着込んで人は生きていく。圭真らのようにだれかにすくい上げられ本懐を遂げられる人間などほとんどいないのだ。いったいどうすれば嘆かずにいられようか。これから一生、なにも得られないことを、叶わないことを知りながら、なぜ生きていけるのだろう、人は。

（人は）

「皇后星往来、三叩頭、第一首貴栄品拝礼！」

圭真が狭い輿の中でも椅子から降り、向きを変えて頭を輿の床につける。三度彼は額ずき、五度顔を上げて帝の尊称を口の中で唱えながら拝んだ。

「わたしはしないわ」

月が割れるほど激しく銅鑼《どら》が打たれ、城壁の上に掲げられた八と十六の旗がいっせいに向きを変える。それはまるで風向きさえ、帝の力をもってすればたやすく変えられると万人に知らしめるかのようだった。

（見たことも無い男の名を、教えられた歌のようにくちずさんだりしない）

そして、最後の城門の中央に掲げられた巨大な王朝旗、『燦翼章』。あまたの星々を飲み込む炸裂《さくれつ》する光。

あれらは消えた人の命だ。命を飲み込むことで、この帝国はごく少数が本懐を遂げながら暮らせるような仕組みを成し、生きながらえてきたのだ。

ならば、わたしの命は唾棄《だき》されることを願おう。

（汚らしくうち捨てられてもいい、あの中のひとつになるくらいなら）

自分の命は惜しくはなかった。ただただ、母なるものらの街にこだましていた子らの笑い声と、最後に聞いた息子の泣き声だけが環璃の心に見えない傷をつけ、まだ生きていることを教えた。

あと、二月ほどの命しかないのに、生きている以上、環璃はまだこんなにも苦しむ。

（まだ続く、いのちという名の、終わることが確定している旅が）

「この宮城内、どこに行かれてもかまわない、と帝はおおせです」

胸に星の煌《きら》めきを描いた官服、つやのある黒の帽子は五品という上殿を許される位階をもつことを表し烏冠《うかん》というのだそうだ。それらのお仕着せにいちように身をつつんだ二十人ばかりの若い男たちが、いま環璃の目の前に平伏している。

「皇后星下、お望みをお申し付けください」

「お申し付けください」

同じことを繰り返すから烏というのではないか、と内心環璃はおかしくて笑い、つい緩みそうになった頬をあわてて引き締めた。

不思議なことにこの宮城内は、どこを歩いても旗のはためく音がする。まるで一族のだれかが見張っているかのようでもあったし、はたはたという忙《せわ》しなげな音が、殿上人たちの権力争いにつきものの密談を隠すためにも都合がいい。この音にかき消され見過ごされてきた陰謀は幾万もあったのだろう。

いま環璃が立っている足下ひとつとっても、紫色の天鵞絨《ビロード》の敷き詰められた床はやわらかでひとから体温を奪わない。しかし、この下にはいくつもの血のしみがあるはずだ。どの柱にも見事な彫刻が刻まれ、螺鈿《らでん》や銀箔《ぎんぱく》が施され視界のどこかが常に煌めいているが、どこかに刀によって切りつけられた傷がきっとある。

ここはそういう場所だ。何百年も、この場所にいるためだけに費やされた無為ないのちの消滅が無数にあるはずだった。

「宮城内を見て回りたい」

と言った環璃の望みを、まだ見ぬ帝はあっさりと許可したらしい。あの側仕えの男たちがことあるごとに望みを言え、望みを言えと言うので、豪奢《ごうしゃ》だが贅《ぜい》以外なにもないからっぽの部屋を抜け出して、この万星殿のあらゆる場所を見て回ることにした。

むろん、ここでも滑稽なまでに金と銀と玉とで身を飾られた。

「朱の庭へ連れて行って」

環璃の要望は、側仕えの者たちにとって困惑極まるものであったようだ。しかし畏《おそ》れ多くも帝から許可を得ているのだ。彼らは恐る恐る環璃を、宮廷の東にあるこぢんまりとした回廊に囲まれた庭に案内した。

野ざらしになり風に洗われた骨のような白い色の石が敷き詰められ、側の回廊には上部も下部も人ではなく水が流れる仕組みになっている。庭全体が水時計のしかけになっており、ここにいるものはこの国で一番正確に、しかも早く時間を知ることができるのだ。

中央に寄り集まった水はそこから一段下の庭の外へ大きく流れおち、つねにざあざあと忙《せわ》しなげな音を立てていた。

なるほど、これは声を外に漏らさない仕組みなのだと気づいた。ここで話されていることに聞き耳を立てることは難しい。壁の上にも下にも水が流れ、真ん中にはぽつんと粗末な石の卓が置かれているだけで、身を隠す草木も装飾された柱もない。そのさらに周囲を高い石の壁で囲まれているが故に、ここにたどり着くまでに迷路のような回廊を回り道しなければならないため、攻め込んできた他国の兵がこの小さな一画に迷わずたどり着くことはほぼ不可能だ。その上、どんな矢も外からは届かない。この卓の上に広げられたものを見ることができるのは上空を飛ぶ鳥ぐらいのものだろう。

「ここは、十代の帝天芒《てんぼう》帝の御代に作られたといわれています。天芒帝は無類の星将棋好きで、祝座と呼ばれるこのような卓を極都中に作らせました。おかげで、将棋をするものが増え、市井の間にも帝という存在が一番強いのだと子どもでもわかるようになったと伝えられます」

星将棋は星王と月王が夜の覇権をかけて戦う盤戯で、もともとは日の帝と夜の皇《おう》が戦うものであったのが、太陽を司《つかさど》る帝を名乗ることは許されないゆえに、たとえ遊びであっても、それぞれの陣地の将は星王と月王に変更されたという伝承がある。

「かつてましろの都を支配した夜の王国……、夜明王朝の名残かと思っていたわ。昔はみな月の神を奉っていて、夜が世界を支配したといわれているわよね」

「……伝承にすぎませんがね。なにせ記録もなにも残っていないので」

石の卓の上を、圭真はゆっくりと懐かしげに撫《な》でた。

「もう三十年も昔のことです。我々、塵星《ちりぼし》はここで帝のお相手をしました。彗星《すいせい》のことを塵の尾といいますが、我々は毒味役もかねていたので、ある日突然ふうっと消えてしまう者も多かったのです。それで、このお役目のことは古くから塵星と呼ばれました。私たちは明日《あした》死ぬかもしれない身で、毎日飽きずにあれこれと言い合いながら盤上では死力を尽くして戦うのです。ここにいるときだけが喜びだった。この狭い庭の、小さな卓の上の五目の盤上では、我々は塵ではなく、一国の将でした」

圭真にとっては思い入れ深い昔話だろうが、環璃には、それは野望を胸に秘めた少年たちが絶対権力者との距離を密にしながら、人を支配するすべを身につけていく、よくできたおとぎばなしのような遠い世界の話だった。

「ここで毎日、公平に戦いながら、我々は叡智《えいち》をもつことこそがすべてだと学びました。この世には、世に合わせた効率の良い支配の法則があり、それをほんの少しずつ応用するだけで、たいして労力も割かずに、まるで盤上の駒をあやつるがごとくに、はるか遠い辺境の蛮族どもの数を減らすことができるのですよ。たとえば、我々とは違う種族を支配するときは、このように」

圭真は、まるで愛用の筆に触れるように、そこにあった玉製の駒を手に取った。星の顔をした尾のある駒で、星狼という先鋒《せんぽう》を務める役目がある。

「必ず、相手には一番よく動く駒がある。この駒は一番よく同胞から見られている。だからこの駒を叩《たた》くのに力を尽くす。それで戦は半分勝ったも同然です」

星狼を自陣地近くに置く。その前には月の顔をした鳥の駒がある。

「異種族を潰すためには、なにも全員殺す必要は無い。異種族が異種族である理由だけを取り除いてやればいいのです。よくやるやり方は、『信仰』を捨てさせることです」

「……信仰を捨てさせるだなんて」

環璃は思わず圭真をにらんだ。

「この世で一番難しいことだわ。神を裏切ることよ」

「しかし、瑠仏土は我々の手に落ちた。実際貴女の世話をしていたあの閹人たちは、信仰を捨てて我々の側に付いたのです」

「いったいどうやって……」

「種明かしをしてしまえば単純なことですよ。選択肢を与えるのです」

星狼の駒の周りに、樹木、花、高坏《たかつき》をかたどった駒が並べられた。

「そして、税を払うか問えばいい」

「税ですって」

「異種族に神を捨てさせるには、税を払うかどうかを選択させるのがいちばんいいのです。みな、それまでは口々に戦う理由に神の名を唱え信仰を見せつけますが、隣人よりも多い税を払うぐらいなら神を捨てる。大いなる叡智はそのことを我々に教えてくれる」

圭真が星狼の駒を指ではじくと、あっさりと倒れた。そして、代わりに月の顔をした狼に置き換えられる。そのあまりにもあっけない、あっという間の出来事に環璃は震え上がった。実際、彼らはたったいまやったように、指ではじくくらいの感覚で、人を、国を潰してきたのだ。

「選択肢を与えられると、人はその中から答えを選ぼうとするのです。そういうことを知っているだけで相手を思うままに操ることができる。多くの種族、民族が税を払いたくない個々の人々によって枠組みを内側から壊されて滅びていきました。土兒九の支配は甘かった。彼らに選択肢を与えず、根こそぎ奪ったからです。それでは彼らは牙《きば》を剝《む》くしかない。ほんとうの支配とは、牙を剝く以外の選択肢を与えそれを自主的に選ばせることで、喜んでこちらに同化させること」

そして、まさにその逆の流れによって王朝は滅びるのだ、ということを環璃は話の流れから悟った。

（絶対権力者による支配が長くつづくと、王に支配されるのを嫌がった人々は、神という存在しないものに支配されたがる。そこへ新たな宗教の解釈者が現れ、王の支配から逃れるために人々はその存在を受け入れる。

支配を逃れるために生まれた宗教が、民族の枠組みとなり、別の戦争の原因を生み出す。

そして戦争では勝ち負けが必ず起こる。敗者は神を捨てる。土児九のやったように強制的になにもかも奪えば、いずれしっぺがえしがくるが、自主的に捨てさせればそのようなことは起こりづらい。そうして絶対権力者による支配、すなわち王朝は続く。新たな信仰が生まれ、彼らが神を捨てるまで……）

「識字文化が誕生してからこの世の歴史を蓄積し記録し続けている星見台が言うには、どの国でも、そのような民族同士が争う地域でも、人の歴史はこれらの繰り返しだそうですよ。支配・支配の失敗・神の創造・戦争・そして支配……、そう思うと我々にできることは、この戦争と戦争の間をできるだけ長くし、支配の失敗が起こらないよう、人々が新たな神を作り出すことがないように心を配ることだ。たったそれだけで、大きな戦で枠組みが壊れ、混沌《こんとん》が生まれるのを防ぐことができる。失敗すれば、土児九のような悲劇がもっと大きな国で起こるでしょう」

圭真の言うことが本当だとすれば、帝心中はこの世の歴史を細かく分析し、いま考え得る最善の支配の法則を編み出した。そして、そのやり方を徐々に実践し、やはりこれがもっとも良き帝国運営であると手応えを感じた。

（辺境の蛮族を滅ぼし、異教の藩王国に選択肢を与えたふりをして狭い国に封じ込め、そこにいることが幸せだと思い込ませた。思えば、烏爬も胡周も、独自の教え、風習に盲目的になっていた。あれらはやはり、帝心中が与えた〝選択肢〟だったんだ）

夜、環璃は部屋の中にしつらえられた湯殿で身を清められながら、昼間、あの朱の庭で起こったことをゆっくりと、乾いた肉を口の中で唾液によって解《ほぐ》し、かみしめるように考えた。

（彼らの年齢からすると、帝心中が朝廷の実権を握ったのは、ここ十年くらいのことなのだろう。彼らは帝の代替わりを恐れている。圭真がわたしの行くところ行くところついて回ろうとしたのも、わたしが本当に懐妊するかどうか、いち早く情報を朱の庭に伝えるためだったんだ）

環璃がどこかの藩王国で懐妊すれば、次の帝は子の父である藩王、そして男児が生まれれば世継ぎは環璃の子になる。そうなればいまの帝心中は失脚するのではないか。

（いや、長い間上帝として、院政をしいた帝もあった。帝心中の狙いはそこかもしれない。わざと藩王国から出たくないような国を選んで皇后星を巡らせ、環璃が懐妊しても、藩王のほうから国を出ない選択をさせる……）

環璃の出会った藩王たちは、みな用心深く、言い方を変えればいまの国の王でいることで満足していた。胡周の藩王は、たとえ環璃が懐妊しても、時の神《スルリ・マジ》の暦が許さなければ極都には来ないだろうし、それは烏爬の藩王も同じだ。

つまり、はじめから環璃がどの国で懐妊しても、帝が院政をしき帝心中が引き続き権力を保持できるように準備されていたのだろう。

「ほんとうに、盤上の駒を動かすように、ものごとの先を読んでいたのね」

夜の膳《ぜん》をとる間も帝は現れなかった。身を清め、染めの無い新しい裳衣《タン》に身を通し臥所《ふしど》にお召しがあると聞いていよいよ燦帝本人に会えるのかと期待もした。しかし、そこには広々とした毛皮の敷き詰められた寝殿があるだけで、渡り廊下のひさしにぶら下がる玉をくりぬいて作った灯籠《とうろう》が、わずかに部屋の中央にしつらえられた紗幕《シオ》もない寝台を浮かび上がらせていた。

(ちがう、この向こうにだれかいる)

暗がりでよくは見えないが、垂簾《すいれん》の向こうに人の気配を感じた。環璃は振り返り、自分が入ってきたほうを見た。圭真たち帝心中と呼ばれる紫の官服を着た男性が十余人、彼らは垂簾の向こうに気を配っているように見える。

かすかに鈴の音がした。つづいて、ニャアンという猫の鳴き声が響く。

(帝がいる)

そう直感でわかった。ただ環璃を寝所に案内するだけなら、ここまで帝心中が雁首《がんくび》そろえて居並んでいるはずがない。圭真が手を振ると、それを見ていたように渡り廊下の奥から男性たちが部屋に入ってきた。帝心中と違って、みな顔の覆面をしていない。全員がその場に膝をつき、拝礼、拝礼といういつものかけ声とともに、その場に穴でもあけようかという勢いで額ずく。不思議なことに、十四回の礼が終わったと同時に、うすぼんやりとしていたあたりが急に倍ほどの明るさになった。周囲に焚《た》かれる火の量が増えたのだ。視界が切り開かれた内臓のようにはっきりとする。

「この者たちは……」

「今夜から、皇后星下のお相手を務める者たちです」

素晴らしい代案を思いついたかのように、圭真はほんの少し声を張った。

「畏れ多くも帝上は、星下が今まで各国を巡り、決まった相手と強制的に閨《ねや》をともにされてきたことに大変お心を痛めておられました。星下はまだお若く、そして一口に閨の相手といえどもお好みがございましょう。よって、星下の故郷、月の端あたりに住まう者たちに聞き込みを行いまして、星下のお好みになりそうな若い男を選別し、今宵侍《はべ》らせてございます」

「好み……、ですって」

鈍器で頭を殴られたような衝撃に、一瞬目の前が白んだ。目の奥が熱をもち、やがてこめかみのあたりに火箸《ひばし》でも押しつけられたような痛みを感じた。

「この男たちと、寝ろというの？」

「みな、名門の血を引き、万旗大学寮で優秀な成績を残した見目麗しい者たちばかりです。出自の卑しい人間はひとりもおりません。ご安心を」

『是が非でもあなたはここで孕《はら》まなければならない。生き残るために』と圭真は言っているのだ。

「……そう」

ここで声を荒らげて気持ちを表明できるほど無垢《むく》でいるには、環璃はあまりにも多くの無遠慮な壁とぶちあたってきた。壁はただそこにいるだけで環璃の行く手を阻み、追い込み、そして道を断つことで環璃が搾取されることを無言で肯定した。そして環璃はえぐり取られ、それでもまだ価値があるうちは皿の上にのせられる。

「……わたしが選んでもいいの？」

「ええ、ええ、そのとおりでございます」

「ここにいる誰でも？　何人でもかまわないのね」

「お望みならば」

「それを、帝はわたしにお許しくださるのね。誰を選んでも良い権利をわたしに」

「確かにそう承りました」

「ありがとう。そう聞いて安心したわ」

ひさしぶりに腹の底からおかしみを感じて、環璃は自然と微笑んだ。

「では、わざわざ来ていただいて悪いけれど、いま入ってきた者たちを全員さがらせてちょうだいな」

「いえ、ですが……」

今度は圭真のほうが、なにかに殴られたような顔をした。

「わたしは、今夜あなたたち帝心中と寝る」

何か言いかけた圭真を遮って、環璃は御簾《みす》のほうを振り返った。

「あなたはそこにいて、お上。わたしは誰と寝てもいい、相手を決められるとあなたが許した。ならば、ここで見ていてくださいな。あなたの大事なお友達たちがわたしとここでまぐわうのを。……もしくは」

環璃は早足で御簾に近づいた。

「あなたも、ご一緒にいかが」

環璃の考えていることをすばやく察した賢い圭真が、慌てて見目麗しい男たちを部屋から追い出した。退出しろ、という声が重なり合い、まるで大きな塵箒《ちりぼうき》のように人を追い払っていく。環璃はかまわず御簾に歩み寄った。そして、誰かが止めるのも聞かずに、果物をもぐようにそれをむしり取った。

上等な絹が裂かれるときは、女の悲鳴のような音がするものだ。うす萌黄《もえぎ》色に染められ銀をたたきつけられながら揉《も》まれ、まるで天上の雲のようにやわらかだった御簾は、あっけなく空間を隔てるものではなくなった。

（これが、この男が、燦帝国の帝……）

紗幕の向こうに、一人の男が座っていた。玉がちりばめられた紫檀《したん》の椅子は、紛れもなく帝しか座ることのできない座であった。そこにいた男が帝であることは明白だった。けれど環璃はその目で見たものをにわかに信じることができなかった。

「ひかり……？」

薄闇に、ぼんやりと浮かび上がる霊魂のような肌をしていた。体を包む衣はゆったりとした夜着で、正式な皇帝のみが身につけることができる玉帯をも略した姿だったが、額を締め付けるような金の環が、普段はそこに重たげな天冠をのせていることをだれしもに窺《うかが》わせた。

そして、環璃を驚かせたのは皮膚の輝きだけではなかった。帝は髪までもまるで老婆のように銀色だった。眼窩《がんか》をふちどるまつげは針のような鋭さをもって闇に浮き、唇に色はなく、よく見ると袖《そで》から露出している腕は環璃よりも細く、その手の爪は紙のように薄かった。

（瑞兆物《ずいちょうぶつ》だ）

この世に命を受けたすべてのものには、まれに白銀の肌をもって生まれてくる変種が存在する。それは人間や獣だけではなく、植物や虫でも同じである。銀《しろ》い亀や銀い馬、銀い虎は生まれればよい兆しの証として、時の権力者への捧げ物にされるのが常であった。

「どうかお許しくださいませ、帝上！」

「お許しくださいませ‼」

姿があらわになったことで、圭真たちはそこで律儀にも、環璃を咎《とが》め立てることより、帝に拝礼することを優先した。この調子では、戦場にあっても帝の天幕が風でふっとぶたびに、剣を置いて飛蝗《ばった》のように拝礼するのだろう。

「なぜ謝るの。畏れ多くも帝の許可はいただいているのでしょう？」

さらに環璃は銀色の帝に近づいた。闇の中で彼の顔は仮面のように浮いていた。

（この男）

この銀の男が欲しい、と環璃は思った。この男もまた、数十万粒の真珠の輿に乗せられ旅を続けた自分のように、十重二十重《とえはたえ》の石の壁に守られただうやうやしく傅《かしず》かれながら、傅かれるだけだったのだろう。わたしのように、仰々しい名で呼ばれるだけで、自分で行く手を決められず駒として他人の手で動かされてきたのだろう。

この男、星を統《す》べる光、昼間の頂点に立つ男のなんとまばゆく幽鬼のごとき姿だろう。環璃は目が離せず、心から喜んだ。彼がそのような存在であることを。

「この者たちと寝たいと思います。お上の許可をいただきたく存じます」

環璃はその場に膝をつくこともせず、立ったまま言った。燦帝は環璃よりもずっと背が高そうであったが、それでもこの巨大な帝国を統べる男よりも高い目線で話していることが不思議だった。

「この者たちはお上が選ばれた選《え》りすぐりの精鋭たち。その能力は疑いようもないはず。わたしの役目はお上の選ばれた男と寝て子をなすことなのではないのですか」

「…………」

燦帝はなにも言わず、色の無い石柱のような目をうつろに環璃のいる方角にむけているだけのように見えた。耳は聞こえているのか、目は見えているのか、それすらもわからない。

「わたしは死ぬ。子をなさなければ二月後には処刑される。そのように言われて故郷を引きずり出されてきました。わたしの夫は、わたしと乳飲み子をかばったまま首を切られました。あの真珠の輿に乗せられてしばらくは夫の首を抱いていましたが、取り上げられてどこかに捨て置かれました。その顔を知っています。だから、あの者たちが選んだという夫に似ている男ども……、どのように選別したか存じませんが、どこも似てはいない。首を切ってくだされば、最期の顔と似かようかもしれません。あるいは苦しみもがく顔ならば」

圭真を見ると、なにを言い出すんだこの女は、という顔をして凍り付いている。なんとも愉快でこんなに胸のすく話はないと思った。

「わたしに夫に似た男を与えたいとおっしゃるならば、あの者たちの指の一本や二本切り落としてしとねを共にしとうございます。生まれたばかりの赤子の顔が似ているように、ひとは皆、苦しみもがく顔は似ているものでございますよ。ごらんになりたくはありませんか」

「…………」

「ああ、いいえ、お上はあの者たちに誰よりもお心を許してこられたのですよね。お上のために心を砕き、命をも差し出して献身する者たちを、お上も愛《いと》おしみ信頼してこられたのですよね。そうしてなにもかもお許しになられた。辺境に住む者たちを蛮族と呼び、戦を仕掛け人を吸い上げ命を吸い上げ、そのために神を作り信仰を作り、大きな海に網を仕掛けるように隅々まで支配した。あの朱の庭で、石の盤上を帝国に見立て、あらゆる駒を彼らの指でもてあそぶように」

おそらく、圭真たちが過剰に帝の身を守り、彼が〝銀色〟であることを外に漏らさぬようにしたのは、己らの権威を保持するためだけではないのだろう。彼らには幼い頃から死の淵《ふち》に共に立ったというありがたくも麗しい友情がある。

彼ら帝心中は、この銀の男に恩義を感じている。そして最大に報いたいと粉骨砕身したはずだ。

（帝心中は、この男のために、なにを捧げた？　なにを捧げなければならなかった？　なぜ彼らはそこまで、皇后星という中身の無い虚《うつ》ろな仕組みにこだわったのか）

あれだけ支配の仕組みを正確に把握し、なにもかも細やかに対応してきた帝心中が、この古い名ばかりの仕組みに巨額の資金と兵力（彼らにとっては些末事《さまつじ》だろうが、月端は侵略された）を割いてまで、環璃を選び子を産ませようとするのか、ずっとそれがわからなかった。彼らの興味は、つねに支配の法則に向いている。二つの勢力にあえて選択肢を与え、自発的に望みを捨てさせることが、もっとも簡単で応用可能な支配のかたちだと圭真は言った。ならば彼らが守りたいものは、支配の法則であるはずだ。敬愛する燦帝の支配を守るために、なぜ、なぜ環璃が必要だったのか……

「……あなたを〝父〟にすることが、必要だったということね」

環璃の中で星がはじけた。それはなにかの終わりであり、なにかの始まりのような光のようなもの。しかし、気づきこそ解き放たれる最初のすべだ。

「銀色のあなたを、国家の父にする必要があった。なぜならこの帝国は、父たちの集団によって成り立っているから。彼らの上に立つためには同じ父でなくてはならない。なんとしても。そうなのね」

圭真たちは、いままで見たことがないほど目を見開き息を詰めて青ざめていた。おかしなことに、彼らの主より今色の無い顔をしているではないか。

（これだ。これなんだ、彼らの、帝国の、帝心中の真の目的は）

おそらく帝に生殖能力はない。古来瑞兆物は二代続けて銀色の後継を残さないといわれている。齢《よわい》三十半ばを超えるだろう帝の側に寵姫《ちょうき》が一人もいないことを、環璃が来ている間だけ遠ざけているのだろうとか、伏羲氏に権力を与えないため帝心中が用心しているのだとか、さまざまな理由を予想だてていたが、彼が〝銀色〟ならば結論を出すのはたやすい。

共寝ができないのだ。それが明白であったからこそ、彼の子は望めない。帝心中は、圭真たちはそのことを早くから知っていた。

（そして、政敵である伏羲氏がそれゆえに楽観視していることも、彼らにとっては認められないことだった。だからこそ、なんとしても伏羲氏から皇后を立てられないような既存の仕組みが必要だった）

「わたしが皇后星となった理由はふたつ。ひとつは伏羲氏の息がかかっていない辺境の小娘であったこと。もうひとつは男児を産んだ王族の経産婦であったこと。わたしが各国を回ってそれでも懐妊しなかったならば、帝の相手を務めて懐妊しなくても、帝の恥ではなくなる。そして、各国の王たちの男性性、支配性への牽制になるわ」

まったくばかばかしいことだが、男は女を孕ませて優位性を誇示する傾向がある。精力があることこそ優れた男である証だとされてきたためでもある。そういう物差しではかるならば、彼らの銀の帝は〝優れた男〟ではない。この巨大な星をも呑《の》む昼の光の頂点としてふさわしくない。

しかし、帝心中にはこのくだらない、だが綿々と受け継がれてきた精力主義を肯定しなければならない理由があった。

「あなたたちが支配するために利用しているもっとも小さい単位、それを統べる頂点が『父親』だからよね。だから最も優れた男は、力のある父親でなければならない。そこを否定してはあなたたちの支配の法則が根本から瓦解《がかい》してしまう。そういうことではないの」

皇后星が各国を回っても妊娠しなければ、ほかの強大な国々の王も、帝と同じように「父」たる能力がないことになる。妊娠すれば、古来の伝統的なやり方にのっとって後継者が決まり、伏羲氏に権力が渡ることはない。あれだけ土兒九を簡単にひねり潰した帝心中のことだ。たとえ烏爬や胡周の藩王が環璃の子の父となったからといって、易々《やすやす》と権力を乗っ取られたりはしないだろう。そして環璃と寝る機会のなかった帝は、皇后星を孕ませられなかった情けない、力の無い男にはならない。

どちらに転んでも、帝心中には利しかない。それが環璃に課せられた重荷の正体だったのだ。

（父になることに、それほどまでにこだわるのか）

何千年、いや何万年と続いてきた『父親』による最小単位の人の集団の支配は、すべての支配の基本だからだ。どのように強大な王国、広大な国家、宗教、思想集団も、そのほとんどが家族をどれだけとりこむか、その数の問題にすぎない。

そして、帝心中が展開するすべての策謀もまた、この家族という単位、それを支配するのが父親であるということを大前提にしている。だからこそ、ここだけは覆らない。

（〝母なるもの〟にとって、父は国家たる帝そのものだ。帝心中の政策には何重もの利がある。だから、彼らはあれほどまでに、帝に父性を授けることに猛進するのだ）

すべての穴にぴたりと玉がはまった。環璃の目にもう曇りはなかった。夜の空は晴れ、いまなら月を飛び越えてその向こう側の日神までをも直視できる気がした。

どこかへ行っていた猫がするりと音もなくやってきて帝の膝に寝そべった。帝はその背を撫《な》で、猫が飽きるとまるで赤子にそうするように腕に抱いた。

「まるで、寝殿に月が飛び込んできたようだ」

聞いたことの無い声が響いた。環璃はそれこそが、目の前の銀の男から発せられたものであることに気づいた。

「お、お上！　おそれおおくもっ、玉声を賜ろうとは！」

「よい、圭真。さがれ」

思ったより普通の人の声であるのだな、と環璃は感じた。額で床に穴を開けようかといわんばかりに額ずいていた圭真は、叱られた子どものように震えた。

「しかし、お上！」

「さがれ。ここは余のしとねである」

その声は絹を撫でたように力も張りもなかったにもかかわらず、圭真たちは一言もなく顔を一度も上げぬまま波のように部屋の中から退《ひ》いていった。

改めて、環璃は燦帝を見た。一帯八旗十六星幾万を統べる帝王。そのうすぼんやりとした輝きは、帝がまとう強大な権威と比べては、水面に映った蜻蛉《かげろう》の羽のようにあまりにも弱々しかった。

「さて、余を怖がる必要はなかろう。このとおり白銀《しろ》く、力を持たぬ。そなたを手込めにすることも叶わぬ非力なれば」

驚いたことに、銀の帝は自虐的に笑ったのだった。環璃は珍しく返答に窮した。

「そなたがまこと、余の手のものらと共寝を望んでいるのであれば、明日からそうすればよかろう」

「そうでもして、子を産まねばわたしは処刑されるわ。わたしの息子も死ぬ」

「……ふむ、そういうことになっているのか」

冗談でも何でも無く、帝はたったいま環璃の去就について知ったようだった。

「わたしは、あなたが父という権威を手に入れるための道具で、だけどたとえわたしが体を明け渡しても、あなたはわたしを蹂躙《じゅうりん》できず、父にはなれない」

「うん」

それが同意であったのか、ただ鼻をならしただけだったのかわからないほどの小さなつぶやきだった。

「好きにすればよい」

そうして、広い寝台の上にごろりと横になった。

やがて、人が消えたことによる静けさが黒い箔のように降り積もっていった。いかな夜でも火の爆《は》ぜる音くらいはするであろうに、それすらも完璧《かんぺき》にこの空間からは切り取られ、まるで壁際に生けられた花ですら呼吸をしていないかのようであった。

黒い天鵞絨の上に、銀の男が横たわっている。そのぼんやりとしたひかりを環璃はしげしげと眺めた。どこまでも男は無防備であった。首はか細く、蠟《ろう》のように透き通り夜着からこぼれた手足は、その爪すらも染められる前の絹と同じ色をしていた。肉付きは悪く、むろん髪も白銀く、耳はとがって珍しい扇形をしており、いつかの王の食膳で見た高級食材のツバメの巣のような形をしていた。

（いま、殺せる。帝国の主を。燦帝を。ほんの少し近づけば）

環璃よりも細く肉付きの悪い体は、きっと暴力を振るうのにも適していないだろう。手を伸ばせばきっとその首をへし折ることもできたかもしれない。

しかし、環璃はとうとうできなかった。そうしないことでいつか後悔するだろうと何度自分に言い聞かせても、あれほど憎んだ帝を殺す機会を永久に失った。

この男がなにも手にしていないことを知って、哀れんだのだ。

いつのまにか、どこかへ行ってしまっていたはずの猫が戻ってきた。そうして、帝の側に寝そべり丸くなり眠った。続いて、寝殿のあらゆる方角から猫がやってきた。一匹、また一匹とやってきて、帝によりそって寝そべりはじめた。

まるで環璃の意図を読んでいるかのようだった。


先が無い女なのだから、好きにするがいい、と帝は朝、環璃に言い置いて臥所から去った。その素っ気ない様子に、環璃は草原の獣を思い出した。こちらに興味があるわけではなく、ただただあることを許してやる、だからはやく行け、とでもいうような目つきで見てくる鹿や馬をたくさん見た。彼らは人間より優れたイキモノだったから、環璃たちはいつも彼らのいうとおりにした。

環璃もまた、好きにすることにした。今夜こそ臥所に帝心中を呼びつけてまぐわってやろうと思ったのに、みな恐れおののいて環璃の寝殿には近寄ろうともしないことにしびれを切らして自分から押しかけた。

「お上が好きにせよ、とおっしゃったからには好きにいたします」

朱の庭の朝議を眺めながら茶を飲んだ。魚のすり身を小麦の皮で包んだものを蒸し、鹿肉を三日三晩煮込んだスープで食べる極都特有の朝餉《あさげ》をとりながら、熱心に彼らの話すことに耳を傾けた。最初はやりにくそうにしていた圭真たちも、そのうち環璃のことなど気にもとめないようになった。それはそうだろう。環璃は二月後には死ぬかもしれないただの女だ。そして、ここでの内容を知ったからといってどこに漏らすわけもない。きっと、なんのことを話しているのかすらわかっていないと思っているだろうし、理解したとしてもその情報を有意義に扱える立場にない。

なぜなら、環璃には外部につながっている基盤がない。親戚もいなければ密につきあっている友人たちもいない。そんな人間になにを摑《つか》まれたところでなんの問題も無いと圭真らが考えるのは当然だ。

（チユギたちがわたしを助けにくるとも考えていないのね）

環璃がへその緒のようにすがっている〝果て〟とのつながりも彼らにとっては詮無《せんな》いことなのだろう。実際、ここで環璃がなにを知ろうが、城壁一枚外へ持ち出すことは不可能だ。

そうやって、彼らは彼らの帝が瑞兆物であることすら隠しきったのだ。自分たちのやっていることに自信をもつのも当然だ。

（皇后星の故郷を一人残らず殲滅《せんめつ》する意味は、ここにあったのか）

圭真たちが朱の庭で熱心に話し込んでいる内容は、ほとんどは税の話だった。どこに税を負担させ、どこを軽くするか。必要悪の話もあった。徴税官の収賄はどの国のどのような組織でもあることだが、どこにでもあるからこそ根絶されず風邪のように人を苦しめる。しかし人民を支配するためには必要な悪役であり、個人の人格と徴税能力とはまた別の話だ。帝心中のような最上部の組織が、末端の村役人の噂などをいちいち把握しているわけがない。

よって、彼らの議題のほとんどは下から上がってきた数字の話になる。一個人の話となると結びついている縁戚関係、交友関係まで把握しなければならないが、数字だけならばそろばんをはじいているだけで終わる。そうやって人は生きていることを忘れられてきたのだ、ということがよくわかる話だった。

（この朱の庭の、小さな盤上をいじっているだけで国が治められる道理だ）

しかし、主真が環璃に語って聞かせたように、人は集まれば力となり、やがては国を二分する思想のもとに宗教を生み出し、税率によって戦争を起こし分断する。人を集まらせないようにする仕組みは、細部の細部まで行き届いていなければならない。

燦の帝国は広大で、あらゆる宗教、神、風習、人種を含み、対立の火種は無数にある。そんな中で人を団結させないでおく差配、彼らの言う支配の仕組みはいったいどうなっているのだろう。

しばらくの間、環璃はこの朱の庭で、朝となく昼となく鹿の肉を食らいながら、彼らが熱心に話している内容に耳を傾け続けた。夜は夜で帝の臥所へ行き、そこに集まった帝心中に相手をするように願い出るが、彼らは決まって畏れ多いと顔も上げず寝殿を去ってしまう。ぽつんと残された漆黒の空間で、ぼんやりと輝く不思議な空気を漂わせる帝と同じしとねで眠る。

（昼と夜がまざりあったような人だ）

万星殿の主は変わった人物だった。この大帝国の最頂上に君臨する帝王であるにもかかわらず、彼はほとんど統治に興味を見せなかった。帝の毎日は特に忙しいものではない。水時計の二十四の枡《ます》のうち、彼が起きているのはせいぜい五枡ぶんほどで、ほとんどの時間は昼寝、もしくは朝寝を繰り返していた。彼の暮らしは、眠りと、時々音楽と、彼の飼い猫がもたらすほんの少しの些細《ささい》な変化のみで構成されていた。瑞兆物であるがゆえに日の光にあまり当たれないため、外出はめったにしないようだった。

とはいえ、帝がまともに起きていられない時間も、忠実な帝心中たちは細々と動き続けている。帝が目覚めて顔を拭《ぬぐ》われている間に、すぐに知らせがいくようで、帝心中のうちのだれかが今日の朝議で決まったことを報告しにくる。帝はそれを黙って聞くだけだ。無関心であるというよりは、なにもかもわかっているが故の不干渉であるように環璃には思えた。

環璃は彼から星将棋を教えてもらった。思いのほか筋がいいと褒められたが、帝はいつも眠気がくると遊戯を終わらせるため、最後の方になると環璃の半分以下の駒で盤上を圧倒して終わらせた。環璃と帝が大理石の卓を挟んでいる横を、宮殿で飼われている猫（帝の飼い猫が数匹いて、きままにどこへでも出入りしていた）が珍しいモノをみるように尻尾《しっぽ》を傾けながら通り過ぎた。

彼の猫のように彼の側にいて、あるいは自由に朱の庭に出入りし、帝の床入りを待たずに眠りもする環璃を、いつしか寝殿周囲に仕える宮廷人たちは『帝の新しい猫』と呼ぶようになった。

「お上も、どうせ自分の後継となるのならば、信頼されている彼らの子がよいとお考えにはならないのですか」

「さあねえ」

その日も、彼に眠気がくるまでのしばらくの間、二人は食事をとりながら星将棋に興じた。彼は、まるで百万年ぶりにおもしろいことがあった、と笑う不死の神のように目を細め、どこをも見ずに言った。

「人はすぐに死ぬから、続けることは難しい。しかし、だれかが継ぐものだ。たとえそなたが子を産まずとも、なにかをどうにかしてつなぐ方法をいくつも用意しているだろうよ」

「お上は、ご自分の後継やこの国の行く先に関心はおありにならないのですか」

「余もそなたと同じ、いつ死ぬかわからぬ身だ」

「いつ死ぬかわからぬのはだれも同じでは」

「しかし、死がぼんやりとあるものと、確実に側に息吹《いぶき》を感じるものとでは生き方が違うだろう」

「お上はぼんやりとした死を感じられたことがないのに違いがおわかりになりますか」

するとめずらしく帝は濁りの多い石柱のような目をはっきりと環璃にむけた。

「そうか。それもそうかもしれぬ。余はぼんやりとしたいつか来得る遠い死を知らぬな」

そうして、相変わらず鹿の肉にかぶりつく環璃の前で、薬師の用意した何十種類もの茶を少しずつ飲んだ。

「いまのうちに……、自分が帝の地位にあるうちに圭真たちに権力をお与えになりたいと思われたのですか」

「そのほうが国にとってよいだろう」

「伏義氏の摂政政治が続くよりは、ですか」

「百年続いて成果をだせなかったのだから、転換するのは道理だろう」

「それで、摂政家を遠ざけ、ご自分の幼なじみたちに実権を握らせたのですか。盤上の駒をうまく動かせる者たちに」

「水は動かなければ腐る。水を動かすのが、力のある者の唯一のつとめではないのかな」

いずれ死ぬ女になにを言ってもよいと思っているのか、帝はおもしろいほど言葉を飾らなかった。

なるほど、帝の言うことにも一理あると環璃には思えた。百年続いた摂政家による傀儡《かいらい》政治は停滞しよどみ腐る一方である。そこへ自らの死を恐れぬ帝が誕生し、優秀な若い力による統治という大胆な転換をはかる。腐る一方であった水を動かす意図があったというわけだ。

「しかし、それはお上の自己満足にすぎません」

「なに」

「水が動いていると錯覚されているにすぎない。あの石の十重二十重の城壁を隔てたところに住んでいる者たちにとっては、上が伏羲氏のだれかだろうが、帝心中だろうがなにも変わりはないのです。相変わらず人の暮らしは苦しく、帝国の統治のために人は分断させられ、怒りをあおられ、だれかをさげすむことで憤懣《ふんまん》を解消し、蓄積された恨みがやがて新しい信仰を生みます。帝心中のやっていることは、ふくらみかけた袋に針で穴を開ける。そのためにふくらむ袋がどこにあるかを把握する。それだけです」

部屋を隔てた渡り廊下に控え耳をそばだてている者たちは、ここで環璃が帝に切り捨てられてもおかしくはないと肝を冷やしただろう。これほどまでに真っ向から、無遠慮に帝の統治について厳しい評価を口にしたのは、彼女が初めてであっただろうから。

「それが統治ではないか」

燦帝は動じることも、ましてや無礼な口をきいた環璃にかけらの感銘を受けた様子もなく言った。

「そなたのいう、憤懣と恨みで膨らんだ袋とは、涙に同じ。水とは、涙。どこぞへ流さねばな」

　帝はいつものように無遠慮にごろりと横になり、少し寒そうに綿のつまった布団を自身に巻き付けた。

「明日、出かけよう。近い死を知らぬ者たちがいる。そなたには退屈しのぎになるだろう」

　環璃が万星殿に入ってからちょうど一月目《ひとつき》の朝、帝は突然側近たちに出座を命じた。極都の北に位置する転輪山へ向かうのだという。

　帝の出座は、まるで戦と引っ越しを同時に行うような大騒動だった。まず、帝が城を出る間は、だれひとりとして極都の者は家から出られない。寸分でも動けば切り捨てられるというので、みなうずくまり手足を縛って家の中で息を潜める。この世を支え得てきた言葉は消え失《う》せ、人々が暮らすための動きや音がなくなると、世界は凍り付いた水のように身動きをやめた。

　来たときと同じように、万星殿から極都を出るまでは一日かかった。そこからさらに北上し、安慧天《あんけいてん》と呼ばれる山の連なりへ向かう。そこがただの山ではなく、巨大な人工物であることは輿の窓から身を乗り出して見るだけですぐにわかった。あらゆるものが白銀く塗られている。街道の石畳は白銀く光る石でつくられ、白銀い樺《かば》や楡《にれ》の木が等間隔に植えられて、至る所に銀色の石をつみあげた石塔がある。妙なことに、建造物だけではなく、そのへんに転がっている石ころまでも白銀いのだった。

「燦の前にもいくつもの王朝があった。その王国の王も、銀のものを瑞兆とありがたがった。ゆえに動物も植物も、それ以外のものも、銀色をして生まれたものたちを、世界中から瑞兆物と呼んで運んできた。そしてそのあと、どうなったか」
輿というよりは部屋といったほうがふさわしい広々とした空間に、環璃は帝と、そして一匹のお気に入りの猫と乗り合わせていた。この輿は、何重にも重ねた絨毯《じゆうたん》を道に敷いた上を、二百人の兵士と牛が牽《ひ》いて動いている。おかげで驚くほど揺れなかった。

「どうなったのですか」

「捨てた」

帝は乗せてきた猫を膝にのせ、何度も何度も撫でながら言った。猫はそうされることが当然とでもいうように抱かれている。人間の赤子のように。

「捨てられることは、この世のすべてのモノのさだめだな」

御迎守護《ニマラン》と呼ばれる街道を、決められた速度でゆっくりと北上しながら、環璃は帝からさまざまなことを聞いた。その昔は転輪と呼ばれていた修験のための山だったのが、王朝の都が置かれてからというもの、別の意味を持つようになったこと。特に運ばれてきた銀の石はあの高く分厚い城壁をつくるのに用いられ、山は削られたあとの残石の捨て場となったという。

「いつしか、道は銀色にかがやき、ありがたがられうち捨てられた木々が朽ちたあとから芽が出て、二代続かぬといわれた瑞兆物が、同様の銀の姿で成長した。その王朝が強大であればあるほど、安慧天もまた銀色に染まる不思議な山となっていった」

世界中から集められた瑞兆物は動物や植物だけではなかった。ヒトも集められ献上されたのだ。

「それらはいにしえの時代は、仙と呼ばれていたらしい。彼らはここに塔を建てた。山を削り谷に橋をかけ、その建材すら山に生える木やうち捨てられた石材を使ったので、銀の寺院がいくつもできた」

「寺院……、それらは寺なのですか」

「さあな、我々は寺塔《ルダ》と呼んでいる。彼らは単に塔と呼んでいるな」

自身が瑞兆物である帝にとって、同様に銀色のものたちだけで生きる安慧天はめずらしく興味の対象であるらしい。いつもより口数が多く、起きている間はずっと安慧天の話をした。

もっとも圭真たちは、周囲に帝の姿を知られないようこの出座には反対のようだった。頬骨までも透き通るような帝は、強い陽光の下では溶けて消えてしまいそうな風情で、圭真たちが過保護になるのも無理は無いと思われた。彼らの権力はこの帝あってこそなのだ。すぐ近くの山とはいえ、危険の伴う動座には慎重にならざるを得ないのだろう。

「あれたちは忙しいだろう。余の道楽にかまってはおれぬのだろうな」

北原の獣のように捉《とら》えどころの無い帝でも、幼い頃から時をともにした帝心中たちのことは特別に思っているらしい。彼らを振り回すことに喜びを覚えていることが、少ない言葉からもにじんで見えた。

そんな帝からの信頼も厚い圭真たちにとって、環璃が今、帝心中たちの選んだ男を相手にするのはいやだと逃げていることは思いがけない誤算であろう。彼らにしてみれば、孕まなければ処刑だといわれれば、いままで藩王たちにしてきた通り抵抗なく股《また》を開くとでも思っていただろうから。

なんて愚かで安っぽいイキモノたちなのか、環璃は怒りで目がくらんだ。そしてそんな幼稚な理想にとらわれ、駒遊びをやめられない彼らに、自分は手をあげることすらできない。声をあげることも。

どうして、どうして、ここまでわたしたちは無力でいなければならないのだろう。この世に初めて姿を現したときはきっと対等であったはずなのに、いったいなにが原因で、ここまでなにもかも奪われ、虐げられるだけの存在になりはてたのか。

ニャアン、という猫のなにも考えていない鳴き声と首の鈴の音だけがしばらくした。帝は猫を撫で続け、そして幸福なことに猫よりも長く、なにも考えずに眠っていた。環璃は歯を食いしばってこみ上げる激情に耐えた。そして驚いた。

わたしはまだ、怒れるのだ。

巨大な牛車が御迎守護を行くこと二日、険しい山道となっても、牽き手が牛から人へと替わっただけで道中はゆるゆると進む。極都へ注ぎ込む上流のひとつである河はいまは涸《か》れているが、谷には染めのない白い布でできた無数の旗のようなものがわたされていた。あれらは無経典といって、人の口ではなく風によって読むお経なのだという。

「であれば、やはり安慧天は寺なのですね」

「そのほうがいろいろと都合がよいのだろう」

いつも牛車の中では眠っている帝が、ごくたまに目を覚まして環璃の問いにきまぐれに答えた。いつも帝の答えはどこか意味深で、逆にそうすることで環璃の興味を引こうとしているかのように思えた。

銀色の無数の手のような枝々のはるか向こうに、その月天《ゾタム》と星天《トーラム》というふたつの塔が現れたのは、それから三日ほど進んだころのことだった。建物自体はその名ほど華麗な見てくれではなかったが、下方が欠けた月の象徴である月天の大部分は書庫であり、ここで暮らす元瑞兆物である銀色のものたちは、星天と呼ばれる塔のほうにいた。

塔と言っても天をもつくような塔ではない。外観は巨大な白い石棺に近い。中も、天然の洞穴を利用し岩肌を削って作る横穴のほうが多く、迷路のように入り組んで中をよく知らぬものが一度迷い込んでしまったら、案内なしでは生きて出られないのだ、と帝は冗談を言った。

圭真たちは中に入らず、石棺の周囲に天幕をいくつも張ってそこに待機していた。

（ここが星見台。予兆統計機関である、大弓張星見卜《おおゆみはりのほしうら》。彼らがわたしを皇后星にしたのか）

帝と似たような銀色の透き通る肌をもったものたちが、青い空色の布を両手に広げながら近づいてくる。その衣には、金の星座が刺繍されており、なるほど星見の名にふさわしいいでたちである。対する帝は上から下まで金色の帯衣に覆われており、まるで空にひとつぶある神聖不可侵なる光そのもののようにも見える。

彼らは、ようこそ玉体をお運びくださいました、などとは言わなかった。ここでは仰々しい号令もかからなかった。まるで、古くからの友であるかのように帝と環璃を中へ迎え入れた。そしてなにか説明するわけでも、案内するわけでもなく時のように去った。

「ここが、寺ですか」

「星天もまた巨大な書庫だ。記録倉庫といったほうが正しい」

「彼らはなぜ、さっきからなにも言わないのですか」

「言葉にすると真実がねじ曲がるからだ。だから、最低限の言葉しか発しない。言葉にするのは事象のみであって、自分の感情や意見を述べるのは禁じられている」

「なぜ禁じられているのです？」

「ここでは、事象の事実を観察し記録することだけが行われる。個人としての人生も生活も無い」

「そんなことが……」

環璃はにわかにはその言葉を受け入れられなかった。人としての楽しみや生きる意味がなく、どうやって、どうして星見たちは暮らしていけるのだろう。

「長く生きるからだよ」

「長く……とは」

「個体によるけれど、ましろき者どもは人の倍生きるものもいる。そういう記録があるそうだ」

長く生きるからこそ、みな人の世の価値観に興味がないのだ、と帝は言った。

「最初はみな俗世に生まれる。そして、そこで自分は婚姻関係を結べず、子を残せないことを知る。瑞兆物としてここへ送られたものは幸福なほうで、切り刻まれて薬になるものもいる。不老不死の妙薬だとかいってな。地上にあらゆる宗教がある。あまたの国があるように」

帝は頭部を包んでいた金の布を外し、大きく息をついた。足下をぐるぐると回っていた猫が、それに飽きたようにするりとどこかへ行ってしまう。

塔の内側の壁はすべて巻物、あるいは書物を収納するための棚になっており、かすかに墨の匂いがした。

帝はまた、あらたな石の箱へ環璃をつれていった。そこは人一人が通れる幅の道しかなく、両側の石の壁にはびっしりと文字が刻み込まれていた。

「風化を避けるために、大きな石の塔の内側に可能な限りの石の壁をたて、そこに碑文を刻んである。年に一度、この壁には墨が塗られ拓が作られる。星見たちが、確実性が高いと判断した事象から刻んでいく。できるかぎり長く、後世に残すためには紙だけでは心許ないのだ」

まさに石の棺《ひつぎ》だ、と環璃は思った。ここには、いままでのこの東環《ひがしのよのわ》の歴史が葬られているというわけだ。

「この向こうがわでは、星見たちが古い年代の書物を書き写している。彼らの日常のほとんどは写本で終わる。後世に真実を伝えるにはこれしか方法が無い、というのが彼らの結論だった」

「日常が写本ということは、ここでの暮らしは……、一生は写本で終わるということですか。人より倍も生きるのに、そのほとんどを写本に費やすと」

「そのとおり」

環璃は困惑と動揺を抑えられなかった。今まで環璃にとって、星見とは、大弓張星見卜とは自分を皇后星に選び、故郷を灰燼《かいじん》にし、環璃のすべてを奪い去ってわけのわからない仕組みの中に放り込んだ元凶だった。そして、彼らはその名のとおり、星の動きを読むことによって、この世にあまたいるであろう王族の経産婦の中から、環璃を選び出したはずだ。ただ石棺にこもって写本をしているだけのはずがない。

「真実を伝えることと、彼らが星を読むことはなんの関係があるのですか」

問い詰めるつもりはなくても、声は自然と怒気を孕んだ。

「わたしは、誰が、なんのために、わたしを選んだかを知りたいのです！」

「……星見たちは寿命が長い。支配の輪廻《りんね》を経るたび、人の支配のために生み出されたあまたの神が死ぬのをみてきた」

帝の声は環璃の怒りを吸い取ってなお、水のようによどみが無かった。

「税を納めることよりも信仰が勝ったためしはなかったのだ。信仰を守っていた者たちも、いずれは去った。星見たちにとっては、どの信仰も、王朝も人の手が作り出した不完全な仕組みの一部でしかなかった。不完全なものばかりあるこの世で、完璧に在るものはなにかを探究することに、長い人生を懸けた」

帝のすぐ側を、星座の模様の長衣を身にまとった星見が通り過ぎた。彼は顔を伏せさえもしなかった。なかった。ここでは、帝の権威も燦帝国もないことを悟って、環璃は思わずふるえた。

そんな集団が、そんなことが許される場所がこの世のどこかにあるはずがないと思っていた。

しかしここに在る。

「人の世にあるものに執着があるのなら、そもそもここにとどまりはしない。ここにいる者たちはみな、絶対的に揺るがないなにかを求めている。それは、自分たちの存在意義を探すことでもあるのだろうな」

「彼らは真理を信仰していると？」

「そういう言い方もあながち間違いではないな。だが、彼らは、ついに死なない神を探し出した。星と空だ」

帝の蠟《ろう》のように透き通った色の無い指が、天上を指した。

「名だたる王が、帝国が、遺跡が消え、人が、街が消えても、空が消えることはなかった。星の動きは一定で、計測できるかぎりは不変であった。星見たちは地上よりも天に真理があることに気づいた。ならば、星の動きを測定し記録し、そこから起こりうる事象を予測したほうが効率がよいのではと。そうして彼らが膨大な記録から吸い出したのが、支配の輪廻だ。圭真らはこれをうまく使おうとしているようだ」

帝の言葉をそのまま信じれば、星見たちはいままで統計学に沿って国を運営してきたのだという。そうしてずっとこれからも、統計をとっていくだけである、と。

「危険ではないのですか。それほどまでになにもかもを記録し、記録からこれから起きることを推測できるのなら、星見たちはなぜ、王朝の実権を握らないのです？」

これほどの力があるのなら、王朝一つ彼らの手で潰すことなどたやすいことではないのか。そして長く生きる彼らが舵取《かじと》りをすれば、環璃のようにただ跡継ぎを産むためだけに贄《にえ》にされる女たちも必要ないだろう。かつて環璃のよく知るかなたの草原にあった合議制で族長を決める部族のように、血統以外の方法で統治者を決めればいい。

「なぜ、そうしないのですか」

「いつでもできるからだろう」

どこか楽しげに、帝は視界に獲物となる動物が横切った獣のような顔をした。

「ここが誕生してから、支配の輪廻が実証されてからも、誰も彼らを殺さない。殺さなかった」

「なぜ」

「便利だからだろうな。統治するために」

権力への欲もなく、ただただ淡々と、過去の現象、現在の事象のみを語り、そこから推測できる未来を星の動きのように予測する。実際、彼らは東環に君臨した王朝のほとんどに重用されてきた。彼らの存在を疎み、忌み嫌った王もたしかにいたが、不思議なことに最後には彼らの能力を信用した、と帝は語った。

「なぜ」

なぜ、と環璃は疑問を重ねた。

「なにかあったら彼らのせいにできるから。王朝には、朝廷にはそういう役目が必要だから」

帝はゆっくりと、塔の内部の階段を上がっていった。環璃もまた、そのあとに続いた。少し離れて猫が上がってきた。書物を収める倉庫だからか、内部には日が入らず、昼となく夜となく火が焚かれ空気はからりとしていた。

七階までやってきたとき、せり出した露台から塔の内部を見下ろしながら、帝は環璃に言った。

「もし、そなたが女帝になりたいのならば、彼らにまかせるといい。必要な統治の機構をつくりだしてくれるだろう。そなたは好きなように新しい世をつくるがいい。たとえば、果ての斑《まだら》の民を呼び寄せ、極都を、万星殿を疫神の使徒で埋め尽くし、我々を殺し尽くした後女だけの王朝をつくるのもいい」

美しく音の整えられた詩を読み上げるように、帝の声は妙なつやと律動があった。

この男は、日がな眠って暮らしながらも、環璃がチユギたち果ての民と関わりをもち、彼女自身がそれだけを希望とすがっていることを百も承知なのだ。

環璃があのすばらしい能力を持った軍隊を使ってどうしたいと願っているかなど、とっくに知っている。

「統治など誰にでもできるものだ。余のようなものでも続いている。果ての民、強戦士と呼ばれる女たちは、一人で一個師団をもなぎ倒すという。それだけの戦力があれば手段もあるだろう。女だけの帝国はつくれる。古代の王がしたように、好きな男を側に侍らせ、好きなように国政に関わりながら、好きなように法律をつくるといい」

ぼんやりと輝く、幽鬼のような男は戻ってきた猫を赤子のように抱いた。

「だがそれで、今とどうちがうというのだ?」

第8章　星天の石棺

星天《トーラム》で、環璃《ワリ》は四日過ごした。一日目はただ中を見て回るだけで終わり、二日目は帝《みかど》とともに星見たちの仕事を見て回った。

驚くことに、彼らにとってもっとも重要な仕事は、夜の深い時間に行われた。崖《がけ》の上に細く長くへその緒のように続く階段をいくつも上がった先にある天文台で、天体運行の観測を行うのだ。

昼間はほとんど眠っているか、言葉を発しない星見たちも、このときばかりは、やや興奮気味に星の運行について語り、現象を細部まで記録しつづけた。

彼らの様子を見ているかぎり、帝の言うように、彼らの興味はつねに事象にあり、過去の記録と照らし合わせて、先の事象について予測することのみであるようだった。

山という巨大なついたてに囲まれた夜の闇の中で、髪の毛の先までうすぼんやりと輝く人々が天の明かりに夢中で手を伸ばすのを、環璃は言葉も無く眺めた。なるほど、たしかに彼らにとっては帝という権力すらなんの意味もないもののようだ。なぜなら、彼らの時間は我々とは違うから。どのような王も権力も衰退し醜く滅びることが明らかであることを知っていれば、あえてそれを手にしようとは思うまい。

（なにより、燦帝《さんのみかど》を見れば明白だろう）

一帯八旗十六星幾万を統《す》べる巨大な帝国の帝。望めばなにもかも手に入れられる地位にありながら、彼はなにも望んではいなかった。ここ星天に来てからも、あいかわらず一日の大半は眠り、起きている時間は赤子のように猫を抱いて撫《な》でた。

山は枯れても銀色の幹の木々に囲まれていた。葉脈までも透き通っているが、紅葉するとわずかに金色になるのだという。遠くから見ると山そのものがぼうっと光っているようにも見え、かつて滅びた都が一年に一度だけ姿を現したようでもある。

時々、石棺の塔近くまでやってくる鳥やちいさな獣たちも、うすぼんやりと輝いているものが多かった。帝は、万星殿に棲《す》んでいる猫たちはすべてここから連れてきたものだと言った。どうりで銀色の毛の猫ばかりいると思ったし、あれらの猫が瑞兆物《ずいちょうぶつ》として世界中から集められたわけではないと知ってほんのすこし安堵《あんど》した。

透き通ったものたちが星を見上げながら暮らす透き通った塔。ここにはあらゆる時代の事象の記録が保管されており、常に記録を正しく残すことのみに注力されている。

「ヒトにとって、もっとも強大な敵と戦うにはそれしかない」

「いったいなにと戦っているというのですか」

「忘却すること、忘却されること」

コツーンコツーンと足音が石に囲まれた空間に反響する。ここではヒトの気配を伝える音楽のようだ。

「たとえば、そなたが通り過ぎ立ち去ってきた土兒九《ドルク》だ」

帝は古くぱさついた木の書棚から、大きな紙の記録書を取り出した。あまりにも重そうだったので、環璃が慌てて支えようと駆け寄ったが、帝はそれだけは持ち慣れているようでなんなく片手で持ち運んだ。

「ここの者たちは、土兒九は完全には滅びないと言っている。特に北蛮《ほくばん》地域には彼らは関心を払っていた。いにしえの仙《せん》こそが彼らの祖であるし、その存在が特殊なかたちであれ引き継がれている唯一の土地だったからだ」

「閹人《えんじん》たちですね」

「そうだ。彼らは去勢され男性でなくなるかわりに神職につく。寿命も閹人は普通の人間と比べて少し長いそうだ」

皮肉なことに、土兒九に多くの夷丹《シエルタイ》の男が連行され、殲滅《せんめつ》措置として去勢されることによって、征服された北蛮地域には、仙に近い存在が急激に増えた。生きる道と性別を失った彼らには、希望が必要だった。希望はいにしえの伝承を人々に思い出させた。かつて特別な力をもち、山に登って修行をし、仙となったものたちがいたことを。彼らは自分たちを去勢され、征服され、民族を殲滅されたのではなく、仙になったと解釈した。彼らは確神《ゲゲル》の眷属《けんぞく》たちを自分たちに似た存在としてより身近に感じた。そして、手を組んだ。

「ここに、土兒九に街を焼かれ逃げてきた閹人たちの記録がある。彼らは星見たちにこう語ったそうだ。――言い伝えでは大昔は、男も女も仙になれた。しかし、仙が子を産み繁殖したという記録はいっさいない。男子は去勢して男の性をできるだけなくすことが仙になる条件だったのではないかと」

「瑞兆物ではなく？」

「そのあたりの記録は残っていない。仙たちがどうやって現れ、どこへ消えたのか、長い星天の歴史の中でつねに検証されてきたが、確実なものはなかった。ただ、閹人たちは仙ではなかった。彼らは自分たちが特別な存在であると信じたかったがゆえに、過去の伝説を利用したにすぎない」

「抑圧が宗教を生み出す過程ですね」

「そのとおりだ。そうして彼らは団結した。支配の輪廻《りんね》のとおりだ」

支配の輪廻を理解する帝心中にとって、その先になにが起こるのか容易に見えていたのだろう。星天の記録と検証があれば、少し先のことを見通すのは赤子の手をひねるようなものだ。

仙という存在を認める土壌はもともとあった。いまだにこの北蛮地域に点街《バタリ》の習慣があるのは、仙、つまりヒトとは異なった存在があることを受け入れる文化があるからだ。土兒九の侵攻に苦しむ夷丹が、一般的には疫神を奉ると恐れられ忌まれている首里無の枝族と手を結ぼうと思い立ったのも不思議ではない。

「むしろ帝心中がそのようにそそのかし、わざと首里無と結ばせたように感じます」

「星将棋のやりかたを覚えてきたな。たしかそうだったと記憶している。圭真《けいしん》らが決めたのだ」

「首里無の情報を手に入れたかったのですよね」

「首里無は男は入れぬ世界だ。そのようなものを記録したがるのが星見だ。実際いにしえの時代、大津波によってこの世が一度水に沈む前は、瑞兆物たちは人の世に交じって暮らしていたという。彼らは知りたい。古い時代のことを」

いにしえの時代とはいったいどのような世界だったのだろう。今の世よりもずっとずっと良い世であったのではないかと環璃は夢想した。

「忘却を、間違った歴史の伝承を、彼らは最も恐れている」

「なぜ恐れるのですか」

環璃は言った。声は塔の中で異質なもののように響いた。

「忘却が、悪いものだとは思わないわ。だって、辛《つら》いことは忘れてしまったほうがいい。忘れないと生きていけない」

あなただってそうでしょう、と環璃は帝に詰め寄った。

「悲しい思い出は、いつまでも自分を苦しめる。わたしは今でも思い出す。夫の首が腕の中でゆっくり腐っていくのを。胸元にあふれ出した乳のしみの冷たさを。忘れたいことは忘れてしまったほうがいいの。苦しむだけよ。なにひとついいことなんてないわ」

むしろ、環璃は〝忘れ〟られないからこそここまで苦しみもがいてきたのだ。滅ぼされた一族を、夫を、奪われた子を忘れ、どこかの藩王《ジョグル》の妃《きさき》となり子を産み暮らせる女だったならどれだけ幸せだったことだろう。

「ここにいるのは、個人であることを捨てて歴史の伝承者になった者たちばかりなのでしょう。そんなヒトではないような者たちが、なぜ忘却を恐れ憎むの」

帝は透き通った手を書物の上に滑らせるのをやめて、環璃を静かに眺めた。その視線はたったいまなにかを発見したばかりの幼子のようでもあり、今から山に捨て置かれる邑《むら》の最高齢の老人のようでもあった。

「……そなたを作り得たものたちだからだ」

「わたしを、作った？」

「彼らは彼らの手で、好ましいヒトを仕上げたのだよ。忘れないヒトを」

環璃は帝を見上げ、そしてつぎになぜか自分の両の手のひらをじっと見つめた。いままでずっと腑《ふ》に落ちなかった。皇后星がなぜ、一族をすべて殺されるのか。経産婦であるのか。若い夫婦の片割れなのか。モノのように国を巡らされ、王たちの相手をさせられるのか。望んでもいない子を孕《はら》めと命じられるのか。孕まなければ価値がないとばかりに追い出されるのか。

星は星、ただそこにあって光るのみであるはずなのに、だれかが星座をつくり意味を付随させ、それが伝説となる。だれかの身に起きる現象は、だれかの意図的な行為なのだ。環璃にはそれがとうとうわかった。

（わたしに、憎ませたかったのか。忘れないために）

七階の高みからおおきく張り出した露台の柵《さく》に手をついて、そこにある山のような記録書を見下ろし、見上げた。

ならばこれは、全てが憎しみの記録なのだ。

「喜びの記憶は改ざんされるものだと、まえに星見のだれかが言ったな。彼らは個体番号しかもたないから、だれだったかは覚えていない。ここでは顔も隠れるしヒト同士の交流も事象の検討以外はほとんどない」

「けれど、憎しみだけは改ざんなく記憶されるから。わたしがさまざまなものを正確に記憶するように、夫を殺し故郷を燃やして子を奪い、生きていけるだけのぎりぎりを与えられた……」

なぜなの、と再び環璃は問うた。

「なぜ、わたしを忘れないヒトにしたかったの。なぜ、皇后星に選んだの。どうしてこんなに辛い記憶を植え付けてまで、なにを……、なにをしたかったのよ！」

環璃の叫びは、石の棺《ひつぎ》の中にむなしく響き、だれひとりの心を動かすことも無いまま消え去った。

ゆっくりと石の階段を上ってくる者がいた。星見たちのような衣を着ていない。圭真だ。

「お上、そろそろご還御を」

極　都《サーナリスヒーン》へ戻ることを促しているのだ。圭真たちとて、長らく都をあけ続けるわけにはいかないのだろう。

「わたしは残ります」

確たる意思をもって環璃はそう告げた。

「皇后星下、ここに残れば、あなたには死への道しかなくなりますよ」

「まだ、わたしがいわれるままに都に戻って男と交わり孕《はら》むことを望んでいるの？」

圭真のなんともいえないような渋い顔に、帝だけが満足げに目を細めていた。

「八の月、三日が儀式です。天象では皇后の星が一周し、新たな星が誕生する。あなたが死んでも、どうせまた新しいだれかが皇后星にたてられるだけですよ」

「ここの幽鬼たちがわたしのような女をつくり、憎ませ、憎んだまま国を巡らせる。そうよね。わたしは処刑され、はじめからいなかったものにされる」

「それでもお残りになりますか？　生き延びられる可能性が万に一つもなくなります。あなたのお子も」

「フフフ……」

環璃はうつむいて笑った。そうしようとしたわけではないのに、思わず笑いがこぼれ出た。

「アハハハハ！」

喉《のど》をのけぞらせて笑う環璃の声は、塔の中に生き生きとして響きいつまでも消えなかった。

「支配の輪廻、その法則と仕組みをいくら理解しても、口にする誘い文句が毎回同じなのは詐欺師と同じね」

馬鹿の一つおぼえのように『貴女《あなた》の子の命があやうい。貴女の子が殺される』そう言い続けて彼らは母を操ってきた。〝母なるもの《マ・ー・ト・ム》〟も。

「ねえ圭真、はじめはあなたたち帝心中をさすが叡智《えいち》のかたまりだと思ったけれど、手口を知ればたいしたことはないものね。どうしてなの。選択肢を与えるのが支配のかぎだといいながら、わたしたち女にはえらく強気に出るじゃない。ねえ、どうしてなの？」

そのとき、圭真は環璃が初めて彼に出会ってから一度もしなかった狼狽《ろうばい》と怒りの表情を見せた。

「わたしを支配しようとするなら、選択肢を与えるのがふつうよね。なのに選択肢を与えてもらえないのはなぜなの。あなたたちのすることにはすべてきちんとした理由があるのでしょう？」

帝の目が輝いた。そのときばかりはなぜか星のように輝き、はじめて命がともったように見えた。

結局、圭真はなにも言わず、出立の用意を調えるために塔の内階段を足早に駆け下りていった。帝は来たときと同じように金の衣を目深くかぶった。これからも彼は瑞兆物であり続ける。

「まだわたしが彼らを憎む理由があるのも、記憶し続けるためなのかしら。なんのために？一月後には殺されるのにね……」

「ここに来る前、そなたはなぜ、圭真らに権力を与えたのか聞いたな」

古い本は閉じられた。そこで歴史が終わったかのごとく。帝はそれをもとあった位置にもどした。なにごともなかったかのように。

「そなたが知っているように、王や帝が代わっても、とくになにも変わらないものだ。そなたが女帝になっても、果て《トー》の斑《まだら》たちが天下をとってもそれは同じだ」

帝は環璃の側を通り過ぎながら言った。なぜか、なごりおしく環璃は思った。

「であれば、いちばん上が同じであっても、それに振り回されない仕組みをつくれないかと思ったのだ。合議制が機能すること。それがいちばんよい統治のかたちだと余は考えている」

どこからか銀色の毛をした猫がやってきて、帝の足下にじゃれながら階下へむかった。あの猫は一度も環璃のほうを見なかった。野生の本能がそうさせるのだろうか。まるで環璃がもうすぐ死ぬことを知っていて、穢《けが》れを忌み嫌っているようにも見えた。

やがて、帝の一行が出立し、環璃は星天に残った。死の可能性はいっそう濃くなったというのに、環璃はひとりになってようやく、自分の呼吸を取り戻した。

星天の巨大な石の記録庫は、記憶の塔とでもいうべき偉大な遺産だった。なるほど、生物としてのごくありふれた幸福の形（と信じられている）を否定された星見たちが、生き続けるために作り上げた使命であるのだろう。彼らにはそれを無心に続ける理由があったし、そのひたむきな思いの結晶は信仰であるともいえた。ここが寺院であることを否定しなかった帝の言はある意味的を射ていた。

環璃はまいにち一心不乱に書物を読み続けた。金箔《きんぱく》の背の本は比較的近い時代の、ほぼ検証し尽くされ確定しおえた事象の記録が残されており、そうでない背の本は、古い時代か、口伝の寄せ集めのようなあやふやな記録か、検証がし尽くされてはいないが記録する価値のあるものが時代別に綴《と》じられてあった。

それらを朝から明かりが尽きるまで読み続けると、環璃はいままで味わったことのないような不思議な感覚にとらわれるようになった。意識が冴《さ》え渡り、あらゆる思考が鋭く、あるときは雨を含んだ雲のように考え進める先を覆い隠すが、ひたひたと降り注ぐ文字の雨は乾いた心身に染み渡り、しばらくしてまばゆい光とともに発見を生み出すのだった。

それらの事象の記録は、環璃にあるひとつの仕組みがあることをゆっくりと教えた。

王がいる。国があり、王がいて、跡継ぎができ、後継が絶え、国が滅びる。すべての国がそうというわけではないものの、多くの国がそうであったという記録がある。

戦乱こそが人々の悪夢の記憶、憎しみの根源であるのなら、人々は戦乱をこそよく覚えているはずである。だからこそ、戦乱の記録は多い。そしてその原因となった後継が絶えたという記録も同じ数だけ存在する。

不幸の根源を絶ちたいと願うのは、人の自然な思いの発露だろう。だからこそ、人々は後継が絶えないことを願った。なにかを犠牲にしても、だれかが我慢しても、だれかが不幸になろうとも後継が絶え、戦乱が起こらないことを望んだ。その結果、月満ちて自然と産み落とされたのが、『支える』という仕組みだ。

だれかが犠牲にならなければ成立しないものを、支えるという言葉におきかえて無理矢理成立させる。

（男を女が支えるようになったのは、そのほうが効率的であるからなのだろう。女が産まなければ部族は滅びる。女に産み続けさせるためには精力の強さが尊ばれる。女を孕ませられない男に価値はないと思われる）

一方、女はそれにとくに不満を持たない。なぜならもっとも彼女たちが恐れるのが戦乱の記憶だからだ。なにかを奪われた記憶は憎しみを生み、思い出は何度も繰り返される。

もっとも恐れるものは正確に記録され、唄《うた》で、口伝で人の間に伝わっていく。戦乱を回避するために、人々は犠牲を払ってもしかたがないと思い始める。男の価値観は大家族の父であることに集約され、女の人生は母であることで終わる。

なぜ、ヒトは何百年もこんな理不尽なことをだれも疑問に思わず続けてきたのだろう。

なぜ、こんな一方的な仕組みを、ほぼすべてのヒトが黙って受け入れて、従順に続けてきたのだろう。

　なぜ、なぜという思いが、ひとつ消えてはひとつ瞬いて、終わらない夜のように環璃の中に満ちた。わからないことだらけでなにひとつはっきりしないのに、気分は悪くなかった。それよりも、ひとつの穴が星で埋まったときの、深い川についに橋がかかったような高揚感が忘れられず、つぎつぎに書物に手を伸ばした。まるまる二日、ほぼ水も呑《の》まずに読みふけった。気がつくと、蠟燭《ろうそく》の替えとともに麵麭《パン》が机の端に置かれていた。

　むさぼり食いながら、環璃は思った。ああ、このような快楽を知ってしまっては、ここから出られるはずもない。

　あの極都の頂点で駒のように人民を動かすことは、実は思いのほか単調な日々なのだろうと感じた。ここで星を見上げながら、長い長い歴史の事実を知り、そして事象の延長線を予測することほどの楽しみではない。圭真たちにはそれがわからない。彼らの幸福は父的権力を掌握し続けることであり、そのことを十分に理解した上で、帝は合議制政治を少しずつすすめているのだろう。

『彼女たちには住む場所もある。世の女性で賃金をもらえる人間がどれだけいるでしょう。労働力に対してきちんと給料を支給されること以上に人間として尊重されることがありますか？』

　かつて圭真が母なるものらの住む街で環璃に言った言葉が、いつまでも胸からはなれなかった。

　少なくとも帝心中は若く学識を深めた精鋭で、だれかひとりの独裁ではない。合議制をとり、星見台による統計のもとに政策を打ち出している。彼らのいうように、彼らの政策によって母たちは仕事を得ている。それは、ヒトの口によって増幅された〝忌むべきもの〟、長い時間をかけて人間が恐怖を打ち負かそうとするあまりに作り上げた、大家族を基本とする仕組みに沿うものではない。父がいなくても、母なるものらは子と幸せに暮らすことができる。それが死地に向かう兵士としての仕事であっても、彼女たちは望んでその職についている。

今までの古い仕組みを、中央政権が打ちやぶろうとしてくれているのだ。頭ではわかっている。なのにそのことを、環璃は、環璃の心はなぜここまで受け入れられないのだろうか。

死が、一日、一日近づいてくる。環璃が知識を深めるごとに、終わりが旅の曲芸団のように足音も高らかに環璃の命をからめとるためにやってくる。それでも環璃は都に戻って、どこのだれかも知らぬ男とまぐわおうとは思わなかった。

毎日、星見たちが分けてくれる硬い麵麭ひとつで過ごすうちに、体の肉が消え指は瘦《や》せた。顔を洗おうと水を張ったおけをのぞき込んで、環璃はぎょっとした。幽鬼のごとく目のくぼんだ自分の顔があった。顔の肉はそげ落ちていたが、目は星のようにまたたいていた。

その夜は、星の運行を記録する星見が屋上階にいなかったため、環璃はひとりで塔を上り、彼らの信仰の対象を眺めることにした。

ひゅっと星が流れる。銀の針でひっかいたような美しい夜の傷だ。またたくまに消えてしまう。ヒトの記憶もそのようなものなのかもしれない。

（わたしはこれから死ぬというのに、心は弾んでいる。子も殺されるというのに目の前が澄んでいる）

昼間に読んだ、かつてこの東環《ひがしのよのわ》にあったといわれる古代の帝国の歴史が環璃の心を捉《とら》えて放さなかった。

烏爬《ウーノァー》の比較的近く、いまの九天《きゅうてん》街道が発達する前、このあたりにはもっと栄えた交通の要衝があったという。その中心部に広大な都を置いたのは〝夜明〟と呼ばれた国で、かつてこの東環のほとんどの要所を呑み尽くし支配していたといわれている。

いにしえの時代夜が昼を支配し、純白に輝くましろの都があったという。なぜこんなにも夜明王国に心引かれるのか、その理由は、この古代王朝には貧富の差も、性別による差もなかったといわれているからだ。

「いったいどんな世界だったのかしら。それさえわかれば、いまの世の中を夜明王国のように戻せるかもしれない」

しかしその王国ももうない。大陸をまたぐ大動脈は九天から四天へ移り、かつて都があった場所も砂とがれきに埋もれ、いまではめったに人が通ることもない。

その王国は、一千年程前に突然滅びたと言われていた。さまざまな説が流布したが、いまだにその原因はわかっていない。まがりなりにもこの大陸全域を支配した強大な国が一夜にして滅ぶなどということがありうるのか、この星天でも議論が繰り返されており、環璃は偶然彼らが昨日ここで夜明王国の滅んだ理由について、天体の運行状況からどのようなことが起こりえたのか、活発に会話するのを聞く機会を得た。

（支配の輪廻によると、国が滅ぶのは戦費がかさみ、税金が膨れ上がり、抑圧された人々が信仰を生むからだと言われていた。本当にそのとおりなのか。それにしても一夜にしてというのはいったいどういうことなのだろう）

塔の屋上から少し身を乗り出すと、近くの山がぼうっと白銀《しろ》くにじんで見えた。かつて瑞兆物として捧《ささ》げられ、うちすてられたものたちが作り上げた白銀い棺。しかし、生命の力は強く、自らその棺を出て枝葉を伸ばし、山一帯をも白銀く染め上げた。

風はなかった。墓場のように空気は動かず、環璃は自分自身がここの一部になったような気がした。

あと十日で、わたしは死ぬ。

帝はわたしを見捨てるだろう。彼にとって大事なことは、帝をいただきながらも合議制によって統治がなされる世界だ。いずれ彼は死に血統は絶えるだろうが、だれかが謀反でも起こさないかぎり彼はだれよりも長生きする。あの細く剣をも握れぬ透き通った腕で猫を抱くように、ゆるりと自分の後継を決めるだろう。

燦帝国は女の兵士を増やし、都合良く労働させながらも長い年月をかけて丘陵が削れていくように形が変わる。いずれ男と女のありようも変わるだろう。

（いずれ）

それは環璃の知り得ない世界のことだ。環璃がまったく意味のない、自分に非もない死を迎えたあとの話だ。変わるかもしれないし、変わらないかもしれない。なにせ人の世が始まって何千年も続いてきた強固な父性を頂点にいただく仕組みなのだ。それがそんなにすぐ崩れるだろうか。

「でも、夜明王国は一夜で滅びた」

「一夜ではない」

夜の闇がほんのひととき切り離され人のものとして響いたような声がした。環璃は驚いて振り返った。しかし、そこにはだれもいなかった。たしかに人の声がしたのに。

「しかし、確かに滅びた」

尖塔の、雨水をためておくための小さな張り出しに、誰かが立っていた。野の獣か鳥でもなければそんなわずかな場所で一息つこうはずもない。少しでもよろめけば七階下に真っ逆さまだ。

しかし、彼女ならば野の鳥をもしのぐだろう。風にのって遠くを目指す綿毛よりも軽やかになにもかも越えていくだろう。

「チユギ」

瞬きをひとつふたつ繰り返す。その間にも、遠くで名も知らぬ星が流れ、地に落ちて死んでいった。

「会いたかった」

大きく息を吸い込んだのに、吐いたときは息だけではなく目から涙までがこぼれ落ちた。

「ずっと、会いに来てくれるのを待っていた」

音も無く、ただ光がさすようにチユギは環璃の側へ降りたった。自分にそんなふうに近寄ってくれる存在は彼女以外にはない。

「あなたは夜明王国を知っているの？」

「知っている。かつてこの大陸の中央部にあった世界のことだ。燦という国は夜明王朝が長らく続いたことからげんを担いで名付けられた」

「なぜそんなことを知っているの？」

「カミを孕む同胞《アニ》たちの中には、何百年も生きるものもいる」

「まるで、ここの星見たちのようね。男も女も、何も生み出せないかわりに自らが長生きをするなんて。皮肉なようにも思えるけれど、生み出すものはなにもいのちばかりではないとも言えるわね」

チユギの背で星が流れた。長らく光って、夜に大きな切り傷を残した。

「チユギ。わたし十日後に死ぬの」

「知っている」

「ここにいるということは、もしかして、帝の姿を見た？」

「いいや、その間は近づけなかった。帝心中の飼っている護衛は、帝に女そのものを寄せ付けない。丘陵を三つ越えた先の集落まで、夜でも昼間のように火が焚《た》かれていた」

「そう、帝の姿は見なかったのね」

環璃は、チユギに座るよう促すと、側にそっと寄り添った。そうするだけで他人のあたたかさと共に、熱以上の大事な気持ちが流れ込んでくるような気がした。

帝が瑞兆物であること、だれもが、彼に生殖能力がないと思い込んでいること。摂政家である伏義《フッキ》氏が政治の中央から遠ざかった理由、帝心中の台頭と、彼が目指す大合議制の施政、……どこから話していいのかわからなくなるくらい、極都に入って見知ったことは山のようにあった。

チユギは、懸命に話す環璃からかたときも目を逸《そ》らさず、熱心に聞き入り、ときに話をとめて質問をした。彼女にとっても初めて聞く話もあったのだろうと思われた。

「チユギ、わたしは長い旅をしたわ。ふつうの人間なら考えもしなかった長い、長い……、ただの旅ではなかった。奪われ続ける旅だった。わたしは自分のことをずっと不幸だと思っていた。でも不幸っていったいなんなのかしらね。故郷の北原にも戦はあった。わたしの一族が負ければ、わたしは夫や家族を殺した相手の妾《めかけ》になることだってありえた。子どもは殺されたでしょう。夫が早くに死んで、つぎつぎに夫をとらされることだって珍しくない。財産と地位のある女なら、兄弟の妻として共有される。わたしは気づいたの。もしかして、あのまま故郷にいたとしても、わたしは似たような運命をたどっていたかもしれないと」

はっきりとそう悟ったのは、この星天に来てからだった。どの歴史書も、女性の名前は記述されていなかった。女性が登場するのは、身分のある男の娘であるというだけ。どこに嫁ぎ、だれを産んだとしか記録されていない。その死すら。

「どうしてなのか、ずっと考えていた。理不尽だという怒りよりも先になぜこうなったのか、なぜこんな世界になったのか。なぜこんなことがずっとずっと続いてきたのか。なにか理由があるはず。父が支配する小さな世界を、さらに上役の父が支配し、さらに村長が、領主が、王が支配することにだれもなにも違和感をもたなかったのか」

「どうしてだ。教えてくれ」

環璃は腰の帯の合わせの内側から、小さく折りたたんだ布をとりだした。いつもこうやって肌身離さず身につけている。圭真が環璃にと渡した、息子の朱色の手形を押した旗だ。

「わたしは、辛いときはいつも息子のことを思い出した」

匂いを嗅《か》ぐように、布に鼻を押しつけて思い切り息を吸った。

「男に閨《ねや》を強要されたときも、真珠の輿《こし》に乗せられているときも、息子を抱いたときのことを思い出せば痛みが和らぐ気がした。ここに来て、十日後に処刑だと宣告されたときも、この布を抱きしめて考えた。なぜなのかと。なぜ、わたしは辛いとき息子を思い出し、彼の名残を感じるだけで自分が癒やされたような気がするのかと。これこそが、わたしたちが力をもてない理由じゃないかと思ったの」

ねえ、違う？　と環璃はチユギに詰め寄った。彼女の背景でいくつもの星が流れ、夜をひっかいては消えていく。

「なぜ、わたしは、……いえ母親はこんなにも子を愛するの？　こんな布きれひとつ与えられて、それで満足しろといわれて、素直に満足したわ！　一瞬でもそんなふうにした自分が信じられない。これは布きれであって息子ではない。息子は奪われたの、わたしを利用するためにに。なのにわたしは、いまその怒りよりも息子のようすがを感じることを優先させようとしている。なぜなの」

「忘れるためだ」

ひときわ大きい星が縦に落ちた。死に際の目の輝きのようであった。

「忘れる……？」

「生まれたときから決まっている雌雄はどうしようもない。どんな社会の仕組みであっても、ヒトの雄に子どもは産めない。同じように、ヒトの雌、つまり女にも特性がある。子どもを産むと、狂いやすくなる」

「狂うって」

「すべての中心が子どもになる。いままで大事にしていたものをすべて忘れて、子を守ることだけに必死になる。子が成長することがなによりも喜ばしく、幸せになることが己の幸福と感じる。子を産む前の自分を忘れる」

「どうしてそんなふうになるの？」

「猿の雌でも出産直後は子どもに近づくものはたとえ交尾の相手でもかみ殺すことがあるという。そうあることが必要なほど、ヒトの子どもは弱いのだろう」

「弱い……」

母親がなにもかも捨てて、忘れ去って己を盾にして守らなければすぐに死ぬいのち。それが赤子だから、女は母になると狂うと、チユギはそう言っているのだろうか。

「幸福の軸が子どもに移る。子どもが健やかに育ち笑い、権力者に認められ出世する、あるいはよい家へ嫁ぐことが母親のすべてになる」

「どうして？」

「母親は出産を続ける。我に返っている暇はない。十年、あるいは二十年子どもを産み続けるだろう？　その間、ずっと自分のことは忘れ、子どもの幸福を自分の幸福と感じる。我々はそういうふうにできている」

「だから、自分が道具のように扱われても何も言わないのね。忘れることができるから。そのほうが道具のように扱ったほうからすれば便利で都合がいいわね」

思い出すまでもない、環璃の故郷の女たちもそんなふうに生きていた。誰に嫁ぐかでその後の人生は決まる。嫁いだあとも子どもを産める女は産み続け、産めない女は価値がないとされ労役を課せられた。それでも彼女たちは反乱を起こさなかった。それが女の人生だからと、自分の娘に言い聞かせることとさえしていたのだ。

なぜそんなことをしたのだろう。きっとその方が楽だからだろう。子どもを産み続け育てあげることをしているうちに、人生のほとんどは終わる。どうせ力で男に敵うはずもないのだから、自分のことなんて忘れた方がいい。喜びは子の喜び、子の成長、よい相手との縁組み、そして出世……。そうやって自分自身が存在することさえ忘れてしまえば、道具のように扱われても痛くない。だって自分は存在しないのだから。存在しないものは、なにも感じない。なにも悲しくはない。

「いつから、わたしたちはこんなふうなの？」

「…………」

「子どもを産み続けなければ家が絶える、その理屈はわかるわ。だから産み続けて、その間ずっと自分の人生を忘れている。子どもを育て上げることはあまりにも重労働だから」

「けれど、増える子どものためには奪わなければならない。だから子どもを産まないほうが剣を握る」

「大昔はそうだったんでしょう。そういう時代もあったでしょう。でもいまはそうじゃないわよね？　なのに、なぜ続いているの？」

満天の星は動かないように見える。規則正しい運行をし、時折変化があるものの、それさえも何十年かに一度やってくるまれな彗星《すいせい》であったりする。

だが、ほんとうに動かないのか、星は。

「なぜ、変わらないの？」

息を吸い込むと、彼方《かなた》の空が近づいてきて、流れ落ち消えた星まで自身の中に入り込んでくるかのようだった。取り込んだ星の光は環璃の思考をさらに鋭く冴えさせた。

「変えたくない勢力がいるからなのね」

どんどんと環璃の思考は進んでいった。

「辺境の国々を巡って、巡るうちに疑問に思うことがあったの。なぜ、藩王たちは黙って帝のいうとおりにするのだろうって。もちろん中には中央への野心をぎらつかせている藩王もいたのかもしれない。でも燦帝国は続いている。わたしを抱いた男たちは、みな帝国に従順すぎた。奪い、蹂躙《じゅうりん》し我が子らに与えるのがヒトの本懐ならば、彼らはなぜそうしなかった……？」

チユギはなにも言わず、ただ環璃の側によりそっていた。しかし、その存在こそがますます環璃を安心させ奮い立たせ、言葉にすることに力と勇気を与えた。

「みんな、次は自分の番だと思っていたのよ。だから刃向かわない」

「そうだ」

「そして、次は自分だと思わせることが、大きなものを、目下を、最も効率よく支配するやり方なんだわ」

長い、長い、気の遠くなるほど長い時間が流れ、多くの国が滅び都は砂となって風の中に消えた。けれど、人の世はなにも変わらなかった。女は産み続け、自分を忘れ、家長によって支配されるちいさな集団はなんとか継続する。そして家長もまた次は自分の番だと思い込まされているうちに人生が終わる。牙《きば》を剝《む》く機会すら与えられない。それが本当の支配なのだ。

「帝の言うとおりかもしれない。帝心中は、この古びた仕組みよりわずかに新しい取り組みに挑んでいる。いまの世で女が十分な対価を得られることはまれだわ」

彼らは出産したばかりの女が狂うことを利用して、果てに対抗する組織を作った。そしてそのことが、女が家庭以外に職をもち、男がいなくても継続して家族をもてることを証明した。現に多くの砦都市《チナム》には、父のいない子が母が帝国から与えられる報酬によって生活している。帝国に直接雇用され、特別な住居まで与えられたのは、果てという男にとっては悪夢のような集団に対抗できる唯一の存在だからだ。

変化の兆しはある。限りなく希望に近い変化だ。変革と呼べるほどに成長すれば、環璃は生き延びた先に見たこともないような世の中を目にすることができるかもしれない。

「どうすればいい、わからない。またわからなくなった。帝を殺しても何も変わらない。百年前から続いた摂政政治に戻るだけよ。それならば、まだ小さな変革をもたらしてくれる帝心中のほうがましなんじゃないかと、そんなことまで考えてしまう」

「私たちは滅びかけている。おまえの中で果てが無価値なものになり、より強く光をはなつほうに惹《ひ》かれるのもおかしなことではない」

環璃は驚いてチユギの肩に手をのせ、顔をのぞき込んだ。

「首里無が焼かれてから、果てはどうなったの」

「あれから、三人分かれて果てを目指した。我々に尾行がついていることはわかっていた。首里無への入植は、果てへ潜り込んだ〝母なるものら〟を通じて知っていたようだ。我々としても十分に用心していたつもりだったが、どこからか漏れた」

チユギは表情を変えることなく言った。

「だが、漏れることはわかっていた」

「わかっていて、どうして？」

「首里無には、果てに入り込んだ〝母なるものら〟の子らを送り込んであった」

それがどういうことを意味するのか察せない環璃ではなかった。チユギたちのほうが一枚上手だったのである。

「これで、内通者は、同胞の母なるものらたちから制裁を受ける。あなたたち果てが手を下すこともなく」

子のために兵士となった母なるものらたちが、内通者によって子を帝国の大砲に焼かれたと知ってどんな行動に出るか、手に取るようにわかる。もうこの世には塵芥《じんかい》ほども残っていないだろう。

「首里無がだめになったときのための策はいくつも仕込んであった。だが、カミの入植には時間がかかる。首里無ほどうまくいった場所はほかになかったから、長老会の落胆ぶりは大きかった。さらによくないことが続いた。帝心中が果てそのものを焼こうと工兵隊を増強しようとしていることがわかった。ヤマから硫黄を買っている商人たちが、同様に火薬の原料となる硝石を帝国が買い占めていることを教えてくれた。首里無に向かわせたあの大部隊が果てのヤマに向き、さらに兵力が増強されるとなればいずれは焼かれる。我々はカミとふるさとを同時に失うだろう」

環璃は握りしめていた我が子の手形の旗の一部を歯と手を使って裂いた。短いほうをチユギに手渡す。

そして、唇を一瞬だけきゅっとかみしめてから、その言葉を口にした。

「チユギ、あなたは、わたしに子を忘れろと言いに来たのね」

「……環璃」

「いいの。わかってるの。あなたは優しいから言い出せなかった。いまのいままでそう切り出すことをためらっていた。きっとそう言われるだろうこともわかってたの。そうしたほうがいいことも」

痛みでもなく、悲しみでもない、苦しみでも屈辱でもない、もっとどうしようもない生まれついたときからヒトが死ぬまで切り離せない、生きるということに付随する虚脱感が環璃を襲った。諦《あきら》める、忘れる、ということの合理性と、理不尽さはなぜここまで同時にやってくるのだろう。

「あの子を忘れれば、わたしは生き残れる。あなたとともにいられる。そして、帝の軍がヤマを焼くまで戦う。ほんとうの意味で、望んでいた戦士《テレ》になれる。力を得られる」

「環璃」

いま、環璃にできることは二つ。チユギのすすめ通りにこのまま彼女と逃亡して環璃という名を捨て、果ての民になるか、極都で処刑されるか。どちらにしても環璃の息子は死ぬ。

「……チユギ、わたしは無力だけれど、この旅で得た得がたい気づきがあるの。それはね、選択肢は二つしか無いと思うときは、かならず三つ目があるということ。その三つ目を見つけてほしくないがために、目の前に二つのわかりやすい選択肢が置かれるということよ。わたしの息子が生き延びる方法がある。やつらの支配の輪廻には従わない。かならず、息子を助ける」

チユギは強い光を当てられたかのようにほんの少し目をすがめ、またすぐ真摯《しんし》な表情に戻った。

「言え、できるかぎり叶《かな》える」

「この手形は息子のものよ。かならず生きている。わたしはこれから十日後に極都へ戻る。正確には都から兵士がやってきて九日後にはここから引きずりだされると思う。その間に、息子は呰都市から極都へ連れ出される。圭真ならなにかあったときに、すぐに極都につれてこられるようにする。きっと母なるものらの住む呰都市にいるはず。捜し出してほしい」

「わかった」

「星の数ほどいる子どものなかからわたしの息子を見つけるには、これしか方法がないの。わたしは決してあの子をあきらめないし、あいつらの用意した選択肢の中から自分の人生を選び取ったりはしない」

残った手形の旗を大事に折りたたみながら、環璃はひとつひとつかみしめるように言った。

帝とともに都へもどらず、死ぬ覚悟でここに滞在していたのは、星天には地図があるからだ。正確を厳守する星天の星見たちが所有する地図は、可能なかぎり測量を終えている。その地図を昼も夜も眺めながら、環璃は正確に帝の兵力について分析した。

「極都のまわりに呰都市を造り、母なるものらによって固めさせたのも、本当の狙いは果てではないんじゃないかとわたしは考えている。あなたたちを滅ぼしても帝国にとってそこまで大きな意味はないもの。だとしたら真の敵はだれか」

「摂政家だ」

そのとおり、かつて政権の中央にいた伏羲氏こそが帝心中の、そして帝にとっての真の敵なのだ。

「彼らの警戒をそらすために、帝心中は果てを攻撃している。そのために母たちを訓練させ、女による軍隊をつくりあげ、疫神の巣たる果てを滅ぼすフリをしている。なぜなら、女の軍隊ならば軍を増強しているようには見えない。あくまで果てを攻撃するための特殊な武器のようにしか見えない。それに伏羲氏らとて、果ての戦士のもつ能力は恐ろしい。帝が滅ぼしてくれるというならば黙って見守るでしょう」

なぜ、なんの力ももたない環璃が殺されるのか。殺されると対外的に明言されているのか。それは皇后星が辺境の王たちを『次は自分の番』と思わせるための駒だからだ。この遊戯につきあわせているうちは、辺境の藩王たちは中央に牙を剝かない。

そして、帝心中はうまく北蛮に影響力を保ち続ける。そうすることで政敵伏羲氏の国に背後からにらみをきかせることができるからだ。

「わたしの息子の使い道を、帝心中は最後まで考えてあるはず。彼がいれば、月端《げったん》の継承権を意のままにできる。北蛮と同様のことを草原でもしかける用意はしてあるでしょう。わたしと息子をもう一度引き合わせ、わたしに臥所《ふしど》へ戻れというはずよ。彼らの目的は帝に強権たる父性を与えること。父にすること。伏羲氏をこそ最大の政敵ととらえているならば、わたしを最後まで使い、しぼりとろうとする。わたしがだれかの子を身ごもりさえすればいいのだから。

そのためにわたしと息子を会わせようとする」

そうでなければ、ここまで環璃に息子の存在を思い出させようとはしないはずだ。皮肉なことに、この世でたったひとり、環璃を不幸のどん底にたたき落とした相手こそが、息子を守り息子のことを忘れるなと言う。チユギですら忘れろと示唆してきたというのに。

「彼らにとっては、帝という存在こそがすべてなの。それが万星殿に入ってよくわかった。帝はわたしが死ぬ前、一度は会おうとするでしょう。彼はわたしを警戒していない。他愛もないいのちのひとつだと思っているから。だからこそ無防備に側で眠ることができる。わたしが帝を人質にとる。そして交渉するわ」

たたみ終わった旗に顔を押しつけて、環璃は大きく息を吸い込んだ。

「あなたたちにわたしの国をあげる」

チユギの手をとり、そっと顔を押し当てた。息子の手形がいくつも押された旗に何度もそうしたように。

「帝を脅して、勅令をださせる。帝の名をもって命令された内容は、いかな帝心中とはいえすぐには撤回できない。わたしはわたしの国を果ての民に譲り渡す。そして入植を許可する。帝の御代の限り侵略しないことを誓わせる」

「環璃……」

「いい、よく聞いてね。あなたにわたしの国をあげる。果《ト》ての果ての果《ー》ての、そのまた果ての、いつも赤紫色に色づいた煙のような雲が流れている丘陵を越えて旅して。塩と砂と金とが混じった死の海《パトゥーリ》を越えたさらにむこう、万年雪をかぶったキルカナンの山々をも越えて行って。

黒々としたヨーム湿地帯を踏破した、さらにその先にわたしの国はある。そこで信じられていた古い神は死んだ。わたしが鹿の肉を食べたから。王族でありながらできる限り鹿という鹿を食らいつくしたから、あの土地の信仰は死んだわ。これであなたたちのカミを迎え入れることができる。わたしはずっと願ってきたの。禁忌といわれた鹿の肉を食《は》みながら、わたしによってわたしの国を、神のかわりに統べようと」

わたしの国を、あなたにあげる、と環璃は繰り返した。それはかつて、なにもかも奪われた日に、わたしを虐げたものを殺すと声に出して言った、その響きとまったく同じだった。

「ヨームの湿地帯は、あなたたちの確神には悪くない土地だと思うわ。首里無のかわりになると思う。そしていつか、鹿の屍《しかばね》に根付いた確神をこそ、わたしはこの身に宿したい。仙も閹人も確神の戦士もおなじように好きなように暮らせる、そんなあたらしい日が来るといいわね」

チユギは珍しく、目を大きく見開いてなにかをこらえるように黙っていた。自分のもう片方の手を環璃の手に重ね、なにごとか聞いたこともない異国の言葉でつぶやいた。

それはどこか流星にも似た傷を環璃の心に残した。不思議なことにたったいまはじめて、環璃はチユギという人間の一端に触れた気がした。思えば彼女のことをなにひとつ知らない。どこで生まれ、どこで育ちどんなふうに果てにたどりついたのか、彼女の物語を教えてもらっていない。

「いつか、わたしの国があなたの国になったときに、あなたの話を聞かせてね、チユギ。初めて会った夜に、洞穴で火を焚きながら、あなたが忘れなかった物語を」

チユギは重ねた環璃の手を、今度は自分の顔に押し当てて大きく息を吸った。相手が自分の匂いをかぐという行為が、こんなにも相手からの愛情を感じさせるとは思ってもみなかった。

「おまえが知りたいのなら、私の過去を教えよう。おまえが知りたいと願うようになったことがなにかの変化をもたらすと、いまは信じている」

環璃はうなずいた。他者を信じ、心をあずける行為であった。

「このときを、待っていた」

「わたしも、待っていた」

やっと、わたしのものを分け与えることができた、と環璃は思った。

第9章　忘れられた物語

環璃《ワリ》は再び、安息の地から引きずり出された。

星天《トーラム》で思うがままに書物を読みふけり、自由に散策できたのはわずか七日ほどのことだった。帝《みかど》心中の使いだという武官が数名やってきて、蠟燭《ろうそく》の火を手で握りつぶし、有無を言わせず環璃を石棺の外に連れ出した。星天の星見たちはなにもせず、なにも言わず、これから屠《ほふ》られる羊のような環璃の様子を、これも事実と淡々と書き綴《つづ》った。

真珠の輿《こし》に乗り込みながら、環璃はこれがこの輿に乗る最後の旅になるのだろうと思った。自分の足で行く先を決められず、真珠貝のように異物の痛みに耐え、珠を生み出せばむりやり口をあけられ取り出される。この輿はそのように生かされた者たちの嘆きと怨嗟《えんさ》でできている。真珠を取り出したあとの貝は捨てられるのだろう。子を産みおわったあとの女のように。

そんなものに乗らされ死の待つ極　都《サーナリスヒーン》へ向かいながらも、環璃は読書をやめなかった。星天の書棚から密《ひそ》かに持ち出した、古い時代の断片伝承ばかりを書き綴ったものを一心不乱に読んだ。

一千年前に滅びたといわれる大環《だいかん》夜明王朝については、伝承と詩編のみで正確な記録はほとんど残っていない。この星天で幾度も議論されているにもかかわらず、なぜ残っていないのかすら推論の域をでていないのが不思議だった。

この東環《ひがしのよのわ》全域を統《す》べたといわれる大王朝が、誇らしくも気高い自らの歴史を残していないというのはなんとも奇妙な話だ。どんなに古い王朝にも言葉はあり、統治するためにはそれらを記録する必要があったはずである。王の偉業は石に刻まれただろうし、墓は大きく圧倒的な装飾をもって造営されただろう。それらがまったく、なにひとつ残らずこの地上から完全に消え去ったとは思えない。

やはり、土耳雛《トルーン》のように滅ぼされ砂に埋もれて人の目に触れない場所に眠っているのかもしれない……。環璃は輿の中でも、夜眠る時間も、かつてこの世に存在し滅びたという国について考え続けた。真向かってくる死に対抗するためには、ほかのことで頭をいっぱいにするしか、恐怖を乗り越えるすべを知らなかったからだ。

その命あるかぎり、事象の事実のみを記録し続ける星見たちの暮らしが理解できた気がした。なにかに没頭することは恐怖を遠ざける。そして、それが怪しげな信仰や薬やまじないではなく、人の手の及ばざる遥《はる》か天空の星であるというならば、安心して生涯を捧《ささ》げることができるだろう。自分の人生が嘘やまやかしで浪費される心配がないのだ。それはたしかに、人の手で不確実性をできる限りとりはらった幸福のかたちのひとつであるといえた。

（わたしの死も、一行で記録されるのかしら）

石に刻み続けられる事象の記録。時をへるごとに増えていく歴史を収めた石棺。岩肌もすべて文字が刻まれ、風化から守られて紙よりも長く後世に残る。そうでもしなければ忘れられる。人の口に上らなくなれば、伝承などすぐに息絶える。この遥かなる昔に消え去った夜明王朝のように。

人の手に担がれて山を下り、車輪の上に据え置かれた輿は街道を進む。しばらくすると馬車の揺れが変わった。獣や鳥の鳴く音のかわりに、人々の雑踏に混じって荷を運ぶ車輪が土を巻き上げ、その土をまた人の足が踏みしめていく。道幅が広くなり、石が敷かれた道となり、行き交う人々の数も格段に多くなったのがわかる。極都の周辺都市域に入ったのだ。もう万星殿は近い。

「わたしは、わたしを虐《しいた》げた者たちを殺す」

国を出てから、あらゆる環境が変わった。環璃の周囲も話される言葉も、人も文化もすべてがめまぐるしく変わり続けた。けれど最後に残った領地である心にいる二年前の環璃はいままでも同じ意思をもっていた。それこそ星天のあの石棺の壁のように、その言葉を刻み込んでいた。

「必ず、殺す」

環璃が門をくぐっても、拝礼の号はかからなかった。すでにこの皇后星の真珠の輿はその威光を失っていた。確実に自分が罪人になったことを環璃は悟った。真珠の輿は誰にも見送られることのないまま、雑踏をかき分ける荷車らに並んで極都へ入り、出たときとは違う、北側の通用門を縫うように通過した。

万星殿に到着したときにはすっかり夜は更けて、周囲の寝殿宮はどれも明かりの色が少なく、見回りの警護の衛士以外は音を立てるものもいない。暗宮という聞いたこともない小さな宮に放り込まれた。もう夜半をとっくに過ぎているというのに、着ているものをすべて脱がされ湯《ゆ》浴《あ》みをするように言われた。それは身支度を調えるためではなく、ただ料理する前の野菜の土の汚れを落とす行為に似ていた。

髪は結われなかった。以前寝殿宮で暮らした時の服は、淡い色の襲《かさね》であったのに対し、環璃に与えられたのは純白の四つ襲であった。ああ、今度はわたしこそが真珠になるのだと環璃は思った。こじ開けられ引きずり出され、用済みの部分は捨てられ、わずかに残った美しい一片だけが、そしてまた新たにつくられる皇后星の輿のひとつぶになるのだろう。

小さく折りたたみ腰の合わせの内側に入れた、子の手形の押された旗布を見て、湯浴みを手伝っていた雑女中がまじないだと思ったらしい。ぎょっとしてのけぞった。環璃は、これはわたしの子の腹帯なのだと説明すると、少し怪訝《けげん》そうな顔をしたが、規則だからと身から剝《は》がした。

「これはお上から与えられたものです。最期まで身につけるわ」

処刑のことを聞かされているのか、女中はなにも言わなかった。

白の襲を着て、環璃は座ったまままわずかに眠った。帝《みかど》から与えられた襲を皺《しわ》にすることは許されなかったので横になることはできなかった。うたたねのような浅い眠りの中、赤子の泣き声を聞いた。ああ、どこかで泣いている。起きなければ、起きてあの子に乳をやらねば、そんな思いが暴風のように環璃の意識をこちらがわに引きずり戻した。おかしなことだった。乳などもうとっくに涸《か》れているし、子はもう三歳だ。あんなふうにヒイヒイと泣くわけがない。

目覚めた環璃の目の前に、銀の毛の猫がいた。帝の飼っている猫のうちの一匹だろう。金の鈴の首輪をしている。まるで王のように誇らしげにのけぞらせて鈴を見せた。

「おまえも飼われているの」

環璃は黙って微笑んだ。

「おまえたちの種族は、いつからヒトに飼われることを選んだの?」

そのほうが長らく生きられるとわかったのだろう。そして長らく生きる種族だけが生き延びたのだ。

「おまえたちは賢いね」

死の臭いが立ち上っている環璃を嫌ったのか、猫は一度も環璃の前で座らず、黙って側を通り過ぎた。鈴の音が遠ざかるとまた再び静寂がやってきた。クウと腹が鳴った。もう丸一日何も食べていない。処刑されたときに見苦しくないように、罪人を絶食させる掟《おきて》をもちろん環璃も知っていた。

星天の石棺から盗んできた書物も、もうとっくに手元からは取り上げられていた。しかし、環璃は内容をすべて覚えていた。あの星天に連れて行かれたときから、いや、屠られた獣の内臓のように故郷から引きずり出されたそのときから、環璃はとほうもなく多くのことを知った。知ることは喜びであり、多くの悲しみや苦しみを癒やし、魔除《まよ》けのように難を遠ざけもした。

知ること、多くを知り続けることはこんなにもヒトを幸福にするのに、なぜヒトは多くを忘れ去るのだろうか。星天の星見が総掛かりで人生をかけ写本し続けないかぎり、歴史を正しく残せないのはなぜなのだろう。

ヒトはもしかして、忘れたいから忘れているのではないか。そうでもしなければ顔向けできないような大きな罪を犯しているから。まず、忘れるために見て見ぬふりをはじめる。目に入らないように意図的に避ける。そうすることで認知が薄れ、ゆっくりと記憶の中で、壁の碑文が風化するように事実は消え去る。消え去ったあとは、何度見てもそこにはない。ないものはないのだと認知し、そして事実が上書きされていく。

見て見ぬふりをするのは苦痛だからだ。ヒトは、やはり意図的に忘れたいことを忘れている。

（ならば、夜明王朝が忘れ去られたのは、人々が忘れたかったからだ。ヒトは忘れたいものを忘れる。かつてそうしなければ、生きていられなかったほどの、恐ろしい滅びがあったということか……）

王朝は滅び、ばらばらになった千万の国々を、ふたたび燦《サン》という光が呑《の》み込んだ。日のように星のように歴史さえ巡るのならば、ふたたびそれらの国が糸の切れた首飾りのごとくちりぢりばらばらになるときが来るのかもしれない。

その太く強靱《きょうじん》な糸に刃《やいば》を立てるのが自分であればいい、と環璃は切望した。ああ、こんなに熱く強く情熱的な感情はいままで知らなかった。ともすれば自分を焼き滅ぼすかもしれない火だが、思えば思うほど自分の生を奮い立たせる。欲望を叶《かな》えることは快感なのだ。これこそが野望というもの。生きるための力だ。その生きる喜びとも言える衝動を、男どもはいままで欲し独占してきたのだ。

（こんなにも快く、気力が湧くのならば、それを奪われることはひたすら屈辱だろう。圭真《けいしん》たちが伏羲《フッキ》氏を妬《ねた》み、既存の勢力図を転覆させたいと願った理由もわかる）

首飾りの糸に刃をつきたてられる機会は少ない。どんな野望も、叶えるための隙は一瞬だ。

圭真たちは、毒味役に選ばれたことでそれを叶えた。ならば自分もやれる。一瞬の隙をついて、この燦帝国という白銀《しろ》く美しい獣の喉元《のどもと》に切っ先をつきつけてやろう。

（これがわたしの最後の狩りだ）

やがて空が白み、この世が再び陽と陰に分かたれるときがきた。かがり火は消され、またたれかが贄《にえ》となって得た明日《あした》がやってきたのだ。

まだ夜も明けきらぬ内から覆面をした烏冠《うかん》たちが先に環璃のいる暗宮にやってきて、環璃に箱車に乗るように言った。先導に塩をまく男がいるのは、古くからどの民族にもある罪人を運ぶしきたりだ。言われるがままに環璃は車に乗り、言われるがままに降りた。次にくぐった門は夜明門といった。今までと同じように、この広大な万星旗太極殿のどこかもわからぬ一角で、おそらくはここで最後の帝のお渡りを待つのだろう。

「帝上、御代の千歳萬歳《せんざいばんざい》をお祈り申し上げます！」

「お祈り申し上げます！」

まずは獣毛、つぎに羊、最後に絹と繻子《しゆす》の絨毯《じゆうたん》が重ねて敷かれ、その上をゆっくりとした足取りで帝が歩いて来た。帝の側には圭真をはじめとして、帝心中らが侍っている。いつも帝の足下にからまっているあの銀の猫はいない。

（よかった。獣は聡《さと》いもの、異変に気づけば芝居は通用しない）

内心、環璃は胸をなで下ろした。

帝が立ち止まると、位を持たぬ侍中や警備の武官たちが門の外へ出て、門の扉が閉じられた。人払いが済んでから、金の頭の覆いをとる。まるで汚れを払うように地面に落とした。烏冠のひとりが素早く拾って帝のためだけの道から離れた。

圭真が一歩前に進み出て、心底悲しいという顔を作って言った。

「このような星回りになったことは、私にとってもとても残念なことです。皇后星下」

「…………」

環璃は表情を作らず待った。圭真がほかになんと言葉をかけるのか、はやる心を自制という鉄の手で押しとどめながら、ひたすらにじっと待っていた。

「皇后の星は決められた軌道を一巡りいたしました。皇后星下が、無事にお子を懐妊され帝上のよき連枝となられる日を心待ちにしておりましたが、ついにその日は迎えられませんでした。我々帝心中も心を痛めております」

「では痛めるだけではなく、責任もとったらいかが」

「もちろんです。私はしばらくの間万星禁足となり極都を離れます。都人が都を追われることは死に等しいもの」

なるほど、また大学士として新しい皇后星に近づき、適度に火だねになりそうな国々を回りながら、星将棋のごとく人を操り支配する下地を整えるのだろう。

「何度も死んでは戻れるなんて、運の強いことね」

環璃は口の中で、何度も注意深く言葉を選んだ。ゆっくりとまぶたを持ち上げて帝を見る。

彼はいつものようになんの感情も示さなかったが、おそらく新しい皇后星も同じような目で見、黙って死地へ送ると思われた。

「お別れを申し上げます、帝上」

膝《ひざ》をつくことによってさりげなく、環璃は半歩、帝に近づいた。

「星天へ連れていっていただいたことは、一生涯の財産となりました」

「そんなにも良かったか」

「はい。とくに夜明王朝の断片伝承が興味深かったです」

「夜明王朝……」

帝はほんの少しまぶしげに目をすがめた。あのガラスのような目では、この世の何もかもがまぶしくうっとうしいのだろうと環璃は思った。彼はいったいなにを見つめたいのだろう。東環の日の神、燦帝《さんのみかど》として生まれながらその存在はまさに闇しか見つめられぬ夜の皇そのものだ。

「千年前に突然滅んだと言われる古王朝のことか」

「そうです。星天の記録で確認できる断片伝承でも、どのような時代であったのかは推測することさえ難しい。ですからあれらの石棺の壁には史実としては刻まれていないようですね」

「これからすぐに死にゆくというのに、そんなことが気になるのか」

「気になります。かの国には貧富の差も、性差による生きづらさもなく、みなが豊かであったといわれていた。そんな輝かしい過去の歴史があるというのに、すべてを調べ尽くし議論を尽くしたはずの帝心中が、その滅びの原因をつきとめぬまま放置しておくなどありえない」

圭真をはじめとした紫衣の帝心中たちがみな、いちように息を止めたのがわかった。人がこのような行動に出るときは、踏み入れて欲しくない領域に他人が触れたときだ。

やれる。環璃は確信を得て、勢いづいた。

「帝上は、星見たちは天象の運行を記録し、その記録を緻密《ちみつ》に調べ上げて繰り返す歴史の類型をあぶり出すのだとおっしゃった。そしてその研究結果こそ、燦帝国の統治に必要なもので、帝心中はうまくそれを活用し新しい支配の法則をつくりあげていると」

帝はうなずいた。

「そのとおりだ」

「では、やはり千年前に夜明王朝が滅んだ原因も、その一千年の歴史の周期もとっくの昔に解明されているということですね」

「…………！」

人が息を吸う、飲み込む音というものは、これほどまでの静寂の中でははっきりと聞こえるものだ。殊勝な顔をつくりあげるのになおいっそう表情を引き締める。

「そうでなければ、本当の支配の輪廻《りんね》を見切ったとは言えません。そしてこの世から消滅するものは、はっきりとした意志の力のせいで消えるのです。後継の国も石碑も遺跡も墓も、そしてたった一編の詩も残されていないというのはあきらかに人の強大なる意志がそうしたのです。〝忘れよう〟〝忘れたい〟〝忘れるべきだ〟、という」

「……なにが言いたいのだ」

「星将棋は星王と月王が夜の覇権をかけて戦う盤戯、もともとは日の帝と夜の皇《おう》が戦うものであったのが、太陽を司《つかさど》る帝を名乗ることは許されないゆえに星王と月王に変更された。そうやっていくつもねじ曲げられ忘れ去られてきた。将棋ひとつですら伝承が残っている。なのに、王の故事すら残らない王朝とは……？　わたしはそれが知りたかった。知りたくて知りたくてたまらず、あらゆる文献を読みあさりましたが、それでもわからなかったので」

環璃はすばやく風のように動いた。

「人の口から聞くことにしました」

帝の金の袍《ほう》、長く垂れた両袖《りょうそで》をつかみ、ぐいっと前に引いた。

「お上！」

よろけた帝の足をすくい、両方の袖を交差して帝の首元を絞め上げる。

「近づくな！」

環璃は計画通り、だれもいない方を背に袖を使って帝の両腕を拘束しながら羽交い締めにし、できる限り帝の頬に顔を近づけた。

「おまえたちがわたしに矢を射るよりも早く、帝は死ぬ！」

圭真が飛びかかってこようとするほかの帝心中を手で押さえた。口の端をぐいと押し上げ、微笑みに見える表情を作る。

「……わたしの勝ちよ。圭真。ここまで来るのは長かった。おたがいにいろいろあったわね」

「なんのことをおっしゃっているのかわかりませんが、玉体に傷をつけでもすればあなたのお子にも咎《とが》が及びますよ」

「子！」

高らかに環璃は笑った。

「ここでおまえの口から息子の話が出るとは。もし息子がまだおまえたちの手中にあれば、せっかくここまでお膳立《ぜんだ》てした皇后星を、最後の最後まで利用し尽くそうとするはず。この場に連れてきてもう一度わたしになにかしろと言うはず」

絞め上げている帝の首筋は細く透き通り、太い血管が青々と浮き出ていた。これならば環璃の歯でも容易に食い破れるだろう。たとえ矢が、刃が刺さってもそれよりも数瞬素早く環璃は帝を仕留められる。

これこそ狩りだ。狩りの最後は獣と駆け引きをするものだ。

「……もうあの子は、おまえたちの手元にはいないわ。確神《ゲゲル》の加護をもつ者たちによって救い出された。そう、この数日の間にね」

圭真は見たこともないほど険しい顔をして環璃をねめつけた。

「やはり星天に斑《まだら》の者たちが行きましたか」

「そう。彼女はわたしに会いに来た。会いに行くと約束してくれた。この約束だけがわたしをここまで生かしたの。約束は叶えられた。わたしの希望となり、未来となった。わたしたちの新しい邂逅《かいこう》は変化をもたらしたわ。おまえたちも知っているわね、金の耳輪をしたキャナという名の果ての戦士《トゥアレ》を」

「…………」

環璃の腕の中で、帝は布で出来た綿の人形のように身じろぎ一つしない。

「おまえたちが胡周《リンロン》の藩王《ジロゲル》周辺で起こっている女官大量堕胎事件についてなんの詮議《せんぎ》も行っていないはずはない。藩王の実母が果てを雇ってやっていることなど、とっくの昔に調べがついていたはず」

放置したのは、そのほうが帝心中にとっても都合がいいからにすぎない。胡周が必要以上に大きくなれば、実母を使って簡単に内紛を起こせる。

「キャナの力や首里無を知っていたのなら、果ての確神の力が変化していたことも承知のはず。……星天でわたしが果ての者と会って、ただ話をしただけだと思っているの？」

すべてははったりだ。環璃のこの体にはまだ、カミは宿っていない。しかし、それを彼らは確かめることはできない。彼らとて果てのカミの全容を知っているわけではない。

ここは大芝居をして、かまをかけなければならない。環璃にはどうしても息子の命がどうなったのかを確認する必要がある。

「口づけで男を殺せる確神がいるのよ。このわたしの体がいまどうなっているのか。ただただ殺されるだけのために戻るはずがないと思わないの？」

「‼」

男たちが気色ばんだ。思わず後ずさる者もいた。

圭真のそばで同じように拝していた者のひとりが呻《うめ》くように言った。

「そうか、接触したのなら、首里無を作った弱毒性のカミをもつ女と、この女は同じ能力を得ている可能性がある」

「そうよ！」

環璃は自分の目が輝くのをとめられなかった。まさにその話をいま圭真らに聞かせたかったのだ。思った通りに勘違いをしてくれた。

「そのとおりよ、いまここでわたしが帝上に口づければ死ぬ。キャナのカミに捕らえられた男がどのように死ぬか、胡周から報告はあがってきているでしょう。ならばどのように帝が変化するのかわかるはずね」

「……く……」

帝を人質に取られている以上、帝心中も侍衛たちもなんの手も打てず、棒のように立ち尽くすしか無かった。

今まで黙って圭真と環璃とのやりとりを聞いていた帝が、消え入るような声で言った。

「では、そなたはもう、果ての民となったのか」

「そうだといったら？」

「……なるほど、そなたがわざと星天から帰らなかった理由がわかった」

帝が苦しげに息をするたび、圭真らの視線が鏃《やじり》のように環璃につきささる。かまわず環璃はその細い首を絞め上げた。

「息子をおびき寄せるためか。そなたが処刑されるとなれば、我らが息子を利用するだろうことを逆手にとったのだな。この広い帝国のどこにいるかはわからなくとも、この数日の間に極都入りする幼児の数は多くない。そなたは子を諦《あきら》めなかったのだ」

それは奇妙なことにどこか賞賛の響きを含んでいた。

「そのとおりよ。なぜ彼女たちは命がけでわたしの息子の救助を？　それはわたしが、彼女たちの同胞だからにほかならない！」

「ならば欲しいのは国か」

切り札のようにとっておいた提案を先に口に出されて環璃は戸惑いを隠すだけでせいいっぱいだった。帝はいつものように幽鬼のごとく存在感がない。なのに、その声はなぜか、闇夜から響く正体不明の音のように環璃の心身をおびえさせる。

「ここで余を盾にとり勅令を出させるつもりだな。そなたの命とそなたの国の継承を余の名をもって保証させる。首里無を焼いた代償に」

「と、とんでもない！　お上、いやしい疫神の民にそのような譲歩は必要ありません！」

「わたしの国をあげるのよ」

チユギの手の感触を思い出した。いま環璃が絞め上げている銀の獣とはまったく違う、血の通った、戦う誇り高い手だった。

「わたしはわたしの国を果ての民に譲り渡す。そして入植を許可する。帝の御代の限り侵略しないことを誓いなさい。それが叶わぬならわたしの命など屑《くず》と同じ。どうせ切り刻まれこの世からいなかったことにされるのならば、ここで死のうとおまえたちの帝の喉笛を食い破ろうと同じよ！　わたしは、瑪瑙《めのう》のかんむり鹿の一族の女王《フーダ》、環璃。われらが土地の神はみな、右角に月を、左角に星をからめとって神になったの。神は美しく、ひとは醜い。神は尊く、ひとはいやしい。その神を食らってまでここへ来た。たとえ帝であってもわたしには贄と同じよ」

「帝上を脅し奉ろうというのか！　無礼な」

「よい、かまうな」

さすがに圭真らは気色ばんだが、帝に一喝されて下がり、場に膝をついてひれ伏した。

「この者がやぶれかぶれな行動をとるのも、おまえたちがこの者から守るべきものをすべて取り上げたからだろう。子さえ人質にとっておけば、どのような無体を働いても黙って従うと。奪い続けていれば気力さえ萎《な》え心から殺せると侮ったせいだ。奪いすぎたな、圭真よ」

「ご、ご明察を……」

「さて、勅令か」

帝の喉がクッと震えた。

「よいのか。ここでそなたをここまで引きずり回した憎い帝心中どもに、全員死ねとは言わないのか」

「帝心中が死んでも、摂政家が権力を握る。摂政家は星天の星見を使い、いままでどおりに国事を進めるだけよ。わたしがわたしの国を譲り渡せば、母《マーラーム》なるものらが大きくなれる。わたしたちは対等に取引ができるはずだわ」

「なるほど……」

環璃の腕の中で、獲物はあくまでも誇り高かった。

「いかにもそなたの言うとおりだ。であるなら、月端《げったん》だけでいいのか。欲しい国があれば言うがいい。そこへ果ての確神とやらを入植させ、女が支配する国を好きにつくりあげてはどうか。前にも申したな。そのためにそなたに星天を教えたのだ」

「お、お上……」

「どうだ、いまここで余が治世、なんぴとたりとも月端の斑どもに手出しならぬという勅が欲しいのか。もし、できぬと申せば、そなたはここで余の首をへし折ることもできる。いや、口づけが先か。侍衛どもの矢がそなたの体を射貫《いぬ》くより先に、余が疫神に食われ塵芥《じんかい》となるか」

帝は首元がもっと絞まるにもかかわらず、ゆっくりと環璃を振り向いた。

「そうにでもなれば、もっとよかったな」

かさついた皮膚が環璃の唇に触れた。押し当てられたそれが帝の唇だったことにしばらく環璃は気づけなかった。それほどまでに帝の皮膚は環璃の知っているヒトの皮とはまったくちがう感触だった。実体を持たない煙に撫《な》でられたような……。そして環璃自身もまた、口づけという行為からは長らく遠ざかっていた。

「お上!!」

すぐ目の前に帝の青白い顔があった。そうしてゆっくりと押し開けられたまぶたの奥にも、色素の薄い玉のような目があった。

「どうして……」

「塵芥になるにはどれほど時間がかかるものなのか、さて」

帝は血管が透き通った頰を環璃にすり寄せながら言った。

「それともならないのか。おしえてくれ皇后星。この広い東環を巡り集めた知見をもって、動かざる紫微星の余に知らしめてくれ。そなたの身に宿るのは、胡周の藩王の子をつぎつぎに死においやった恐るべき疫神なのか、それとも……、なにもない、そなた自身の最後の悪あがきなのか」

そのとき、環璃は帝と自分の足下にあの銀の猫がすり寄っていることに気づいた。しまった。もし環璃が確神を身に宿しているのなら、獣が寄ってくるはずがない。

(しまった!)

「お許しを!」

圭真の声とともに、環璃の顔に砂利がかけられた。目くらましだ、と思ったときにはすべてが遅かった。一瞬、狼狽《ろうばい》し隙をみせた環璃を、帝心中やその侍衛たちは見逃さなかった。

「うっっ」

環璃は両の腕をねじり上げられ、帝から引き剝がされた。あっと思ったときにはもう、環璃の顔は地面に押しつけられていた。あまりにも強く押されたので、口の中に土が入ってきた。土を舐《な》めるのは久しぶりだった。そうだ……、チユギと出会ったあの日、暴漢どもに襲われて身を奪われかけたあのとき以来……。

「……くっ……」

ただの愛玩《あいがん》動物だと思っていた、環璃の大きな見落としだ。

「ようやく得心がいったわ。その猫は、確神避《よ》けなのね……」

呻いて、環璃は顔を上げようとしたが恐ろしいほどの力で押しつけられ身じろぎひとつできなかった。ああこの力だ。男と女にはこれほどまでに力の差がある。なぜそうまで差が必要なのか、なぜヒトはこのように作られたのか、全身が怒りでわななないた。なにもかも同じでよかったではないか!! なぜこれほどまで圧倒的に、完全に違う必要があった!?

「そなたはおもしろかった」

帝はゆっくりと取り押さえられている環璃に近づいてきた。そして、頭のすぐ側に膝をついた。

「とてもおもしろかった」

風がぴたりとやんでしん、と静まりかえった宮の前庭に、かすかに鈴の音がした。

「そなたの憤りはよくわかる。この世界を引きずり回されたあげく、ようやく手にした反撃のつぶてだったのだろう。なのに、こんなわずかな時間しか通用しない。いまそなたは奴卑《ぬひ》のように地にはいつくばらされ、自由を奪われている。いままで万年、ヒトがヒトに支配されてきたのとおなじかたちだ。たしかに女は哀れだ。子を産めば狂い、己を忘れ、そのことを利用して男は奪い、うまくいかなければその鬱憤《うっぷん》を弱い者で晴らす。抑えつけることで形を得たまとまりを、さらなるまとまりが支配し、いくつもの水泡を含む大海のようにして帝国は成り立つ。そなたはこの仕組みを憎んでいたが、どうしようもなかった。そなたもまた子を愛し狂った女でなければ、なりふり構わず果てというヤマへ向かい凶暴な確神の戦士と成り果てていたはず。そうなればいくらかの男は意のままに殺せよう。少なくとも今のように土を舐めさせられていたりはしない。子をあきらめられなかったそなたもまた狂っているのだよ」

「おまえに何がわかる‼」

「何がわかる、か」

　ふいに目の前に美しいものが通り過ぎたのを見つけたような、穏やかな声だった。

「侍医によると余はな、皇后星。このように男の身なりをし、外見は男のように見えるが、中には子宮《オワザ》があるそうだ」

　頭を押さえつけられているので、そのとき帝がどんな表情をしているのかはわからなかった。

「さても女は狂い忘れるもので、男は粗野で粗暴、力のある者を頂点にまとまりをつくり、自らを称《たた》え服従する者の数を増やすことに一生をかける。そうやって我らは千年、あるいは万年あぶくの暮らしを繰り返してきた。しかし、余は考えてしまうのだ。はたして子宮をもつ余のあるべきはどちらなのだろう。余は子どもを孕《はら》めはしないが、逆に子どもを孕ませられもしない。だが、そのみてくれだけはある。剣を持ちあげることすら叶わぬ非力な身だが、余の勅令は国の一国や二国は滅ぼすことができる。余のようにどちらの側でもなく、あいまいなまま世にたゆたう者たちは多くいよう。ただ忘れられてきたのだ。どちらの側でもなければ、いま決まっている仕事をこなすことができないから、数にもならずにきただけだ。そうして、千年、万年……」

「……あなたは、あいまいな者たちを増やしたいのですか……」

首の骨が折れそうなほど押さえつけられながら、やっと環璃はそれだけを口にした。

わずかな視界から、帝の着ていた袍の裾《すそ》が消えた。立ち上がったのだ、とわかった。

「ご自分と同じような者たちを……！　粗暴な男でも、狂った女でもない者を‼」

母なるものらに力を与えたのも、星見たちを保護するのも、本気で果てをたたくつもりはなく、軍備増強のための目くらましにしているだけなのも、そしてそれに対してあれほど俊敏に徹底的に土兒九《ドルク》を攻め滅ぼしたのも、いま、帝の顔を見るまでもなく、うちあけられた秘密の大きさからわかる。渇いた喉が水を吸い上げるように、じわじわと身に染み入って、だれの体の中にもある大きくて目に見えぬ塩の湖に流れ込む。

チリン、また鈴の音がした。かすかに真綿がおしろいをはたくような音がして、白銀い脚が視界を横切った。帝の猫だ。赤子のような声で甘え鳴いた。

「ちがうな。その逆だ、皇后星よ」

猫は帝の体をかけあがったようだった。

「余は知っているのだ。このような体に生まれる、そのことがすべてだと。男が力を持ち、女しか子を産めぬように生まれてくるのは、法も、どのような仕組みも、枠組みをもってしても変えられぬ。ならばこれがさだめだ。我々はこうあるように生まれ、こうあったからこそ滅びなかった。余にできることはない」

足音は去った。続いて、圭真が勅令を発する声が四度の銅鑼《どら》とともに万星殿の一角に響き渡った。

「勅命である。当世皇后星、月端国女王鹿仰如氏《カジャジョシ》に、死を賜る。尭雅《ギョウガ》九年八の月九日、明暁に磔刑《たっけい》に処す」

最後に圭真は、「あなたのものがなにかひとつでもこの世にあると思いましたか?」と静かに言い置いて去った。

*

「一の拝礼!」

宮城に仕える一万人の官吏が一斉に膝をつく。

「二叩頭《こうとう》、三拱手《きゅうしゅ》」

両手をつき、二回頭をたたきつけるようにしたあと、左手首を右の手でつかんで額に押し当てる。

「臥《が》!」

一斉にその場に伏す。大昔は伏すだけではなく、皇帝が一人一人踏んで歩くための長い長い道をそうして作ったという。

「一の拝礼！」

また同様に声がかかる。声が途切れるまで、官吏たちは言われるがままに拝礼の儀を続ける。

万星旗太極殿の中央正面に広がる円形の空間は宇宙を表している。足下に天象の星座が刻まれ、それに因《ちな》む守護獣の姿が立体的に彫られた意匠が目を引く。中でも中心線にあたる黄道は燦帝《さんのみかど》しか歩くことができないとされ、天においての銀河、地においての黄道とも呼ばれていた。この世に星の数ほどの人がいようとも、この道を歩けるのは選ばれたたった一人の男なのだ。

なんとまあ男ばかりが大勢集まっているものだろうと環璃は思った。白木の巨大な十字架に腕と両足、そして胴を金の鎖でくくりつけられてはいるが、だれよりも高い場所にいるので遥か遠くが見渡せる。

この宮城をとりまく幾重もの白銀く高い壁も風の前には無意味だ。一説には海から湧き起こるといわれている風は、水を押しながら岸辺に寄せ、浜を削り畑の上を駆け山にぶつかって雨となって降りそそぎながらも決してとどまることはない。巡るというならば水もそうだ。星天で読んだ書物の中には、水が生まれる地から水とともに旅した大昔の賢者が、やがて海へとたどり着き、水は風となって山へ帰ることを証明した、とあった。

星も巡り、風や水も巡る。

ヒトだけが巡らずに、信ずるものや寄る辺を変え、奪いつづける性とともにとぎれとぎれに生きている。この高い位置から人々が言われるがままに服従している様子を見るにつけ、環璃はなぜヒトだけが巡らないのだろう、と思っていた。

（この期に及んで、まだそんなことを考えている）

おかしなことだと環璃は笑った。あともう半刻もすれば環璃は死ぬ。賜った死だというのに、一族の女王に伝わる喜服礼装も許されないまま、肌着のような白く染めの無い襲すがたを、大勢の男どもにさらされながら、屈辱とともにまず足の甲を鋭い槍《やり》で突かれる。これはどこにも逃げられぬという罰で失足と呼ばれている。次に手のひらを突かれる。これはもうなにも手にすることはできぬという罰で遍上と呼ばれている。それからへその下を突かれる。もう二度と生まれてこぬようにという罰で絶路と呼ばれている。

槍で突かれるたびに大量の血がしたたりおち、地面に血だまりを作るだろう。同様の刑で罪人が処罰されるところを環璃もなんども見たことがある。子どもの頃から繰り返し見学し、公開の場で行われるのは恐怖をすり込むためだ。こうなりたくなければ言うことを聞け、というお決まりのやりかたである。

この宮城に集う一万人の官吏、おそらくは辺境を管轄する蛮藩院《ばんはんいん》や藩王の下で働く尚中たちもいるのであろう、彼らに環璃の処刑を見せるのは明確な意図がある。

環璃は公的には月端国女王鹿仰如氏《カジャジョシ》と呼ばれている。月端という国を代々治めている鹿仰如という部族の女王である、という意味で、個人名ではない。その王を公然と処刑する。尭雅《ギョウガ》九年八の月九日、明暁、つまり今日のまだ朝早い時刻に磔《はりつけ》の刑にすると勅令を発した意味は、この秋に参内する予定の、燦の朝貢諸国らに対する明確な恫喝《どうかつ》だ。このような小さな辺境の国であっても、目が行き届いている、けっして見逃さないという帝心中からの警告なのである。

環璃が皇后星として、次代の帝を産むために諸国を巡らされていることなど、朝貢諸国の王たちはとっくに承知だろう。そして、烏爬《ウーファー》や胡周という歴史と豊かさをもつ藩王国の王ですら後継になれなかったということ、その隙に帝の羽林《うりん》軍が北蛮《はくばん》に介入し勢力図を中央政権に都合のいいように書き換えてしまったことは、環璃が国々を巡っている間に起きたことだった。言うならば環璃はその一連の政略の幕引きとして、見世物にされる。帝に逆らうとどうなるかをわかりやすく見せつける、その贄なのである。

曇天の空は、真夏でも気温が上がりすぎないこの極都に蓋《ふた》をして、後ろめたいことを天の目から隠してしまおうというだれかの強い意志のよう。唇に朱はなくなり、皮膚は乾いて指先が割れ、骨と血の管が浮いた体はまだ痛みと苦しみを環璃に伝えてくる。とっくに環璃自身は死を受け入れているのに、体はまだ生にしがみつき、警告を発しているのだ。まるで違う生き物がひとつの器を共有し、主導権を主張しているかのようだった。

それでも、環璃の心は晴れやかだった。

「ずいぶんと達観しておいでのようですね」

うっすらと笑みを浮かべる環璃を奇妙に思ったのか、足下に控える圭真が言った。

「まさか、誰かが助けにくるなどと思っているのですか」

「……そういう物語を、昔、育てる手や母たちからよく聞いたわ。どんな苦難でも友や仲間とともにあれば乗り越えることができる。善き心を持ち続けていれば、かならず誰かが見ていてくれる。一人の力ではどうにもならないことも、信頼という大きな力の連鎖が絶望を打ち負かせる……。夢中になった。どれもとても美しい物語だった……」

「夢ですよ。そうあってほしかったという願いで作られたのでしょう。そしていつまでも叶わぬからこそ、人々は願い続ける。叶わないからこそ祈り続ける。あなたには仲間なんていません。あなたを助けられる人なんてこの世にいません」

圭真の言葉は、聞きようによっては心をズタズタに切り裂くだけの力をもっていた。その切っ先が鋭く力があるのは、真実だからだ。

「そうね。わたしには仲間なんていない。だれもいない。果ての民にさえなれなかった。チユギですら家族とは、友とは言えない……」

今までさまざまなかたちで後世に残されてきた多くの冒険譚が、英雄たちの伝承が、それらは仲間のために偉業を成し遂げたのだと伝えてきた。すべての王の戦果の記録も、王朝のはじまりも、人が集い時には争いながらも、互いの信頼を勝ち得、いちずな思いを束ねながら、ついには敵に打ち勝つことではじまったことなのだと。

でもわたしはいまもたったひとりだ。

世界中を旅したが、仲間など居ない。わたしに罪などなにもないが、いま殺されようとしている。おそらくこの広い天の下で理不尽に屠られようとしているいのちのほとんどに、救いの手はない。

「だからですよ。その絶望的な孤独を忘れ、救い、補塡《ほてん》するために、家族というまとまりが我々には必要なのです。必要だからそうあろうと自ら選択してきたのです」

圭真の言葉は力と自信に満ちあふれていた。

「家族とは、生まれながらに人が得やすい、生来のまとまりにすぎない。家族がいない子どももいるでしょう。しかし大多数にはいる。父と母がいないといのちは生まれないのだから当然のことです。わたしたちはそうあるべくそうなっている。それをわざわざばらばらにして、いちから新たなまとまりをどうやって作りますか？　なんのために？　信頼できる相手ひとり探し出すのに苦労するこの世の中で、ある程度強制的にまとまりを得ないと、野の獣ですら生き延びられない。畏《おそ》れ多くも帝上がおおせになったとおりなのです。はじめからいのちとはそういう仕組みになっている。生来の仕組みに抗うことは無意味です」

「チユギは……、彼女は……、友じゃない。不思議な存在なの」

　ぼんやりと垂れ込めた雲のむこうを見晴るかしながら環璃は口を開いた。そして、おそらく今頃、環璃の息子を安全な場所に連れて逃げるのにせいいっぱいだろうチユギのことを想った。

「初めて会ったときに、目がくらむような光と、奇妙な感覚があった。その場で神を捨てたわ。なにか彼女にすべてを捧げたくなって、自分のものを分け与えたくなってそうしたの。あの日から鹿の肉を食らい続けた。この世に生を受けてから捧げ続けた月端の神への信仰を否定するには、そうするしかないととっさに感じて……」

　高い場所にくくりつけられているため、圭真がどんなふうにその言葉を受け止めたのかはわからない。ただ、滔々《とうとう》と環璃は話し続けた。

「友ではない、わたしは果ての民にもなれなかった。でも、なりたかった」

「それはあなたが一族を失ったからだ。いのちを守るためには群れなければ。そういうことを我々は生まれながらに知っている。渡り鳥が卵を産む島を決めているように、獣が毎年同じ季節に子を産むように、抗うことのできないいのちの綱がこの世にはある」

「あるでしょうね。……でもそういうことでもないのよ。わたしは果ての民になりたかったけれど、本当は、……もっと違うものになりたかったような気がするの……。だからそのしるしに、彼女にわたしのものを与えた」

「あなたのものなどこの世には……」

「あるわ」

環璃の言葉が、ふいに圭真を打ちのめす力を孕んだ。

「おまえたちをもってしても、わたしや息子から奪えなかったものがね」

彼らは環璃ひとりを処刑すると宣言し、そこに息子の名はなかった。月端の正統な後継である息子をも処刑しないということは、帝心中は捕らえていたはずの環璃の息子を、何者かに奪われたということにほかならない。

そんなことが可能なのは、果ての民だけだ。チユギは約束を守ってくれたのだ。

(帝を人質にとり、月端を新たな果ての民の入植地にするという勅令を出させることはできなかった。でも悔いはない)

環璃が帝とともに極都へ戻らず星天にとどまった理由は、ただ書物を読みたかったからだけではない。最大の目的はチユギに会うこと、そして彼女たちに自分の国を正式に譲り渡すことだった。

(署名するとき、星天の星見を立ち会わせればなによりも勝る証拠となる。彼らは事実を信仰する。帝心中にどんな強硬な態度をとられても、あのとき立ち会って作られた書面を闇に葬ったりはしないだろう)

息子の命は守られた。国を、有益な者たちに譲り渡すことができた。わたしがわたしの生を美しい英雄譚にできなかったのだとしても、果ての民を滅ぼさず、帝心中に対抗する第三勢力に育て上げるためのゆりかごを提供することはできたように思う。

「あなたの〝国〟ねえ……。なるほど、星天に斑などを呼びよせ何をしたかと思えばそんなことでしたか。あなたの息子など、すぐに滅ぼせる。斑の疫神の民も。我々には新しい武器がある。新しい軍隊もね。首里無のように焼き尽くせば、疫神などひとたまりもない」

「やけに、自分の中の幼子に言い聞かせるように言うのね、圭真。なににそんなにおびえているの」

「…………！」

それがどのように彼の気に障ったのか、それともそうではなくただ時刻がやってきただけなのか、いまとなってはもうわからない。ただ、彼は環璃の問いにこたえることはなく、自分から始めた会話を急に断ち切った。

「刻限である、刑をはじめよ！」

そうして、一番手前の帝心中らが控える列に戻っていった。

代わりに、飾り気のない刃がついただけの槍をかかえた刑の執行人が静かに近づいてきた。

ドン、ドンと煽《あお》るように太鼓が鳴り響く。背後には、万星旗太極殿の玉座がある。帝はいまごろ、白銀さなどまったくないように金の羅紗《らしゃ》で全身を包み隠しながら、環璃の最期を義務的に見届けようとしているのだろう。

そして、何事も無かったかのように時は流れる。無力な者の問いかけは無視され、望みは踏みにじられ、支配するために都合のいい枠組みを続けていくための餌だけが粛々《しゅくしゅく》とまかれる。

その餌を一度でも口にした者は、つぎに自分の順番が回ってくるのをおとなしく待つ。生まれて初めて見た者を母親だと思う幼鳥のように、生まれて初めて見た支配を、それが最上の生き方だと勘違いする。勘違いは刷り込みになり、枠組みは守られ、暴力の発端と餌食になった者は、両者ともにそれを伝統であるとか、役目であるというふうにすり替える。そしてその最下層にいる人々は、悲しみのあまり自分の生を捨てて、なにもかも忘れる。

ならば、わたしは覚えていよう。

環璃は目を見開いた。自分に真向かってくる刃が足の甲に突き刺さるその瞬間にも、目を背けなかった。

呻き声は呑み込み、痛みは耐えた。ああ痛い。ああ覚えている。ああ辛《つら》い、苦しい。覚えている。わたしはわたしを虐げた者たちを殺したい。わたしは、このいのちが尽き果てるそのときまで、諦観《ていかん》したりはしない。望み続け、目を見開き続ける。わたしは覚えている。おまえたちはどうか。

「うっ」

環璃の両の手のひらに槍が突き刺さった。骨が割れ砕け、天罰のような雷が環璃の全身を震えわななかせる。痛みで目の前が真っ白になる。

（いいや、目を閉じはしない！）

いまこの眼前に広がるヒトの群れ。この世の半分は女であるにもかかわらず、この場にいる女は環璃しかいない。それを奇妙には思わない、権力によってしつけられた聞き分けのいいヒトのまとまりよ。おまえたちは無邪気にも手を差し出して次の飴《あめ》をねだる。飴をねだる行為をさも重労働であるかのようにうそぶき、餡を与えられないいらだちをなにかにぶつけながら。

さながら、その姿は獣のようだ。強い雄に頭を押さえつけられ、言われるがままに列にならび褒美を待っている……。その屈辱感と劣等感を女を支配することで晴らすおまえたちは獣のようだ。

その獣のくぼんだ目で、わたしを見て覚えていろ。骨を切り裂かれ、体から血を垂れ流しこの広場に不浄のしみを作り出しながら明日には骸《むくろ》と成り果てるわたしを見ろ。その惨憺《さんたん》たる末路を知らしめるため、わたしの死骸《しがい》は腐り落ち、石畳の汚れとなるまでこの場に放置されるだろう。そのわたしを見ろ。ヒトの口はわたしの死を運ぶ。あの星天でさえ一行だけ、わたしの死をかき刻む。噂は果てまで届くだろう。チユギやいっしょに旅したテセレンや、邑長《リンジー》たちのもとへ、わたしの国とともに。そのとき彼女らの心の中に起こる変化にまでは、おまえたちの手は及ぶまい。

いま、楔《くさび》を打ち込んだ。わたしこそはおまえたちが生み出した、いままでこの世にはなかったものだ。わたしを見ろ。わたしが切り刻まれているのではない。わたしがおまえたちを切り刻んでいる。それがわかるようになるまで百年かかるだろう。千年万年かかろうとかまわない。名は忘れられ、碑文の一部になろうとも。わたしこそが、変化と革新の苗床となるのだ。わたしを見ろ。見ろ。

「あっ、ぐっ……」

環璃の手首に槍が突き刺さった。腱《けん》が切れ、もう二度と手が動かなくなったことを痛みゆえに知った。体中から血が抜けていく。雨のように降り注ぎ、環璃に槍を向ける刑吏まで血しぶきを浴びて顔を真っ赤にしている。

急激に抜けていく力と意識の中で、環璃はもっとも口になじんだ祈りの言葉をつぶやいていた。

「刈り取られた……麦に……、……縊《くび》られた獣……に、昨日と……明日に」

流れゆく血とともに、先に環璃の魂だけが肉体を飛び出して、遥か遠い故郷を目指しているかのようだった。

なつかしい故郷が思い出された。銀色の毛に覆われた辺境地方独特の背の高い羊や、宝石のようだと言われる八角の角を持つ山羊《やぎ》、馬よりも大きなクジャク、どんな鋼《はがね》よりも硬いくちばしをもつ鷹《たか》……。彼らを環璃の枝族は狩ることができたが、一部の北原の民はそれらを神としている者たちだった。とにかく灰色の大地が続く貧しい平原に、それらの獣たちは異質なほどに美しかった。だから歌に歌われた。

草の芽吹く春に向かって集落を移動させ、真冬は都市の郊外を間借りして、春になれば緑を追って山に帰る暮らしを続けながら、幾年、千年。祖父の祖父のそのまた祖父の代から伝わる歌にも詩にも、この土地で一番醜いのは人間だと歌い続けていた。

(わたしは、瑪瑙のかんむり鹿の一族の女王。右角に月を、左角に星をからめとって神になった。神は美しく、ひとは醜い。神は尊く、ひとはいやしい……。なぜなのだろう。なぜわざわざひとは醜いと我らの先祖は歌い綴ってきたのか……)

「うぐっ！」

とうとう環璃の腹に二本の槍が同時に突き刺さった。内臓が破れる音とともに黄色い体液の袋が破れて環璃の体の中身とともに傷口から飛び出してくる。

最後の力を振り絞って環璃は顔を上げた。ああ、ここに窮まっても知りたいことが瑠仏土《メルブド》で起こるという川の逆流のように押し寄せてくる。なぜなのだろう。なぜわたしたちはあんなふうに自分をさげすみながら泥にまみれて生きていたのか。

「わたしは……、瑪瑙のかんむり鹿の一族の女王環璃。神は美しく、ひとは醜い。神は尊く、ひとは……いやしい……」

環璃は歌った。草原で一番醜いのは人間であり、美しい獣たちは神の御使《みつか》いであるという古い伝承の歌を。

口の端から血を流し、もっとあらゆるところから血と体液を流し、白の襲を真っ赤に染め上げながら、笑いながら歌った。息子よ、おまえはあの国に帰らなくてもいい。好きに生きよ。ただし、忘れるな。己のしたことも、されたことも、苦しみも喜びも忘れずに可能であれば書き綴れ。後から思い出したことがあれば、なぜ自分がそれを忘れたのかを考えよ。そこにおまえの弱さがある。おまえをさいなむ毒となる。それ以外は好きに生きよ。生きられる限り生きよ。

最後はもう祈る力しか残されていなかった。まず痛みが先に抜け落ちた。そしてゆっくりとなにもかもが遠ざかっていった。

(冥府《めいふ》はどんな場所だろう。死者のみがくぐれるという黄昏《たそがれ》の門のむこうに、だれが待っているのかしら)

もうずいぶんと遠いところまで来てしまったけれど、北原の神を汚し捨て、骸さえ弔われぬわたしを、一族の魂は迎えに来てくれるのだろうか、とそんなことを思った。

やがて悲しみも抜け落ち、だれかに贈り物をしたときのような心地だけが残った。この世での環璃の時間は止まり、べつの時がはじまったと感じた。いままで身をさいなんでいた苦痛はとっくになくなり、いまや環璃は金の繭につつまれるような心地よさを感じていた。光が環璃を撫でている。いや、光が環璃を貫いている。糸よりも針よりも細い光が、まるで皮膚の穴ひとつひとつを通すように、環璃の体の中に注がれ、死にかけた肉と混ざり合っている。

光は美しい音楽を放ち、一定のどん、どんという拍子をうちながら体中を巡り始める。光の粒が歌っている。歌い、はずみながら環璃の体に網のように巡らされた血脈をかけぬけていく。

（輝いている。いのちが。いま死ぬというのに）

それともこれが死ぬということなのか。なにもかも失い、敗北した結果ではなく、死とはここまで心地よく、力強くなにもかも圧倒できるほどの威力を備えているものなのだろうか。

しばらくの間、環璃は意識を失っていたようだった。もう一度覚醒《かくせい》できたのは、がっくりとうなだれていた自分の顔をだれかの手が支えていることに気づいたからだった。

「目を開けろ、環璃」

頬をさすられて環璃はまぶたをこじ開けた。そんなふうに頬に触れられたのは結婚が決まった夜の母親の抱擁以来だったかもしれない。ずいぶんと懐かしい思いが潮のように満ち、まだ自分の体になにかを生み出す力が残っていたことに驚いた。

ころころと転がり、環璃の皮膚の上を羽虫のようにうごめきながら目の中に、鼻の穴に、そふりかかったと同時に発光し、水面で跳ねる水滴のように自らの形をつくりあげた。額に負った傷から噴き出した血が環璃の顔にかかった。奇妙なことにその血は、環璃の皮膚にチユギが環璃の頭をかばうように腕を回して胸の中に引き込んだ。ほぼそれと同時に彼女が

「ふ、うっ‼」

を負ったような懐かしい、忌まわしい痛みだ。くる。とんでもなく身を引き裂かれるような苦しみと寒気だ。氷の衣に身を包まれ皮膚が凍傷る間にどうやってチユギがここまでやってきたのか気になった。目を凝らした。痛みが戻って吐息が顔にかかった。そのにおいさえも香のように心地よかった。そして自分が気絶してい

安心していい」くで硫黄の煙が噴き出すが、死ぬほどではない。もう何十年と我々のクニだと知られていない。「おまえの息子は南へ行った。邑長の夫たちが暮らす小さな集落がある。果てと似た火山の近

ユギはささやいた。さるようにして、環璃を抱きしめていた。額が彼女のそれに触れるほど近くに顔を寄せて、チ懸命に目をこじ開けても見えるのはチユギの顔だった。彼女は磔にされた環璃の上に覆い被てほとんどなにも残っていない。支えられて顔を上げているだけでせいいっぱいだったのだ。どうやってここに、という言葉は声にはならなかった。環璃のいのちは肉体からこぼれ落ち

「チユ……ギ……」

「私を見ろ、環璃」

して唇を割ってはいっていく。しかし環璃はそんなことよりチユギが傷を負っていることのほうに衝撃を受けた。確かめようにも自分はいま強く彼女に抱きしめられ、なにも見えない。

「チユギ！」

「いいから……。私はまだ大丈夫だ」

また衝撃が来た。聴覚がもどっていたおかげで、それが射かけられた音であることがわかった。矢が飛んできている。おそらくはこの場を守っていた帝の武衛がチユギを攻撃しているのだ。いま彼女は環璃を守るための盾になっている！

「だめよ、どいて。あなたが死んでしまう！」

懇願してもチユギは環璃を抱きしめる腕をほどかなかった。それどころかますます力を込めて体全体を使って肉の繭のように環璃を包み込んだ。

「どうして、どうしてよ！」

衝撃は続いた。たったそれだけで環璃は、いまチユギが自分の身をさらして環璃を守っているかわりに、何百という矢を射かけられて死に瀕《ひん》していることを悟った。

「すぐ死にはしない。私のカミがすべきことをするだろう」

「すべきことって……」

「新たな苗床を選ぶことだ」

ヒュンヒュンと風を刃が切り裂き、チユギの肉を削りながら通り過ぎていく。いくつかの矢は当然ながらチユギの背に食い込み、血の道や骨を断とうと襲いかかっているのだろう。しかし彼女のカミがその傷を修復しているのだ。人知を超えた力でもなければ、もうとっくに絶命している。

けれど、無限に傷つき壊れつづければいかな強大なカミとはいえ、力が及ばないこともあるだろう。このままではチユギの身が持たない。それにおかしなことはほかにもあった。環璃自身に力がみなぎり始めていた。両手首と足、それに下腹を大槍で突かれて致命傷を負ったはずだ。なのにいまはもう痛みも寒さも感じない。それどころか熱が生まれている。体の奥深くに光のつぶがいくつも生まれ、それらが血の巡る管の中にとりこまれてまばたきもせぬうちに奔流となり、体中を駆け巡る。

目で見たわけではない。目は相変わらずチユギに頭ごと抱き込まれ視界は閉ざされたままだ。なのにわかってしまう。自分の体の中に異物がとりこまれ、骨や血や内臓がそれを受け入れて傷の修復にかかっている。すでに手の傷は閉じた。足の骨は接ぎ合わされてまっすぐになりつつある。一番大きな腹の傷めがけて、光が集まっている。光だけではない。肉もだ。傷ついた腸の壁を修復しようと環璃の腹の肉と骨、それに血以外の体液を運ぶ管が、まるで生き物のようにチユギとふれあっている部分から彼女の肉と血、あらゆる組織を取り込もうとしている！

「いや！　いやだ！　あなたが消えてしまう！」

力の戻った手で必死にチユギを振りほどこうとするも、思った以上にチユギの力は強く、鋼の腕のように環璃を抱きしめて離さない。

「わたしをあなたのカミの苗床にするために、あなたのカミはわたしの傷を癒やすの？　あなたを溶かし、あなたを贄のようにしてわたしの一部にしようとするの？　なりたくない！　わたしはあなたをわたしの一部にしたいわけじゃない！」

わたしはわたし、あなたはあなた、別々の人間として、かつて出会った日に肉や粥《かゆ》を分け合ったように生きていきたいだけだ。たったそれだけのことしか望んでいないのに！

「環璃、巡る星よ。私の巡る星……」

チユギが言った。

「おまえがすべてを知りたいといってくれてうれしかった。私もずっと、私のものをだれかに分け与えたかった。ようやく……」

がぼっと大きく咳《せ》き込んで、チユギは口から大きな血の塊を吐き出した。その血さえ環璃の首から骨の接ぎ目にかけての皮膚が、まるで水を与えられた土に眠っていた植物の根のように歓迎して吸い尽くす。違和感と嫌悪感で吐きそうだった。なぜ、自分の体がチユギの命をうれしそうに奪おうとするのか。

「なにもかも知りたいならば知り尽くせるだろう。私が生まれる遥か前のことまではわからないが、少なくとも真なる夜とよばれた王国がどうやって滅んだのか……。なぜ忘れ去られたのか、いまこの世にあるいかなる記録、伝承をつたえる語り部、あの星天の壁よりも真実を飲み干せるだろう。望む、……とおりに……」

飲み干せ、とチユギは吐息のようにささやいた。遠くで声が、圭真が怒鳴っているのが聞こえる。もっと射かけろ、弩弓《どきゅう》を出せとわめいている。

「……星見たちも知らないことがある。なぜ、我らのカミの移植が難しいのか。それは、我々と同じようにメ神とオ神がいるからだ。オ神とともに新天地に移植されなければ、カミは根付かない」

「メ神……」

言葉よりもさきに知識が環璃の中にしみ通ってくる。すなわち苗床となる場所に、メ神とオ神がいること。それが移植を成功させる条件であり、メ神とオ神が結びつくことによって繁殖する。そして、首里無に強毒性のあるカミが根付かなかったのは、この結びつきによる繁殖ではなく、単体繁殖だったからだということ……


「メ神とオ神の結びつきによってのみ、強毒性のあるカミが生まれる。私のような……。私はそのことを知っていた。知っていて、邑長たちには伝えなかった。長い、とても長い間……」

彼女が苦しげに息をする間にも、彼女の言葉よりも雄弁に記憶がものがたった。……私はどうするべきかわからなかった。力を望んだおまえになにができるのか。けれど、この二百年のうちに火力が生み出された。その火力によって我々の暮らす毒の山は宝の山になった。私はもう一度、顔をあげた。おまえはもしかしたら、私がなせなかったことをなすかもしれない……

「環、璃……」

チユギの身が溶けて、肉が広がり、チユギのオ神が環璃の身の中に入ってくる。それと同時に、チユギの感情や、かつて美しい少女だった頃のチユギの過去が環璃の隅々に床に美しい布を広げ見るように明らかになっていく……

(ひかりだ)

それは、まるで巨大な菌類の森のようだった。烏爬の湖で見た珊瑚《さんご》のような丸い宮がいくつもならび、高い木のように生えるのもすべて樹木ではなく茸《きのこ》。金の紐《ひも》のように垂れ下がるのも、虹《にじ》と金をかさねた羅紗のごとき天を覆う傘も、春に颪にさらわれる綿毛のような光も、地を覆う網の目の星も、そのすべてが、あらゆる色をまといながら発光している。まばゆい光を放ち、夜の闇を圧倒して、永遠に続く輝く日々を作り出していたのだった。

染み通ってくる。チユギの過去が。チユギが目で見て聞いて巡ってきた旅路のすべてが。数瞬前まで知りもしなかった、想像しえなかったはてしない光景が、自分の記憶の一部に置き換わっている。

その起点でもある光の夜。

（これは、チユギの住む果てではない。似ているけど、違う。もっともっと昔のこと）

──ヨルと呼ばれた王朝があった。

都の名は照無《テナ》、あるいはテナミリオンと言った。

ヒトは確神という神聖なる言葉を使い、テナの都で豊かに暮らしていた。

虹果《ビオラモ》という不思議な水の流れる河があり、その水は赤く、時には青く、常には虹色をしていた。

虹果と確神さえあれば、ヒトはいつまでも美しく清くあれた。

テナの都は四方のうち一方を海に、三方を永久断塞《アショーホーレ》という名の絶壁によって守護されていた。そこに住む人々に差はなかった。輝かしい剣聖セラフィナスも、気まぐれな賢者のさまよいたるゾアも、ヘクラの黒剣を継承し、ヨルを建国した残酷な王ザルカリでさえ、母なる百万の穂アルストロメリアとアトンと呼ばれたたおやかな貴婦人たちに敬意をもっていた。ともに暮らす鳥や獣でさえも自ら光り輝き、美しかった。

ヨルの人々は、万物の混沌《こんとん》を愛した。つねに不安定であればこそ、変化は起こる。幸いなことにテナの都を外部から害そうという者はいなかった。

「なぜ」

「あまりにもヒトは少なすぎた。ヨルの国に住まうヒトは、全部で千人に満たなかったと思う」

「それでどうやって土地を征服したの？　どうやって豊かに、貧しさもなく平等にいられたの……？」

「確神という言葉があった。ヨルの民の吐く言葉には力があった。なぜなら、ヨルの民はすべて体の中にカミを棲《す》まわせていた」

夜に適応するために、ヒトではない存在がそのようにしたのだと、チユギの意思が伝えてきた。

「ヨルの民には生まれたときからカミが宿っており、カミの意思と自分の意思が統合し、やっと成人するといわれていた。カミは水とともにあった。虹果の水を飲んでいれば、体の中につねに光があり、ヒト自身が虹色に輝き、ヒトが夜をも照らすことができた」

ヒトは体内から光を放ち、輝き美しかった。身に共生するカミたちはさまざまで、放つ光も多様であったが、そのどれもが言葉では表現できないほどまばゆく、ヒトはすべて代えがたい存在であった。圧倒的に数が少ないという懸案事項をのぞいては。

「なぜ、ヒトはそんなふうに夜に暮らすようになったの？」

ヨルの文明が起こる前に、昼の文明を作った人々は、日の光とともにこの世界を離れていったという。

「世界は本のようにいくつもの階層が綴《と》じられた連続体で、そこに暮らす命さえ着物の襲のようにいくつも重なり合ってひとつであったらしい。しかし、彼らはそのひとつを切り離し、遠くへ旅立っていき二度とは戻らなかった」

日の光を奪われたヒトは死に絶え、世界には、彼らが旅立った門と、闇に適応した民だけが残された。

生き残ったヒトは夜に暮らした。カミとともにあるヨルの文明は栄えた。ヨルの都はつねに確神に満ちあふれ、あらゆるカミたちが自ら発光しており、闇をも照らす星座のようなまばゆさに満ちていた。

わずかにある昼に暮らしていたのは、ヨルの民に仕える獣人たちだった。

「獣人たちは言葉をもたなかった。ヨルの人と似たような姿をしていたが、それはヨルの民に仕えるのに便利だからであって、もとからそうだったわけではなかった。彼らのほとんどはカミへの耐性をもたず、昼にしか生きられない。よって都からはるか遠い場所で暮らした。群れをつくり、群落をつくり、子孫を増やし、ヨルの民には絶対服従だった」

「なぜ」

「彼らはヨルのカミを恐れていた。カミから発せられる確神こそこの世でもっとも強い生命体であったからだと思う」

「……確神は、果ての山と同じ、カミが放出する胞子ね」

「そうだ。子宮だけではない、肺や心臓、五臓六腑《ごぞうろっぷ》に棲み、息を吸い、言葉を吐く。だから言葉には力があった」

いまよりずっと大昔に、確神と共生するヒトが繁栄した文明があったのだ。果ての戦士たちは、その文明の末裔《まつえい》だということが環璃にはなにより驚きだった。

「獣人たちは本能でヨルの人々を恐れた。決してヒトに逆らわず、意のままに働き、食べ物を作り、加工し、征服し管理した。ヨルの民にとって、獣人とは狼や犬のようなもので、飼うことはあってもそれ以上でもそれ以下でもなかった」

一度も見たことのないヨルの文明、太陽の無い夜に生きる女王とその子たち、そしてたった千人に満たないヒトの王朝にかしずく数千万の獣人たちの様子が、懐かしい故郷を思い出すように環璃の脳裏に再現された。

千年もの間ヨルの都は富み栄え、そして滅びはやってきた。この世に突然やってきた大津波は山々をも呑み込み、それは絶壁と言われていたアショーホーレも例外ではなかった。

「虹果の虹の水に海水が混じり、そこに棲んでいた無数のカミはすべて息絶えた。塩がヨルを滅ぼしたのだ」

ヨルの人々は、水を失ったことで確神も失った。虹果の水が汚染されてしまっては、少なくとも新たに生まれる子にカミは共生できない。確神を使えない以上いままで通り子は育たない。

人々はいまヒトの中に宿るカミをなんとかして増やすことを考えた。似た特性をもつ塩に強かったカミ同士が掛け合わされ続けた。試行錯誤の末、ヒトはカミの繁殖にも成功した、ように思えた。しかし、その掛け合わされてできた人工のカミはあまりにも強く、そして高慢で、混沌を好みすぎた。

「混沌を、好みすぎた？」

「自分の苗床になり得る個体以外は、敵として屠る習性をもっていたんだ」

それは、果ての確神のなかでも荒ぶるカミ、と呼ばれている存在とほぼ同じだった。

どれだけ高度な文明と叡智《えいち》があろうとも、一度滅びの道を選んだ種に逃れるすべはない。ヨルの民はひとり、またひとりと寿命を迎えた。

最後の一人となったヨルの女王は寂しさのあまり、昼に生きる獣人たちのうちから賢い者を選び、文字と言葉を教えた。

女王はただ、だれかと会話がしたかっただけだった。ヒトがどれほど優れた個体であってもひとりきりでいることは耐えがたく、たとえ覚えた会話はたどたどしく、野生の獣性の制御にとぼしい卑しい獣人であっても、話し相手を求めたのだった。

女王は、獣人たちと過ごすようになった。あらゆるヒトの叡智に獣人たちを触れさせた。あたかもそれは、祖母が孫に、家宝をみせるがごとき親愛にあふれた行為だった。

獣人たちは確神こそ継承はできなかったが、言葉を覚えた者は群れに帰り、女王の眠る昼のあいだに、たったひとりしかいないヒトのために懸命に働きながら、ゆっくりと言葉と叡智を世界に広めていった。

こうして獣の群れの中に、文明の息吹《いぶき》のようなものが誕生する。それらはヨルの文明の犠牲のもとに迎えた小さな明日だった。

「かわいいわたしの子よ、かわいいかわいい子らよ。おまえたちに生きる意味を授ける」

最後のヨルの王国を統べる女王は、息絶える前に膝元にかわいがっていた獣の子たちを集めて言った。

「おまえたちは獣の子、これからは昼に生きる者たちの世になる。獣人は数を増やし、やがて文明のようなものをもつかもしれない。けれど覚えておきなさい。昼と夜は交互にやってくる。獣人たちの昼の文明も、いつかは終わる」

女王は言った。獣人たちがいくら言葉を覚え、文明のようなものを成立させても、自分たちの中に長年根付いた獣の習性を完全に制御できなければ、ヒトになったとは言えない、と。繁殖のために作り上げた獣の群れの習性をヒトにふさわしいものに作り直さないかぎりは、いつまでも獣のまま。やがては滅びるだろう。そのときのために、ヨルもまた、生き残り繁栄を目指さなければならない、と。

「そのために、会いに行け。おまえの誰かに。対なすものに」

女王の死後、悲劇が起きた。女王が死んでも、女王に共生していたカミはまだ、生きることを望んでいた。彼らは分裂し、増え、また食らうだけを繰り返し、ヒトとは違う価値観をもつ。女王の死によって彼らは新たな苗床を求めなければならなかった。

ヨルの国でたった一人、寿命を迎え孤独の内に息絶えた女王のなかの荒ぶるカミは、死んだ女王の肉体を分解し、外に出た。そして新たな苗床を探して、女王がかわいがっていた獣人の子たちに襲いかかったのだった。

その場にいたほとんどの獣人たちが、カミの力に耐えきれずに死んだ。都の中で暮らすようになっていた、知的な獣人層たちもまた、荒ぶるカミの犠牲になった。主のいなくなった広大なヨルの都で生き残ったのは女王の側に仕えていたわずかな宮女たち……

「そのうち、死ななかった四人のうちのひとりが私だ」

美しく光を放っていた都は、すでに光が絶えて乏しく、完全に夜の闇に埋没していた。そして朝がやってきた。生き残ったチユギたち四人が見たのは、肉を食われ分解され膨大な量の灰と塵《ちり》となった獣人たち、そしてそれらに埋もれた、かつての輝く都だった。

輝かしかったヨルの文明も絶えたあと、この世に残った無数の獣人たちは二度とカミが自分たちを襲わないよう、自分たちが敵わない力である確神が復活しないよう、女王の遺体を塩の棺《ひつぎ》に入れて埋めた。

真っ白な断崖《だんがい》に囲まれたヨルは、あらゆる場所が塩で固められ、生物が棲めない死の土地として、いまではだれも近づくことはない。かつてそこにあった美しく装飾され舗装された道も塩で覆われて草木も生えず、やがてすべての文明の痕跡《こんせき》は消えた。

そして、昼の時代がやってきた。

「おまえたち、そして私たちすべてが、かろうじてヒトの文明を引き継いだ獣人の末裔《まつえい》だ。もとは言葉ももたぬうすのろな家畜の群れだったんだ」

彼らははるか前に存在した多重緻密文明のことも、この世界を切り捨てて去った者たちのことも後世に正しくは伝えられなかった。正確には獣人たちは知能が低かったので、目の前にあったヨルの文明以外の存在は理解できなかったのだ。

なのに、獣人はヒトであろうとした。そして高度な生命体によって使役されていた自分たちを恥じた。恥じながらも憧《あこが》れ、ヨルの王朝が築き上げたようなものを作ることが善くて正しいことだと、必死に先達をまねた。

「自分たちが正しくヒトであるために」

しかし、所詮獣は獣。確神が使えない以上、言葉は力をもたず自ら光り輝くことはできない。ひとりひとりが輝き、価値がある存在として生きることはできない。さらに滅びたヒトと違って、カミと共生できない獣人は寿命が短い。自らの能力と美しさ、輝かしさを楽しみながら長い時を過ごすことはできないのだ。

「うわべだけヒトをまねた獣の文明は、そこかしこで齟齬《そご》を孕むものだった」

カミを持たず、自ら光り輝けない獣たちは、必死に煌《きら》めくなにかを探しだし、身を飾り始めた。金や銀、光を放つ玉や玻璃《はり》や光沢のある布、刺繡《ししゆう》、意匠で身を包み、必死に自らが光っているように見せかけたのだ。そしてその秘められた欲望によって、金や銀などの光り輝く鉱物には価値があるとされた。それらは貨幣となり、財となったが、いつしかだれもがなぜそれらをほしがるのか考えようともしなくなり、ただただ飾ることだけを繰り返した。

繰り返し、繰り返し……、そうして城や国までもが金などでつくられるようになった。

「仕方がないといえるかもしれない。それほどまでに、彼らが光り輝くヒトたちに奉仕した年月は長かったからだ」

驚くべきことに、環璃の怒りの源である、支配への抵抗、男が暴力によって支配し女が自分を捨てることへの拒絶にさえ、チユギは一定の理解を示していた。なぜなら、我らはもとは獣だから。もともと使役されるためだけに増やされた家畜だから。ヨルのヒトに仕えるために、昼に労役をこなすだけの知能の低い生き物だから。

その知能の低い生き物たちも、数少ないヨルのヒトに仕えるためには数がいる。それこそ圧倒的な数が。だからこそ獣は群れをつくる。そして群れを支配するのは力をもつ雄の獣だ。

「そうか、わたしたちは、まだ獣からヒトになれていないのね」

そのもともとの獣人性を隠しきり制御しうるだけの叡智を生み出せていない。逆に獣だったころの本能にそれらしき名前をつけて、そのほうが楽だからと身を任せてしまっている。ヨルの都が栄えしころ、ヒトには性差などなかった。なぜならば確神によって平等に力を得ていたから。繁殖ですら確神によってなされていたがゆえに、肉体さえ確神の器だったから。

だから、おろかな者ほど本性の制御が利かない。女を犯し、弱者を嬲《なぶ》るのはヒトではない。獣だ。

「かれらはすべて都合の悪い事実をなくすために、忘れたのだ」

高度な存在によって使役として増やされ飼われていた事実も、確神に敵わなかったことも、文字や言葉をもたなかったことも、森に棲む狼や猿と同じように生きていたことも、新たなヒトにとっては都合の悪い不名誉なものだったゆえに、忘れることにした。忘れてなかったことにした。

必死で包み隠し、忘れ、記憶を上書きし、伝承をゆがめ……
そして千年もの時が過ぎ去った。

「それが、夜明王朝の、ヨルの都が後世に伝わらなかった、ほんとうの理由なのね」

もう、ここに至って、環璃はなぜ、とは問わなくなった。問わなくても、チユギが知り記憶しているすべてが環璃のモノになろうとしていた。彼女の血肉が、彼女の中のカミを通して環璃の中に流れ込んでくる。傷口から、目の際の隙間から、息を吸おうと開けた口の端から、皮膚の目に見えぬほど小さな穴から、流れ込み、なだれ込んで混ざり合おうとしている……

ああ、そうか。チユギは何百年、千年と、旅をしてきたのだ。かつて獣人として先のヒトに飼われていた、知能の低い、言葉も文字も持たない我らの先祖が、どうやってここまでたどり着いたかをつぶさに見てきたのだ。

『私は、探した。女王の遺言通り、誰かに会うために、この世界を巡り、何度も星のように繰り返し、繰り返し同じ昼と夜の下を、私と同じ存在はいないのか、どこかに生き残っていないのかと。千年たっても今のヒトの文明は獣人であったころのうわべを取り繕っただけにすぎなかったが、小さな変化は現れた。かつて確神と呼ばれた力をもつ存在、先のヒトと共生していた美しい網星たちがひっそりと増え始めたのだ』

彼らを滅びから、幾万の塩の棺から遠ざけたのは、羽であり脚だった。かつてヨルにヒトとともに住んでいた、確神を受け入れた美しい獣たちが、あの恐るべき大海嘯《だいかいしょう》から逃げおおせていたのだった。

『鳥爬で信仰されていた神鳥《プリミー》もそうだ。神鳥に共生していた確神は、あの湖の珊瑚としていまの世に残った。だからいまでも銀色に光る。

胡周で信仰されている時の神《スルリ・マジ》こそ、ヨルの時代そのものだ。ヨルの民は夜の間に生き、昼間は眠って暮らしていた。絶対少数が力によって獣人を使役するからこそ、細かな定めが必要だった。あの暦はヨルの民が、深く考えることができない獣人たちのために作ったものだ。ごく単純に繰り返すだけで寿命を延ばすことができる。効率よく労働力を搾取するための仕組みだった』

自分を抱きしめるチユギの腕や首元の皮膚が白く発光し始めた。そこからいくつものまばゆい砂のような銀が生まれ、乳を混ぜた柔らかい湯のように環璃の体を包み込む。

『私は歩き、この東の世を環を描くようになんどもなんども繰り返し巡った。やがて、果てが生まれた。カミらも宿主を殺すことを是としない進化を選んだのか、私と同じようにいまのヒトの体、すなわち子宮のみに棲めるようになった。いまのヒトは獣人を祖にもち、昼に活動する。ヨルの民に比べて圧倒的に血が足りなかったから、女にしか寄生できなかった。

私は探した。ヨルの時代から、ヨルに生きた人々も獣人もそうであったように、自分の対なすものを。オ神ならメ神を。

環璃、おまえに出会って、あの大海嘯が及ばなかった土地があることを知った。月の端。あのときおまえが歌ったんだ。そこでは古い時代の月の神が尊ばれ、神が美しいのだと……』

たしかに環璃の故郷は月の端と呼ばれ、古き神が宿り、そこにヒトが住み着く前から神々の恵みである珍しい生き物が多くいた。銀色の毛に覆われたこの地方独特の背の高い羊や、宝石のようだと言われる八角の角を持つ山羊、馬よりも大きなクジャク、どんな鋼よりも硬いくちばしをもつ鷹……

伝わる歌にも詩にも、この土地で一番醜いのは人間だと歌われながら。

「そうよ。わたしは……、瑪瑙のかんむり鹿の一族の女王。右角に月を、左角に星をからめとって神になった。神は美しく、ひとは醜い。神は尊く、ひとはいやしい……」

ひとは、醜くいやしい……

なぜ、ひとをそこまでさげすむ歌を伝えてきたのか、環璃とて怪訝に思ったことはあった。しかしそれ以上でもそれ以下でもなかった。そういうものだからと。そう伝わっているのだからと額面通り受け入れ、なにも疑問はもたなかった。

あれらの歌が、チユギの言うヨルの時代を伝えるものだったとすれば、そして光り輝く北原の神々がヨルの生き物だったとすれば、あの泥炭ばかりが広がる荒涼とした大地に住む獣たちが光を放つほど美しかった理由、そして人々が決して彼らを食べなかった理由が理解できる。

自分がよく知る故郷の歴史と、チユギが与えたはるか遠い時代に過ぎ去った事実が、月と太陽が重なるように暗い闇と安堵《あんど》、そしてそれらに続く強烈な光を生み出した。古き時代は、死に絶えてはいなかったのだ。ヒトの脚では逃げられなくとも獣や鳥は塩から逃げた。そしてゆっくりと繁殖した。ほかの野の獣とちがって長らく美しく生きるのならば神とあがめられてもおかしくはない。

『おまえは王族の女。瑪瑙のかんむり鹿の一族の女王だ。かつてはヨルの滅びを生き延びた輝く鹿の末裔なのかもしれない。なぜなら、私にはずっと、おまえが輝いて見えた。千年経ってもまだ獣の群れでしかないやつらの中で、おまえだけが輝かしかった』

「違うわ！」

環璃は白い光を放ちながら段々と崩れゆくチユギを抱きしめようと手を伸ばした。すると、そう願っただけでいままで腕を磔柱にくくりつけていた縄が煙のように粉々になって消えた。自由になった両腕で、環璃はチユギをかき抱いた。

「わたしがあなたを好きなのは、ヨルの生き物だからでも、対なすものだからでもないわ。わたしはずっと、いまのヒトとして、この産み出すほうの性に生まれて苦しんできた。わたしを苦しませたのは、なにも産み出せないまま荒れ狂うほうの性だった。いまさら、果てのカミにもオ神とメ神があるなんて言わないで。どうでもいい！　わたしがあなたを選んだの。あなたに会えてうれしいと感じたのよ！　それ以外の思惑なんていらない！」

たとえ、環璃の故郷である月端に、ヨルの文明の獣が逃げ延びて千年、土地の神としてあがめられてきたとしても、その獣に触れ暮らしていた環璃に、ヨル文明との接点があったとしても、それはすべての要因ではないはずだ。環璃はずっとなにかを選びたかった。自分で決めたかった。そして決めたのだ。

「輝いているのはわたしよ！　金でも神でも光でもない！」

目の前に起きているまばゆい光の発露が、いったいどういうことなのか環璃はもう理解している。チユギの中にいる荒ぶるカミが、環璃を守ったことによって傷ついたチユギの肉体を見捨てて環璃に乗り換えようとしているのだ。そして苗床であるチユギの肉体を内部から溶かし、環璃の中に侵入し、新たな器を得ることで活力を増してよろこんでいる。チユギはここで死に、環璃は生きながらえる。生まれ変わると言ってもいい。かつてたった千人で世界文明を支配し、チユギをも千年生かしたカミの力を得て。

「いやだ。こんなのは望んでない！　わたしは決めたのよ。あなたとともに行くと。それが叶わなければわたしの国をあなたに譲ると。こんなのは、望んでない！」

すでに自分を固く抱きしめていたチユギの腕はなく、強烈な光によって環璃の体は包まれ、内部はその光すら取り込もうと貪欲《どんよく》にうごめいていた。いつのまにかチユギの声は聞こえなくなり、ただただ意思のようなものが流れ込んできては、河が海と合流するように混ざり合った。

はてしない時と、星の航路がまざりあう事象の中州で、環璃とチユギは向かい合って立っていた。わかっていた、もうすぐここは呑み込まれてしまう。離れなければならない。

——かわいいわたしの子よ、かわいいかわいい子らよ。おまえたちに生きる意味を授ける
……

チユギの記憶の中で、女王の膝の上に乗って撫でられながら教えられたヒトの叡智が美しい鐘の音のように鳴った。

「ずっと、求めてきた。ヒトになるためには、どうすればよかったのかを……」

チユギの独白とともに、彼女の心が溶けて流れこんでくる。この流れは力強く、いのちのような意思をもっていた。もう二度とチユギには戻らないのだろう。

それがわかってしまって、環璃は苦しく、ひたすらに寂しかった。

『私はこの感情の、生きてきた意味の理由を、ここで捧げようと思う。環璃、おまえに。名前しか知らぬおまえに、けれどおまえの生きてきた道、苦難、喜びが私にはわかる。本当はだれ

にでも、わかるはずだった。それこそが真の叡智だった』

ああ、と環璃は嘆息した。

「ああ、このことをあなたの口から聞きたかった。炉を囲んで話したときのように、なにか同じものを目指しながら、ふたりで話し合えたらよかったのに！」

『おまえが生み出す次の世が、いまのヒトの女がほんのわずかでもいい、狂わされぬよう。いまのヒトの男が殺し合うこと以外に生きられるよう。忘れること以外の、痛みを和らげる方法を新たな昼のヒトが知るように。私は祈る。私は祈る……』

最後の水滴が手のひらからしたたりおちて、言葉になった。言葉は声になり、受け止められるべき相手に正しく伝わり、そして糧になった。

「チユギ……」

たったいま、チユギは満足したのだ。環璃にすべてを与えることによって、ヒトの叡智とはなにか、完全に理解して、そして去った。

「チユギ」

もう、返事は無い。

あとには、荒涼たる孤独だけが残った。

「チユギ」

光の繭の中から、環璃は見ていた。突然に視野が広がり、眼前に数万のヒトが映し出された。そのどの顔も恐れおののき困惑と嫌悪感におびえていた。

このような顔をいつだったか、環璃は見たことがあった。いいや、いつでも見たことがあった。この世界中のどこにでもあった。この白銀い石の壁で包まれた極都の中心にはなかっただけだ。

（なぜ、いまさらそんな顔をする？　わたしの体を嬉々《きき》として槍で突き刺していたくせに）

自由になりたい、と考えた。その瞬間に環璃の体を拘束していた磔柱や縄が粉砕した。行く手を阻む兵士たちは、みな手に武器を握ったまま硬直していた。どうしていいのかわからないのだ。予想外のことが起きたから。

「うおおおおおおっ‼」

勇敢なだれかが、うなり声をあげながら環璃に向かって突進してきた。大ぶりの剣を振り上げて環璃を真っ二つに切り裂こうとした。しかし、切り裂かれたのは兵士のほうだった。環璃の指から光があふれ、環璃に害なそうとする者を排除しようという意思が、見えない刃を作り出した。

骨の器が粉々に砕かれ、男の内臓がどどっとあふれ出て石畳の上に広がった。環璃の体から飛び出したカミの一部が、よろこんでそれらを食らいはじめた。おおきく膨らみ、
ぶわっ
音にするならそんな感じの悲鳴、そうそれは悲鳴だった。悲鳴のような破裂音だった。

ぶわっ
あれ、と環璃は思った。この音を前にも聞いたことがある。

（チユギが戦うのを初めて見たときだ）

「ば、ばけものめ‼」

その兵士は最後まで環璃を罵《ののし》ることはできなかった。顔がどろりと溶けてなくなったからだ。その兵士の真横にいた兵士も、あっという間に膨らみ、破裂した。環璃はなかば陶然と眺めていた。

（花が、きれい）

美しかった。

膨らみ、はじけて溶けた男たちの皮膚に花が咲いている。なんの花なのかはわからない。花であるかもわからない。ただ、いまならわかる。これは、内側から放たれる光が見せる輝かしさだ。

光の花が大きくはじけ咲くたびに、甲冑《かっちゅう》に守られていた男の肉体は、身を包んでいた布を残して、まるで海綿が乾いていくようにひからびて崩れていく。顔や手などの皮膚の上に七色の筋が走ったかと思うと、あっという間に手も頭も首も肌の色ではない色に染まり、花の文様が浮かび上がり、小さな光が炸裂《さくれつ》してはとびちって、地面に肉のしみをつくる。

「え、疫神だあああ‼」

「い、射かけよ！」

遠くで司令官の声がかかり、何百という矢が一斉に弓を離れて環璃めがけて降り注いでくる。環璃はゆっくりと見上げただけだ。眼球の隙間から飛び出したカミの光が、まるで扇を広げるように炸裂し、鏃から切っ先の鋭さを奪う。矢は粉々に砕けて砂になり、風に掬《すく》われて霧散した。

射かけた矢がすべて消え去ったことで、兵士たちは夢でも見ているような顔つきでまごついた。何が起こったのかわからないのだろう。続いて射かけるよう号令がかかり、慌てて矢をつがえ放つ。

素早く環璃は移動した。颪よりもはやく動いたので、おのれの血と体液がにじんだ襲の一枚がはらりと抜け殻のように脱げ落ちた。何百という矢がその白い襲一枚の上に突き刺さったが、もうそこにはだれもいなかった。環璃は手と目を使って、床の上にほぼ溶けた肉塊となっている兵士たちを持ち上げた。そしてそれをさらにこなごなに砕き、四方に拡散させた。

「ぐっ」

「うおっ……、がっ……」

ばたばたと苦しみながら兵士たちが倒れていく。環璃はそれを見届けなかった。滑車に乗ったようになめらかに動き、各国の名代が並んでいる、帝の玉座にもっとも近い列へ飛んだ。

帝の侍中、宮人たちがいた。居並ぶ尚書令たち、大科挙を優秀な成績で合格し出世した僕士大夫たち、宮殿の御史、そして閹人《えんじん》。

「ひっ、ひいいいい‼」

見覚えのある顔があった。たしか烏爬の国の宴席で藩王の近くに座っていた男だ。

(この男は名代だ、烏爬の藩王は来なかったのか)

残念な気持ちもあったが、それもそうだろうと得心した。あの藩王が中央権力など欲するはずもない。あの民族は山の中にこもることによって幾度も滅びから逃れてきたのだから。そしてその判断は今回も正しかった。

「た、たすけ……」

環璃は男の顔の頰肉をつかんだ。なぜかどの男も、見ただけで、あるいは触れただけで、目の前の男がどういう身分で、どんな生き方をしてきたのか、息を吸うようにわかった。思えばチユギは一度も環璃の過去について聞かなかった。これもチユギの確神の能力なのだろう。

（この男、何度も謀反《むほん》を企てては生き延びている）

だれが謀反を起こそうと環璃にはどうでもいいことだったが、流れ込んでくる男の記憶の中で、酔うたびに大勢の部下や男の親族、己の娘までもにひどい暴力をふるっていたことがわかった。

「はずかしい男」

まるで獣だ。殺すことにした。次の瞬間には顔は溶けて、およそヒトの声とは思えぬうなり声をあげながら肉に咲いた菌の花に喰《く》われあっというまに四肢を失った。

次に、環璃は飛ぶように動いた。玉と金糸で縁取られた豪奢《ごうしゃ》な貂衣《ちょうい》を着ている男がいた。摂政家である伏羲氏の王弟であることがわかった。男は極都へ来る道すがら、ただ行き会っただけの罪も無い旅人をむち打たせ、泣き声がうるさいという理由で赤ん坊を河に投げ込んでいた。あの程度の怒りを制御できないなど、ヒトではない。

「おまえも死ね」

環璃の口からつばがとび、そして美しい光がはじけた。伏羲氏の王弟は、自らがこの巨大な帝国第二の家柄の出であるとか、大金山の相続権をもっているのだとか、妻が皇族の出身であるのだとか、そういう何度も口にしてきた口上をひとつも切り出せないまま真っ二つに割れ、内臓と肉と筋があふれてちらばり、環璃のカミの口直し程度に喰われた。その横の男も、そのまた隣の男も同様に、暴走する車輪にひかれたように胴体が二つに切り裂かれて中身とともに床をなめた。

「あれから千年も経ったのに、まだ獣しかいないの」

不思議なことだった。号令などかかっていないのに、みな次々に環璃の周りで地に額《ぬか》ずき、伏していく。

次に、環璃は尚書たちが居並ぶ列に移動した。光が差し、そして瞬きしたあとには白と灰色の髭《ひげ》をたくわえた老人たちは苦しげに胸をかきむしり、口の端から泡を吹いて倒れた。この老いぼれどもはみな、かつては自分が新しいクニをつくる、と意気込んできたが、順番がきたとたん手のひらを返した。そして、自分を信じて力を貸してきてくれた後進たちをすべて見捨てたのだった。なぜなら彼もまた順番が回ってくるまで六十年待ったのだから。

「そこからどきなさい」

とくに生かす価値もなかった。

「刈り取られた麦に、縊られた獣に」

食事の祈りを捧げながら、環璃はその場にいた者たちを選別した。かつて自分がそうされたように、星の動きよりも明確な意図をもって、生かすか殺すか決めた。生かそうと思った者はほとんどいなかった。どの男も、獣の域を出ていなかった。かつて獣人だったころの習性をむりやり押しつけ、強要しそれで悦に入っていた。外の世界の狩りでうまくいかないことは、自分に任された群れの弱者に当たることで鬱憤をはらしていた。

「昨日と明日に」

心から、糧になる者たちへ感謝を捧げながら。自分の明日になる彼らにただただ感謝を捧げながら環璃は、屠ることを自分で決めた。まさにその場にいた者たちにとって、環璃は世界を襲った滅亡の津波そのものだった。

しかし、生命はそうやって絶えてきたのだ。抗えぬのならばそれまでのことなのだろう。

広場は一方的に虐殺される街のような騒ぎになった。官吏たちや各国の要人たちは環璃を恐れて逃げ惑い、さかんに兵士たちに環璃を攻撃するように命令した。しかし怒号のようなその声も、環璃を恐れて逃げ回る人々の声と、足音、それに帝国が打ち立てた見事なまでの白銀い九重の壁によって打ち消されてしまう。外にいる人々はいま、中で何が起こっているのか知ることは無いだろう。そして厳重な警備を誇るが故に、いつものきっちりとした儀礼的な号令がかかるまでは、決してその門は開くことはない。

「助けてくれ!!!　門をあけろ!!」

「ここから出せ、だせえええええ！」

救いを求めるその声も、絶えた。

華麗なる燦の帝国、その権勢を示す金の万星旗太極殿前を縁取るさまざまな天象の星座は、いまや焦げた肉片と砂と塵に埋もれていた。時の彫刻家や職人たちが想像力と技術を駆使してつくりあげた美しい守護獣の意匠も、皇帝しか歩くことが出来ないとされている黄道も、いまは環璃のカミが人の肉を食らい尽くしたあとの灰のような塵で汚れ、なにも見えない。見えないと言えば目の前もだ。宮城前の広場中で湧き起こった阿鼻叫喚《あびきようかん》の暴動はあっという間になりをひそめた。みなつぎつぎに崩れ落ちて、人ならざるものへと成り果てたからだろう。

風が灰を巻き上げる。ほんの少し前までなにかの権威の象徴であった灰を。人の形をし、獣の原理で他者を支配してきただけの、理性なき者たちを。環璃の足はそれらを蹴散《けち》らしながらゆっくりとすすむ。かつて巡る星であった、その宇宙を刻んだ地上の、あらゆる天象をしめす星座を踏んで、帝の玉座をかばうように立つ帝心中らに近づいた。

圭真が居た。

「……見事なものですね。文明を破壊して、混沌に戻ろうというのか。そんなことをしても弱者は虐げられる。上兒九のような野蛮な国がいくつもできて殺し合い、奪い合うだけですよ」

彼は勇猛さを見せつけるように言い、袖の長い紫の官服を翼のように広げて立ちはだかった。

「こんなことをしても、あなたの息子には会えない。この疫神が広まればあなたはあなたの力で自分の息子を殺すことに……」

「わたしはもう、狂うのをやめる」

足下で、誰かの肉片だっただろう灰がふわりと巻き上がる。

「おまえたちも、獣であることをやめればよかった」

「獣であることをやめるための法だ！　暴力を否定するために我々は文治政治へと移行することを選んだ。お上のお望み通りに合議制の国へと。いずれはその仕組みをすべての朝貢国へ浸透させれば、我々はなにかのものまねではない、我々独自の自制と自律によって文明を成立させられるんだ！」

やはり、と環璃は確信した。彼らは、夜明王朝がかつてなにを成し、どう滅びたのかを知っていた。なにもかも知っていて、必死に記録を消し、歌を潰《つい》えさせ、忘れ去ろうと努めていたのだ。

「ずっと、おまえたちがなぜ、月端のような辺境の国を徹底的に滅ぼしたのか、不思議に思っていたの。でもおまえたちが計略なしに動くことなんてあるはずないわね。おまえたちは恐れていた。ヨルの時代、ヨルの文明の息吹が少しでも残る土地から、自分たちの本性が畜生であることが明るみに出ないかと」

だから、環璃の故郷を滅ぼした。ヨルの時代の神をまつる土地だから。

圭真は笑った。まだなにかを固く信じている純粋な目をしていた。

「何が悪い。どうせ滅びる。おまえたちの国なぞ！」

「そう、滅びる。けれどいのちは生き延びる。昼が終われば、また夜が来るだけ」

「いまは昼の世界だ！　かがやかしい日の帝がこの世を治める！　我々は進化してきた。獣の本性を律するために法を整備し、たった一人の強者が治める獣の群れの習性に従うのではなく、合議制の文治国家を作る。これこそがヒトの叡智だ。それがわからないのは、しょせん女が狂っているからにすぎない。おまえは子を捨てられなかった。おまえたちこそがまだ進化できていない獣なんだ、これだから女は！」

「ならばなぜ、都は光り輝いているの？」

環璃はどこかぼんやりとした目で圭真を見た。

「なんだと」

「女に自分の人生を忘れさせて群れの管理に従事させることを、狂う性だとあざわらいながら、なぜ、同じように自分たちも過去を忘れるの？」

環璃の視線の先で、圭真の唇はいつものすべらかさを忘れたようになにか言葉を生み出すことはできなかった。

「忘れることは、利用され贄にされることだと理解していて、自分たちもそうする愚行を繰り返すのはなぜ。この世界では、いのちは生まれ落ちる場所を選べない。どうあがいても、どう願っても、海へと至れない場所に降り注ぐ雨粒がある。力もなく、明日を迎えるすべもなく、無力なままに先細るだけの運命を、強要される。わたしもそうだった。この世のほとんどの者がそう。力を持つ者が、持たざる者を支配する。けれど力の定義は変わる。刻々と変化している。剣が火力に変わったように。大砲が生まれ、ついに女たちが武器を持ち、父親のいない枠組みが国家に保護されることになったように。おまえたちがそれが、時代を正しく動かし続ける模範的な法則であったというのなら、その法則は、変化していい。たとえばおまえたちの、退場によって」

帝心中たちは、みな同じ塗料で塗られた柱のように青ざめた。こここの時に至っても、彼らには生き残る自信があったのだということが環璃にはおかしかった。

「変化とは、この世の古い仕組みを打ち払う、たったひとつの力。それは自制によってのみなされる。『次は自分の番だ』というときに、それを拒絶し受け取らないことよ。なのにおまえたちは受け取り続けた」

「なにをしようというのだ……」

圭真が呻《うめ》く。

「お上を害したてまつり、この国を滅ぼしてまでなにがしたいのだ！　おまえは全能のつもりなのか。圧制者に立ち向かう英雄、救世主になりたいのか。それともなりたいのは神か！」

憎々しげに、そして悔しげに絶望のあまり顔じゅうをひきつらせ、ほんの少し前まで手にしていたものを根こそぎ奪われた男が叫ぶ。おお、この顔だ、と環璃はうれしくなった。きっといま彼は、かつて環璃が夫の首とともに真珠の輿に詰め込まれ、泣く子を失ったときと同じ顔をしている。

——いいかい、ぜんぶ本当のことなんだ。女を暴力で犯そうとした男は、一瞬でパッと灰燼《はい》になっちまうのさ。まるではじめからいなかったかのようにね。だから女は、自分を襲った憎い相手を二度と見ないで済む。この世にはそんなクニがある。

そんなクニは、いままで忘れ去られていた。意図的に消し去られていた。それを再び刻み込ませたい。たとえ目の前のきらびやかな帝国が塩によって滅亡したとしても、なにものからも目をそらさず。

産み出し、狂う性だと告げられて集められた血のにおいのたちこめる室で、巫女《キケ》でもある語り部の老婆にくりかえしすり込まれるようにして聞かされた事実の断片。

「わたしは運命に立ち向かわない」

圭真の頰を指で撫でる。青ざめた皮膚の内側の血管が破れて凶暴な光がそれをとりこもうと炸裂した。

「……ぐあああああっ‼」

顔をかかえて地面に転がり、のたうちまわる。地を打ち苦痛から逃れようとするものの、相手は目に見えぬ獰猛《どうもう》な菌類だ。人の手で侵入を防げるわけはない。

「わたしは悪を懲らしめない。

わたしは善ではない。

わたしは、圧政に対立しない。

わたしは救世主ではない。

わたしは聖者ではない。

わたしは、ただの環璃だ。わたしは瑪瑙のかんむり鹿の女王。おまえたちは名を残せず、屍《しかばね》は弔われず、氏族は一人として血を繋《つな》げず死ぬ」


全身をカミに喰われ、苦痛と悲哀と絶望の中で、彼らは悟るだろうか。所詮はるか上のほうから部分的に与えられた変化など、ただの餌付けでしかないのだと。

「わたしはわたしだ。光り輝いている」

巻き上がる灰と塵で、万星殿のあたりは白い靄《もや》につつまれたように長い時間けぶっていた。帝に拝し、頭を割らんとする勢いで額ずいていた一万余の人々は、もうだれもそこに立ってはいなかった。もののこすれる音も絶えた。内側から門をあけろという怒号すらもうどこからも聞こえてはこなかった。結局、門は開かれなかった。いつもと順番が違うことをとっさにしろといわれてもできないのだ。獣の群れの習性では。

環璃は苦しみもがきながら黒い塊へと変化していく彼らから視線を外すと、玉座を見上げた。そこに、うすぼんやりと輝く瑞兆物《ずいちょうぶつ》が金の羅紗をかぶったまま座っていた。ずいぶんと距離はあるのに、彼の膝の上で赤子のように抱かれ撫でられていた猫は、環璃がねめつけた瞬間に毛を逆立てて飛び上がって逃げた。

彼に興味はなかった。ただし、言うべき事実、言葉がある。

黄道の上、天頂にもっとも輝き動く月の上に立って、環璃は帝を見上げた。いまここで死に絶えた者たちは、明日への贄になった。その明日へ環璃は行く。

彼はどうか。

「星天へ行きなさい。銀の星見よ。長らえるといわれるそのいのちで、いまここで見たことを石に刻み込みなさい。決して忘れないで」

この世はなにも滅しない。なにもかもがただの変化だ。その痛みはすべての人間が受け止める。

「あとは好きに生きよ」

牡鹿《おじか》が目の前の獲物を見逃すようにして、環璃はその場を去った。

市場の片隅で、たっぷりと肉のついた牡鹿が腑《ふ》分《わ》けされていた。

皮がそがれ、内臓が切り開かれて、あっという間に骨と肉に分かたれると、屋台《ホグ》の店主は日干しレンガを積み上げた窯の中に放り込んだ。「半刻もしたら焼けるよ」

もう何十年も獣の肉を焼いてきた窯だ。いまの店主の前は店主の父が、祖父が、そして血族のだれか、市場で肉を焼く権利を持っている男が、毎日肉を仕入れ肉をさばき肉を焼き、火を落としてからは中の灰を掻《か》きだし、顔を煤《すす》と脂で真っ黒にしながら家業として続けてきたのだろう。

「じゃあ、あとで来る」

環璃はそう言って、長い髪を束ね、若い男衆に指示を出しながら汗を拭《ぬぐ》っている女店主に向かって会釈した。

「今日もいい天気だね！」

しばらくぶらぶらと歩き、久しぶりの街の喧噪《けんそう》を楽しんだ。昼飯時なので大通りに沿ってずらりと立ち並んだ屋台では、つぎつぎと大鍋《おおなべ》の蓋が開けられ、じゅわりという音とともに炊煙がたちのぼる。さっそく腹をすかせた客がわっと鍋を取り囲んでいる。お目当てはもち米を詰めて黒糖酢に漬けてから蒸した鶏料理《ウホイ》だ。

「それ、ひとつちょうだい」

月桃の葉を開くと、肉汁とともに金華鶏と人参《にんじん》のくずのまじった茶色いごはんが現れた。それを口いっぱいに頰張りながら、環璃はぼんやりと通りを行き交う人々を眺めていた。ああ、今日は確かごちそうを食べる日だった。嵐の後は、傷んだ食材や災害で死んだ家畜を思い切りよく食べられるよう、昔から火を通して食べると暦で決められているのだ。

（まえに皇后星としてここへ来たときにも、この日があったっけ）

ここは刻都《コクト》。かつて胡周藩国と呼ばれた国の首都だった都市だ。胡周という国はとっくの昔に滅びて、いまは歴史書に名を残すのみだというのに、新しい王朝も、そのあとを継いだべつの王朝もこの暦を使い続けている。

（五百年か。存外あっという間だったな）

あれからどれほどの時が経ったのか、この刻都の街で暦というものに再会するまで、環璃は考えもしなかった。自分にとって近い将来確実に迫り来る死がない以上、時間は頰を撫《な》でる風よりも無意味だ。だから、久しぶりに訪れたこの刻都で、あいかわらず毎年毎年きっちりと決められている予定をこなしながら律儀に暮らす人々を見て、環璃はようやくいまが何年で、あのときから（環璃がつねに基準にするのは、自分がチユギを失いその身にカミを受け継いだときである）どれくらいのときが経ったのかを知った。

夢中で肉と米にかぶりついていると、環璃の心臓のすぐ下のほうから、声のような意思が響いてきた。

――やはり肉はいいな。血と骨よりずっといい。

まだ日が高いというのに、珍しく環璃の中に棲んでいる確神が起きてきたのだ。普段は夜を好むくせに、人や獣の血肉となると話が別なようで、最近はこうして環璃が口にするものにこまごまと口を出す。

――もっと食ったらどうだ。そら、あっちの窯ではイノシシを一頭まるごと焼いているじゃないか。あれも、……あちらもおいしそうだ。

「久しぶりのあったかいごはんなんだから、ちょっと黙ってて」

思わず環璃はいらだたしげにつぶやき、横に座って同じように包み蒸しにかぶりついていた見知らぬ子どもをぎょっとさせてしまった。

（昔は酒だけで満足してたのに、最近よく出てくるじゃない）

――仕方が無い。おまえの食らうものは我の血肉になるのだ。

口の中に甘酸っぱい米と黒糖酢の味が広がる。もう一口かみしめれば、分厚い肉からじわりと脂がしみ出して、あまりのうまさにろくに咀嚼《そしゃく》をせずに骨まで飲み込んでしまいたくなる。

不思議なことは、国や支配者の名前はころころ変わるのに、街やたべものの味はほとんど変わらないということだ。この鶏の包み蒸しの味も、百年前に円師《ギア》街道からふらりと立ち寄ったときとほとんど同じである。

――チユギと居たときはほとんど野宿だったからな。おまえとの旅も新鮮でいい。

と、どことなくカミは満足げだ。そうはいってももう五百年もいっしょにいるのだが、永遠に近い時を生きる確神にとっては、五百年も千年もそう変わりはないのだろう。

あれほどまで恐れられていた燦の王朝が消滅したというのに、混乱は一時的なものでしかなかった。王朝や王族が保有していた領土や権利は、すべてその土地の実質的な支配者や管理官によって横領され、周辺の国は朝貢という役目がなくなっただけのただの国となった。

大きな傘のなくなった主要天現《てんげん》七カ国は、最初のうちは伏羲氏を中心とした伽藍《がらん》王国が隆盛を極めていたが、やがて西に光明という新興の枢軸国ができ、またたくまに周辺各国を呑み込んで巨大化していった。これを警戒して天現同盟を結び、そのときどきに応じて協力体制をとるようになった。

西もずいぶんと変わった。皇后星としてこの国に来る前に立ち寄った鳥爬藩国は、今ではもうかつての栄光は色あせ、隣国颱汗《タイハン》藩国のあとに興った光明枢軸《ジャンヤート》という元颱族を中心とした新しい国家に呑み込まれてしまった。この新しく広大な国土をもつ新興国は、すべての争いの元は国境である、という国祖の教えのもとに周辺国の宗教と王族をとりこんだ新しいしくみをつくった。

この教えによると悪いのはとにかく国境であるから、隣国さえ攻め滅ぼしてしまえば国境もなくなり争いごとは消える。国家の共同体として全体が同じ信仰と夢をもち、同じ国、おなじものを軸として団結すればいいという統一思想を前面に押し出していた。

しかし、力強い理想も一見いままでになかった新しいしくみのように思える国家も、しばらく経てば超少数の黄主と呼ばれる地主が無数の農奴を従えるだけの、どこかで見たような入れ物と成り果ててしまった。

「国の名前だけ見ると、光と光の戦いになったよね」

——ふん、光明枢軸など、まるでヨルの再来ではないか。まだ獣がヒトたらんとしてヒトのマネごとをしている。ヨルの記憶もなく、確神を持たぬ身だというのに、なぜにこうも浅ましく退化するのか。

「確神を持たない代わりに、ヒトが確神のかわりになるものを生み出したからじゃない？　いまじゃ金銭が確神のように煌めいて輝いているんだよ」

かつては国によって通貨は統一されておらず、流通の速さに問題があった。しかし、五百年前、まだ環璃がなにひとつ自分のものをもたなかったころとは比べものにならないほど、物の売り買いが増え、山は切り開かれて畑となり、鉄と鋼でできた機械が開発、改良されていった。このところ人や物の流れが急激に活発化している。人や物が速く移動するようになると、同じように速くめぐるのが金銭だ。

莫大な富が動き、そして一所に集まるようになった。すると、人々はそれを集めもっと流動させようとする。かつてヒトが金や銀や宝石に惹かれ自ら飾り立てようとするのは、まだ本能がヨルのヒトたらんと欲していたからであろうが、そのせいで金や銀が価値をもち、めぐりめぐって暴力を超えた強大な力になりえたことは大変に興味深いことだった。そして、煌めいていた金は、いつしか利便性が重視されて紙幣というしくみを生んだ。紙幣や為替といった制度はあっというまに世界中を席巻し、すでにヒトは金という輝きに惹かれていた本能さえも忘れて、ただの紙切れに振り回されることを選ぶようになった。

（チユギ、やっぱりヒトは確神のかわりのものを生み出し、獣に戻ろうとしているのかもしれない。絶対少数の支配層と大部分の奴隷というかつてのヨルの王朝は、ある意味ひとつの支配

の結論だったのかも）

いまとなって環璃がそう考えられるのも、チユギとこの身を救う喪神クケリテンノオオカミによって、ヨルの時代の記憶を共有しているからだ。生きていたわけではないのに、どんな世界だったのか記憶にあるというのは、なんとも奇妙な感覚だった。

ともあれ、強大な奴隷国家を新設した光明枢軸連邦は、さらに悪しき国境をなくそうという統一思想のもとに、隣国に攻め入っている。いずれ烏爬藩国や颱汗藩国が呑み込まれたときのように、後胡周王朝もなくなるときがやってくるのかもしれない。

けれど、どのように支配者が変わっても、海運が開けることによって陸路の道が絶え都市が砂に沈み滅んでも、水瀑関《シーボウドク》にヒトが絶えることはない。毎年夏になれば支配層、富裕層たちが景観目当てに駆けつけ、税金を納められなかった農奴や犯罪者たちが、取り調べもそこそこに珊瑚の餌になる。おもしろいのは、この地ではすでに黙学は国学ではなくなったが、後進である光明枢軸連邦の支配層には、国祖の出身国の者よりも、烏爬人のほうがずっと多いという事実であった。金銭が新たな〝カミ〟となった今、だれが皇帝になろうと国家という入れ物がどうなろうと、したたかな商売人こそが実権を持つのだろう。

――皇帝、か。そういえば、あのかつて帝であった男を、最近見ないな。

「うーん、会いに行ってもいないし、そもそもこの前会ったときに東環の向こう、壺天海《こてんかい》を渡った先に行くと言っていたから、新天地に旅立ったんだろう。それに星見の寿命でも、とっくにくたばってるころじゃない？」

燦王朝の滅亡を、彼が星天でどのように記述し残したのか、環璃は知らない。読もうとも思わない。ただ彼は一度も本名を名乗らなかったし、圭真たちも畏れ多いと口にすることはなかったので、燦王朝最後の帝の名は諱《いみな》でしか残らなかった。

こうして事実は残らず消えていく。強大な権力を保持していたはずの存在も、あっという間に歴史の流れのなかの一行になる。環璃の名も、いまは月端国最後の女王として氏族名が残るのみである。

これがヒトの限界だ。この大きな流れを前にしては、カミを宿してもできないことがある。

――なんだ。カミは万能で、その力さえあればこの世の憂いはすべてなくなるとでも思っていたのか。

そんなことはない、とカミは笑う。大昔、ヨルの王朝が繁栄したのも、絶対少数のために無数の獣人の奉仕があったからだ。そしてその構図を可能にしたのが、確神という圧倒的な力だった。

獣人の末裔である今のヒトの世では、確神が暴力にすり替わっただけで、なにひとつ支配の構図は変わっていない。すなわち、繰り返す、輪廻である。

「ただのヒトであったときは、何度も思ったの。なぜわたしたちが必死に祈っても世の神々は救ってくださらぬのかと」

しかしカミと共生するようになると、いやおうなく気づかざるをえなくなった。長く生きると、感情が爆発することがなくなる。強くなればなるほど、自分は害されない存在となり、人々の痛みに対して鈍感になる。自分の物語がなくなってゆくのだ。

結果、他人の物語を自分のために消費するようになる。ヒトをかきあつめ、ヒトを仕えさせ、自分ではなく他者の感情の機微を見物し楽しむようになる。

だからこそ、環璃は二度と、自分の息子に会わなかった。

チユギが言い残したとおり、環璃の息子は、南の飛び地にいた。母としてありがたいことに、そして喜ばしいことに、環璃の息子は新たな名を家族から与えられ、自分が月端国の継承者であることも、己の母が燦の帝国を滅ぼした大疫神であることも知らなかった。長じて家庭をもち、彼の父親や祖父がそうであったように馬と羊を飼い、草の芽吹く春に向かって集落を移動させ、真冬は都市の郊外を間借りして、春になれば緑を追って山に帰る生活を繰り返し、一度も鹿を神とはあがめず、まったく違う土地の神を信じ……、やがて老いて死んでいった。

この結果に、環璃はおおいに満足している。

「息子は、わたしのための物語じゃない」

彼はすでに彼のための生があり、彼を育てた親やともに暮らす兄弟、故郷があった。それを自分が寂しいからといって、むやみに彼の人生に手をつけるのは、強者による暴力と同じである。

「わたしの物語はずっと、帝心中たちの娯楽だった。国を滅ぼされた若い王族の娘が、見も知らぬ辺境の蛮族たちに抱かれるためだけに、美しく着飾って世界をひきずりまわされる。その苦難に耐えるのは、娘が母親だから。たったひとりの血を分けたかわいい息子のためだけに、その王族の娘は王たちに股を開き、服従し続ける。すべて息子のため。息子のためならどんなに身を犠牲にしても母親は満足する……。そんな物語。さぞかし快い、見物だったでしょう。だって彼らには信じたいものがあった。母親は子どものためならどんなことでもする、という物語を楽しみたかったの。すべてそう考えれば、どんな悲劇にもつじつまがあう。今まで自分たちが行ってきた失策によって、たとえ大勢の男たちが死んでも、その償いと尻拭《しりぬぐ》いは母親がやってくれる。女の愛が埋め合わせてくれる。そういう物語が楽しいやつらだったの」

それゆえ、環璃はあの万星殿で男たちを殺し尽くしたのだ。そのように自分たちに都合良く他人の生を楽しんできた者たちしか、あの場にはいなかったから。

「なにひとつ後悔はないわ」

喧噪の絶えない大通りを抜け、大門近くのかつては官営長屋が多く建ち並んでいた区画へぶらりと足を向けた。途中水時計が、鹿肉が焼ける時間までまだあと少しあることを環璃に教え、今日泊まる宿を探しに行く気になった。

郊外から引かれた水路の先に新市街が広がっていた。そこでは、真っ黒い煤煙《ばいえん》がもうもうと立ちこめるなか、人々が忙《せわ》しなく鉄などの金属を加工する音が響き渡っていた。懐かしい硫黄やそれに近いにおいもする。

（いや、これを懐かしいと感じているのはわたしじゃない。カミね）

どれも百年前にはなかった街、なかった光景だった。近頃では、油の石を大量に使って火を焚《た》くことによって蒸気が発生し、その力で重い重い鉄の機械を動かすのだそうだ。

かつてチユギは、この先すぐに、道具が弱者を救う世が来ると言った。大砲のように女子どもでも扱える強力な武器が小型化されて、屈強な兵士だけが戦える世の中に変革が起こると。

「たしかにチユギ、あなたの言ったとおりになったよ。銃ができて、いまではたくさんの女が兵士になった。男は小さくなって、女とあまり変わらなくなった」

それでも戦争はなくならない。国を治めるのが王だろうと女王だろうと、支配の輪廻はあいかわらず、自分たちに都合のいい枠組みを採用し、それを維持することが幸福だと人々に信じさせ続けている。

「わたしが得たのは力だけ。だけどもうこの世には、力以上に力を持つ者が生まれている。王ではない者が国を治め、その国を操るのは急激に独占されるようになった富。そんな今の世で、わたしひとりで、いったいなにができるだろう」

鋼を切る轟音《ごうおん》に背を向けて、環璃は旧市街のさらに古くて細い裏通りへと足を向けた。そこには、かつてチユギが買ったという古い緑の柱の娼館《しょうかん》があった。この宿は、彼女が買い、寝泊まりに使っていたというだけで懐かしく感じ、特に用も無くふらりと立ち寄った。

さて今日は娼館で寝ようか、それともだれかと共寝をするつもりもないから旅籠《はたご》へ行こうか考えあぐねていると、奥から小さな悲鳴が聞こえた。

こういう場所では珍しくないことだった。けれど、それが子どもの声だったことに環璃は心がざわめいた。

――まためんどうなことに足をつっこむつもりか。

という環璃のカミのうんざりするような意見を無視して踏み込む。

そこには、十数名の若い少年と少女がいた。みな、風呂に入れられたあとなのか、髪はぐっしょり濡《ぬ》れたままで、裸同然のうすぎぬしか着ることを許されてはいなかった。

「ちょっとあんた、さっきから金も払わずなに勝手なことして……」

娼館の女将《おかみ》は、制止するのも聞かずに奥に踏み込んだ環璃に憤慨していたが、

「わたしは果ての果てのそのまた果てから来たのよ。ここの所有者がどういう者たちであったか、あなたが女将なら知っているでしょう」

環璃が片方の手袋をとると、指先に蠟燭《ろうそく》の火のような光がともった。顕現したカミによって爪が発光したのだ。

「ひ、ひいっ‼」

女は括《くく》られた鶏のような悲鳴を上げて部屋を出て行った。さすがにここを預かっているだけあって、〝果て〟のことは長年密やかに伝えられてきたのだろうと思った。

改めて環璃は、おそらく売られてきたのだろう少年少女たちに目をやった。みな、肌の色も髪の色もさまざまではあったが、皮膚の内側から光り輝くような若さがあった。

美しい者たちが、若さと美しさを搾取されようとしていた。ここでは他者の美を自分のものにするために所有する者が客だ。そしてそれは獣の行いだ。

ああ、獣たちはまだヒトになれないまま、光に似た〝なにか〟で自分を照らし出そうとしている。この期に及んでなお自分たちに都合の良い美しい物語を生み出し、消費し続けようとしている。いったいどうすればいいだろう。

少年少女たちは気味悪そうに、そして警戒感をあらわに環璃を見た。どの目にも子どもらしい光は無く真っ暗で、これから先に待ち受けているだろう過酷な日々を想像するだけでもろく壊れてしまいそうに見えた。

「わたしはあなたたちになにもしないよ。ただ短い話がしたいだけ」

このような大都会でなくとも、彼ら彼女らのように売られてくる子どもたちはあとを絶たない。だから環璃にできることは限られている。かつての自分がそうだったように、すべてを奪われ、これからも奪われ、からっぽになってもまだ奪われ続けるだろう彼らのために、自分ができることはなにか。

「よく聞いて。この世には男が女を犯すことができない国がある。わたしはそこから来た」

いまから美しさと若さを奪われようとしている子どもたちは、ゆっくりと視線をあげて環璃を見た。

「ぜんぶ本当のことなんだ。弱い者を暴力で犯そうとした男は、一瞬でパッと灰燼になってしまう。まるではじめからいなかったかのようにね。だから、自分を襲った憎い相手を二度と見ないで済む。この世にはそんなクニがある」

「ど、どこにあるの……」

「果てに」

子どもたちの輪の一番外から、知ってる、というか細い声があがった。うずくまり膝を抱えて震えていた、もっとも若い少年が言った。

「僕の故郷で、姉さんが言ってた。塩と砂と金とが混じった死の海を越えたさらに先に、いつも赤紫色に色づいた煙のような雲が流れている場所があるって。その向こうの万年雪をかぶったキルカナンの山々を越えたところにある、黒々としたヨーム湿地帯の先、果ての果ての果ての、そのまた果ての人の足ではたどり着けるかどうかわからない険しい山の裂け目に、カミを身に宿す戦士たちが暮らす里があるって」

少年の声を皮切りに、ほかの子どもたちもぽつりぽつりと話し出した。

うちの死んだばあちゃんが言ってた。かつて太古の昔に栄え、栄華を恣《ほしいまま》にした人々の骨の砂が降り注ぐ白骨砂漠を越えたところの、さらに果てだって。

いつも薄桃色に色づいた煙のような雲が流れているそのさらに向こう。果ての果ての果ての、そのまた果ての……

赤土の大河の、さらに向こうの、幾万の母たちが流した涙をためた千の塩湖を越えたさらに先。人の足ではたどり着けるかどうかわからない険しい山の裂け目……

「果ての果ての、そのまた果てにあるって！」

夢を、希望を語るその目は先ほどの空虚さが嘘のように、どれもまぶしいほど星のように煌めいていた。

そうよ、と環璃は言った。この光だ。この目に光をともすために環璃のごとき異例の生がある。

忘れられず生き残る物語がある。

「あらゆるところに、それはある。だからね、忘れないで、自分を。そして忘れないで、わたしを」

遠くで鐘が鳴った。半刻が経った合図だ。かつて食事のたびに口の中でとなえた祈りを環璃は繰り返す。

《刈り取られた麦に、縊られた獣に、昨日と明日に》

かつてはただ祈るしかなかった。あのチユギですら、力を尽くしたあとは、最期には祈ってくれた。だからわたしも祈る。この身に宿る力が尽きるまで、ひたすらに祈りを行動し、この身で物語を紡ぎ出す。わたしの物語を。

「会いに行く」

了

初出

「カドブンノベル」2020年1月号

「BOOK☆WALKER」2021年12月配信号～2022年10月配信号

単行本化にあたり、加筆・修正を行いました。

高殿 円（たかどの　まどか）
兵庫県生まれ。2000年『マグダミリア三つの星』で第４回角川学園小説大賞奨励賞を受賞しデビュー。13年『カミングアウト』で第１回エキナカ書店大賞を受賞。主な著作に「トッカン」シリーズ、「上流階級 富久丸百貨店外商部」シリーズ、「カーリー」シリーズ、「シャーリー・ホームズ」シリーズ、『メサイア 警備局特別公安五係』『剣と紅 戦国の女領主・井伊直虎』『主君 井伊の赤鬼・直政伝』『政略結婚』『コスメの王様』『戒名探偵《かいみようたんてい》　卒塔婆《そとば》くん』など。漫画原作も多数手がけている。

忘《わす》らるる物語《ものがたり》

2023年３月10日　初版発行

著者／高殿 円《たかどの まどか》

発行者／山下直久

発行／株式会社KADOKAWA
〒102-8177　東京都千代田区富士見2-13-3
電話　0570-002-301（ナビダイヤル）

印刷所／大日本印刷株式会社

製本所／本間製本株式会社

●お問い合わせ
https://www.kadokawa.co.jp/（「お問い合わせ」へお進みください）
※内容によっては、お答えできない場合があります。
※サポートは日本国内のみとさせていただきます。
※Japanese text only

定価はカバーに表示してあります。

ISBN 978-4-04-111392-9　C0093